PENNY JORDAN

Das Flüstern der Seide

GOLDMANN
Lesen erleben

Buch

London 1991. Über Jahrzehnte hinweg konnte die Seidendynastie Denby Silk ein erfolgreiches Jahr nach dem anderen in der Unternehmensgeschichte vorweisen. Nun zieht sich die Inhaberin Amber gemeinsam mit ihrem zweiten Mann Jay aus dem Tagesgeschäft zurück, um sich voll und ganz der großen Familie zu widmen – einer Familie voller Geheimnisse: Der attraktive Robert wird von seiner Vergangenheit eingeholt. Die naive Katie lernt die dunkle Seite der Liebe kennen, und sie muss mit Schuldgefühlen kämpfen, nachdem sich ihre beste Freundin das Leben genommen hat. Und Cassandra, gezeichnet von Krankheit und Verbitterung, hat noch eine Rechnung offen. Liebe, Missgunst und heimliche Leidenschaft: Ambers 80. Geburtstag wird für einige Familienmitglieder zum Wendepunkt ihres Lebens – denn irgendwann kommt jede Wahrheit ans Licht …

Autorin

Penny Jordan war eine der bekanntesten und erfolgreichsten Autorinnen von Frauenromanen in Großbritannien und hat weltweit bisher über 80 Millionen Bücher verkauft. »Das Flüstern der Seide« ist nach »Der Glanz der Seide« und »Ein Hauch von Seide« der dritte Teil einer Serie um eine große Seidendynastie aus Cheshire, wo die Autorin selbst lebte.

Von Penny Jordan außerdem bei Goldmann lieferbar:

Der Glanz der Seide. Roman (47169)
Ein Hauch von Seide. Roman (47170)

Penny Jordan

Das Flüstern der Seide

Roman

Aus dem Englischen
von Elvira Willems

GOLDMANN

Die Originalausgabe erschien 2010
unter dem Titel »Scandals« bei Avon,
a division of HarperCollins Publishers, London.

MIX
Papier aus verantwortungsvollen Quellen
FSC® C014496

Verlagsgruppe Random House FSC-DEU-0100
Das FSC®-zertifizierte Papier *München Super* für dieses Buch
liefert Arctic Paper Mochenwangen GmbH.

1. Auflage
Deutsche Erstveröffentlichung Juni 2012

Umschlaggestaltung: UNO Werbeagentur, München
Umschlagfoto: © gettyimages, © Mimi Haddon und
© Fergus O'Brien
Redaktion: Barbara Müller
LT · Herstellung: Str.
Satz: omnisatz GmbH, Berlin
Druck und Bindung: GGP Media GmbH, Pößneck
Printed in Germany
ISBN: 978-3-442-47171-3

www.goldmann-verlag.de

Ich möchte folgenden Personen für ihre unschätzbare Hilfe danken:

Meiner Agentin Teresa Chris.

Maxine Hitchcock und Kate Bradley, die beide als Lektorinnen dieses Bucht betreut haben.

Yvonne Holland, die den Text redigiert hat, für ihr scharfes Auge und ihr immenses Wissen.

Allen bei *Avon*, die zur Veröffentlichung dieses Buches beigetragen haben.

Und schließlich meinem Geschäftspartner Tony, der einen Großteil der Recherchen zu diesem Buch übernommen hat.

Auf Seide –
den magischsten aller Stoffe,
der mich immer wieder von Neuem verzaubert.

1

Weihnachten 1991

»Jetzt kann's nicht mehr lange dauern. Bald sind alle hier«, sagte Amber.

Jay schenkte seiner Frau ein teilnehmendes Lächeln; er verstand ihre Aufregung.

Sie waren im Salon in Denham, dem eleganten palladianischen Herrenhaus, das Amber von ihrer Großmutter geerbt hatte. Die tiefstehende Dezembersonne warf blasse Lichtstreifen durch das Fenster, die in den in Hellblau und Gelb gehaltenen Raum fielen, wo Jay und Amber auf ihre Familie warteten.

Amber mochte gerade ihren neunundsiebzigsten Geburtstag gefeiert haben, doch das tat ihrer kindlichen Vorfreude auf den Zauber der Weihnacht keinen Abbruch.

Diese kindliche Begeisterung, die sie nie verloren hatte, und ihre große Lebenserfahrung hatten sie zur treibenden Kraft hinter dem Erfolg von Denby Silk, der Seidenfabrik in Macclesfield, gemacht, die sie ebenfalls von ihrer Großmutter Blanche Pickford geerbt hatte, denn sie waren der Antriebsmotor für ihre innovativen Verfahren und Entwürfe. Amber hatte in der Walton Street in London ihre eigene Firma für Innenausstattung gegründet und sie nicht nur während des Krieges am Laufen gehalten, sondern sogar in den wirtschaftlich noch schwierigeren Nachkriegsjahren. Schließlich hatte sie die Geschäftsführung der Firma an die jüngeren Familienmitglieder übergeben, damit diese ihren Erfolg weiterführten und ausbauten. Amber hatte nicht nur die Kraft besessen, den Tod ihres ersten Mannes, Robert, Herzog von Lenchester, und ihres Sohnes Luc zu überwinden und ihre eigene Familie hier in Denham zu unterstützen und zu beschützen, sondern auch Jays Töchter, die ihre Mutter früh verloren hatten. Dann hatte sie dem Leben die glücklichste Wendung gegeben, indem sie Jays Heiratsantrag angenommen und ihm noch zwei Kinder geschenkt hatte, ihre Zwillinge Polly und Cathy. Und jetzt kam ihre ausgedehnte Familie nach Hause nach Denham, um Weihnachten zu feiern.

Einer Tradition folgend, die für sie beide fast genauso altehrwürdig war wie Weihnachten selbst, fragte Jay sie freundlich: »Und wer genau kommt?«

»Alle«, versicherte Amber ihm lächelnd.

Sie zählte die Namen an den Fingern ab und listete sie für ihn auf. Mit den Ältesten fing sie an, Jays beiden Töchtern aus erster Ehe.

»Ella und Oliver fliegen aus New York ein. Sie bringen Sam mit, aber Olivia muss noch einen Artikel für eine Zeitschrift fertigschreiben, für die sie als Freie arbeitet, und nimmt deswegen einen späteren Flug.

Janey will am späten Vormittag vorbeikommen und die Gefriertruhe auffüllen. Sie und John und die Jungen werden natürlich den ersten Weihnachtstag mit uns verbringen. Zum Glück können die Jungen beide nach Hause kommen.«

Janey, Jays jüngere Tochter, und ihr Mann John, Lord Fitton Legh, lebten nur einige Meilen entfernt in Cheshire in Fitton Hall. Harry, ihr ältester Sohn, hatte das Royal Agricultural College in Cirencester abgeschlossen und arbeitete seither als Gutsverwalter bei einem wohlhabenden Grundbesitzer in Norfolk, während sein jüngerer Bruder David der Fitton-Familientradition gefolgt war und in Sandhurst eine Ausbildung zum Armeeoffizier machte.

»Emerald hat gestern angerufen, um Bescheid zu sagen, dass sie und Drogo an Heiligabend hier sind«, fuhr Amber fort, »und dass Katie direkt aus Oxford herkommt.« Sie unterbrach sich und gestand dann wehmütig: »Ich weiß, dass Emerald meine

Tochter ist, Jay, aber manchmal wünschte ich mir, sie wäre nicht ganz so … so … privilegiert und so ein … also, so ein Snob. Es ist gewiss nicht Drogos Schuld, auch wenn er ein Herzog ist.«

Drogo, Emeralds Mann, hatte den Titel des Herzogs von Lenchester von Ambers erstem Mann, Robert, geerbt. Als Emerald als junge Frau erfahren hatte, dass ihr leiblicher Vater nicht, wie sie immer angenommen hatte, Lord Robert gewesen war, sondern ein französischer Künstler namens Jean-Philippe du Breveonet, hatte das zu einer tiefen Kluft zwischen ihr und ihrer Mutter geführt. Diese Kluft war zwar inzwischen überwunden, doch Emerald hatte darauf bestanden, dass die Tatsache, dass Robert nicht ihr leiblicher Vater war, ein Geheimnis bleiben sollte, in das nur Amber, Jay, Emerald, Drogo sowie – leider – auch Emeralds Ex-Schwiegermutter, die Fürstin-Witwe von Lauranto, eingeweiht waren.

»Emma und James kommen mit Emerald und Drogo«, fuhr Amber mit ihrer Liste fort, das waren Emeralds und Drogos älteste Tochter und ihr jüngerer Sohn. »Ich bin so froh, dass James und Sam so gut miteinander auskommen. Vermutlich hilft es, dass sie ungefähr im selben Alter sind.«

»Was ist mit Robert?«, neckte Jay seine Frau. »Den hast du noch nicht erwähnt.«

Robert war Ambers ältester Enkel, Emeralds Sohn aus ihrer kurzen, heimlich geschlossenen Ehe mit Alessandro, dem Kronprinzen von Lauranto, eine Ehe, die aufgrund der Intrigen von Alessandros Mutter bald wieder aufgelöst worden war.

Robert, der jetzt Anfang dreißig war, lebte in London, wo er als Architekt sehr erfolgreich sein eigenes Büro führte.

»Robert kommt mit dem Auto.«

»Allein?«

Jay wusste, dass Amber sich große Sorgen machte, weil Robert noch Single war und in rascher Folge immer wieder neue Partnerinnen hatte, statt zur Ruhe zu kommen und eine Familie zu gründen.

»Ja, er kommt allein. Ich wünschte, er würde die richtige Frau finden, Jay. Das Leben war nicht immer so freundlich zu ihm, wie es hätte sein können. Abgesehen davon, dass sein Vater ihn nicht wollte, glaube ich, dass seine Kindheit und Jugend mit Emerald gewiss das ihre dazu beigetragen haben, auch wenn ich ihr das nie so offen sagen würde. Ich weiß, dass Olivia ihn anbetet, aber Robert zeigt nicht das geringste Interesse an ihr. Ach komm, sieh mich nicht so an«, sagte sie lachend. »Keine Angst, ich werde jetzt nicht zur kupplerischen Großmutter. Ich glaube zufällig nämlich nicht, dass Olivia und Robert zueinander passen würden. Robert braucht eine Frau, die es ihm schwer macht, sie zu erobern. Sosehr ich ihn auch liebe, muss ich doch zugeben, dass ihm manche Dinge zu leicht in den Schoß gefallen sind und dass ihn das ziemlich rücksichtslos und arrogant gemacht hat. Er ist ein sehr gut aussehender junger Mann mit unabhängigem Einkommen und guten Verbindungen, aber die Liebenswürdigkeit, die ihn als Kind ausgezeichnet hat, hat er verloren. Ich mache mir Sorgen, dass er, wenn er nicht allmählich auch mal ein wenig an andere denkt, nicht so glücklich wird, wie er sein könnte.«

»Er hatte es nicht leicht. Er liebt Drogo, und Drogo war ihm auch ein ausgezeichneter Stiefvater, aber als sein leiblicher Sohn wird Jamie Drogo eines Tages beerben, nicht Robert.«

»Glaubst du, das ist die Wurzel des Problems, Jay? Glaubst du, dass es Robert etwas ausmacht, dass Jamie in Drogos Fußstapfen treten wird und nicht er?«

Ihre Stimme klang so verängstigt, dass Jay augenblicklich bemüht war, sie zu beruhigen.

»Nein. Wenn ich ehrlich bin, glaube ich, dass das Problem auf der Situation mit seinem leiblichen Vater gründet. Sobald er alt genug war, um die Sache zu verstehen, wusste Robert, dass sein Vater oder, genauer gesagt, seine Großmutter väterlicherseits, sich weigerte, ihn anzuerkennen. Wie wir alle muss Robert erwartet haben, dass Alessandros zweiter Ehe ein Kind entspringt, das die Linie fortsetzt. Doch jetzt ist Alessandro ohne einen Erben gestorben, und plötzlich umwirbt Roberts Großmutter ihn mit der Aussicht, die Nachfolge seines verstorbenen Vaters anzutreten. Aus dem ungewollten, nichtswürdigen Kind ist quasi über Nacht der begehrte und gefragte zukünftige Kronprinz geworden. Angesichts dessen ist es vielleicht kein Wunder, dass Robert immer zynischer geworden ist.«

Amber seufzte. »Emerald ist da eisern. Sie will auf keinen Fall, dass Robert das Versöhnungsangebot von Alessandros Mutter annimmt – und erst recht nicht die Krone –, doch die Fürstin-Witwe ist eine sehr resolute Person, die es gewohnt ist, ihren Willen durchzusetzen. Sie hat Alessandro sein ganzes Leben lang beherrscht, sie war die eigentliche Macht hinter dem Thron. Emerald wollte Robert nie von seinem leiblichen Vater erzählen, und obwohl sie es nicht gesagt hat, war sie teils auch deshalb so sehr gegen den Besuch, den Robert kürzlich Lauranto abgestattet hat, um seine Großmutter kennenzulernen, weil sie Angst hat, die Fürstin-Witwe könnte Robert die Wahrheit erzählen. Ich hoffe, dass sie das nicht tut, Jay. Wenn, dann sollte es von Emerald kommen. Ich habe sie angefleht, es Robert zu sagen, solange er noch jung genug war, um es als Tatsache zu akzeptieren, und nicht denselben Fehler zu machen wie ich, indem ich ihr die Wahrheit vorenthalten habe, doch sie wollte nicht. Ich weiß, dass Leute, die ihn nicht gut kennen, glauben, Robert sei zu stolz und habe eine zu hohe Meinung von sich selbst, aber ich glaube, das ist nur eine Art Schild, mit dem er sich schützen will. Ich erinnere mich noch gut, wie er mich mal gefragt hat, ob es wahr sei, dass sein Vater seine Mutter verlassen habe, weil er ihn nicht wollte. Der arme kleine Junge. Irgendein Rüpel in der Schule hatte ihn damit aufgezogen, dass Emeralds und Alessandros Ehe annulliert worden war.«

Jay tätschelte Ambers Hand. Er wusste, dass Robert, ihr erstes Enkelkind, einen besonderen Platz in ihrem Herzen hatte.

»Was ist mit den anderen?«, fragte er. »Kommt Rose auch?«

Bei der Erwähnung der Tochter ihres verstorbenen Cousins Greg aus dessen Beziehung mit einer chinesischen Geliebten in Hongkong strahlte Amber übers ganze Gesicht. Sie hatte Rose vom ersten Augenblick an geliebt, als sie als winziges, sehr krankes, ungeliebtes Baby von Greg nach Denham gebracht worden war.

Rose war mit Jays Töchtern und Emerald in Denham aufgewachsen und lebte jetzt mit ihrem Mann Josh, der aus seinem Friseursalon ein millionenschweres Unternehmen aufgebaut hatte, in London. Rose und Josh hatten keine eigenen Kinder, doch Rose hatte Nick, den Sohn aus einer kurzen Affäre Joshs, bevor er und Rose sich kennengelernt hatten, ins Herz geschlossen.

»Rose und Josh kommen. Weihnachten ohne Rose wäre kein richtiges Weihnachten.«

»Dann fehlen nur noch Polly und Cathy«, sagte Jay, ihre Zwillinge.

»Cathy und Sim fahren mit den Mädchen mit dem Auto aus Cornwall her, und Polly und Rocco kommen mit ihren beiden Jungen per Flugzeug aus Venedig. Wir können uns so glücklich schätzen, Jay. Ich *bin* glücklich«, betonte Amber und streckte die Hand nach der seinen aus, »weil ich dich habe.«

Typisch, dass sie das sagt, dachte Jay.

»Nein, Amber, ich bin derjenige, der sich glücklich schätzt«, erwiderte er zärtlich.

Sie führten eine wunderbare, harmonische Ehe. Und das wohl umso mehr, vermutete Jay, weil sie beide, bevor sie einander geheiratet hatten, viel Verzweiflung und Schmerz erlebt hatten. Amber durch den Verrat ihrer ersten Liebe, Jean-Philippe, und dann durch den Unfall, der ihren Ehemann und ihren geliebten Sohn das Leben gekostet hatte, und Jay selbst durch die unglückliche Ehe mit seiner psychisch labilen ersten Frau.

Ich bin so gesegnet, dachte Amber ihrerseits voller Dankbarkeit, vor allem dafür, dass Jay den Herzinfarkt überlebt hatte. Damals hatte sie große Angst gehabt, er könnte sterben. Sie hatten erst so spät zueinander gefunden, dass sie selbst jetzt noch das Gefühl hatte, jede gemeinsame Minute sei ein kostbares Geschenk. Es schmerzte sie, dass nicht alle ihre Kinder und Enkelkinder im Leben so viel Glück gefunden hatten.

»Dann haben wir alle, nicht wahr?«, neckte Jay sie.

»Nicht ganz. Da wäre noch Cassandra«, erinnerte Amber ihn.

Sie sahen einander betreten an.

»Ich weiß, dass sie deine Cousine ist, Jay, und natürlich Johns Stiefmutter, aber ich kann mich bemühen, wie ich will, ich kann ihr die Vergangenheit und ihre Grausamkeit einfach nicht verzeihen.«

»Ich weiß.« Jay tätschelte sanft Ambers Arm. Ihre Haut mochte jetzt voller Altersflecken sein, doch für ihn war Amber immer noch das hübsche siebzehnjährige Mädchen, als seine Liebe zu ihr ein gut gehütetes Geheimnis gewesen war.

Cassandra! Jay empfand nicht mehr Sympathie für seine Cousine als Amber.

»Wie kann ein Mensch nur so werden, Jay?«, fragte Amber traurig. »Es ist, als würde Cassandra es genießen, grausam und gemein zu sein. Ich weiß, dass es falsch war, dass Greg sich in Caroline verliebt hat, aber niemand hätte erfahren müssen, dass sie eine Affäre hatten. Doch Cassandra musste Carolines Mann von der heimlichen Liebschaft erzählen.«

»Ja, ich fürchte, ich bringe es auch nicht über mich, ihr zu verzeihen, wie viel Schaden sie angerichtet hat«, pflichtete Jay seiner Frau ernst bei.

Amber schauderte leicht. Trotz des warmen Feuers, das in dem eleganten offenen Kamin aus Carraramarmor brannte, schien es plötzlich kühl zu werden, als wehte der kalte Atemhauch vergangener Tragödien unvermutet durch den Raum.

»Wir werden niemals wissen, ob der Tod der armen Caroline ein Unfall war und sie gestolpert und in den See gefallen ist oder ob sie sich das Leben genommen hat, weil Cassandra

Lord Fitton Legh von ihrer Untreue erzählt hatte. Caroline und Greg haben einen schrecklich hohen Preis für ihre Affäre bezahlt: Greg wurde von unserer Großmutter enterbt und nach Hongkong geschickt, und Caroline sah sich mit Scheidung und Schande konfrontiert. Ich frage mich oft, ob Cassandra mehr Mitgefühl an den Tag gelegt hätte, wenn sie nicht selbst Gefühle für Caroline gehegt hätte. Sie war so leidenschaftlich in sie verliebt. Glaubst du, sie hat Lord Fitton Legh geheiratet, weil er Carolines Gemahl war?«

»Ich weiß nicht«, antwortete Jay. Seine Cousine war ihm ein Rätsel – ein schwieriges, boshaftes Mädchen, das zu einer verbitterten, grausamen Frau herangewachsen war.

»Ich wünschte, sie hätte Lord Fitton Legh nicht geheiratet, Jay. Sie war dem armen John keine gute Stiefmutter, und auch heute ist sie sehr unfreundlich, obwohl er und Janey sich sehr um sie bemühen.«

»John fühlt sich moralisch verpflichtet, den testamentarischen Wünschen seines Vaters nachzukommen, nicht nur buchstabengetreu, sondern auch noch darüber hinaus, und sein Vater hat sich ausbedungen, dass John gut für Cassandra sorgt. Du weißt doch, wie viel John von seinem Vater gehalten hat.«

»Ja«, räumte Amber ein, »umso erschütternder, da er ein so kalter und distanzierter Vater für John war, obwohl natürlich …« Sie unterbrach sich und sah ihren Mann unsicher an.

»Obwohl es natürlich sein kann, dass John nicht sein leiblicher Sohn ist, meinst du?«, hakte Jay nach. Er sah ihre Miene und fügte leise hinzu: »Ja, ich weiß, dass dein Cousin Greg geglaubt hat, John sei von ihm …«

»Weil Caroline Fitton Legh es behauptet hat«, bemerkte Amber spitz, »aber es kann auch sein, dass sie es Greg nur erzählt hat, weil sie es glauben wollte.«

»Trotzdem hat Lord Fitton Legh John als seinen Sohn großgezogen.«

»Und John hat ihn angebetet. Ihn und Fitton. Fitton ist sein

Leben. Janey beschwert sich schon, manchmal habe sie das Gefühl, Haus und Gut bedeuteten ihm mehr als sie und ihre Söhne. John kann seine Gefühle nicht besonders gut ausdrücken, und manchmal frage ich mich, ob die Ehe der beiden so glücklich ist, wie wir bei ihrer Heirat dachten. Ich glaube, es wäre Johns Ende, wenn er je den Verdacht hätte, dass Greg und nicht der verstorbene Lord Fitton Legh sein Vater war und dass er gar kein Anrecht auf den Titel und auf Fitton hat.«

»Haben wir dann alle?«, fragte Jay wehmütig.

»Ja«, antwortete Amber und schaute auf, als sie vor der Tür zum Salon das vertraute Rattern des Teewagens hörten. »Da kommt Mrs Leggit mit dem Tee«, erklärte sie überflüssigerweise und lächelte die Haushälterin an, als diese eintrat. »Wir haben gerade über Weihnachten gesprochen, Mrs Leggit. Es wäre doch schön, wenn wir Schnee bekämen.«

»Oben in Buxton haben sie schon welchen, habe ich gehört«, sagte die Haushälterin und fügte, als sie zur Tür ging, hinzu: »Allerdings liegen die auch um einiges höher als wir hier unten.«

»Weihnachten, die Familie und Schnee. Wäre das nicht perfekt?« Amber reichte Jay lächelnd seine Teetasse.

»Perfekt«, pflichtete er ihr bei.

2

Es schneite, und Olivia hasste Schnee in New York. Es war überhaupt kein richtiger Schnee – nicht wie in Aspen oder in der Schweiz. Der Schnee in New York sorgte dafür, dass die Fahrer der gelben Taxis noch schlechter gelaunt waren als normalerweise, und verwandelte sich auf den Bürgersteigen sofort in Matsch. Sie hoffte nur, dass der Schneefall nicht so heftig war, dass er den Flughafen JFK lahmlegte und ihr Flug nach Manchester gestrichen wurde. Nach Manchester, zu Robert.

Ihr schweres, kastanienbraunes, schulterlanges Haar schimmerte vor Gesundheit, als sie aus dem Empfangsbereich der Redaktion der *Vanity Fair* trat und auf den Aufzug wartete, der sie hinunter in die Lobby bringen sollte. Groß und schlank, die klassischen Züge und blauen Augen mit diskretem Make-up betont, strahlte Olivia eine Aura ruhigen Selbstvertrauens aus, die im Augenblick über die Aufregung, die sie innerlich empfand, hinwegtäuschte. Bald würde sie Robert sehen. Sie seufzte wehmütig. Wann würde sie endlich erwachsen werden und sich wie eine Fünfundzwanzigjährige benehmen und nicht wie ein naiver Teenager, der zum ersten Mal verknallt ist? Wahrscheinlich nie, wenn es um Robert ging, denn sie liebte ihn schon so lange, dass sie sich nicht vorstellen konnte, ihn nicht zu lieben, gestand sie sich ein, als sie aus dem Aufzug in die Lobby des Gebäudes trat, in dem Si Newhouses Verlagsimperium aus Hochglanzzeitschriften residierte. Sie trug die neuen, butterweichen Lederstiefel, die sie bei Barneys gesehen und denen sie nicht hatte widerstehen können, auch wenn sie für die schneematschigen Gehwege ungefähr so geeignet waren wie hochhackige Sommersandalen. Der Saum ihres langen, cremefarbenen Kaschmirmantels würde bestimmt auch schmutzig werden, doch sie hatte das Gefühl gehabt, ihn anziehen zu müssen, hatte das Mekka der Mode, die *Vogue*, ihre Redaktionsräume doch ebenfalls in dem Gebäude. Sie war überzeugt gewesen, in der Lobby Christy Turlington, einem der so genannten Supermodels, über den Weg zu laufen, wenn sie sie durchquerte.

Wenigstens hatte sie jetzt ihren Artikel bei *Vanity Fair* abgegeben. Sie drückte die Daumen, dass er gut ankam, auch wenn sie wegen des Abgabetermins zu Hause bleiben musste und nicht schon am Morgen mit ihren Eltern und ihrem kleinen Bruder nach England hatte fliegen können.

Immerhin würde sie ihnen bald folgen, und dann war sie in Denham, bei ihren Großeltern, wo sie mit der ganzen Familie – und Robert – Weihnachten feiern wollte.

Sie war so in die Gedanken an ihren Cousin vertieft, dass sie beinahe mit einem Mann zusammenstieß, der zum Aufzug eilte, und als sie aufschaute und erkannte, wer es war, krampfte sich ihr Magen vor Entsetzen und Abneigung zusammen.

Tait Cabot Forbes, politischer Enthüllungsjournalist ohnegleichen, ohne Mitleid für seine Opfer, ohne alles, was einen Mensch zum Menschen machte. Tait war ein wandelndes, redendes, schreibendes Gesetzbuch, immer auf der Hatz nach jemandem, der ein Gesetz brach, damit er ihn gnadenlos an den Pranger stellen konnte. Er hatte in seinen Zeitungsartikeln und Fernsehsendungen den guten Ruf so vieler Menschen gnadenlos in Fetzen gerissen, dass die halbe Welt ihn hassen musste. Olivia jedenfalls hasste ihn aus vollem Herzen.

Dabei hatte es eine Zeit gegeben, da hatte sie ihn bewundert und wegen seiner brillanten Entlarvung derer, die mit ihrer moralischen Schwäche der Menschheit schadeten, als eine Art Held betrachtet, doch das war gewesen, bevor ihre Eltern in sein Visier geraten waren.

Die Familie bedeutete Olivia sehr viel – ihre ganze Familie, aber besonders ihre Eltern und ihr Bruder, der jetzt im Teenageralter war. Olivia liebte ihre Eltern nicht nur, sie respektierte und bewunderte sie, und als der Journalist, der dafür bekannt war, dass er die, die ihm in die Schusslinie gerieten, zu Fall brachte, den Ruf ihrer Eltern quer durch sämtliche Zeitungen New Yorks besudelte, war das auch ein Angriff auf sie gewesen, den sie ihm niemals verzeihen würde.

»Na, na, wenn das nicht die verbissen liebevolle Tochter ist«, grüßte Tait sie. »Bin ich immer noch Volksfeind Nummer eins? Dann ist es wohl nicht ganz angebracht, zu Weihnachten Küsschen auszutauschen, oder?«, zog er Olivia auf, als sie versuchte, an ihm vorbeizukommen.

Sie hatte nicht vorgehabt, sich so weit zu erniedrigen, dass sie mit ihm sprach, doch seine Bemerkung war einfach zu viel für ihre Selbstbeherrschung.

»Ich würde lieber eine Ratte küssen«, fuhr sie zornig auf.

»Sehr schmeichelhaft. Soll mir recht sein«, erwiderte Tait und bedachte sie mit seinem, wie sie fand, Haifischlächeln – weiß polierte Zähne in einem vom Segeln vor Cape Cod gebräunten Gesicht.

Olivia musste widerstrebend zugeben, dass er gut aussah, falls man auf den typischen groß gewachsenen, vor Gesundheit strotzenden Ostküsten-Amerikaner stand. Dabei waren seine Haare und seine Augen so dunkel, dass er gut italienische Vorfahren haben konnte. Na, wäre das nicht was, ein großes Tier in Boston – einer aus den obersten Rängen der privilegierten weißen Mittelschicht – mit italienischem Immigrantenblut in den Adern?

Olivia wusste, dass ihre Kolleginnen ihre Feindschaft gegen ihn nicht teilten. Auf New Yorks Straßen erzählte man sich, Tait sei nicht nur der attraktivste Journalist, sondern auch der Beste im Bett.

»Dann verbringt die Familie Weihnachten also hier in New York?«

»Nein, auch wenn es Sie nichts angeht.«

Der Schnee, der auf seinen Kopf gefallen war, hatte sein dichtes Haar angeklatscht, und es hing ihm in feuchten Strähnen in die Stirn. Die helle Beleuchtung der Lobby betonte die Fältchen um seine Augen und seine dichten Augenbrauen. Mag ja sein, dass einige Frauen sich fast umbringen, um seine Aufmerksamkeit zu erregen, aber Tait Cabot Forbes ist der Typ Mann, der mich absolut kaltlässt, dachte Olivia. Ganz im Gegensatz zu Robert.

Robert.

Es war tröstlich, Taits Gesicht auszublenden, indem sie sich auf ihr inneres Bild ihres Cousins konzentrierte. Robert war für sie der perfekte Mann. Das vornehme Betragen, das er wohl als Junge im Haus seiner Großmutter und seines Stiefgroßvaters gelernt hatte, machte ihn in Olivias Augen zu etwas

Einzigartigem: einem wahren Gentleman der alten Schule, der hohe moralische Ansprüche hatte und an so altmodische Tugenden wie Ehre und Loyalität glaubte.

Und Liebe? Olivia stieß einen leisen Seufzer aus. Sie wusste genau, dass Robert nicht mehr für sie empfand als freundliche Zuneigung zu seiner Stiefcousine, auch wenn er nett gewesen war, als sie als Teenager schmerzlich offensichtlich in ihn verknallt gewesen war. Die Tatsache, dass aus der Teenagerverliebtheit jetzt die sorgsam gehütete Liebe einer Frau geworden war, war allein ihre Angelegenheit und ihr Problem und eindeutig nichts, was sie öffentlich machen würde, um beschämt zu werden und Robert in Verlegenheit zu bringen.

»Tait.« Eine Frau, die, ihrer Stimme nach zu urteilen, ganz verzückt war, den Journalisten zu erspähen, gab Olivia die Gelegenheit zu entkommen. Eine sehr willkommene Gelegenheit, dachte sie dankbar, als sie sich an Tait vorbeischob und auf die Straße trat. Dort wandte sie sich, ohne es eigentlich vorgehabt zu haben, noch einmal um und sah, dass Tait mit der hübschen Blondine, die seinen Namen gerufen hatte, die weihnachtlichen Küsschen austauschte, die sie ihm verweigert hatte.

Weihnachtliche Küsschen. Sie war Mitte zwanzig, und das letzte Mal, als sie etwas gehabt hatte, was man auch nur annähernd als Beziehung bezeichnen konnte, war im ersten Jahr am College gewesen. Doch sie hatte ihre Arbeit, erinnerte sie sich, und ihren Ehrgeiz und natürlich ihre wunderbaren Eltern.

In London, in Lenchester House, dem Londoner Domizil des Herzogs von Lenchester, unterhielt sich das Objekt von Olivias Liebe mit seinem Stiefvater in der Bibliothek.

Drogo und Robert saßen einander auf beiden Seiten des Marmorkamins in Lehnstühlen gegenüber, die der dritte Herzog bei Hepplewhite in Auftrag gegeben hatte. An den Fenstern hingen schwere Seidenvorhänge in einem satten Bernsteinton, die in Denby Mill, der Heimat des Seidenimperiums der Familie von Drogos Frau, eigens für diesen Raum angefertigt worden waren. Der satte Bernsteinton bewirkte, dass die Bibliothek stets von einem warmen, goldenen Glühen erfüllt war, als würden Sonnenstrahlen durch die Fenster fallen, egal zu welcher Jahreszeit.

Die Lehnstühle waren dazu passend mit einem bernstein- und cremefarben gemusterten Samt bezogen. Der vorherige Herzog, Lord Robert, hatte die Farbpalette zu Ehren seiner jungen Gemahlin, Amber, ausgewählt. Der Savonnerie-Teppich auf dem Parkettboden war in der Zeit von Napoleon Bonaparte geknüpft worden, und seine tiefgoldenen und blauen Muster auf beigefarbenem Untergrund ergänzten die Vorhang- und Möbelstoffe perfekt. Drogo verstand sehr gut, warum Lord Robert diese Farbpalette gewählt hatte und nicht das traditionellere Dunkelrot, das in solch maskulinen Räumen oft vorherrschte.

»Wie fühlst du dich bei dem Gedanken, offiziell die Nachfolge deines verstorbenen leiblichen Vaters anzutreten, nachdem du jetzt in Lauranto warst und die Gelegenheit hattest, dich mit deiner Großmutter und ihren Beratern zu besprechen?«, fragte Drogo seinen Stiefsohn.

Wie er sich dabei fühlte? Robert hatte den Verdacht, wenn er seinem Stiefvater eine ehrliche Antwort auf seine Frage gab, würde Drogo ihn nicht nur nicht verstehen, sondern sich auch Sorgen um ihn machen. Für Außenstehende mochte ihre Situation eine ähnliche sein: Drogo hatte ein Erbe und einen Titel angetreten, auf die er von sich aus nie Anspruch erhoben hätte, und das noch in einer ihm fremden Kultur und in einem fremden Land. Doch da endeten die Gemeinsamkeiten auch schon. Drogo war nicht in dem Wissen aufgewachsen, abgelehnt worden zu sein, weil er als Erbe nicht gut genug war. Er war wegen dieser öffentlichen Ablehnung in seiner Kindheit nicht – wie Robert – gehänselt und verspottet worden. Er hatte nicht aufwachsen müssen in dem Wissen, dass sein Vater ihn nicht wollte. Wie konnte man also erwarten, dass Drogo die primitive, instinktive Befriedigung verstand, die es Robert verschaffte, wenn seine Großmutter sich um ihn bemühte, damit er die Nachfolge seines verstorbenen Vaters antrat, selbst wenn das nur geschah, weil sie keine andere Wahl hatte, weil es keinen anderen Erben gab? Wie konnte er erwarten, dass Drogo verstand, wie sehr er haben wollte, was man ihm anbot, auch wenn es ihm selbst nicht bewusst gewesen war, ehe man ihm den ersten Brief geschickt hatte und zum ersten Mal an ihn herangetreten war? Es war sein Geburtsrecht, und er hatte das Gefühl, eine höhere Autorität als sein Vater und seine Großmutter väterlicherseits habe ein Unrecht wiedergutgemacht. Doch vor allem wollte er beweisen, dass er als Kronprinz von Lauranto besser war als jeder andere Kronprinz vor ihm – und gewiss besser als der Vater, der ihn abgelehnt hatte. Das war es, was ihn im Augenblick antrieb; weder Altruismus – der womöglich seinen Stiefvater und seinen Großvater angetrieben hätte –, noch Lauranto oder sein Volk an sich, sondern Ehrgeiz. Er wollte dies für das Kind, das noch vor seiner Geburt als unwürdig abgelehnt und das ungeliebt und nicht anerkannt worden war, bis schiere Verzweiflung seine Großmutter zu diesem Schritt zwang.

Er wollte sich Lauranto zu eigen machen und dem Land seine persönliche Note geben, sodass *er* in Zukunft Lauranto sein würde und zukünftige Generationen sagen würden, er habe Lauranto zur wahren Blüte geführt. Allem, was er tat, würde er seinen Stempel aufdrücken, von der Architektur bis hin zu Finanzen und Gesetzen, zu guter Letzt auch über die Söhne, die er dem Land schenken würde. Nein, sein Stiefvater würde nicht verstehen, wie sehr er sich jetzt den süßen Geschmack von Vergeltung und Triumph auf der Zunge zergehen ließ.

Drogo musterte seinen Stiefsohn, während er auf seine Antwort wartete: groß, dichtes Haar, strahlend blaue Augen und ein fast klassisches Profil, starkes Kinn, hübsche Ohren und eine wohlgeformte Nase – damit verband Robert das gute Aussehen beider Elternteile, auch wenn sein Temperament sich sehr von dem seiner Mutter unterschied. Robert hatte die Neigung, sich in sich zurückzuziehen und andere auszuschließen, und manchmal schien es Drogo fast, als liege sein Stiefsohn im Krieg mit sich selbst.

»Es wird eine Herausforderung«, antwortete Robert, nachdem er sorgsam abgewogen hatte, was er seinem Stiefvater anvertrauen wollte. »Alessandro …« Robert zuckte wegwerfend die Achseln. »Ich kann einfach nicht an ihn als an meinen Vater denken. Das warst immer du, Dad, und das wird auch so bleiben. Ich habe den Verdacht, dass Alessandro ein Leichtgewicht war und von seiner Mutter dominiert wurde. Er war eine Marionette, die zuließ, dass andere für ihn regierten. Das Land muss dringend modernisiert werden, und das wird eine gigantische Herausforderung. Meine Großmutter und ihre Berater sind hartnäckig gegen jede Form von Veränderung. Die Regentschaft über das Land gründet auf fast feudalen Strukturen, und die Ärmsten werden nahezu wie Leibeigene behandelt, besonders die Arbeiter auf den Gütern derer, die zu der in der Gunst meiner Großmutter stehenden Clique von Baronen gehören. Die Kinder dieser Familien verlassen mit vierzehn die Schule, um auf dem Land zu arbeiten, während die Kinder der ›Vornehmen‹ und die der sehr kleinen Gruppe der höheren Berufsstände und die der Mittelschicht ihre Ausbildung zum größten Teil im Ausland erhalten. Die sozialen Grenzen sind schier unüberwindbar. Das Hofleben folgt einer formellen Routine, die eher dem viktorianischen Zeitalter entspricht als unserem. Die Staatskasse ist so gut wie leer. All das wird sich ändern müssen.«

»Hast du der Fürstin-Witwe gesagt, wie du empfindest?«

»Noch nicht. Wir haben ein weiteres Treffen im Februar verabredet. Bis dahin werde ich meine Bedingungen für die Annahme der Krone formuliert haben.«

»Dann hast du also vor, sie anzunehmen?«

»Ich denke nicht, dass ich eine Wahl habe.« Das stimmte zwar, doch Robert wusste, dass Drogo seine Aussage dahingehend interpretieren würde, dass er das Gefühl hatte, er habe wegen der Bevölkerung des Fürstentums die Pflicht, die Nachfolge seines Vaters anzunehmen, und nicht, weil er persönlich das dringende Bedürfnis empfand, sich der Herausforderung zu stellen.

»Oh, Robert, nein. Ich fasse es nicht, dass du dieser alten Vettel nachgibst und dich von ihr überreden lässt, die Krone anzunehmen. Nicht nach allem, was sie getan hat«, erklärte Emerald, die in die Bibliothek gekommen war und Roberts letzte Bemerkung gehört hatte.

Sie trat zu Drogo und drückte ihm einen Kuss auf den Scheitel. »Und ich fasse es auch nicht, wie schwierig es ist, diese Familie zu organisieren. Ich musste heute Morgen mit Jamie losfahren, um ihm neue Gummistiefel zu kaufen, denn er hat einen rechten Schuss gemacht, seit er in Eton ist. Emma macht einen großen Wirbel darum, was sie mit nach Italien nimmt, wenn sie nach den Weihnachtsferien mit Polly dorthin zurückkehrt, Katie ist noch nicht aus Oxford zu Hause, und morgen früh sollen wir alle nach Macclesfield fahren.«

Während Drogo seiner Frau ein nachsichtiges Lächeln schenkte, warnte Emerald ihren ältesten Sohn: »Es ist deine Entscheidung, ich weiß das, Schatz, aber sobald sie dich in den Klauen hat, wird Alessandros Mutter nicht eher ruhen, als bis sie sämtliche Aspekte deines Lebens kontrolliert, einschließlich der Suche nach einer Ehefrau. Alles, was sie von dir will, ist die Sicherung der Erbfolge.«

Robert lächelte, unbeirrt von der Bemerkung seiner Mutter. Emerald seufzte innerlich. Wie konnte es sein, dass ihr ältestes Kind, empfangen in der wilden Leidenschaftlichkeit ihrer Jugend, so gar nicht leidenschaftlich war? Wie jede Mutter wollte sie ihre Kinder vor emotionalem Schmerz beschützen, doch manchmal erwischte sie sich dabei, dass sie sich beinahe wünschte, Robert würde sich leidenschaftlich und hoffnungslos verlieben, und wenn auch nur, um zu erfahren, was Leidenschaft war. Emerald konnte sich nicht vorstellen, wie ein Leben ohne Leidenschaft aussehen sollte, obwohl sie das als Mutter natürlich niemals zu ihren Kindern sagen würde, besonders nicht zu Robert, der sie manchmal ansah, als wäre er weit älter und weiser als sie.

»Das Land hat drei Millionen Einwohner, von denen die meisten unter der Last des Feudalsystems gerade eben so über die Runden kommen«, erklärte Robert seinen Eltern. »Es ist finanziell praktisch bankrott, und moralisch ist die herrschende Elite auf jeden Fall bankrott.«

»Aber das bedeutet doch nicht, dass du dich als heiliger Robert aufspielen und zu seiner Rettung eilen musst«, beharrte Emerald.

Robert lachte. Er kannte seine Mutter und wusste um die alte Feindseligkeit zwischen ihr und seiner Großmutter väterlicherseits. Beide waren willensstarke und entschlossene Frauen, die die Dinge gern nach ihrem Willen regelten.

»Ich habe mich einverstanden erklärt, im neuen Jahr noch einmal hinzufahren und mit meiner Großmutter zu reden, sobald ich die Gelegenheit hatte, über alles nachzudenken. Das Land hat Potenzial, dem Volk könnte es viel besser gehen, wenn manches anders geregelt wäre. Sämtliche alten Bauwerke und Regierungsgebäude in der Altstadt sind aus dem beginnenden achtzehnten Jahrhundert und müssten dringend renoviert werden. Als Architekt reizt mich diese Herausforderung natürlich.«

Das stimmte, doch Robert schob das Projekt absichtlich in den Vordergrund, um seine wahren Gefühle vor seiner Mutter zu verbergen.

»Überleg doch nur«, neckte er sie, »was für Möglichkeiten sich da bieten, Seidenstoffe von Denby Mill einzusetzen. Das wäre doch sicher eine hübsche Form der Rache, oder? Nach allem, was du sagst, könnte die Fabrik die Aufträge schließlich gut gebrauchen.«

Emerald seufzte, und Robert wusste, dass sein Ablenkungsmanöver funktioniert hatte.

»Das stimmt. Die gegenwärtige Mode, alles mit glattem Chintz zu drapieren, hat unseren Absatz beeinträchtigt, obwohl wir mit der neuen Duftwicken-Kollektion einigen Erfolg hatten. Ich beneide Angelli Silk um seine historischen Verbindungen zu den italienischen Opernhäusern, denn dadurch kriegen sie automatisch den Auftrag, wenn irgendwo Renovierungsarbeiten anstehen.«

»Denby Silk hat seine Verträge mit dem National Trust«, entgegnete Robert.

»Ja, wir haben einige Verträge mit ihm, aber er arbeitet nicht exklusiv mit uns zusammen. Im amerikanischen Markt liegt die Zukunft, dort brauchen wir Erfolge. Ich werde mal ein Wort mit Ella reden, wenn sie hier ist, und schauen, ob wir nicht einige der führenden New Yorker Innenausstatter dazu bringen können, unsere Seidenstoffe zu führen … Es ist ja schön und gut, wenn du versuchst, mich abzulenken, Robert«, fuhr sie fort und kehrte zu ihrem vorigen Gesprächsthema zurück, »aber wenn du wirklich Kronprinz wirst, musst du bald heiraten, denn dann ist es deine oberste Pflicht, einen Erben in die Welt zu setzen.«

Robert war im Laufe der Jahre mit einer ganzen Anzahl junger Frauen ausgegangen, doch bis jetzt hatte er noch keine Anstalten gemacht, häuslich zu werden. Dafür gab es einen guten Grund, doch darüber wollte er nicht mit seiner Mutter sprechen. Die frühen Jahre von Roberts Leben, bevor seine Mutter Drogo geheiratet hatte, waren sehr turbulent gewesen. Emerald war ein unternehmungslustiger Geist gewesen und hatte das Leben in vollen Zügen ausgekostet, wie man so schön sagte. Unter ihren Liebhabern war auch Max Preston gewesen, ein berüchtigter Gangster aus dem East End. Damals war Robert sieben gewesen.

Erinnerungen, die er lieber unter Verschluss hielt, stiegen plötzlich gegen seinen Willen auf: die beängstigenden Stimmungsschwankungen seiner Mutter, Türenschlagen und lautstarke Auseinandersetzungen, die Laute aus ihrem Schlafzimmer, als er eines Nachts aufgewacht war und allein im Dunkeln Angst gehabt hatte und zu ihr gehen wollte, um Trost zu suchen. Er hatte Angst gehabt um sie, als er die Laute gehört hatte, die schroffe Stimme eines Mannes, der mit schwerer Zunge sprach, und die Stimme seiner Mutter, die immer wieder flehte: »Bitte … bitte … bitte …«

Er hatte die Tür geöffnet, und gesehen, wie …

Vielleicht empfanden alle Kinder, die ihre Eltern unvermutet beim Sex überraschten, denselben Abscheu wie er. Vielleicht steckten sie, wie er, diese Erinnerungen in eine Kiste und verbuddelten diese Kiste sehr tief unter einem großen Stein. Vielleicht wuchsen auch sie zu Erwachsenen heran, die sich der Gefahr unkontrollierbarer Leidenschaft deutlich bewusst waren, die Angst davor hatten und wie er entschlossen waren, sich niemals davon beherrschen zu lassen. Vielleicht. Doch Robert wusste es nicht, denn über so etwas sprach man nicht.

Während seine sexuelle Vorliebe intelligenten, temperamentvollen, aufregenden und auch anspruchsvollen Frauen galt, wollte er sich doch niemals auf Dauer an eine von ihnen binden. Sie waren zu leidenschaftlich, zu aggressiv, zu fordernd und verlangten emotional wie geistig zu viel von den Männern, die sie liebten, und von ihren Familien. Das Leben mit ihnen war eine Achterbahn, die alles ummähte, was ihr in den Weg kam, und Robert hatte keine Lust auf eine solche Fahrt. Es war besser, Leidenschaft und Aufregung zu genießen und die Frauen auf sicheren Abstand zu halten, um dafür zu sorgen, dass sie austauschbar blieben. Aus diesem Grund wollte er auch nicht heiraten. Es war schließlich nicht notwendig. Doch der Tod seines leiblichen Vaters und das Ersuchen seiner Großmutter hatten alles verändert. Wenn er seinen jetzt brennenden Ehrgeiz, Kronprinz von Lauranto zu werden, befriedigen wollte, dann musste er – wie seine Mutter soeben betont hatte – heiraten.

Seine Mutter und seine Großmutter väterlicherseits würden vermutlich bis aufs Messer darum kämpfen, wer von ihnen ihm die Braut aussuchen durfte, also war es besser, das selbst in die Hand zu nehmen. Er hatte sogar schon eine im Sinn. Die richtige Frau für den Kronprinzen von Lauranto war eine Frau, deren ganze Loyalität ihm galt, die ihn bedingungslos unterstützte und die es von ihrem Naturell her akzeptierte, dass ihre Rolle eine unterstützende war und keine führende. Sie musste ihn und nur ihn allein lieben, doch zugleich durfte sie in ihrer Haltung oder ihrem Benehmen nicht leidenschaftlich besitzergreifend oder offen sexuell sein. Sie brauchte Intelligenz, Bildung, Selbstvertrauen und den richtigen Charakter, um seine Gemahlin zu sein, und natürlich musste sie gut aussehen. Das war eine lange Liste von Anforderungen, doch Robert kannte eine Frau, die sie alle erfüllte.

Olivia, die Cousine, von der er wusste, dass sie ihn liebte. Olivia, die elegant war, gepflegt, gebildet und ruhig und deren Loyalität zu ihm absolut sein würde.

Doch er hatte – noch – nicht die Absicht, seiner Mutter zu sagen, was er im Sinn hatte.

Erst später, als Robert in seine eigene Wohnung, ein Penthouse in einem eleganten neuen Wohnblock, der nach seinen Entwürfen gebaut worden war, zurückgekehrt war, zeigte Emerald Drogo, wie besorgt sie in Wirklichkeit um die Zukunft ihres Sohnes war.

»Ist es egoistisch von mir zu hoffen, dass Robert das Angebot von Alessandros Mutter ablehnt?«

»Ich weiß nicht«, antwortete Drogo vorsichtig, »aber ich weiß, dass es nichts nützt, wenn du sie in seiner Gegenwart schlechtmachst, denn falls er sich entscheidet, die Krone anzunehmen, bringt ihn das in eine schwierige Position.«

So willensstark Emerald auch war, mochte sie es doch nicht, wenn sie das Gefühl hatte, ihr Mann missbilligte etwas, was sie gesagt oder getan hatte.

»Aber sie ist ein grässliches Monster«, beharrte sie, drehte sich auf dem spitzen Absatz ihrer pflaumenblauen Charles-Jordan-Pumps um und trat ans Fenster. Der Schnitt ihres Chanel-Tweedkostüms – Lila, Pflaumenblau und Weiß vor schwarzem Hintergrund – betonte diskret ihre Kurven. Selbst in dem scharfen Winterlicht, das auf sie fiel, sah sie Drogos Meinung nach immer noch so umwerfend aus wie damals, als er ihr zum ersten Mal begegnet war.

Als sie sich schließlich umdrehte und die Liebe und Besorgnis im Gesicht ihres Mannes sah, ging sie zu ihm und legte den Kopf an seine Schulter.

»Ich will doch nur, dass Robert glücklich ist. Ist das so falsch?« Sie unterbrach sich und fügte dann in einer Stimme, der ihr normales Selbstvertrauen fehlte, hinzu: »Manchmal frage ich mich, ob es stimmt, dass man aufpassen soll, was man sich wünscht.«

»Soll heißen?«, fragte Drogo nach.

»Als Robert zur Welt kam, habe ich frohlockt, denn Robert wäre immer Alessandros Erstgeborener – und sein rechtmäßiger Erbe, egal, was Alessandros Mutter von ihm hält. Seither habe ich mir so oft gewünscht, du wärst sein leiblicher Vater. Dann wäre er immer hier, bei uns, Teil von uns und unserem Leben.«

Es war so ungewohnt, dass Emerald Verletzlichkeit oder Bedauern durchblicken ließ, dass Drogo sie in die Arme nahm, um sie zu trösten.

»Wenn er annimmt, was Alessandros Mutter ihm anbietet«, fuhr Emerald fort, »dann ist mir, als wäre er nicht mehr Teil von uns. Ich mache mir Sorgen um ihn, Drogo. Wir haben ihn so erzogen, dass er sich in dem Leben, das er hier in England hat, wohl fühlt. Alessandros Mutter wird wollen, dass er Alessandros

Sohn ist, charmant, aber schwach, fürstlich, aber formbar, ein gut aussehender Marionettenprinz.«

»Du unterschätzt Robert«, versuchte Drogo sie zu trösten. »Er hat einen starken Charakter, Emerald.«

»Es wäre viel besser, wenn er dein Sohn wäre – nicht dass ich will, dass James enterbt wird –, aber wie um alles in der Welt soll ich mich zu einem Sohn bekennen, der Kronprinz eines so lächerlichen Fürstentums wie Lauranto ist? Jeder, der etwas zählt, weiß, dass dieser Titel im Vergleich zu einem britischen ein Witz ist.« Emerald schauderte leicht und legte sich wieder ihren gewohnten Mantel aus selbstsicherer Überlegenheit um. »Wir können nicht erlauben, dass er sich noch mehr zum Narren macht, indem er ein Mädchen mit dem erfundenen Titel ›Prinzessin‹ heiratet, nur weil sie Alessandros Mutter genehm ist.«

»Nein, es ist viel besser, wenn er eine Frau heiratet, die wir ihm ausgesucht haben«, pflichtete Drogo ihr mit unbewegtem Gesicht bei.

Emerald lehnte sich in seiner Umarmung ein wenig zurück und sah ihn an. »Du hast gut lachen, aber so etwas ist wichtig, Drogo.«

»Ich bin bereit zuzustimmen, dass es wichtig ist, dass Robert, wenn er in Alessandros Fußstapfen tritt, eine Frau heiratet, die er liebt, eine, die die Anforderungen seiner und ihrer eigenen Rolle begreift und die mit den Problemen umgehen kann, die diese Anforderungen ihnen beiden bereiten können. Doch dass wir diese Frau aussuchen sollen … überleg doch mal, wie du dich gefühlt hättest, wenn deine Mutter dir einen Mann vorgeschrieben hätte.«

Emerald sah ihn immer noch an und sagte spöttisch: »Das hat sie … Sie hat dich ausgesucht, auch wenn sie es nie gesagt hat.«

»Mhm. Also, Ausnahmen bestätigen die Regel«, gestand Drogo mit einem Grinsen, bevor er sie an sich zog, um sie zu küssen.

3

»Dann ist es endgültig, Nick? Die Trennung, meine ich. Es gibt keine Chance, dass ihr beide …«, fragte Rose Simons ihren Stiefsohn traurig.

»Nein, ausgeschlossen. Das hat Sarah mehr als deutlich gemacht. Sie hat sogar die Schlösser austauschen lassen. Das war zweifellos die Idee ihres Vaters.«

Nicks Stimme mag so frisch sein wie das Hemd, das er trägt – aus der Wäscherei und nicht von seiner Frau gewaschen –, dachte Rose ironisch, doch sie kannte ihren Stiefsohn, und sie kannte die Verletzlichkeiten und Unsicherheiten, die Nick so geschickt verbarg. Zu geschickt? War das mit ein Grund für die Trennung? Weil die Erfahrungen seiner ersten zwölf Lebensjahre dazu geführt hatten, dass Nick sich davor hütete, jemandem zu vertrauen?

Für die Außenwelt mochte Nick ein aggressiver und sehr erfolgreicher Finanzinvestor sein, dessen Foto regelmäßig im Finanzteil der Zeitungen erschien, begleitet von Artikeln, die seinen wirtschaftlichen Spürsinn rühmten, doch für sie war er zum Teil immer noch das verstörte verwaiste Kind, das sie fest in ihr Herz geschlossen hatte.

Nick zog einen der matten Chromhocker unter der Kücheninsel heraus, an der seine Stiefmutter für das Currygericht zum Abendessen Gemüse geschnippelt hatte. Die Küche des Stadthauses in Chelsea, das Josh und Rose nach ihrer Hochzeit gekauft hatten, mochte mit ihrer eleganten und äußerst individuellen Ausstattung in Chrom und Glas auf den ersten Blick nicht so gemütlich und häuslich wirken wie die handbemalte, unmäßig teure Smallbone-Küche, die Sarah in das überteuerte Haus in The Boltons, in das sie sich verliebt hatte, hatte einbauen lassen, doch Nick wusste, in welcher Küche er sich mehr zu Hause fühlte und wo er mehr geschätzt wurde.

Seine Stiefmutter hatte ihren ganz eigenen Stil, der zum großen Teil auf der Tatsache gründete, dass sie eine sehr erfolgreiche Innenausstatterin war; sie operierte von dem von der Familie geführten Laden in der Walton Street aus, den ihre Tante Amber einst gegründet hatte. Und zu einem geringen Teil basierte er gewiss auch auf ihren asiatischen Genen, die sie von ihrer chinesischen Mutter geerbt hatte. Für die, die sie nicht näher kannten, strahlte Rose Simons von den Spitzen ihres glatten, immer noch schwarzen, kurzgeschnittenen Haars bis zu dem Saum ihres umwerfend schlichten schwarzen Kleids etwas leicht Einschüchterndes aus, doch Nick kannte das liebevolle Herz, das Rose unter den Haute-Couture-Kleidern und dem geschäftsmäßigen Auftreten verbarg.

Ihm fiel keine andere Frau ein – und er kannte viele –, die, wenn sie einem schmuddeligen, rotznäsigen unbekannten Zwölfjährigen die Tür geöffnet hätte, der erklärte, ihr Mann sei sein Vater, diesem Kind die Hand gereicht hätte, wie es Rose bei ihm getan hatte, und ruhig gesagt hätte: »Also, ich bin froh, das zu hören, denn wenn es etwas gibt, was diesem Haus fehlt, dann ein Junge, der ein bisschen Leben in die Bude bringt.«

»Nick …«

»Schon gut«, erklärte er ihr jetzt. »Ich werde nichts Dummes tun, wie zum Beispiel hingehen und Rabatz machen, denn das habe ich schon versucht.« Er rieb sich mit der Hand übers Kinn, und ein leises Kratzen war zu hören. Er ist seinem Vater wie aus dem Gesicht geschnitten, dachte Rose, als sie das kleingeschnippelte Gemüse in eine Schüssel tat und zudeckte. Ihre Bewegungen waren geübt, ruhig und minimalistisch, völlig im Einklang mit der minimalistischen Eleganz der Küche. Rose mochte es, wenn Dinge nicht kompliziert waren, sondern leicht zu verstehen und einzuschätzen. Sie mochte es, wenn die Dinge offen ausgesprochen wurden, statt im Verborgen zu lauern, und das spiegelte sich in ihren Entwürfen wider. Genau wie ein vollgestopfter, überfüllter Geist vergessene Geheimnisse und Gedanken womöglich verbarg, die wachsen und schwären konnten, so konnte vollgestopfter Raum in ihren Augen zu denselben potenziellen Gefahren führen.

Doch Nick war ein Kind, beschädigt von dem Elend seiner frühen Lebensjahre, und er tat Rose in der Seele leid.

Obwohl er es überspielte, sah sie seine Bitterkeit und seinen Zorn über das aufzehrende, lange hingezogene Elend, welches das Ende seiner Ehe gewesen war, auch wenn diese Gefühle jetzt unter einer dünnen Schicht Akzeptanz verborgen waren.

»Was … was wird aus den Jungen?« Rose wagte kaum zu fragen. Sie und Josh liebten ihre Enkelkinder, und Rose schätzte sich glücklich, sie so oft zu sehen, da sie und Josh praktisch in Fußnähe zu Nicks und Sarahs Haus lebten.

»Sarah hat sich einverstanden erklärt, dass ich angemessenen Umgang mit ihnen habe. *Angemessenen Umgang*. Zum Teufel, es sind meine Kinder, ich habe sie gezeugt, ich …« Er unterbrach sich und fuhr sich mit den Händen durchs Haar. »Tut mir leid … aber wenn ich daran denke, was wir ihnen antun … Und alles nur wegen Sarahs verflixtem Vater. Die Jungen haben sich die Augen aus dem Kopf geheult, als ich gegangen bin. Verdammte Sarah – man könnte meinen, das hätte sie ihnen erspart, wenigstens bis nach Weihnachten.«

Weihnachten.

Rose beugte den Kopf über die Schüssel, denn sie wollte nicht, dass Nick ihre Gedanken erriet. Für sie bedeutete Weihnachten, »nach Hause«, nach Denham Place nahe Macclesfield zu fahren, zu Amber, ihrer Tante. Es bedeutete, Teil der großen Zusammenkunft von Geschwistern, Cousinen und Cousins und Eltern zu sein, die sich inzwischen über drei Generationen erstreckte. Doch Nick hatte sich nie so recht wohl gefühlt in dieser Gruppe, hatte sich immer vorsichtig am Rand gehalten, und seit die Jungen auf der Welt waren, fuhr er gar nicht mehr mit, weil Sarah immer nach Schottland zu ihren Eltern wollte.

»Siehst du die Jungen über Weihnachten?«, fragte Rose.

»Nicht die geringste Hoffnung. Sarah fährt mit ihnen zu ihren Eltern. Die haben mich nie gemocht, besonders ihr Vater nicht. Bestimmt wartet schon ein kilttragendes, willensschwaches Exemplar in den Kulissen, um ihr den Trost einer männlichen Schulter und den richtigen Hintergrund zu bieten. Gütiger Himmel«, explodierte Nick, »wenn ich überlege, dass ich mich schier umgebracht habe, um ihr den Lebensstil bieten zu können, von dem sie immer gejammert hat, das sie ihn wollte, nur um sich dann umzudrehen und zu sagen, sie wolle die Scheidung, weil ich so viel arbeite.«

Rose sagte nichts. Wie konnte sie? Sie wusste genauso gut wie Nick, dass Sarahs Anschuldigungen nicht unbegründet waren und dass er seine Arbeit liebte. Sie ermöglichte es ihm, die in ihm liegenden Aggressionen zum Ausdruck zu bringen, die daraus erwachsen waren, dass er sich mit aller Kraft der Grausamkeit seiner Kindheit widersetzen musste. Sein Stiefvater hatte ihn und seine Mutter geschlagen, bis dieser nach einem heftigen Saufgelage auf die Straße gestürzt und von einem Bus überfahren worden war – im Krankenhaus war er seinen Verletzungen erlegen. Nicks Arbeit gab ihm nicht nur finanzielle Unabhängigkeit, sondern auch etwas, was er unbedingt brauchte, nämlich den Triumph, der daraus erwuchs, andere, die sich ihm aus irgendeinem Grund überlegen glaubten, zu übertreffen.

Rose liebte ihren Stiefsohn, doch sie war nicht blind gegenüber seinen Fehlern und den inneren Dämonen, die ihn antrieben.

Doch es gab eines an Nick, was ihr Herz mit Stolz und Dankbarkeit erfüllte, und das war sein Abscheu vor körperlicher Gewalt. Er hätte so leicht dieselben Verhaltensmuster entwickeln können wie der Mann, der ihn aufgezogen hatte. Selbst mit zwölf war er trotz der erlittenen Entbehrungen ein großer, muskulöser Junge gewesen. Niemals würde Rose den

Abend vergessen, an dem der Rektor der erstklassigen örtlichen Schule, auf die sie Nick geschickt hatten, vorbeigekommen war, um ihnen zu erzählen, dass Nick von einer Gruppe von Jungen in seiner Klasse bösem Spott ausgesetzt gewesen war. Nick hatte die höhnischen Bemerkungen über sich ergehen lassen und war fortgegangen, ohne sich zu einem Gewaltausbruch hinreißen zu lassen – worauf die Jungen es offensichtlich abgesehen hatten.

Als Rose später mit ihm darüber gesprochen hatte, hatte er ihr gestanden, dass seine Mutter ihm vor ihrem Tod das Versprechen abgenommen hatte, niemals die Fäuste gegen jemanden zu erheben, »weil der, der uns schlägt, nicht dein richtiger Vater ist, und ich will stolz auf dich sein können, wenn ich von da oben auf dich und deinen leiblichen Vater hinunterschaue«.

An dem Abend hatte Rose in Joshs Armen geweint. »Der Gedanke, was Nick durchmachen musste, ist mir unerträglich«, hatte sie gesagt. »Er ist erst zwölf, und er musste mit ansehen, wie seine Mutter starb, und dann hat er sich auf die Suche nach dir gemacht, ohne zu wissen, wie du ihn aufnehmen würdest.«

»Also, ich konnte ihn ja wohl kaum wieder wegschicken, oder?«, hatte Josh offen gesagt. »Schließlich ist er mir wie aus dem Gesicht geschnitten. Aber ich hätte ihn trotzdem nicht bei mir aufgenommen, wenn du ihn nicht gewollt hättest, Rose.«

Der schlaksige dunkelhaarige Junge war in der Tat unverkennbar Joshs Sohn gewesen, als er an ihrer Tür geklopft und erklärt hatte, Josh sei sein Vater. Wie sie später herausfanden, war es eine kurze Affäre mit einer jungen verheirateten Frau gewesen, lange bevor Rose und er sich begegnet waren.

Und natürlich hatte Rose – die wegen dem, was sie als Halbchinesin erlitten hatte, keine eigenen Kinder wollte – Nick sofort ins Herz geschlossen. Josh hatte ein wenig mehr Überredung gebraucht, dass der Junge bleiben sollte, doch innerhalb eines Monats hatte Nick denselben Gang drauf wie sein

Vater und redete auch wie er, und wenn Josh sich von Rose unbeobachtet glaubte, platzte er fast vor Stolz auf seinen Sohn.

»Also«, sagte Rose jetzt, »du weißt, dass du gern mit uns über Weihnachten nach Macclesfield kommen kannst.«

»Damit der heilige Robert Mitleid mit mir hat, während insgeheim alle denken, dass sie Sarah verstehen? Denn sehen wir den Tatsachen ins Auge, Ma, ich passe da nicht rein, das habe ich nie. Piekfeine Leute mit piekfeinen Kindern, das sind sie alle miteinander. Nichts für ungut. Ich habe zufällig einen Freund, der Weihnachten auf den Bahamas verbringt und mich eingeladen hat mitzukommen. Sonne, Meer und hübsche Mädchen … was wünscht ein Mann sich mehr, was, Ma?«

Rose wünschte, sie könnte mehr tun, um ihm zu helfen, doch sie wusste um seine Unabhängigkeit. Nick hatte Joshs scharfen Instinkt für einen guten Geschäftsabschluss geerbt. Nach seinem Magisterabschluss hatte er als Börsenmakler in der Londoner Filiale einer amerikanischen Bank angefangen. Die Gordon Gekkos der Finanzwelt und Nick waren wie für einander geschaffen, und Rose und Josh überraschte es nicht, dass er so erfolgreich war.

Rose verstand auch nur zu gut, warum Nick sich in Sarah verliebt hatte, als er die frischgebackene junge Buchhalterin auf der Arbeit kennengelernt hatte, und warum Sarah sich in ihn verliebt hatte, doch sie hatte sich schon damals Sorgen gemacht, dass die beiden sich mit unerfüllbaren Erwartungen in die Ehe stürzten.

Rose wusste, dass es schon eine Weile Unstimmigkeiten zwischen den beiden gab – Streitereien, bei denen keiner klein beigeben wollte und die zu Problemen zwischen ihnen geführt hatten. Sarahs Vater war ein wohlhabender adliger schottischer Grundbesitzer, der, wie Rose insgeheim fand, dazu neigte, seine Frau und seine Tochter zu schikanieren, und Nick nicht mochte. Doch Rose hatte auch den Verdacht, dass Nick oft genug alles tat, um seinen Schwiegervater zu provozieren. Sarah tat Rose im Grunde leid, denn sie vermutete, dass die junge Frau sich zwischen ihrem Vater und ihrem Mann hin und her gerissen fühlte.

»Natürlich wird Sarahs Vater triumphieren, aber wenn die beiden glauben, ich würde zulassen, dass meine Söhne auf dieses alte Internat geschickt werden, dann sind sie auf dem Holzweg.«

Rose seufzte. Sie wusste, dass die Schulbildung von Alex und Neil zu erbitterten Streitereien geführt hatte. Sarahs Vater hätte die Jungen gern auf sein altes Internat – eine Privatschule – geschickt, »um ganze Männer aus ihnen zu machen«, wie er immer betonte, wogegen Nick seine Söhne am liebsten auf seine eigene alte Schule schicken würde.

Wenn er es darauf anlegte und um seinen Schwiegervater zu erzürnen, mochte Nick wohl ein wenig als smarter Londoner Geschäftemacher aus kleinen Verhältnissen rüberkommen, doch die Wirklichkeit war viel komplizierter.

»Eine Tasse Tee?« Als er nickte, ging Rose zur Spüle und füllte den Kessel. »Weißt du noch, wie du hier an die Tür geklopft hast, Nick?«, fragte sie ihn, während sie darauf warteten, dass das Wasser kochte.

»Ob ich das noch weiß?« Er lachte. »Ich hab mir fast in die Hose gemacht, wie ich da auf der Schwelle stand und nicht wusste, was mich erwartet. Himmel, bis meine Mutter es mir auf dem Sterbebett sagte, hatte ich nicht mal gewusst, dass Bert nicht mein leiblicher Vater war. Als du mir die Tür aufgemacht hast, hättest du mich bestimmt am liebsten zum Teufel gejagt – ein rotznäsiger, schmuddeliger Junge, der behauptet, dein Mann wäre sein Erzeuger.«

»Was ich gesehen habe, Nick, war ein Junge mit mehr Mumm in den Knochen als ein Mann, der dreimal so alt war wie er. Nichtsdestotrotz war es natürlich ein Schock.«

»Du bist hier diejenige, die Mut hat«, sagte Nick und ging zum Kühlschrank, um Milch herauszuholen. »Du weißt so gut wie ich, dass Dad mich, wenn es nach ihm gegangen wäre, am Ohr rausgeschleift und dem Jugendamt übergeben hätte. Aber das hast du nicht erlaubt. Du hast gesagt, mein Platz wäre hier.«

»Josh hat nur unter Schock gestanden. Er hätte sich nie von dir abgewendet. Er hat bloß nichts von deiner Existenz geahnt.«

»Aber du warst diejenige, die die Dinge zu meinen Gunsten entschieden hat, Ma. Du hast mich geliebt, bevor Dad mich liebte.«

Rose legte ihm die Hand auf den Arm. »Ich war deiner Mutter so dankbar, Nick. Das bin ich heute noch. Als sie dich zu uns geschickt hat, hat sie mir das größte Geschenk gemacht, das ich, abgesehen von der Liebe deines Vaters, je bekommen habe.«

»Aber …«, zweifelte Nick kläglich. Er kannte seine Stiefmutter. Er wusste, wie sehr sie ihn liebte und dass sie immer schützend die Hand über ihn gehalten hatte, weil sie aus eigener Erfahrung wusste, wie schwer es war, Akzeptanz zu finden, wenn man anders war. Als Kind von der Wohlfahrt lebend, hatte er plötzlich einen Vater gehabt, der es sich leisten konnte, ihm das Beste vom Besten zu geben. Doch Rose hatte verstanden, dass er seinen Platz finden musste, und hatte ihn darin unterstützt.

»Kein Aber«, versicherte Rose ihm. »Lass dich nur nicht von deinem Stolz dazu verleiten, etwas zu tun, was du nachher bereust, Nick. Du hast zwei Söhne …«

»Du meinst, ich habe Sarahs Vater mit zwei Enkelsöhnen versorgt«, unterbrach er sie bitter, »denn das hält sie für wichtiger. Es hat keinen Sinn. Ich habe es versucht … Wenn sie hier sitzen würde, würde Sarah wahrscheinlich sagen, dass sie es auch versucht hat, doch alles Versuchen in der Welt kann das, was zwischen uns schiefgelaufen ist, nicht richten, und, um ehrlich zu sein, glaube ich nicht mal, dass ich es noch richten möchte.«

»Oh, Nick …« Rose nahm ihren Stiefsohn in die Arme.

Er war in vieler Hinsicht das Ebenbild seines Vaters, und allein dafür liebte sie ihn. Doch in anderer Hinsicht war er auch auf einzigartige Weise ganz er selbst, und auch dafür liebte sie ihn. Josh war als Einzelkind liebevoller jüdischer Eltern groß geworden, die ihrerseits im Londoner East End aufgewachsen waren. Er hatte Selbstbewusstsein und eine optimistische Selbstsicherheit entwickelt. Nick dagegen war in einer Atmosphäre männlicher Gewalt und weiblicher Angst aufgewachsen und besaß nicht Joshs Selbstbewusstsein. Nicks Selbstvertrauen hatte etwas sehr viel Kantigeres, gepaart mit Zynismus und manchmal sogar Misstrauen gegenüber dem Rest der Menschheit. Wo Josh überschwänglich war und aus seiner Zuneigung keinen Hehl machte, fiel es Nick schwer, seine Gefühle zu offenbaren. Josh war ehrgeizig, doch Nick war geradezu getrieben. Der so genannte Big Bang im Jahr 1986, als das Finanzsystem in London dereguliert wurde, hatte Nick zu einem sehr wohlhabenden Mann gemacht, und er war vom Börsenparkett in seine eigene Abteilung in einer der erfolgreichsten Handelsbanken der Welt aufgestiegen. Doch man sah Nick selten lächeln und hörte ihn noch seltener lachen.

»Wann erwartest du Dad zurück?«, wechselte Nick das Thema.

»Er hat gesagt, er wäre zum Abendessen zu Hause, aber du weißt ja, wie diese Sitzungen mit den Marketingleuten laufen.«

Auf dem Erfolg seines ersten Friseursalons hatte Josh sein Geschäft aufgebaut, hauptsächlich durch Merchandising und durch die Vermarktung von Haarpflegeprodukten unter seinem Namen, und inzwischen war er mehr Unternehmer und Geschäftsmann als Friseur, obwohl er immer noch darauf bestand, Rose eigenhändig die Haare zu schneiden.

»Schwarzes Gold waren deine Haare«, erklärte er ihr oft. »Weißt du noch, der Schnitt, den ich dir verpasst habe, und die Fotos, die Ollie davon gemacht hat, als ich ganz am Anfang stand, Rosie … Du bist mein Glücksbringer.«

»Warum bleibst du nicht und isst mit deinem Vater und mir zu Abend?«, schlug Rose vor.

Nick schüttelte den Kopf. »Ich bin mit einem Kunden verabredet, und ich muss mir noch vor Weihnachten eine anständige Wohnung suchen.«

»Dein Weihnachtsgeschenk kann ich dir noch nicht geben, denn es ist noch nicht da«, sagte Rose.

Nick war ohne jegliche Besitztümer zu ihnen gekommen, und als Rose und Josh zu dem Haus gegangen waren, wo er und seine Mutter gelebt hatten, hatten sie eine Handvoll Fotos von Nick als Baby mit seiner Mutter gefunden. Die besten dieser Aufnahmen hatte Rose kürzlich zu Oliver nach New York geschickt, der ihr versprochen hatte, ihr Abzüge davon zu machen, die sie rahmen und ihm zu Weihnachten schenken wollte. Sie waren Roses Art zu sagen, dass weder sie noch sonst irgendjemand das Recht hatte, seine Mutter aus seinem Leben auszuschließen und auch nicht all das zu ignorieren, was sie für ihn getan hatte. Rose wusste, dass Nick das verstehen würde, wenn er die Fotos sah, genau wie sie wusste, dass er unter seinem kantigen Äußeren verletzlich und empfindsam sein konnte.

Weihnachtsgeschenke … Nick wandte den Blick von seiner Stiefmutter ab. Er hatte keine Zeit gehabt, um Sarah zu begleiten, als sie Anfang Dezember mit den Jungen zu Hamleys und Harrods gegangen war. Er hatte aufgehört, mit ihr Weihnachtsgeschenke für die Jungen einzukaufen, nachdem er den beiden einmal batteriebetriebene Autos zum Selberfahren gekauft hatte. Er war ganz begeistert gewesen von seinem Geschenk. Als Kind hatte er von so etwas nicht mal zu träumen gewagt. An dem Tag, als sie geliefert wurden, war er von der Arbeit nach Hause geeilt, nur um festzustellen, dass Sarah sie zurückgeschickt hatte.

»Aber, Nick, so etwas ist schrecklich vulgär«, hatte sie ihm erklärt.

»Wie ich, meinst du wohl?«, hatte er zurückgefeuert, und sie hatte ihm nicht widersprochen, sondern sich nur von ihm abgewandt und leise gesagt: »Daddy sagt, wir sollten wirklich darüber nachdenken, die Jungen ans Reiten zu gewöhnen. Er sucht schon zwei Ponys aus, die gut zu ihnen passen.«

»Ponys? Das sind meine Söhne, keine verdammten kleinen Lords Fauntleroy«, hatte er ihr erklärt und war aus dem Haus gestürmt.

»Beeilt euch, ihr zwei, sonst verpasst Katie noch ihren Zug.«

Als sie die Stimme des Bruders ihrer besten Freundin vom Fuß der Treppe hörte, schnappte sich Katie ihren Koffer, während Zoë die Finger an die Lippen legte und lautlos sagte: »Lass uns so tun, als wären wir nicht hier. Er kriegt einen Herzinfarkt. Du weißt doch, wie er's mit der Pünktlichkeit hat.«

Katie hätte einwenden können, da er bei dieser Gelegenheit pünktlich sein wollte, damit sie ihren Zug nach London bekam, sei es nicht besonders fair, ihn auf den Arm zu nehmen. Doch aus langer Erfahrung mit Zoë schüttelte sie nur den Kopf, während Tom unten hörbar fluchte.

Zoë brach in Gelächter aus und rief: »Ooooh, Tom, dass du solche ungezogenen Wörter in den Mund nimmst.«

Zufrieden mit ihrem Scherz wandte Zoë sich wieder an Katie und warf ihr ein Päckchen zu. »Fang! Fröhliche Weihnachten. Und wage bloß nicht, es vor dem Weihnachtsmorgen zu öffnen.«

»Deins ist in deinem Koffer«, erwiderte Katie. »Ich hab's gestern Abend reingeschmuggelt.«

»Was ist es? Erzähl! Ist es ein Nacktposter des hübschen Jungen, der in der Uni-Bar bedient? Der aussieht, als könnte er ein moderner Earl of Rochester sein?« Zoë war verrückt nach dem notorischen Lebemann und Dichter aus dem siebzehnten Jahrhundert, und Katie war nicht überrascht, als sie eine Pose einnahm, zwei Handvoll ihres Oberteils packte, als wäre es ein akademischer Talar, und zitierte: »›*Unter ausgesprochener Geringschätzung aller Schicklichkeit und aller Ordnung und völliger Missachtung jeglicher Moral sowie entschiedener Ablehnung jeglicher religiöser Empfindungen, lebte er ein wertloses und nutzloses Leben und verbrannte seine Jugend und seine Gesundheit in verschwenderischer Wolllust.*‹ Er muss der bei weitem aufregendste und gefährlichste Mann gewesen sein, viel mehr als Lord Byron«, meinte sie seufzend. »Wie gern würde ich so einen Mann kennenlernen, eine Reinkarnation von ihm, du nicht, Katie?«

»Wen, Dr. Johnson?«, zog Katie sie auf, indem sie sich auf den Autor bezog, den Zoë gerade zitiert hatte.

»Nein, Dummchen, John Wilmot natürlich. Stell dir nur vor, wie aufregend es gewesen sein muss, mit ihm zusammen zu sein.«

»Er war ein Schürzenjäger und Lebemann«, erinnerte Katie sie.

Zoë stieß einen kleinen, ekstatischen Seufzer aus. »Genau.« Und dann sagte sie: »Verrat mir, was mein Geschenk ist.«

Katie schüttelte den Kopf.

»Bitte ...«

»Nein.«

»Katie, willst du den Zug jetzt kriegen oder nicht?«, rief Tom von unten.

Zoë lief zur Treppe und beugte sich über das Geländer. »Katie schon, aber ich nicht. Warum musst du über Weihnachten überhaupt nach Hause fahren, wo du doch mit uns nach Klosters kommen könntest? Ich dachte, du wärst meine beste Freundin.« Zoë nahm eine tragische Haltung ein. »Du liebst mich nicht mehr, oder?«

»Zoë, hör einmal auf mit dem Blödsinn, ja? Natürlich will Katie Weihnachten bei ihrer Familie verbringen.«

Katie warf Zoë eine Kusshand zu, schleppte ihren Koffer die Treppe hinunter und bedachte Tom mit einem Blick, der dankbar und entschuldigend zugleich war.

Witzig, dass Dinge lange Zeit unverändert liefen und sich dann plötzlich über Nacht veränderten oder – in ihrem Fall – bei einem Lager in einem Pub in Oxford, wo sie und Zoë sich mit Tom getroffen hatten, der gerade nach England zurückgekehrt war, nachdem er in Amerika sein Magisterstudium abgeschlossen hatte. Sie kannte ihn praktisch ihr ganzes Leben lang, doch als sie dort in dem Pub gesessen und ihm zugehört hatte, wie er von Amerika erzählte, zugesehen hatte, wie er lächelte und sich das dunkle Haar aus den Augen strich, war Katie aufgegangen, dass die Erregung, die sie plötzlich empfand, nichts damit zu tun hatte, dass er Zoës Bruder war. Und dann hatte er gelächelt, als ahnte er, was sie gerade dachte, und sie hatte zurückgelächelt. Jetzt freute sie sich nicht nur wegen Zoë darauf, nach Weihnachten zum Skifahren zu gehen.

Katie und Zoë waren beste Freundinnen seit ihrem ersten gemeinsamen Jahr in der kleinen exklusiven Grundschule in Kensington und dann durch all ihre Zeit auf der St. Paul's Mädchenschule, bevor sie nach Oxford gekommen waren. Katie, an die herrische Art ihrer älteren Schwester mit deren frühreifem Verantwortungsgefühl in Angelegenheiten wie anständig geschnürter Schuhe, ordentlich gebürstetem Haar und mit den Schuhen nicht durch Pfützen schlurfen gewöhnt, war vom ersten Augenblick an fasziniert und bezaubert gewesen von Zoë mit ihrem Wust roter Locken und ihrem Vergnügen daran, Autoritäten infrage zu stellen. Katie hatte gekichert, als Zoë sich in der ersten Pause einen sich windenden Wurm an den Mund gehalten und so getan hatte, als würde sie ihn essen, während die anderen Mädchen schockiert und entsetzt zurückgewichen waren und eines sogar in Tränen ausgebrochen war. Damit war ihre Freundschaft besiegelt gewesen.

»Wir sehen uns in Klosters«, rief Zoë jetzt vom Fenster im ersten Stock des hübschen Hauses, das ihre Eltern für sie gekauft hatten, solange sie in Oxford studierte, und das die beiden Mädchen gemeinsam bewohnten.

»Ehrlich! Mädchen! Warum müsst ihr immer alles auf die letzte Minute tun?«, schimpfte Tom übertrieben, als er vom Bordstein losfuhr.

Katie war noch nie Geschwistern begegnet, die so gegensätzlich waren wie Tom und Zoë. Wo Zoë aufblühte, wenn sie Risiken einging, war Tom die Vorsicht in Person; wo Zoë zierlich war und einen Schopf dunkelroter Locken hatte, war Tom groß mit der Gestalt eines leidenschaftlichen Sportlers und glattem, schwarzen Haar.

Zoë behauptete, das wilde irische Blut in ihren Adern, Erbe der Familie mütterlicherseits, sei verantwortlich für ihr zuweilen recht unbekümmertes Naturell, während Tom mehr nach der Familie ihres Vaters schlug, konservativen Bankern, deren kleine Privatbank, in der Tom arbeitete, seit Urzeiten im Besitz der Familie war.

»Tom ist ganz zufrieden damit, nur zu existieren«, sagte Zoë gern, »aber ich möchte leben.«

»Hoffentlich verpasse ich den Zug nicht«, sagte Katie ängstlich, als Tom ruhig in Richtung Bahnhof fuhr. »Meine Mutter bringt mich um.«

»Wirst du nicht«, versicherte er ihr. »Da ich meine liebe Schwester kenne, habe ich dafür gesorgt, dass noch ein bisschen Zeit ist, wenn ich dich abhole.«

Katie schenkte ihm ein erleichtertes Lächeln.

Wie Tom vorhergesagt hatte, kamen sie rechtzeitig am Bahnhof an, und Katie freute sich darüber, dass er darauf bestand, sie auf den Bahnsteig zu begleiten, ihr den Koffer zu tragen und mit ihr zu warten, bis der Zug einfuhr.

»Danke fürs Bringen.«

Als er ihr den Koffer in den Zug hob und Katie in den Waggon stieg und ihm ganz automatisch ein Dankeschön-Küsschen auf die Wange drücken wollte, machte sie große Augen, als Tom ihr Gesicht in beide Hände nahm und ihren Kuss erwiderte, und zwar nicht auf die Wange und nicht mit einem schnellen Küsschen für die nervige Freundin seiner gleichermaßen nervigen Schwester, sondern mit einem richtigen Kuss. Ganz und gar richtig. Natürlich kein Zungenkuss – schließlich waren sie in der Öffentlichkeit –, aber fast. Und es war ein langer Kuss, ein bedeutungsvoller Kuss, ein schöner, wunderbarer, ganz wundervoller Kuss, fand Katie mit geröteten Wangen, als Tom sie losließ und zurücktrat und leise sagte: »Wir sehen uns in Klosters.«

»Oh. Ja. Ja!«, rief Katie leidenschaftlich. Der Zug fuhr los, doch sie brachte es nicht über sich, ihren Platz suchen zu gehen, bis der Bahnsteig und Tom endlich außer Sicht verschwunden waren.

Sie hatte schon das beste Weihnachtsgeschenk aller Zeiten bekommen, befand sie selig, als ihr Zug nach Süden Richtung London rumpelte und kalte – und, wie vorherzusehen war, nicht warme – Luft aus den Heizöffnungen strömte, sodass sie froh war über die dicke Strumpfhose, die sie unter ihrem Minirock trug, und ihre warme, hüftlange Kapitänsjacke, in die sie sich jetzt kuschelte.

Vor den Abteilfenstern rollte die enttäuschend grüne Landschaft Oxfordshires vorbei. Weihnachten sollte weiß sein und nicht grün und nass. In Klosters gab es natürlich jede Menge Schnee. Katies Magen flatterte vor Aufregung und Vorfreude.

Sie freute sich darauf, mit der Familie zusammen zu sein – natürlich freute sie sich –, besonders auf Granny und Gramps, die solche Schätzchen waren. Sie hoffte, dass allen die Geschenke gefielen, die sie besorgt hatte. Dieses Jahr gab's Bücher. Sie hielt sich gern an ein Thema. Für Zoë hatte sie eine wunderschön gebundene Ausgabe der Gedichte des Earl of Rochester gekauft, die sie im Sommer in einem Antiquariat in Falmouth entdeckt hatte.

Normalerweise fuhren Katie, ihre ältere Schwester Emma und ihr jüngerer Bruder Jamie nach Weihnachten mit ihren Eltern zum Skifahren, doch dieses Jahr flogen ihre Eltern und Jamie nach Australien, wo ihr Vater geschäftlich zu tun hatte, während Emma nach Italien reiste, um bei Angelli ein paar Monate die Kunst des Stoffdesigns zu erlernen.

Seide war das Herzblut der Familie, auch wenn das für Außenstehende nicht immer unmittelbar offensichtlich war. Wenn sie die Universität abgeschlossen hatte, wollte Katie eine Archivbibliothek mit Museum gründen, um sämtliche Stoffmuster zu dokumentieren, die Denby Mill je produziert hatte, zusammen mit der Geschichte ihrer Entstehung. Ihre Großmutter Amber würde ihr dabei eine unschätzbare Hilfe sein. Katie freute sich jetzt sehr darauf, sie zu sehen. Weihnachten in Denham Place war sogar ohne Schnee das reinste Glück.

Robert saß in seiner Penthouse-Wohnung in dem Eames Lounge Chair, die Füße auf der Ottomane, und starrte durch die bodentiefen Fenster über die Dächer von London. Der Sessel stand exakt so, dass man von ihm aus sowohl in den Raum als auch nach draußen schauen konnte. Robert wusste, dass er den perfekten Panoramablick über die Innenstadt hatte, doch vor seinem geistigen Auge standen ihm nicht Bilder von St. Paul's, der Themse und des fernen Horizonts, sondern der klassisch eleganten Gebäude aus hellem Sandstein und des kopfsteingepflasterten Platzes, den sie dominierten und umstanden: der fürstliche Palast und das Staatsamt des Fürstentums Lauranto. Was für ein Projekt, diese palladianischen Gebäude wieder in ihren ursprünglichen Glanz zu versetzen und den schmuddeligen, schäbigen Hafen unterhalb der Stadtmauer der alten Hauptstadt in den bezaubernden, malerischen Ort zurückzuverwandeln, der er einst gewesen war. Dazu war natürlich Geld vonnöten – Investitionen, Investoren. Olivias Eltern waren Treuhänder einer sehr großen Wohltätigkeitsstiftung und verantwortlich dafür, geeignete Projekte zu finden, in die man investieren und die man unterstützen konnte. O ja, Olivia war definitiv die ideale Frau für ihn.

Sie war zu einer eleganten, intelligenten, gesellschaftlich

gewandten und selbstbewussten jungen Frau herangewachsen und besaß die Aura geschliffenen Glanzes, der New Yorker Frauen eigen war. Eine Frau, die zu heiraten ihm nicht schwer fallen sollte. Ja, es würde ihm sogar sehr leichtfallen, Olivia zu heiraten, ging Robert auf. Extrem leicht und sehr passend.

4

»Ihr Schätzchen, wie schön!«

»Es tut mir leid, dass wir später kommen als angekündigt, Mummy«, erklärte Emerald Amber, »aber der Verkehr war einfach schrecklich. Ist Robert da, denn der hat alle Geschenke? Bei dem ganzen Gepäck, das Emma mit nach Italien nehmen will, hatten wir einfach keinen Platz mehr.«

»Ja, er ist hier.«

»Und die anderen? Sind sie auch schon da?«

»Ja, alle, bis auf Olivia. Robert ist zum Flughafen gefahren, um sie abzuholen.«

Emerald löste sich aus der Umarmung ihrer Mutter. »Ich nehme an, wir sind alle in unseren üblichen Zimmern?«

»Ja, natürlich, Schatz.«

»Drogo, könntest du bitte alles hochtragen? Ich möchte mit Cathy über etwas reden, bevor ich es vergesse. Wo ist sie, Mummy?«

»Mit Janey in der Küche, glaube ich.«

Während ihre Mutter in Richtung Küche eilte, erklärte Jamie Katie: »Granny und Gramps haben den Baum schon zum Schmücken vorbereitet.«

»Ja, und dieses Jahr bin ich dran, die Fee auf die Spitze zu setzen«, sagte Katie.

Es war eine Familientradition, die ihren Anfang genommen hatte, als sie alle klein gewesen waren, dass die Kinder abwechselnd die Fee auf die Spitze des Baums setzen durften.

Während sie noch sprach, ging die Haustür auf, und ein Schwall kalter Luft fegte herein, zusammen mit Harry und David, Janeys und Johns Söhnen.

»Habt ihr's endlich geschafft, was?«, witzelte Harry. »Wir wollten euch noch eine halbe Stunde geben und dann ohne euch mit dem Baum anfangen.«

»Wie schön, hier zu sein.« Katie umarmte Amber und ignorierte entschlossen die Frotzelei ihres Stiefcousins.

Amber erwiderte die Umarmung ihrer Enkeltochter, und dabei wurde ihr deutlich der körperliche Unterschied zwischen Jugend und Alter bewusst. Während ihre eigene Magerkeit für ein allmähliches Dahinschwinden stand, war Katies Schlankheit einer Überfülle jugendlicher Energie geschuldet. Katies Muskeln umschlossen starke, junge Knochen, während Ambers jetzt weich und schlaff von Knochen hingen, die dünn und zerbrechlich waren. Katie duftete sogar nach Jugend und Frische, stellte Amber zärtlich fest.

»Es ist auch wunderschön, euch hier zu haben«, erwiderte sie. Es gehörte sich eigentlich nicht recht, ein Enkelkind zu bevorzugen, doch Katie hatte einen ganz besonderen Platz in ihrem Herzen, vielleicht weil sie Ambers leidenschaftliche Liebe für die Geschichte der familieneigenen Seidenproduktion teilte.

Was Katie trug, war, wie Amber annahm, der gegenwärtige Einheitsstil der Jugend: schwarze blickdichte Strumpfhose, die ihre langen, schlanken Beine einhüllte, kurzer Rock, dünne Jacke, die an eine Matrosenjacke erinnerte, und dicke, schwere Stiefel. Goldene Kreolen schaukelten an ihren Ohren – Amber erinnerte sich gut an den Aufruhr, den es gegeben hatte, als Katie sich ohne das Wissen ihrer Mutter Ohrlöcher hatte stechen lassen, nachdem ihr gesagt worden war, sie dürfe es nicht –, und um die Schultern schwang ihr langes, dichtes, nussbraunes Haar.

Katie ließ ihre Großmutter los, um sich umzudrehen und die nackten Äste des Weihnachtsbaums zu betrachten.

»Du brauchst ihn gar nicht so anzugucken«, rügte Emma ihre Schwester und trat näher. »Wir können erst mit dem Schmücken anfangen, wenn Robert mit Olivia wieder da ist. Es wäre nicht fair.«

Typisch für meine Schwester, sich moralisch aufs hohe Ross zu setzen, dachte Katie. »Wollte ich ja gar nicht, Emma. Ich habe Harry nur gesagt, dass ich dieses Jahr dran bin, die Fee auf die Spitze zu setzen.«

»Wir können noch nicht anfangen, aber wir könnten schon mal alles vorbereiten«, warf Harry ein. »Wir brauchen zwei hohe Trittleitern. Wohin hast du die getan, nachdem du für Granny die Vorhänge aufgehängt hast?«, fragte er seinen jüngeren Bruder.

»Draußen in die Garage.«

»Also, dann lass uns die schon mal holen.«

»Kommt, wir setzen uns in den Salon, dann könnt ihr beiden mir die letzten Neuigkeiten erzählen«, schlug Amber ihren Enkeltöchtern vor.

Die Küche von Denham war ein großer, behaglicher Raum mit einem Tisch in der Mitte, der groß genug war für ein Dutzend Menschen, doch als die sechs weiblichen Mitglieder der zweiten Generation von Jays und Ambers Familie sich darum versammelten und alle auf einmal redeten, verströmte nicht nur die Suppe, die auf dem Aga-Küchenherd köchelte, Hitze und erfüllte den Raum.

»Janey, du hast genug getan. Lass mich dir helfen. Ich kenne dich, du schuftest schon seit Wochen, um alles vorzubereiten«, drängte Rose.

Obwohl sie nicht in einer verwandtschaftlichen Beziehung zueinander standen, war Rose mit Ella und Janey zusammen aufgewachsen, mit ihnen auf St. Martin's gegangen und hatte als junge Erwachsene mit ihnen in London gelebt und gearbeitet. Die beiden waren so gut wie ihre Schwestern.

»Nein, ehrlich, Rose, ich komme klar. Es ist schließlich nur eine Suppe. Ich wäre allerdings dankbar für eine helfende Hand, wenn wir den Tee in den Salon bringen, und wenn es dir nichts ausmachen würde, die Scones zu buttern …?« Die beiden fielen rasch in die Art von tüchtiger häuslicher Routine, die aus jahrelangem Zusammenleben erwachsen war. »… dann ist es leichter für Amber und Dad. Sie sind in den Tupperdosen da, und die Butter ist unsere eigene. John und Dad haben herumexperimentiert. John möchte auf Fitton einen Hofladen eröffnen. Ich habe aus Fitton Hall einen Teewagen mitgebracht, jetzt haben wir zwei. Wir servieren den Tee aber erst, wenn Robert und Olivia hier sind.«

Rose ging zur Arbeitsplatte und öffnete den ersten Vorratsbehälter aus Kunststoff, und Janey sah ihr ein wenig neidisch hinterher. Rose wirkte immer so … reserviert und gelassen. Selbst ihre Kleidung spiegelte das wider. Also, ehrlich gesagt, sahen alle besser aus als sie, sinnierte Janey verdrießlich: Emerald in Chanel, Polly in etwas, was bestimmt von Armani war, Ella, ihre Schwester, in etwas, was schick war und ganz offensichtlich von der Fifth Avenue stammte, und sogar Cathy, die sich kaum für Mode interessierte, trug ein hübsches Kleid. Wer sie heute betrachtete, würde niemals auf die Idee kommen, dass sie diejenige gewesen war, die sich, als sie jung war, leidenschaftlich für Kleider und Modedesign interessiert hatte. Im Gegensatz zu den anderen, erkannte Janey, hatte sie zugenommen, doch es hatte keinen Sinn, Selbstmitleid zu haben oder sich zurückgesetzt zu fühlen, denn meistens hatte sie weder die Zeit noch das Geld, um sich etwas Schickes zu gönnen. Fitton Hall zu unterhalten war, als gäbe es einen unentwegt weit geöffneten zusätzlichen Mund zu füttern, der Geld verschlang und immer mehr brauchte. Fitton Hall, konnte man behaupten, war der Kuckuck im Nest ihrer Ehe.

Janey wusste, dass es ihren Mann John kränkte, von ihrem Vater dafür bezahlt zu werden, dass er ihr Gut zusammen mit dem Fitton-Land verwaltete, doch ohne das regelmäßige Einkommen wären sie niemals zurechtgekommen, trotz aller Bemühungen, zusätzliches Einkommen zu schaffen.

Ihr Vater und ihre Stiefmutter waren sehr großzügig und taktvoll, bezahlten ohne großes Getue das Schulgeld für die beiden Jungen, halfen ihnen durchs College und durch Sandhurst und gewährten ihnen eine kleine monatliche Zuwendung. Sie sollten ihnen dankbar sein dafür, und das war sie auch, weshalb sie sich alle Mühe gab, ihnen ihre Großzügigkeit zu vergelten, indem sie immer da war, um zu helfen und ein Auge auf sie zu haben. Doch John machte ab und zu gereizte Bemerkungen darüber, dass sie auf ihre, wie er es nannte, Wohltätigkeit angewiesen waren.

Ihre Lage wäre nicht so schlecht, hätte Johns Vater in seinem Testament nicht so großzügig für seine zweite Frau gesorgt. Es ärgerte John, dass seine Stiefmutter, obwohl sie aus Fitton eine sehr großzügige jährliche Apanage erhielt, trotzdem erwartete, dass John auch noch für den Unterhalt des Dower House aufkam.

Janey versuchte, sich den Unterschied zwischen ihr und Rose nicht zu deutlich bewusst zu machen, als sie von ihren eigenen von der Arbeit geröteten Händen mit den kurzen, unlackierten Nägeln auf Roses diskrete Maniküre blickte. Rose war so penibel beherrscht in allem, dass sie sich wahrscheinlich kein einziges Flöckchen Butter auf das schwarze Kleid schmieren würde. Wenn Janey so etwas tragen würde, wäre es jetzt schon bekleckert …

Unter großer Mühe riss Janey sich zusammen, sie wollte sich nicht hängen lassen. Sie war nur niedergeschlagen, weil Cassandra im Augenblick so schwierig war, sagte sie sich. Wenn Cassandra sich fortwährend beklagte und dem armen John das Leben zur Hölle machte, fiel es ihr schwer, sich darauf zu besinnen, dass Cassandra nicht nur mit ihrer, sondern auch mit Johns Mutter eng befreundet gewesen war.

Gütiger Himmel, Janey lässt sich aber gehen, dachte Emerald kritisch mit einem Blick auf ihre Stiefschwester, bevor sie sich in der Küche nach ihren jüngeren Schwestern umsah und entschlossen in ihre Richtung eilte.

»Da ihr beide hier seid«, setzte sie ohne Einleitung an, »möchte ich mit euch etwas bezüglich der Walton Street besprechen.«

»Emerald, es ist Weihnachten«, protestierte Polly, »und ich habe Cathy über ein halbes Jahr nicht gesehen.«

»Es ist wichtig. London boomt dank des Bankensektors. Es hat einen gewaltigen Zustrom von Amerikanern gegeben, die Immobilien kaufen. Robert wird mit Aufträgen überschwemmt, aber die Walton Street hat keinen entsprechenden Anstieg der Verkäufe zu verzeichnen …«

»Das liegt daran, dass alle gechinzte Baumwollstoffe für ihre Vorhänge wollen, vorzugsweise von Tricia Guild«, unterbrach Cathy sie.

»Das weiß ich, Cathy. Worüber ich nachgedacht habe, ist, dass wir mit Ellas Hilfe versuchen sollten, in den amerikanischen Markt vorzustoßen und gleichzeitig hier einen Schritt weg vom privaten Sektor zu machen und mehr auf den kommerziellen Bereich zuzugehen. Wir könnten uns zum Beispiel auf Raumtextilien für Hotels spezialisieren. Die Nachfrage für erstklassige Hotelunterkünfte ist im Augenblick riesig und wird noch steigen. Wenn wir bei der Ausstattung solcher Hotels von Anfang an den Fuß in der Tür hätten, würde uns das einen gewaltigen Vorsprung sichern. Auf einer Cocktailparty hat kürzlich ein Gast darüber geklagt, er könne einfach niemanden vom richtigen Kaliber finden, der für die Raumtextilien eines neuen Hotels, das er gerade baut, verantwortlich zeichnet.«

»Also, das ist auf jeden Fall eine Überlegung wert«, pflichtete Cathy ihr bei. »Aber dann bräuchten wir größere Räumlichkeiten und mehr Personal. Und du müsstest Rose bezirzen, sich damit einverstanden zu erklären. Schließlich ist sie diejenige, die sich um den Bereich Innenausstattung kümmert.«

Sie schauten quer durch die Küche dorthin, wo Rose die Scones butterte.

»Was führt ihr drei im Schilde?«, mischte sich Ella in ihr Gespräch.

Von ihnen allen war Ella diejenige, die sich am meisten verändert hatte, überlegte Emerald. Sie hatte sich von einer molligen, ängstlichen und defensiven jungen Frau, die sich kaum um ihr Äußeres kümmerte, in die elegante, seriöse New Yorkerin verwandelt, die sie jetzt war. Ja, es war fast so, als hätten Ella und Janey in Bezug auf ihr Äußeres die Rollen getauscht, denn jetzt war es Ella, die sich modisch kleidete, und Janey, die darauf keinen Wert legte. Andererseits, musste Emerald einräumen, war es nahezu unmöglich, in New York zu leben und mit einem Mann wie Oliver verheiratet zu sein – der seinen Lebensunterhalt einst damit verdient hatte, dass er schöne Frauen in eleganten Kleidern fotografierte – und sich nicht davon anstecken zu lassen.

Sie betrachtete Ellas lässig elegant drapiertes cremefarbenes Jerseyoberteil und den dazu passenden Rock mit einem Stich lustvollen Begehrens.

»Es ist von Donna Karan«, beantwortete Ella amüsiert ihre unausgesprochene Frage, und ihre Aussprache, auf typisch amerikanische Art leicht gedehnt, war so sinnlich wie ihr Kleid. »Perfekt fürs Reisen, weil es nicht knittert. Oliver hat die entzückendsten Teile aus der Freizeitkleidungs-Kollektion gekauft, als wir zusammen einkaufen waren.«

Auch wenn sie mit Emerald sprach, galt Ellas Aufmerksamkeit eigentlich ihrer Schwester. Janey arbeitete sehr hart. Fitton Hall war eine anspruchsvolle Geliebte, und sie hätte eindeutig keine Lust gehabt, ihren Mann mit ihr zu teilen. Sie waren erster Klasse geflogen, und sie hatte das zusätzliche Freigepäck genutzt, um einen großen Koffer mit Kleidern für ihre Schwester mitzubringen. In New York bedeutete die Leitung einer Wohltätigkeitsstiftung eine stete Folge gesellschaftlicher

Ereignisse und immer im Fokus der Öffentlichkeit zu stehen, was hieß, dass sie ihre Garderobe ständig erneuern musste. Sie wollte warten, bis sie Janey allein erwischte, um die Sache diskret abzuhandeln. Janey hatte schließlich ihren Stolz, und niemand war in dieser Hinsicht empfindlicher als John.

»Wir haben gerade über die Firma gesprochen«, erklärte Emerald ihr. »Es wäre wirklich gut, wenn wir im amerikanischen Markt für Innenausstattung Fuß fassen könnten.«

Emerald hatte immer schon eine gute Nase fürs Geschäft gehabt, fand Ella.

»Wenn wir so weitermachen und die Umsätze auch in Zukunft so niedrig sind wie im Augenblick, erzielen wir dieses Jahr überhaupt keinen Gewinn. Insbesondere wenn wir expandieren«, warf Polly ein.

»Na, das ist doch in Ordnung, oder?« Emerald zuckte ungeduldig die Achseln.

»Für uns schon«, pflichtete Cathy ihr bei, »aber Janey ist es womöglich nicht recht.«

Kurz nach Jays Herzinfarkt hatte Amber ihnen die Firma zu gleichen Teilen überschrieben, und obwohl Ella und Janey nicht in der Firma arbeiteten, war ihr Anteil so groß wie der der anderen – eine gemeinsame Entscheidung aller Betroffenen.

»Darum kann ich mich kümmern«, sagte Ella leise.

»Und ich spreche mit Rose«, erklärte Emerald.

»Also, die Scones sind fertig«, sagte Rose zu Janey. »Was jetzt?«

»Es gibt Sahne für die, die welche möchten, und selbstgemachte Marmelade. Ich will nicht, dass sich jetzt jemand den Bauch zu voll schlägt, denn dann will keiner mehr Abendessen, das ich für heute als Büfett gedacht hatte.«

»Gute Idee.«

»Gütiger Himmel, wer um alles in der Welt soll denn die ganzen Scones essen?«, wollte Emerald wissen.

»Die Kinder«, antworteten Janey und Rose wie aus einem Mund und fingen an zu lachen.

»Apropos Kinder. Nick und Sarah sind sicher nach Schottland gefahren, oder, Rose?«

Roses Stimmung sank ein wenig. Sie wollte nicht über das Scheitern von Nicks Ehe sprechen, aber es blieb ihr nichts anderes übrig.

»Sarah schon, aber Nick ist auf die Bahamas. Zwischen den beiden läuft es schon eine Weile nicht besonders gut, und sie haben beschlossen, eine Zeit lang getrennte Wege zu gehen, um einander Raum zum Atmen zu geben. Sarahs Vater hat sich nie damit abgefunden, dass sie Nick geheiratet hat, und ich habe den Verdacht, dass sie sich zwischen den beiden hin und her gerissen fühlt.«

»Oh, das kann ich mir gut vorstellen. Sarahs Mutter hat im selben Jahr debütiert wie ich, und ich erinnere mich aus dieser Zeit noch an ihn. Tante Beth hat ihn als einen der Debütantinnenträume umworben, aber an dem Typ war überhaupt nichts Traumhaftes. Er war schon damals ein rechter Griesgram mit rotem Haar und schlechter Haut. Und er war ein schrecklicher Snob, der ständig mit seinem Titel prahlte.« Emerald verzog das Gesicht. »Ich war erstaunt, dass Sarah sich ihm tatsächlich widersetzt und Nick überhaupt geheiratet hat … Rose, ich würde gern mit dir über das Geschäft in der Walton Street reden.«

Rose nickte. »Da gibt es noch etwas, was wir vielleicht besprechen sollten, solange wir alle hier zusammen sind.«

»Was denn?«, fragte Ella.

»Also, nächstes Jahr im November wird Amber doch achtzig. Ich weiß, dass das noch fast ein ganzes Jahr ist, aber da wir alle zusammen sind, wäre es eine Schande, die Gelegenheit nicht zu nutzen, darüber zu sprechen, wie wir das Ereignis feiern können.«

»Also, wir machen natürlich ein Familienfest«, pflichtete Emerald bei. »Drogo und ich könnten es ausrichten.«

»Eine Party, ja, aber ich dachte noch an etwas anderes, ein besonderes Geschenk«, sagte Rose entschieden.

»Das bedeutet, dass du dir schon was überlegt hast«, tippte Emerald scharfsinnig.

»Ja«, gestand Rose, »aber was ich im Sinn habe, ist ein ziemlich großes Projekt, und alle müssten sich einverstanden erklären, ihren Teil dazu beizutragen.«

»Und woran hast du gedacht?«, wollte Polly wissen.

»Also, es passt in gewisser Weise zu dem, was Emerald vorgeschlagen hat, dass wir neue Wege einschlagen müssen, um die Firma bekannter zu machen. Wie ihr wisst, habe ich es mit Kunden zu tun, die ihre Läden neu ausstatten lassen möchten, Friseursalons, Boutiquen und so weiter, und der Trend geht weg vom hübsch-hübsch zu etwas mehr Dramatischem.«

»Und …?«, drängte Emerald ungeduldig.

»Ich habe überlegt, ob wir nicht eine Kollektion in das existierende Portefeuille von Denby Mill eingliedern können, basierend auf dem Seidenstoff, der in *Die Tochter des Seidenhändlers* abgebildet ist. Ich weiß, dass dieser Seidenstoff in Ambers Besitz ist, und ich habe die Farben immer schon wunderschön gefunden, diese satten dunklen Bernstein-, Pflaumenblau- und Kohletöne, durchsetzt mit helleren Farben.«

Emerald hatte genug gehört. Sie hatte sich nie mit dem berühmten Gemälde ihrer Mutter – ein Werk des französischen Künstlers Jean-Philippe du Breveonet – anfreunden können, und daran würde sich auch niemals etwas ändern. Einmal hatte sie sogar versucht, es zu zerstören.

»Dieser antike Seidenstoff ist unbezahlbar. Er kann niemals reproduziert werden.«

Rose nickte zustimmend. Sie hatte Widerstand gegen ihren Vorschlag von Emeralds Seite erwartet, die aus irgendeinem Grund immer gegen alles war, was mit dem französischen Künstler und dem Gemälde, das er von Amber gemalt hatte, zu tun hatte.

»Du hast recht«, pflichtete sie ihr bei, »aber ich hatte auch eher an eine ganz neue Kollektion von Entwürfen gedacht, die auf den Farben der Seide basieren, sie aber in einen modernen Stil umsetzen – Streifen, Blockdruck, architektonische Entwürfe, Muster, die Innenausstattern gefallen und sich aus der Masse dessen, was im Augenblick angeboten wird, herausheben.«

»Ein tolles Konzept, Rose, ich bin schon ganz begeistert«, erklärte Cathy, indem sie sich in das Gespräch mischte. »Rose hat recht, was die Farben der Seide angeht. Wenn Sim und ich in die National Gallery gehen und das Gemälde betrachten, staunen wir jedes Mal von Neuem darüber.«

»Klingt nach einer guten Idee«, pflichtete Janey ihr bei.

»Ich dachte, wenn wir heimlich daran arbeiten, sodass Amber nichts mitbekommt, könnten wir mit ein wenig Glück bis zum Herbst so weit sein, die Kollektion zu ihrem Geburtstag auf den Markt zu bringen. Ich dachte, wir könnten sie ihr zu Ehren benennen und lancieren.«

»Benennen? Wie denn?«, fuhr Emerald auf, die ihre Abneigung gegen die Idee nicht verbergen konnte. Alles, was mit dem Künstler zu tun hatte – dem heimlichen Geliebten ihrer Mutter und ihrem leiblichen Vater –, machte sie zornig und verwundbar. Das Letzte, was sie wollte, war, Aufmerksamkeit auf die Gemälde zu richten, die im Augenblick als Leihgabe in der National Gallery hingen und die der Künstler während des Kriegs kurz vor seinem Tod in die Obhut ihrer Mutter gegeben hatte. Viele Jahre waren diese Gemälde unter Verschluss gewesen, doch Sim, Cathys Mann, hatte Amber überredet, sie in seiner kleinen Galerie in Cornwall zeigen zu dürfen, wo sie so viel Interesse erweckt hatten, dass die National Gallery darum gebeten hatte, sie auszuleihen.

»Wir könnten die Kollektion ›Amber‹ nennen, oder?«, schlug Ella vor.

Rose schüttelte den Kopf. »Ihr müsst nicht mit mir einer

Meinung sein, es ist schließlich nur ein Vorschlag, aber wie wäre es, wenn wir die ganz Kollektion einfach ›1912‹ nennen, also, ›Kollektion 1912‹? Das ist Ambers Geburtsjahr, und ich finde, die Jahreszahl würde die Kollektion deutlich von den derzeitigen floralen Mustern und Namen absetzen.«

»Rose, das ist eine tolle Idee«, sagte Janey begeistert und klatschte in die Hände.

»Sehr stilvoll«, fand auch Ella. »Ich kann mir gut vorstellen, dass das den gehobenen amerikanischen Markt anspricht.«

»Klingt sehr elegant«, stimmte auch Emerald zögernd zu, »aber etwas Entscheidendes hast du vergessen, Rose. Um die Farben auch nur annähernd zu reproduzieren, brauchen wir diesen Seidenstoff, und Mummy hält ihn streng unter Verschluss. Sie wird wissen wollen, wozu wir ihn brauchen, wenn wir ihn uns ausborgen wollen.«

»Wir könnten Jay darum bitten«, warf Rose ein. »Wenn wir ihm erzählen, was wir vorhaben, hilft er uns sicher. Und, Polly, was hältst du davon, wenn du ihn mit nach Italien nimmst und Rocco bittest, mal zu schauen, ob er die entsprechenden Farben hinkriegt? Denby Mill hat seine Stärken, aber Angelli hat in der ganzen Welt den besten Ruf für seine Farben.«

Angelli Silk war die venezianische Seidenfabrik, die sich seit Generationen im Besitz der Familie von Pollys Mann Rocco befand. Sie war inzwischen eine Partnerschaft mit Denby Silk eingegangen.

»Ich sehe es schon vor mir«, schwärmte Janey, »prächtige Streifen in satten Farben: Schokoladenbraun, dunkles Bernstein, Pflaumenblau und Karmesinrot.«

»Mit einem dünnen Streifen gebrochenes Weiß und Schwarz«, fügte Cathy, gleichermaßen aufgeregt, hinzu. »Wir könnten ein paar witzige Entwürfe hinzufügen, vielleicht Punkte.«

»Oder filigrane Zeichnungen«, fügte Ella hinzu, deren Phantasie Feuer gefangen hatte. »Vielleicht der Umriss eines eleganten weiblichen Profils à la 1912?«

»Oder ein Hut?«, warf Polly ein. »Oder nur die Ziffern 1912? Oh, Rose, du bist ein Genie. Das ist eine phantastische, innovative Idee, und doch folgt sie wunderbar Großvaters Tradition.«

Der Großvater, von dem Polly hier sprach, war Ambers Vater, auf dessen Entwürfen die Kollektionen beruhten, mit denen Amber Denby Mill zum Erfolg geführt hatte.

Rose hörte ihnen zu und atmete erleichtert aus. Sie hatte sich Sorgen gemacht, es könnte größere Bedenken gegen ihren Vorschlag geben, und war froh, dass er so gut aufgenommen wurde.

Roses Idee war gut, gestand Emerald sich ein. Sie sah das riesige Potenzial, das in der Kollektion steckte, und Roses Vorschlag für den Namen fand sie einfach genial. Sie musste sich nur über ihre Gefühle bezüglich des Malers und des Gemäldes hinwegsetzen und sich ganz auf das Positive konzentrieren.

Ihr Flugzeug war gerade auf dem Flughafen Manchester gelandet. Es war dumm, innerlich vor Aufregung ganz flattrig zu sein, nur weil sie Robert sehen würde. Dumm, sinnlos, aber unumgänglich, gestand Olivia sich nicht ohne Ironie ein.

Da sie mit leichtem Gepäck reiste – ein Stück Handgepäck war alles –, war Olivia unter den ersten Passagieren, die die Ankunftshalle betraten. Sie hielt Ausschau nach dem vertrauten Gesicht ihres Vaters und hielt abrupt inne, als sie ein gleichermaßen vertrautes, aber unerwartetes Gesicht entdeckte und Robert ihren Namen sagen hörte.

»Robert, du bist hier, um mich abzuholen?«

Musste sie so etwas Hirnverbranntes sagen, und musste ihre Stimme so dünn und, na ja, dämlich klingen?

Sie gingen nebeneinander her, zwischen sich die Absperrung, die die Wartenden von den Neuankömmlingen trennte.

In dem dunklen Mantel über einem dunklen Anzug, weißem Hemd mit schmalen roten Streifen und einer Krawatte in einem etwas dunkleren Rotton sah Robert unglaublich englisch aus. Das Hemd war in der Jermyn Street maßgeschneidert, der Anzug stammte aus der Savile Row und die Schuhe von Lobb. Er sah exakt so aus wie das, was er war – ein wohlhabendes Mitglied der englischen Oberschicht –, und er war extra zum Flughafen gekommen, um sie abzuholen. Eine Welle wilder Freude schwappte über ihr zusammen.

»Ist das dein ganzes Gepäck?«

Sie hatten fast das Ende der Absperrung erreicht.

»Ja. Mom hat mir versprochen, alles andere mitzunehmen.«

»Ja, sie lässt ausrichten, du bräuchtest dir keine Sorgen zu machen, sie hätten deine Geschenke alle dabei.«

»Ich hatte nicht erwartet, so kurz vor Weihnachten noch einen Auftrag zu bekommen.«

Sie standen einander gegenüber, und Robert streckte die Hand nach ihrem kleinen Koffer aus. In diesem Augenblick bemerkte Olivia, dass etwas Außergewöhnliches und – außer in ihren Tagträumen – früher Unvorstellbares passierte: Robert betrachtete ihren Mund auf diese gewisse Art … diese gewisse Art, die hieß, dass er überlegte, ihn zu küssen … *sie* zu küssen. Ihr Herz hüpfte und raste. Sie konnte kaum atmen. Sie fühlte … du meine Güte, und wie sie gerade *fühlte*. Das war verrückt. Sie war kein Teenager mehr, und …

Ein anderer Passagier rempelte sie an, und sie stolperte nach vorn. Roberts freie Hand schloss sich beschützend um ihren Arm.

Robert entging nicht, dass Olivia ziemlich viel verstohlenes Interesse von seinen Geschlechtsgenossen auf sich zog, und er wunderte sich nicht darüber. Bei ihrem Anblick – als sie auf ihn zugekommen war, bevor sie ihn bemerkt hatte – hatte sein Herz einen Satz gemacht. Ja, er hatte die richtige Entscheidung getroffen, und er war stolz auf sich.

Von den Spitzen ihrer schimmernden dichten lohfarbenen Haarmähne bis zu den Zehen ihrer beigefarbenen Stiefel verströmte sie den selbstbewussten, diskreten Zauber einer schönen, gepflegten Frau. Doch er vermutete, dass das Selbstbewusstsein nur Fassade war. Er hatte gesehen, wie sie reagiert hatte, als er auf ihre Lippen geblickt hatte. Und das hatte ihm gefallen.

»Es regnet wahrscheinlich, oder?« Um Gottes willen, entspann dich, flehte Olivia sich innerlich an, als Robert sie, die Hand noch auf ihrem Arm, zum Ausgang führte. Ihre Kaschmirhose war warm, aber dünn, und sie spürte die harten Muskeln von Roberts Oberschenkeln, die an ihren Beinen vorbeistrichen. Das war lächerlich. Sie war fast sechsundzwanzig, sie war erwachsen.

»Klar. Schließlich sind wir in Manchester. Aber das Auto steht ganz in der Nähe.«

Sie waren draußen in der kalten, feuchten Abendluft.

»Es ist wirklich sehr nett von dir, mich abzuholen.«

»Ich hatte meine Gründe.«

»Was für Gründe?«, fragte sie mit hüpfendem Herzen.

Robert hatte ihre Frage wohl nicht gehört, denn er antwortete nicht darauf.

Sie traten an das Auto, und er schloss ihr die Beifahrertür auf und hielt sie auf, damit sie einsteigen konnte. Das Innere roch nach Leder, und der feudale cremefarbene Sitz schmiegte sich weich um sie.

Der Aston Martin war, wie sie wusste, Roberts ganzer Stolz. Das Radio spielte – ein phantastischer Chor sang Weihnachtslieder – gerade ein wenig zu laut, als dass sie sich unterhalten konnten. Olivia hätte gern vorgeschlagen, die Lautstärke ein wenig herunterzudrehen, zögerte jedoch, falls Robert keine Lust hatte, mit ihr zu plaudern. Zwischen ihnen lagen acht Jahre, und in Kindheit und Jugend war dieser Abstand natürlich riesig gewesen. Doch zwischen Mann und Frau war ein Altersunterschied von acht Jahren geradezu ideal, oder? Zwischen Mann und Frau? Sie war verrückt, so etwas zu denken, nur weil Roberts Blick auf ihren Lippen geruht hatte. Dann bin ich eben verrückt, dachte Olivia trotzig. Es war Weihnachten, und sie konnte so verrückt sein, wie sie wollte. Verrückt nach Robert, verrückt nach seinen Lippen auf ihren. Verrückt. Basta!

Als sie an einer Ampel hielten, sah Robert Olivia an. Sie passte perfekt zu dem Wagen, beide waren klassisch elegant und sehr schön. Die Ampel sprang auf Grün, und er trat aufs Gas.

Es war zwar dunkel, aber der Weg war Olivia so vertraut, dass sie die Orientierungspunkte erkannte: die kahlen Äste der Bäume auf eingezäunten Grundstücken; die kurvenreiche Straße, über die die Scheinwerfer des Aston fegten; Weihnachtsbäume, die in Fenstern funkelten, und Lichterketten an Bäumen.

Dies war der Norden von Cheshire, reich, erfolgreich, stolz und sehr selbstbewusst. An einer weiteren Kreuzung bogen sie rechts ab, um nach Wilmslow hinein- und gleich darauf wieder hinauszufahren und dann Alderley Edge zu durchqueren. Dahinter stieg die Straße an, führte aber um das Edge mit seiner geheimnisvollen Stille und den Legenden über Merlin herum.

Olivia lächelte in sich hinein. Sie hätte es sich denken können, dass Robert mit seinem scharfen Auge für Stil und seine Liebe zur Perfektion es vorzog, durch diesen gepflegten Teil von Cheshire, wo sich die Börsenmakler niederließen, nach Denham zu fahren und nicht über die Lieblingsstrecke ihrer Großeltern, die durch Macclesfield führte und dann an der familieneigenen Seidenfabrik vorbei.

Sie waren jetzt auf dem Land, auf beiden Seiten der Straße erstreckten sich, wie Olivia wusste, auch wenn sie sie im Dunkeln nicht sehen konnte, Weiden und Felder. Linker Hand der Straße lag Fitton Hall und rechts davon das Zuhause ihrer Großeltern, Denham Place, das prächtige Herrenhaus von Vanbrugh. Roberts Großmutter Amber hatte es ihrerseits von ihrer Großmutter Blanche Pickford geerbt, und diese hatte es, so ging die Familienlegende, seinerzeit erworben, um Barrant de Vries eins auszuwischen, dem Aristokraten, den sie geliebt hatte, dem sie aber nicht gut genug gewesen war.

Jetzt gehörte das De-Vries-Land zu Denham, und in Felton Priory, dem ehemaligen Wohnhaus der de Vries, residierte die Zentrale eines multinationalen Konzerns.

»Ich frage mich, was Blanche dachte, als Granny und Gramps geheiratet haben«, sprach Olivia ihre Gedanken laut aus. »Schließlich war Barrant de Vries Gramps' Großvater.«

»Wie um alles in der Welt kommst du denn jetzt darauf?« Robert wandte seine Aufmerksamkeit von der Straße ihr zu und sah sie an.

»Ich weiß nicht. Ich dachte nur gerade an Denham und dass Blanche es gekauft hat, um Barrant zu ärgern.« Sie schauderte leicht. »Ich glaube nicht, dass ich so eine leidenschaftliche Beziehung möchte.«

Roberts Lächeln war amüsiert und nachsichtig. Olivias Bemerkung bestätigte sein Urteil über sie.

Als sie von der Hauptstraße in die Auffahrt von Denham bogen, konnte Olivia die Lichter sehen, die in dem großen Torhaus brannten. Im Augenblick wohnten dort Mr und Mrs Leggit, ihres Zeichens Haushälterin und Faktotum und Gärtner in Denham.

Wer auch immer die Buchen gepflanzt hatte, die die Auffahrt säumten, hatte gewusst, was er tat, denn keine einzige war während der entsetzlichen Stürme im Oktober 1987 umgestürzt, die im ganzen Land große Schäden angerichtet hatten. Doch die Auffahrt und das Haus selbst könnten von einigen formschönen und gut platzierten Außenlampen profitieren, fand Robert, als er den Wagen auf halbem Weg die Auffahrt hinauf zum Stehen brachte, genau da, wo er weder vom Torhaus noch von Denham aus gesehen werden konnte. Das sollte er mal seinem Großvater gegenüber erwähnen, doch nicht jetzt. Jetzt hatte er etwas anderes im Sinn.

Robert hatte den Wagen angehalten. Warum? Olivia rutschte auf ihrem Sitz herum, um ihn anzusehen.

»Weißt du noch, dass ich vorhin gesagt habe, ich hätte meine Gründe gehabt, dich abzuholen?«

»Ja ...« Olivias Herz pochte so schnell und so fest, dass sie am liebsten die Hand darauf gelegt hätte, um es zu beruhigen.

»Also, das ist einer der Gründe.« Er beugte sich entschlossen vor, als wollte er sie küssen.

Nein, nicht als wollte er sie küssen ... er küsste sie tatsächlich.

Olivia schloss die Augen. Roberts Lippen strichen über ihre, quälend leicht, einmal, zweimal und dann ein drittes Mal, bevor sie sich sanft darauf niederließen; ihre Liebkosung war bewusst vorsichtig und darin außerordentlich sinnlich. Er berührte sie sonst nicht, und doch war sein Kuss weit intimer, als hätte er es getan.

Es war die reinste Wonne, so geküsst zu werden: eine altmodische Art zu küssen, mit einer intimen Lust, die ganz dem Küssen galt und nicht als Einleitung zum Fummeln diente. Die bloße Berührung der Lippen war so außerordentlich wunderbar, dass Olivia nicht wollte, dass dieser Kuss je endete.

Als er es doch tat, schlug sie die Augen auf, schwelgte langsam in der Wonne, die sie immer noch umfing, und sah, dass Robert sie beobachtete, während sein Atem warm über ihre Haut strich.

»Ich will dich küssen, seit ich sechzehn war«, sagte sie.

»Ich hoffe, das Warten hat sich gelohnt? Ich habe in letzter Zeit oft an dich gedacht«, fuhr er fort, ohne eine Antwort abzuwarten. »An dich gedacht und mich darauf gefreut, dich zu sehen und dir zu sagen – und zu zeigen –, wie sehr ich mich darüber freue, mit dir zusammen zu sein.«

Geschah das wirklich? Sollte sie sich kneifen, um sicherzugehen? Sagte Robert tatsächlich das, was sie zu hören glaubte? Hatte er sie wirklich geküsst, oder hatte sie das nur geträumt? Das hier geschieht so schnell und so unerwartet, dass es dieselbe berauschende Wirkung hat, als hätte ich mehrere Gläser Champagner getrunken, dachte Olivia benommen, bevor ihr plötzlich aufging, dass Robert darauf wartete, dass sie etwas sagte. Mehr als ein prosaisches »Das ist schön« brachte sie nicht heraus.

Robert lachte. »Und das ist noch schöner.« Er küsste sie noch einmal. Sie war wirklich perfekt. So dankbar und entzückt, genau wie er erwartet hatte. Er nahm Olivias Hand und hob sie an seine Lippen.

»Ich weiß, dass dir das sehr plötzlich vorkommen muss, aber ich habe lange Zeit darauf gewartet, dass du erwachsen wirst, damit ich dir sagen kann, wie viel du mir bedeutest. Diese Zeit ist jetzt gekommen, Olivia, und wenn meine Worte fehl am Platze sind oder ich etwas sage, was du nicht hören willst ...«

Robert erklärte ihr, dass er sie liebte? Robert, den sie bewunderte und der in ihren Augen, seit sie denken konnte, der perfekte Mann war?

»Nein. Ich meine: Ja, ich will es hören. Oh, Robert, du hättest mir das schon vor Jahren sagen können. Ich bin doch längst alt genug.«

»Liebster Schatz, Olivia, du machst mich gerade zum glücklichsten Mann der Welt.«

In der Zeit, die sie brauchte, um nach Luft zu schnappen, hatte Robert ihre Hand losgelassen, ihr zart einen Kuss auf die Stirn gedrückt und den Motor wieder gestartet. Falls Olivia enttäuscht war, dass er sie nicht noch einmal geküsst hatte – oder vielleicht sogar ein wenig weitergegangen war –, dann war sie auch gerührt, dass er sich ihr gegenüber so respektvoll verhielt. Bewies es doch, dass er in jeder Hinsicht so wunderbar war, wie sie immer geglaubt hatte.

Das Haus war wie immer, die Halle duftete wie an jedem Weihnachten, an das sie sich erinnern konnte – nach der Kiefer, die als Weihnachtsbaum diente, und nach dem Rauch des

Holzfeuers im Kamin, vermischt mit Zimt und dem Parfüm der Frauen.

Olivia sah, dass ihr Großvater bei ihrem Vater stand und sich mit ihm unterhielt. Ihr Vater war noch braun vom Sommer in den Hamptons, sein dichtes Haar inzwischen grau durchsetzt. Ihre Eltern führten eine so gute, stabile Ehe; so eine Ehe wünschte sie sich auch.

»Schatz.« Ihre Mutter umarmte sie. »Ich habe deine Kleider und deine Geschenke mitgebracht. Hast du den Artikel rechtzeitig eingereicht?«

»Ja, Gott sei Dank.« Während sie die herzliche Umarmung ihrer Mutter erwiderte und ihren Fragen zuhörte, versuchte Olivia verzweifelt, nicht durch den Raum zu Robert zu blicken, der mit seiner Großmutter sprach. Ihr Gesicht fühlte sich an, als würde es brennen, und ihr Herz raste. Sie kam sich vor, als wäre alles ein wenig irreal, als wären sie und Robert eingeschlossen in ihre ganz private Glücksblase, die sie von allen und allem anderen trennte.

Robert sah sie an und lächelte. Als er neben seine Großmutter trat, war es Olivia fast unmöglich, sich auf Ambers Gesicht zu konzentrieren, und ihre Augen wollten sich nur noch an ihm weiden.

Olivia wandte sich wieder ihrer Mutter zu. »Ich muss rauf und mich frisch machen.«

»Bleib nicht zu lange oben«, flehte Katie. »Ich kann's kaum noch erwarten, endlich den Baum zu schmücken, aber Granny hat uns gezwungen zu warten, bis du und Robert hier seid. Es kam mir vor wie eine Ewigkeit.«

5

»Oh, sieh dir die Kugeln an. Ich weiß noch, wie Granny sie in Macclesfield bei *Flora's* gekauft hat«, schwärmte Katie, die auf dem Boden hockte und in einem der großen Pappkartons mit Baumschmuck kramte. Sie hielt die schimmernde Kugel hoch.

Flora's war ein für seinen Weihnachtsschmuck berühmtes Gartenzentrum.

»Oh, und die hier!«, rief sie aus und holte eine Stoffkugel aus Samt und funkelnder, perlenbesetzter Seide heraus. »Die hat Tante Janey gemacht, nicht wahr, aus unseren eigenen Stoffen.«

»Ich dachte, wir sollten den Baum schmücken, nicht in Erinnerungen schwelgen«, neckte Harry sie, doch Katie achtete gar nicht auf ihn. Sie liebte die Weihnachtsvorbereitungen.

Auf der anderen Seite des Baums arbeitete Emma sich weitaus emsiger durch den Inhalt ihrer Schachtel. »Die kannst du nicht dranhängen, das geht nicht«, beharrte sie. »Wir waren uns einig, uns dieses Jahr an ein Farbschema zu halten, schon vergessen?«

»Aber sie sind so hübsch«, protestierte Katie.

»Hier ist die Fee«, sagte Harry. »Ich kann die Leiter festhalten, wenn du sie aufstecken willst.«

Katie stand auf, nahm die Fee und machte sich daran, auf die Leiter zu steigen.

Der Baum war hoch und unten sehr breit – so breit, dass sie nicht an die Spitze kam, obwohl sie sich mächtig reckte.

»Komm wieder runter, Katie, dann stell ich die Leiter näher ran«, meinte Harry.

»Kein Problem, das geht schon. Ich muss mich nur noch ein bisschen länger machen.«

»Katie, nicht!«, rief Harry, doch Katie lachte nur, bevor sie sich auf die Zehenspitzen reckte, um an die Baumspitze zu kommen. Doch ihr Fuß rutschte ab, und ihr schockiertes Aufkeuchen mischte sich mit Harrys ängstlichem »Katie!«, als sie das Gleichgewicht verlor und herunterfiel. Harry eilte herbei, um sie zu retten, und milderte den Aufprall ein wenig ab.

»Ist alles okay?«

»Was ist passiert?«

»Was um Himmels willen war denn das für ein Krach?«

»Katie ist von der Leiter gefallen.«

»Katie, geht es dir gut?« Ihr Vater hockte sich auf den Boden neben sie und sagte ruhig: »Schauen wir mal. Beweg dich nicht.«

Bewegen? Das war das Letzte, wonach ihr der Sinn stand. Ihr war übel und schwindlig, und der Arm tat ihr höllisch weh.

»Wie geht es ihr?« Das war ihre Mutter, ungeduldig und ängstlich zugleich.

»Ist sie verletzt?« Das war Tante Rose.

»Wie es aussieht, hat sie sich den Arm gebrochen. Wir bringen sie besser ins Krankenhaus.«

Den Arm gebrochen? Aber sie wollte nächste Woche skifahren, und zwar unbedingt, denn Tom würde dort sein, und sie musste ihn sehen.

Doch als Katie das den anderen erklären wollte, wurden die Schmerzen in ihrem Arm so stark, dass sie in Ohnmacht fiel.

»So, da wären wir, Janey. Das ist die Letzte.«

Janey nahm Ella die Tupperdose ab und stellte sie ins Heck des Range Rover.

»Dad und Amber sehen gut aus«, fuhr Ella fort und sah zu, wie Janey die Heckklappe zuschlug.

»Ja, sie sind phantastisch.« Janey lächelte.

Ella hatte den Aufruhr um Katies Sturz genutzt, um ein paar Minuten mit ihrer Schwester allein zu sein.

»Und das ist zum Großteil dir zu verdanken«, sagte sie. »Ich weiß wirklich nicht, wie du mit allem, was du am Hals hast, zurechtkommst.«

»Oh, mir macht das nichts. Dad und Amber machen überhaupt keine Mühe.« Sie unterbrach sich und räumte dann ein: »Ich wünschte, das könnte ich auch von Cassandra sagen. Sie ist so schwierig geworden, und John fällt es extrem schwer, mit ihr umzugehen. Wenn ich ehrlich bin, zermürbt sie mich ganz schön. Vorhin in der Küche habe ich euch alle so beneidet, weil ihr so gepflegt und glamourös ausseht.«

»Oh, Janey.« Ella nahm ihre Schwester fest in die Arme.

»Du bist die Beste von uns allen.«

Ella ließ Janey los und sagte ein wenig verlegen: »Ich habe ein paar Sachen zum Anziehen mitgebracht, die du vielleicht brauchen kannst. Ich weiß ja, dass du kaum zum Einkaufen kommst.«

»Und wenn, hätte ich nicht das Geld für Designerklamotten. Ach, schon gut«, versicherte sie ihrer Schwester, »mir macht es nichts aus, kleine Brötchen zu backen – und das ist gut so, denn wenn nicht, würden wir wahrscheinlich alle verhungern.« Die Sachen von Ella, die auf Taille geschnitten waren, mussten natürlich ausgelassen werden, denn Janey war bei weitem nicht so schlank wie ihre Schwester, doch das war zum Glück etwas, was sie selbst erledigen konnte.

»Ich weiß nicht, wie wir ohne die Hilfe der Familie zurechtkommen würden, und ich bin besonders dir, Ella, dankbar, dass du mir deinen Anteil an den Gewinnen der Firma in der Walton Street gibst. Damit konnte ich die neue Zentralheizung im Dower House bezahlen, von der Cassandra meinte, sie habe ein Recht darauf, und dieses sehr hübsche Fahrzeug.«

»Du hast es verdient, Janey, und mehr. Es tut mir leid, dass Cassandra dir das Leben so schwer macht.«

»Ich verstehe einfach nicht, warum sie so gemein ist«, erwiderte Janey. »Besonders da sie und unsere Mutter doch eng befreundet waren.«

Ella überlegte, ob nun der rechte Zeitpunkt war, Janey von der wahren Natur dieser Beziehung zwischen ihrer verstorbenen Mutter und der Cousine ihres Vaters zu erzählen. Selbst jetzt, nach all den Jahren, verspürte sie Ekel bei dem Gedanken an jene Szene, als sie als Kind die Schlafzimmertür ihrer Eltern geöffnet und ihre Mutter und Cassandra nackt zusammen auf dem Bett gesehen hatte. Cassandra hatte ihre Mutter liebkost. Doch bevor sie es über sich brachte, ein Wort darüber zu sagen, kam Harry, Janeys älterer Sohn, aus der Küche zu ihnen.

»Onkel Drogo hat gerade aus dem Krankenhaus angerufen. Katie hat sich den Arm gebrochen, aber es ist ein schöner, glatter Bruch, der nach Auskunft der Ärzte gut heilen wird.«

»Na, Gott sei Dank.« Janey war erleichtert. »Geh und such bitte deinen Vater und David, Schatz, und sag ihnen, dass ich fertig bin zum Fahren. Ich muss zurück«, erklärte sie Ella, nachdem Harry gegangen war, »sonst kriege ich für morgen nicht alles organisiert. Alles, was ihr zum Frühstück braucht, ist im Kühlschrank.«

»Das moderne Leben ist weit entfernt von jenen Tagen, als solche Häuser hier von einer Armee von Dienstboten geführt wurden«, bemerkte Ella, als sie die Tür gegen die kalte Nachtluft schlossen und ihre Mäntel auszogen – ein robuster, viel getragener Barbour in Janeys Fall und ein luxuriöser Mantel aus kamelhaarfarbenem Woll-Kaschmir-Gemisch in Ellas. »Ich wüsste gern, was Blanche von alldem halten würde, wenn sie heute noch lebte.«

»Sie wäre alles andere als begeistert«, meinte Janey lachend.

»Wenn du Zeit hast, könnten wir in unser Zimmer gehen, dann gebe ich dir die Sachen, von denen ich gesprochen habe.«

»Sehr taktvoll von dir, Ella«, meinte Janey, »dass du diskret versuchst, dafür zu sorgen, dass die anderen nicht mitkriegen, dass ich die Wohltätigkeiten meiner großen Schwester annehme, aber es macht mir ehrlich nichts aus. Stolz ist ein Luxus, den ich mir einfach nicht leisten kann, und ich bin dir wirklich dankbar.«

Wenn sie wieder in New York war, würde sie ihrer Schwester etwas Schönes und Besonderes und Funkelnagelneues kaufen, beschloss Ella und blinzelte rasch die Tränen weg, die Janey bestimmt nicht sehen wollte.

»Was es um einiges schwieriger macht mit Tante Cassandra und John, ist die Tatsache, dass sie ihn beständig daran erinnert, was für gute Freundinnen sie und Johns Mutter waren. Sie sagt es, als wollte sie andeuten, John wäre ihr über die sehr großzügige Apanage, die sein Vater testamentarisch verfügt hat, hinaus noch etwas schuldig. Ich weiß, dass das gemein ist, aber ich wünschte mir, sie würde Weihnachten auch dieses Jahr mit ihren Freunden in Brighton verbringen... Oh, ich weiß, was ich noch sagen wollte«, wechselte Janey plötzlich das Thema. »Deine Olivia und Robert haben sehr glücklich gewirkt zusammen, als sie heute Abend kamen. Läuft da was?«

Janeys leicht amüsierter Tonfall lenkte Ella von dem scharfen warnenden Stich ab, den sie empfunden hatte, als Janey über Johns Mutter und Cassandra gesprochen hatte.

»Sie sind immer schon gut miteinander klargekommen«, umschiffte Ella Janeys Frage. Natürlich hatte sie Olivias glückliches Strahlen bemerkt, und auch die Blicke, die zwischen Olivia und Robert hin und her gingen, waren ihr nicht entgangen, doch wenn zwischen den beiden etwas war, dann war es ganz neu – und sie wusste nicht, ob es ihr gefiel.

»Tut mir leid, dass ich so einen Aufstand mache, Dad«, sagte Katie, als Drogo das Auto vor Denham House zum Stehen brachte.

»Das sollte es auch, Katherine«, schimpfte Emerald. »Du bist alt genug, um solche Dummheiten zu lassen.«

»Ja«, mischte Emma sich mit der Überlegenheit der großen Schwester ein. »Schließlich hat Harry gesagt, du sollst runterkommen.«

Drogo schenkte seiner jüngeren Tochter ein mitfühlendes Lächeln und fragte: »Aber du hast keine großen Schmerzen mehr, oder?«

Dummerweise war es die Freundlichkeit ihres Vaters, die sie den Tränen nahebrachte, und nicht die Kritik ihrer Mutter und ihrer Schwester, musste Katie sich eingestehen, als sie schniefte und den Kopf schüttelte. »Mein Arm tut ein bisschen weh, aber das ist alles.«

»Du hattest Glück, dass du dir bei dem Sturz keine Gehirnerschütterung geholt hast«, erklärte Emerald, die mit ihrer Verärgerung nur den Schock und die Besorgnis überspielte, die sie empfunden hatte, als sie in die Halle geeilt war und ihre Tochter am Boden gelegen hatte.

»Das hat sie nur Harry zu verdanken, der sie auffangen wollte«, erklärte Emma. »Ich wette, er kriegt blaue und schwarze Flecken, wo du doch auf ihn gestürzt bist wie ein Sack Kartoffeln«, fügte sie hinzu. »Also, das Skifahren kannst du dir jetzt abschminken. Nicht mit einem gebrochenen Arm.«

»Ich komme schon klar«, protestierte Katie. »Man sieht dort viele Leute mit Gipsarm oder Gipsbein.«

»Ja, aber normalerweise bekommen sie den Gips erst, wenn sie schon dort sind. Niemand fliegt mit einem gebrochenen Arm in Skiurlaub, oder?«, erwiderte Emma.

»Dad, ich kann doch trotzdem hin, oder?«, flehte Katie. »Zoë erwartet mich, und ich kann mich doch in die Sonne setzen, wenn die anderen auf die Piste gehen.« Natürlich würde sie nichts von Tom sagen, aber bei dem Gedanken, ihn womöglich nicht sehen zu können, wurde ihr übel und elend.

»Also …«, setzte Drogo an, doch Emerald schüttelte den Kopf.

»Red keinen Unsinn, Katie. So kannst du auf keinen Fall nach Klosters. Wozu denn? Abgesehen davon hätten dein Vater und ich vor Sorge um dich keine ruhige Minute.«

Irgendwie war Davids »Ich habe die Fee für dich auf die Baumspitze gesteckt« danach nicht mehr so tröstlich, wie es hätte sein können. Sie konnte nicht nach Klosters. Zoë würde stocksauer sein. Katie war wütend auf sich, wütend und unglücklich.

»Wenigstens ist es nicht der rechte Arm, Schatz«, versuchte Amber ihre Enkelin aufzumuntern, »und du kannst gern hier bei uns bleiben, bis deine Eltern aus Australien zurück sind. Auch wenn ich weiß, dass das nicht ganz so lustig ist wie die Schweiz.«

Katie zwang sich zu einem matten Lächeln, während Emerald ihrer Mutter über Katies Kopf hinweg einen dankbaren Blick zuwarf. »Wenn du dir sicher bist, dass es nicht zu viel ist für Jay und dich, Mummy, dann wäre das wunderbar.«

»Emerald, ich bin neunundsiebzig, nicht neunundneunzig«, verkündete Amber mit einer leichten Schärfe im Ton. »Ich werde die Gelegenheit nutzen, ein paar der alten Aufzeichnungen über unsere Stoffe zu sortieren. Das will ich schon seit Ewigkeiten. Ein erster Schritt in Richtung der Organisation des Archivs, von dem du gesprochen hast, Katie. Jay und ich haben Schnipsel von Stoffen und Tapeten von Felton Priory gesichert, bevor es verkauft wurde, die sind sehr interessant.«

Katie wusste, dass es viel besser wäre, hier in Denham zu bleiben, statt allein zu Hause in London zu hocken, aber es war nicht Klosters. Trotzdem zwang sie sich zu einem dankbaren Lächeln, denn sie wusste, dass sie unter fast allen anderen Umständen begeistert gewesen wäre über so eine Gelegenheit.

Der Familientradition folgend, gingen am Abend der Ankunft alle früh zu Bett, und sobald Katie aus dem Krankenhaus zurück war, machten Polly und Cathy sich daran, ihre Kinder zu baden und bettfertig zu machen.

»Ich komme mit euch hoch, Mum«, meinte Olivia zu Ella. »Ich muss meinen Koffer aus eurem Zimmer holen und dem Weihnachtsmann ein paar Päckchen übergeben«, fügte sie mit einem Lächeln in die Richtung ihres jüngeren Bruders hinzu und lachte, als Sam ihr einen vernichtenden Blick zuwarf und erklärte: »Ich bin vierzehn. Ich glaube nicht mehr an den Weihnachtsmann, seit ich sechs bin.«

Olivia fiel in sein Lachen ein und wuschelte ihm durch die Haare. »Heißt das, dass du keine Geschenke mehr willst?«

Ella hatte nicht vorgehabt, Fragen zu stellen – schließlich würde Olivia es ihr sagen, wenn sie ihr etwas mitteilen wollte. Doch sobald Sam in dem Zimmer, das er sich mit Jamie teilte, verschwunden war und Ella und Olivia allein waren, konnte sie nicht anders, als leichthin zu bemerken: »Robert und du, ihr scheint gut miteinander klarzukommen.«

»Ach, vermutlich ist es ganz natürlich, dass wir uns zueinander hingezogen fühlen. Schließlich sind wir die Ältesten unserer Generation.«

Olivias lässige Reaktion war mehr dazu angetan, Ellas Besorgnis um ihre Tochter noch zu steigern, als sie zu beruhigen. Solche Ausflüchte sahen Olivia gar nicht ähnlich.

»Hat er dir irgendetwas über seinen Besuch in Lauranto erzählt? Früher oder später muss er entscheiden, ob er Alessandros Nachfolge antreten und Kronprinz werden will, und wenn er das tut …«

»Er hat mich vom Flughafen abgeholt, Mom, das ist alles. Ich hoffe, meine Weihnachtsgeschenke gefallen allen. Oh, und du rätst nicht, wen ich gesehen habe, nachdem ich bei *Vanity Fair* meinen Artikel abgegeben hatte.«

Olivia wollte offensichtlich das Thema wechseln.

»Wen?«, fragte Ella.

»Tait Cabot Forbes.« Olivia verzog das Gesicht, und als Ella keine Reaktion zeigte, erklärte sie: »Du weißt schon, der schreckliche Journalist, der über Maisies Testamentsänderung geschrieben hat, und über dich und Dad.«

»Ja, ich weiß, wen du meinst, Schatz, aber nachdem dein Vater mit ihm unter vier Augen gesprochen und ihm die Situation erklärt hat, hat er die Angelegenheit nicht weiterverfolgt.«

»Nein, aber er hat sich auch nicht in der Zeitung öffentlich dafür entschuldigt, was er über euch verbreitet hat, oder?«

»Also, das konnte er nicht. Schließlich war das, was dein Vater ihm gesagt hat, streng vertraulich.«

Ella schenkte ihrer Tochter ein liebevolles Lächeln. Olivia

war denen gegenüber, die sie liebte, extrem loyal – einer ihrer stärksten Charakterzüge und ein netter obendrein –, doch manchmal machte diese Loyalität es ihr schwer zu akzeptieren, dass das Leben nicht nur schwarzweiß war, sondern verschiedene Grautöne hatte.

»Tait ist Journalist«, erinnerte Ella ihre Tochter, »und ein sehr guter. Er hat schließlich nur seine Arbeit getan.«

Olivia nickte. Ihre Mutter konnte sagen, was sie wollte, sie war nicht bereit, Tait Cabot Forbes zu verzeihen, dass er ihre Eltern öffentlich einer Unrechtstat beschuldigt hatte. Und vergessen würde sie es ihm auch nie.

Sein ganzer Artikel war auf Mutmaßungen aufgebaut gewesen, Mutmaßungen und Boshaftigkeit. Er hatte angedeutet, ihre Eltern müssten ihre ältere Freundin Maisie Fischbaum unter Druck gesetzt haben, damit sie ihr Testament änderte und die Treuhänder, denen sie ihr Vermögen ursprünglich anvertraut hatte, daraus entfernte und stattdessen Ella und Oliver als einzige Treuhänder ihrer Milliarden-Dollar-Stiftung einsetzte und ihnen allein die Verantwortung darüber gab zu entscheiden, welchen karitativen Zwecken das Geld zukommen sollte. Diese Testamentsänderung hatte sie in ihrem neunzigsten Lebensjahr vorgenommen und sich dafür an einen neuen Anwalt gewandt, ohne den ursprünglichen Treuhändern ein Wort davon zu sagen. Wie Olivia wusste, hatte das hinter den Kulissen zu sehr viel Klatsch und Tratsch darüber geführt, ob ihre Eltern Einfluss auf Maisies Entscheidung genommen hatten. Doch sie wusste auch, dass Maisie ihr Testament geändert hatte, weil sie kurz nach dem Tod eines alten Freundes erfahren hatte, dass dessen Treuhänder sich über seine Wünsche hinweggesetzt hatten und sein Geld auf eine Art und Weise verwandt hatten, die ihm nicht recht gewesen wäre. Darüber war sie sehr verzweifelt gewesen und hatte das Gefühl gehabt, die einzigen Menschen, denen sie vertrauen konnte, seien Ella und Oliver. Sie hatten versucht, sie zu beruhigen, doch Maisie hatte sich nicht beirren lassen, und so war auf ihr Beharren hin heimlich ein neues Testament aufgesetzt worden. Die ursprünglichen Treuhänder hatten nichts Unrechtes getan, und Maisie hatte sich Sorgen gemacht, sie würden sie entweder wegen Verleumdung anzeigen oder sie für unzurechnungsfähig und unfähig erklären lassen, sich um ihre finanziellen Angelegenheiten zu kümmern, wenn herauskäme, dass sie ihnen nicht mehr vertraute, ihre Wünsche buchstabengetreu zu erfüllen.

Als nach ihrem Tod die Gerüchte aufkamen, hatte Olivia ihre Eltern gedrängt, Maisies Gründe für ihren Sinneswandel öffentlich zu machen, doch sie hatten sich moralisch verpflichtet gefühlt, nichts zu sagen, um dem vorzubeugen, dass Maisies Misstrauen am Ende negativ auf ihre ursprünglichen Treuhänder zurückfallen würde, die sich schließlich nichts hatten zuschulden kommen lassen. Olivia wusste, dass es typisch war für ihre Eltern, andere auf eigene Kosten zu schützen.

Ihre Eltern mochten Tait seinen Artikel verziehen haben, nachdem er die Sache nicht weiter verfolgt hatte, doch Olivia hatte das nicht vor. Er hatte nicht zurückgenommen, was er geschrieben hatte, und sich auch nicht entschuldigt, oder? Und abgesehen davon strahlte Tait als Mensch – als Mann – etwas aus, was sie kribbelig machte … Sie fühlte sich beurteilt. Er war so … so selbstzufrieden und arrogant und, ja, männlich. Nicht wie Robert, der sehr viel mehr *Gentleman* war.

Robert … Olivia schwelgte in Erinnerungen an den Kuss.

»Hier ist dein Koffer«, sagte Ella. »Amber hat mich gebeten, dir zu sagen, dass du im lila Zimmer wohnst.«

»Sie weiß, dass das mein Lieblingszimmer ist.« Olivia lächelte und griff nach dem Riemen ihres Rollkoffers.

Die vielen Schlafzimmer in Denham waren – passend zu den Seidenstoffen von Denby Mill, die sich darin wiederfanden – in unterschiedlichen Farben gestrichen.

Die Wandverkleidung in dem Zimmer, in dem Ella und Oliver schliefen, war in einem zarten Graublau gehalten, im

Kontrast zu den buttergelben Seidenvorhängen mit dem griechischen Fries in einem tiefen, satten Goldton. Der griechische Fries schmückte auch den Teppich mit dem Gittermuster in Blaugrau und gebrochenem Weiß, während die Tagesdecke, die Polster der beiden Schlafzimmerstühle und die Lampen auf dem Kaminsims mit der gelben Seide der Vorhänge bezogen waren.

Wenige Sekunden, nachdem Olivia gegangen war, ging die Schlafzimmertür wieder auf, und Oliver kam herein.

»Du wirkst nachdenklich«, meinte er.

»Mhm … ich vermute, dass zwischen Olivia und Robert etwas ist.«

»Robert? Wie kann zwischen den beiden etwas sein? Sie hat ihn seit letztes Jahr Weihnachten nicht gesehen, oder?«

»Nein, aber als sie heute Abend zusammen reinkamen, war da eindeutig etwas, und sie war ja mal schwer in ihn verliebt.«

»Robert«, wiederholte Oliver im Tonfall eines Mannes, der plötzlich erkennt, dass sein kleines Mädchen seine Zuneigung auf einen anderen Mann gerichtet hat.

»Sie hat nichts gesagt«, räumte Ella ein, »ja, sie ist mir sogar demonstrativ ausgewichen, als ich das Thema zur Sprache gebracht habe, ich könnte mich also täuschen, aber irgendwie glaube ich das nicht.«

In ihrem Zimmer – dem Zimmer, das ihres gewesen war, als sie hier aufgewachsen war, das ihre Mutter jedoch vor fünf Jahren zusammen mit dem Rest des Hauses renoviert hatte – ließ Emerald sich auf einen der hübschen Sessel im Louis-Quatorze-Stil plumpsen und schlug die Beine über, wodurch sie die elegante Wölbung ihrer Füße in den hochhackigen Schuhen, die sie ungeachtet der gängigen Mode trug, entblößte.

»Warum müssen unsere Kinder so strapaziös sein, Drogo?«, fragte sie.

»Wahrscheinlich weil es deine Kinder sind«, antwortete ihr Mann mit einem Lächeln.

»Auf so eine unglaublich dumme Idee wie Katie wäre ich nie gekommen«, behauptete Emerald und wechselte rasch das Thema, indem sie erklärte: »Die arme Janey, sie sieht allmählich richtig alt aus. Sie sollte sich wirklich ein bisschen mehr um sich kümmern.«

»Ich bezweifle, dass sie dazu die Zeit – oder das Geld – hat«, warf Drogo nachsichtig ein.

»Sie würden um einiges besser dastehen, wenn sie Fitton vermieten und hier bei Mummy und Jay einziehen würden. Schließlich könnte John die beiden Güter genauso leicht von hier aus leiten wie von Fitton. Denham ist einfach viel behaglicher, und Janey wäre zur Hand, um Mummy und Jay zu helfen, wenn sie Hilfe brauchten.«

»Fitton bedeutet John viel zu viel, um so etwas überhaupt in Erwägung zu ziehen, und selbst wenn nicht, hätte John immer noch das Problem, dass Cassandra im Dower House lebt.«

Emerald stieß einen kleinen empörten Seufzer aus.

»Ich hoffe bloß, dass Rose sich nicht zu sehr mit Nick und seinen Kindern befasst, wenn er und Sarah sich trennen. Nicht gerade jetzt, wo wir hoffen, mit der Firma auf dem kommerziellen Sektor zu expandieren. Wenn wir uns Verträge über die Lieferung von Raumtextilien und die Innenausstattung von Hotelzimmern sichern, brauchen wir Rose. Sie macht viel zu viel Theater um Nick – das habe ich immer schon gesagt. Dabei ist er nicht mal ihr Sohn, und es gibt auch keinen Beweis dafür, dass Josh sein Vater ist.«

»Abgesehen von der Tatsache, dass Nick Josh wie aus dem Gesicht geschnitten ist, meinst du wohl«, erwiderte Drogo. Er war es gewohnt, dass seine Frau sich abfällig über ihre Verwandten äußerte, und er wusste, dass Emerald mit ihrer kritischen Haltung nur die Besorgnis überspielte, die sie nicht offen zeigen konnte.

»Ist ja schön und gut, hierher nach Denham zu kommen,

Drogo, doch die Familie hätte es in Osterby genauso behaglich wie hier. Ja, sogar noch behaglicher, denn Osterby hat genügend Personal.«

Da Osterby, der Familiensitz der Lenchester, ähnliche Ausmaße hatte wie Blenheim Palace, wogegen Denham von viel bescheideneren Proportionen war, warf Drogo Emerald bei diesem Kommentar einen schiefen Blick zu.

»Osterby mag die Erhabenheit und die Größe eines Möchtegernpalastes besitzen, aber Denham ist ein richtiges Zuhause.«

»Es ist ja nicht so, als könnten Mummy und Jay es sich nicht leisten, mehr Hauspersonal zu beschäftigen. Mummy hat schließlich Urgroßmutters ganzes Vermögen geerbt, und das waren Millionen. Himmel, als Mummy hier aufwuchs, gab es Dutzende von Dienstboten. Und jetzt ist außer den Leggits und den Arbeitern auf dem Gut niemand mehr da. Janey hat das ganze Weihnachtsessen quasi allein gekocht. Ich glaube wirklich, wir müssen mal mit Mummy darüber reden. Ich meine, Janey hat doch tatsächlich davon gesprochen, einen Plan für die Küchenaufgaben aufzustellen!« Emerald zog die Nase kraus, was Drogo zum Lachen brachte. »Lach du nur«, wandte sie ein. »Meine Maniküre hält nie, bis wir wieder in London sind.«

»Dir ist schon klar, dass du der größte Snob der Welt bist, nicht wahr?«, frotzelte Drogo. »Und dass wir, wenn wir hier abreisen, drei Wochen ins australische Outback fahren?«

»*Du* fährst vielleicht ins australische Outback und zählst deine Schafe oder tust, was immer man auf so einer Schaffarm tut. *Ich* miete mich in einem anständigen Hotel in Sydney oder auf den Pfingstsonntagsinseln ein.« Plötzlich erhellte ein Lächeln ihre Züge, die andere Seite ihres Charakters brach durch wie ein Flecken Blau in einem ansonsten grauen Himmel. »Ich habe unglaubliches Glück, dass ich dich geheiratet habe, Drogo.« Sie umfasste sein Gesicht mit beiden Händen und beugte sich vor, um ihn zu küssen. Dann hielt sie inne und fügte in normalem Tonfall hinzu: »Aber natürlich längst nicht so viel Glück wie du, weil du mich geheiratet hast.«

6

»Glücklich?«

Olivia nickte und wandte Robert das Gesicht zu, während der Wind ihr glattes Haar zerzauste. Ihre Hand war warm in Roberts Griff, und sie spazierten zusammen durch den von Frost überhauchten formalen Garten von Denham; ihre Stiefel knirschten auf den gekiesten Wegen. Sie schreckten zwei Fasane auf, die Futter suchten und jetzt auf typische Fasanenart gemächlich davonschritten und so taten, als wären sie eigentlich gar nicht da.

»Ja, ich bin glücklich«, beteuerte Olivia noch einmal. »Und du?«

»Nicht so glücklich, wie ich wäre, wenn ich dich küssen könnte, aber ich glaube, wir stehen eh schon im Mittelpunkt der familiären Neugier, ohne dass wir diese vorerst noch mehr anheizen wollen, oder?«

Seine Antwort hätte nicht besser zeigen können, wie ähnlich ihr Denken war. Olivia war froh, dass sie keine Spielchen miteinander spielten, dass sie sich keine künstlichen Tests und Tricks ausdachten, um den anderen zu verleiten, als Erster zuzugeben, wie es um seine Gefühle bestellt war. Es bezauberte und erfreute sie, dass Robert sich ihr gegenüber nicht in Zurückhaltung übte wie es bei den Männern in New York üblich war, die einer jungen Frau versprachen anzurufen und es nicht taten, nur um genau dann anzurufen, wenn sie es schon aufgegeben hatte, woraufhin sie so tun musste, als wäre sie nicht interessiert, um nicht Gefahr zu laufen, das Gesicht zu verlieren; sondern dass er am Morgen, nachdem er sie vom Flughafen abgeholt hatte, offen und frei auf sie zugekommen war und diskret eine Gelegenheit geschaffen hatte, mit ihr allein zu sein, indem er nach dem Frühstück schlicht und einfach erklärt hatte: »Komm, Olivia. Es ist Heiligabend, und wir beide haben die Aufgabe, Stechpalmenzweige suchen zu gehen. Ohne Stechpalmen ist Weihnachten in Denham kein richtiges Weihnachten.«

»Mom hat mich schon ausgefragt. Sie hat gesagt, wir schienen ja gut miteinander zurechtzukommen«, erklärte Olivia Robert kleinlaut. Sie liebte es, wie sich um seine Augen Fältchen bildeten, wenn er lachte.

»Das liegt wahrscheinlich daran, dass meine Mutter sie gewarnt hat, dir bloß nicht zu erlauben, mich zu verführen«, neckte er sie mit gespieltem Ernst.

Olivia tat, als wollte sie ihm mit der freien Hand an die Schulter boxen, und konterte: »Meine Mutter hat mich gewarnt, nicht zu vergessen, dass du eine Entscheidung wegen Lauranto treffen musst.«

»Ist das ein Thema?«

Oh, sie mochte seine Direktheit. Dadurch wurde alles so leicht und natürlich.

»Nein, für mich nicht«, antwortete sie wahrheitsgemäß. »Aber für dich ist es gewiss doch eine schwere Entscheidung, oder?«

»Ich habe das Gefühl, dem Volk von Lauranto gegenüber verpflichtet zu sein. Meine Großmutter ist sehr in ihren Gewohnheiten festgefahren, und das ganze Land muss dringend modernisiert werden.« Er wandte sich ihr zu. »Und ich muss dich unbedingt in meinem Leben haben, Olivia.«

Das war also das Glück, dieser schwindelerregende, benommene Unglaube, dieses Entzücken, das dafür sorgte, dass alles – jede Empfindung, jeder Sinneseindruck, jeder Gedanke – sich anfühlte, als wäre es von einem besonderen Wunder durchdrungen.

Hand in Hand gingen sie weiter durch den Garten. Die

frische Winterluft roch nach Frost und Holzrauch aus den Schornsteinen von Denham, der Ostwind, der von den Derbyshire-Hügeln herunterwehte, hatte alle Wolken am Himmel fortgetrieben, die Ebene von Cheshire schmiegte sich behaglich zwischen die Hügel und die walisischen Berge im Westen. Hier waren schon die Römer durchmarschiert, hatten gekämpft und gesiedelt, die reichen Salzvorkommen der Gegend abgebaut und die Festungsstadt Chester errichtet. Doch dieses Land täuschte über seine blutige Geschichte hinweg und deckte sie mit reichem Ackerland zu, das von wohlgeordnetem Wohlbehagen und Frieden sprach.

Sie hatten jetzt das Ende des ummauerten Gartens erreicht. Dahinter lag eine Parklandschaft mit stattlichen Bäumen, die noch von dem ersten Besitzer von Denham gepflanzt worden waren.

In wechselseitigem unausgesprochenem Einverständnis öffnete Robert die alte silbrige Eichentür in der Mauer und ließ Olivia den Vortritt. Westlich des formalen Gartens lagen der Gemüsegarten und die viktorianischen Treibhäuser, während vor ihnen, hinter einem hübschen bewaldeten Bereich, in dem die Winterkrokusse noch ihre lavendelfarbenen Blütenblätter zeigten, ein Graben lag, der die Gärten von dem Park mit den Muntjakhirschen trennte.

»Ich liebe Denham«, seufzte Olivia glücklich, bevor sie nachdenklich hinzufügte: »Osterby mag ich natürlich auch, besonders die Pfauen.«

»Lärmende Untiere«, beschwerte Robert sich, bevor er sich erweichen ließ und hinzufügte: »Im Palastgarten in Lauranto gibt es auch welche.«

Während er sprach, zog er die Holztür hinter sich zu und streckte die Hand nach ihr aus.

Olivia sank willig in seine Arme und hob das Gesicht zum Kuss. Sie spürte die seidige Wärme seines Schals an der Hand. Sie roch den sauberen Seifenduft seiner Haut, der sich mit dem Tweedgeruch seiner Jacke vermischte. Seine Lippen waren zuerst kalt und dann köstlich warm, was Olivia an das Kindheitsvergnügen von heißer Schokoladensoße auf Eiscreme erinnerte.

Auch diesmal küsste Robert sie einfach nur, nahm sich Zeit, ließ seine Lippen so zart über ihren Mund streichen, dass sich ihr vor Wonne in den Gummistiefeln schier die Zehennägel hochrollten.

Schließlich ließ er sie los, doch nur, um wieder ihre Hand zu nehmen und ihr, als sie zu der Stechpalme am Rand des Dickichts gingen, zu erklären: »Ich reise im Februar noch einmal nach Lauranto. Und dann würde ich dich gern mitnehmen.«

Olivia blieb stehen. Sie spürte den unregelmäßigen Schlag ihres Herzens und die Röte, die unter der Haut an ihr hochkroch.

»Du … ehrlich?«

»Ja. Sehr gern sogar. Wie gesagt, es gibt dort viel zu tun, für das Volk, für Laurantos Erbe, und ich möchte, dass du alles siehst, wie es ist, bevor …«

»Ich würde gern mitkommen.«

Als Robert sie jetzt küsste, wusste Olivia, dass sie ohne viele Worte eine Bindung eingegangen waren und dass ein gemeinsames Bewusstsein entstanden war für das, was sein könnte, sowie dafür, dass sie in ihrem eigenen Tempo an dieses Ziel reisen würden.

Robert bemerkte, dass Olivia vor Glück und Seligkeit glühte. Alles würde gut gehen. Ja, perfekt. Olivia war perfekt, und allein dafür konnte er sie lieben.

»Komm«, sagte er. »Wir holen besser die Stechpalmenzweige, sonst sind unsere Mütter bald nicht mehr die Einzigen, die neugierige Fragen stellen.«

Emma, Katie, Harry und David hatten das Billardzimmer in Beschlag genommen und die jüngeren Familienmitglieder für den Augenblick daraus verbannt. Trotz der Kälte draußen standen die Fenster weit offen, um den verräterischen Geruch der Joints zu zerstreuen, die sie herumgereicht hatten. Das Rauchen hatte für eine allgemeine Stimmung wohltuender Entspanntheit gesorgt, gestört nur durch David, der angefangen hatte zu kichern und nicht mehr aufhören konnte, bis Harry seinen jüngeren Bruder zum Fenster schleifte und mit dem Kopf nach draußen hielt, damit er sich wieder beruhigte.

Es war der Tag nach dem zweiten Weihnachtstag, und nach zwei Tagen mit Scharaden, Versteckspielen und ähnlich munteren Partyspielen mit den Kleinen waren die vier sich einig gewesen, dass sie ein wenig Faulenzerei verdient hatten, um mal richtig zu entspannen.

»Schließlich ist es nicht so«, bemerkte David ernst, »als wäre es schädlich, einen Joint zu rauchen. Ich meine, es ist nicht mit dem Konsum von Heroin oder Kokain zu vergleichen. Wenn die Eltern ein Theater darum machen, ist das echt ein Witz.«

»Du bist der Witz, Blödmann, wenn du glaubst, Dad würde kein Theater machen, wenn er uns erwischt«, erwiderte Harry.

»Ach, Dad. Er wäre wahrscheinlich der Meinung, ein Bursche, der mit einem Joint erwischt wurde, sollte unehrenhaft aus seinem Regiment entlassen werden. Er ist so altmodisch.«

»In den Zwanzigern waren Heroin und Kokain groß in Mode und allgemein akzeptiert. Es war nicht mal gegen das Gesetz«, warf Katie ein. Sie war immer noch sehr niedergeschlagen, dass sie nicht nach Klosters fahren konnte. Am Morgen hatte sie ein unglückliches Telefonat mit Zoë geführt, die noch wilder und verrückter geklungen hatte als normalerweise und ins Telefon geflüstert hatte, sie könne im Augenblick nicht richtig reden. »Ich habe mein Schicksal und meinen Seelengefährten in Gestalt meines persönlichen Earl of Rochester getroffen.«

Als es plötzlich warnend am Türgriff ratterte, sprangen die vier auf, und Harry rief in einem beeindruckend festen Bariton: »Wenn das einer von euch Zwergen ist, dann denkt dran, dass ihr von hier verbannt seid.«

Die Tür ging auf, und Olivia kam herein und erklärte ihnen lächelnd: »Ich bin mir nicht ganz sicher, ob ich unter die Kategorie ›verbannt‹ falle oder nicht, aber ich kann euch warnen, dass Pollys Jungen gefragt haben, warum sie nicht Billard spielen dürfen. Wenn ich also einer von euch wäre …«

Sie roch den verräterisch süßen Duft und drehte sich um, um Robert, der hinter ihr stand, ein wissendes Lächeln zu schenken. Sie hatte endlich die Brücke überschritten, die sie früher getrennt hatte – früher war sie auf der Seite der »Kleinen« gewesen, während Robert fest auf der Seite der Erwachsenen gestanden hatte –, und es fühlte sich gut an, wie Olivia sich eingestand, sehr gut sogar. Amüsiert sah sie zu, wie Emma und Katie hektisch anfingen mit den Armen zu wedeln, um den süßlichen Rauch zum Fenster hinauszutreiben.

»Hier …« Sie schob die Hand in ihre Handtasche, holte einen kleinen Parfümzerstäuber heraus und sprühte um die Tür herum. »Das lenkt vielleicht ein bisschen ab.«

»Sentimentales Huhn«, zog Robert sie später auf, als sie zusammen hinaus in den Garten gingen, den einzigen Ort, an dem sie sich wirklich sicher sein konnten, allein zu sein. »Ich wage zu behaupten, dass die Eltern bei ihnen dasselbe tun wie bei uns, nämlich so tun, als würden sie nichts merken, weil sie wissen, dass es sich in kürzester Zeit rauswächst.«

»Unsere Eltern vielleicht, aber bei Onkel John bin ich mir da nicht so sicher.«

»Mhm … Verstehe, was du meinst. Er ist ein guter Kerl, passt aber in vielerlei Hinsicht mehr ins viktorianische Zeitalter: stets die Fassung wahren, das Richtige tun und sich deutlich seines Status als Lord Fitton Legh bewusst sein.«

»Das kling nicht gerade freundlich«, wandte Olivia ein.

»Aber wahr?«

Ein wenig zögerlich nickte sie.

Obwohl sie bis jetzt noch nicht mehr getan hatten, als sich

zu küssen, wusste Olivia, dass es Robert ernst mit ihr – mit ihnen – war.

»Ich weiß nicht, ob ich bis Februar warten kann, dich wiederzusehen«, sagte er jetzt.

»Als würdest du meine Gedanken lesen«, gestand sie.

»Deine Rückkehr nach New York zu verschieben und mit mir nach London zu kommen wäre wahrscheinlich ein wenig offensichtlicher, als wir es im Augenblick haben wollen, aber wenn wir ein paar Tage in New York miteinander verbringen könnten, sagen wir, in zwei Wochen …?«

»Herzlich gern.«

»Normalerweise wohne ich im *Pierre*.«

»Meine Wohnung hat ein Gästezimmer.«

Sie sahen einander an, und Olivia lächelte und errötete ein wenig über das, was sie in Roberts Augen sah.

»Du bist still.«

Rose lächelte Josh an. »Ich habe gerade an Nick gedacht«, gestand sie. Sie waren im Auto auf dem Heimweg von Denham. »Ich wünschte, wir könnten etwas tun, um ihm in der Situation mit Sarah zu helfen.«

»Er ist ein erwachsener Mann und kein kleiner Junge. Er weiß genug über die Welt, um zu begreifen, warum ihre Eltern ihn als Schwiegersohn nicht mit offenen Armen aufgenommen haben.«

Als Rose ihn ansah, streckte er die Hand aus und legte sie auf ihre verschränkten Hände. Sie war so ordentlich und kurz und bündig und irgendwie präzise, seine Rose. Und dennoch so verletzlich, selbst nach all den Jahren, immer noch sensibel für ihre halbchinesische Herkunft und den Abscheu, den ihre Urgroßmutter ob des Umstands empfunden hatte, dass Roses Mutter Chinesin gewesen war.

»Rose, er entstammt der Arbeiterklasse, und Sarahs Vater ist ein adliger Oberschicht-Snob.«

»Sarah hat sich entschieden, ihn zu heiraten.«

»Hat sie das? Oder hat Nick für sie entschieden? Schau, ich will ihn nicht runtermachen – er ist mein Sohn –, aber bevor er zu uns kam, hatte er eine harte Kindheit. Das muss sich irgendwo in ihm niedergeschlagen haben. Er ist nicht wie ich, das weißt du so gut wie ich. Nick hat eine gewisse Schärfe, das Bedürfnis zu gewinnen, allein um des Siegens willen. Für jemanden, der aufgewachsen ist wie Nick, ist die Heirat mit einem Mädchen aus der Oberschicht wie Sarah wie ein Sieg, ein Ziel, das er sich gesetzt hat, schlicht um dieses Sieges willen.«

Rose sah Josh unglücklich an. »Das ist nicht fair«, protestierte sie. »Denk doch nur daran, wie hart Nick gearbeitet hat, um Sarah dieses Haus zu kaufen. Sie und die Jungen haben nur das Beste von allem.«

»Selbstverständlich. Das gehört für ihn zum Nervenkitzel, ihr mehr geben zu können als die Oberschicht-Männer ihrer Freundinnen. Es geht ihm nur darum, sich zu beweisen, Rose, zu beweisen, dass er der Beste ist, aber jetzt kann er das nicht, weil Sarahs Vater ihm im Weg steht, fest entschlossen zu beweisen, dass *er* der Beste ist.«

Rose sah ihn besorgt an.

»Nick ist mein Sohn, und ich liebe ihn, Rose, natürlich liebe ich ihn, aber das bedeutet nicht, dass ich für seine Fehler und Schwächen blinder bin als für meine eigenen. Das Problem ist, dass Sarahs Vater offensichtlich wild entschlossen ist, sich Nicks Schwächen zunutze zu machen.«

»Manchmal glaube ich, ich werde unsere Kinder nie verstehen. Katie läuft herum mit einem Gesicht wie drei Tage Regenwetter, sie will immer noch unbedingt Ski fahren gehen – mit dem gebrochenen Arm.«

Emerald legte Kleider zusammen und packte sie in den offenen Koffer in ihrem Schlafzimmer in Lenchester House. »Und dann natürlich Robert«, fuhr sie fort. »Nicht ein einziges Wort hat er mir gegenüber über Olivia verloren, dabei sieht doch ein Blinder, dass zwischen den beiden etwas läuft. Ella hat mir erzählt, dass Robert Olivia eingeladen hat, im Februar mit ihm nach Lauranto zu fahren, sonst wüsste ich überhaupt nicht, dass er noch einmal hinfährt, ganz zu schweigen davon, dass er Olivia mitnimmt. Mir gefällt der Gedanke nicht, dass er sich da drüben zu sehr engagiert, Drogo. Ich traue Alessandros Mutter nicht über den Weg.«

Emerald unterbrach sich und sah ihren Mann an. »Glaubst du, Alessandros Mutter erzählt Robert … du weißt schon, was?«

Drogo trat zu ihr und nahm sie in die Arme. Er kannte die wahre Emerald und ihre Verletzlichkeit, die sie vor dem Rest der Welt so gut verbarg. »Über deinen Vater, meinst du?«

Emerald nickte. »Die Fürstin-Witwe hasst mich, hat mich immer schon gehasst.«

Drogo wusste, wie sehr es den Stolz seiner Frau verletzen würde, wenn die Wahrheit je ans Licht käme, obwohl Emerald, statt das zuzugeben, typischerweise fortfuhr: »Es wäre schrecklich für die Kinder, wenn sie plötzlich erfahren müssten, dass ihr Großvater ein Maler war und nicht der Herzog, wie sie immer geglaubt haben.«

»Ich bezweifle stark, dass Alessandros Mutter irgendetwas sagt. Es ist in ihrem eigenen Interesse, nichts zu sagen, abgesehen von allem anderen. Sie möchte, dass Robert Alessandros Nachfolge antritt. Wenn sie ihm die Wahrheit erzählt, würde sie ihn womöglich vertreiben, und dieses Risiko will sie sicher nicht eingehen.«

»Du hast recht.«

Drogo drückte zärtlich ihren Arm. Er wusste, wie sehr ihr selbst jetzt noch der Gedanke widerstrebte, dass ihr leiblicher Vater nicht sein Vorgänger gewesen war, der verstorbene Herzog, sondern der Maler Jean-Philippe du Breveonet, der Schöpfer von *Die Tochter des Seidenhändlers*, jenes Bildes von Amber, das jetzt in der National Gallery hing.

7

Draußen mochte Januarschnee auf die New Yorker Straßen fallen, Kinder mochten darum betteln, dass man ihnen erlaubte, auf den zugefrorenen Seen im Central Park Schlittschuh zu laufen, doch hier in der Limelight-Disco an der Sixth Avenue im Stadtteil Chelsea auf Manhattan war die Luft fast tropisch warm, als die Elite der Mode- und Verlagswelt sich versammelte, um auf einer von der *Vogue* veranstalteten Nachmittags-Party »den Monat Januar zu feiern«. Olivia hatte den Verdacht, dass man sie als Ersatz für ihre Mutter eingeladen hatte, die mit ihrem Vater zu Besuch bei Freunden in Palm Beach war.

Laute Musik, eine Mischung aus Rock und Industrial, bestürmte ihre Ohren. Kellner und Kellnerinnen, die kaum mehr trugen als Stanniolpapier und Pailletten, um ihre perfekt geformten Körper zur Geltung zu bringen, tanzten und schoben sich mit Schmollmund im Takt zu der Musik durch das Meer der Gäste, auf ihren Tabletts Champagner und winzige Häppchen, die, wie Olivias Freundin Macey Greenberg zynisch bemerkt hatte, angesichts der großen Zahl von Gästen – einschließlich der Mannequins –, von denen bekannt war, dass sie Drogen konsumierten, womöglich einige energiespendende oder halluzinogene Zutaten enthielten.

»Das würde den Models aber nicht guttun«, hatte Olivia bemerkt, bevor Macey sie verließ, um sich für die Musikzeitschrift, für die sie als Freie arbeitete, ein Interview mit einem noch nicht geouteten schwulen Sänger zu sichern.

Mondäne Partys sollten aufregend sein, und Olivia war bereit zuzugeben, dass sie die Party womöglich genossen hätte, wäre ihr nicht eben klar geworden, dass Tait Cabot Forbes ebenfalls unter den Gästen war.

Sie hatte ihn vor ungefähr zehn Minuten gesehen, tief im Gespräch mit dem Herausgeber der *New York Times*. Zweifellos plant er den Überfall und die Vernichtung eines weiteren unschuldigen Opfers, damit er mal wieder ein paar Selbstwertgefühl steigernde Schlagzeilen bekommt, dachte Olivia bitter.

Über der Musik konnte sie gerade noch das gekünstelte Kreischen der sehr dünnen und sehr hübschen Models hören, die einige Meter weiter standen, die Luft um sie herum blau vom Zigarettenqualm, denn sie rauchten, um ihre Hungeranfälle in Schach zu halten. Die armen Dinger, dachte Olivia traurig. Sie beneidete sie kein bisschen. Als sie sie beobachtete, fand sie es seltsam zu denken, dass ihr Vater einst seinen Lebensunterhalt damit verdient hatte, solche Mädchen für Modezeitschriften zu fotografieren.

Gegen ihre extreme Magerkeit hoben sich Cindy Crawfords weit sinnlichere Kurven umso deutlicher ab. Das Supermodel war das unumstrittene Zentrum der Aufmerksamkeit, sämtliche Pressefotografen drängten sich um sie.

Einer der derzeitigen Top-Modefotografen sprach mit einem Redakteur der britischen *Vogue*, der eigens zu der Party eingeflogen war. Die Modeleute, darunter auch Grace Coddington von der New Yorker *Vogue*, waren komplett in Schwarz gekleidet, genau wie Olivia. Fotos von der Party würden natürlich in der neuesten Ausgabe der *Women's Wear Daily* erscheinen und von den hingebungsvollen Leserinnen gierig verschlungen werden.

Sie trug ein Ralph-Lauren-Kleid, das sie sich von ihrer Mutter geliehen hatte. Ella hatte darauf bestanden, dass sie sich den raffinierten Schlauch aus schwerem schwarzen Jersey ausborgte, der auf magische Weise zu einem hinreißend eleganten Kleid wurde, sobald man ihn überstreifte – mit U-Boot-Ausschnitt und der Andeutung eines kleinen Ärmels. Dazu trug Olivia zwei diamantbesetzte Armreifen, die ebenfalls ihrer Mutter gehörten, und hatte sich die Haare hochgesteckt. Ihre Freundin Macey hatte erklärt, das Ganze sehe sehr nach *Frühstück bei Tiffany* aus.

Olivia blickte sich gerade nach Macey um, als ihr jemand

energisch auf die Schulter tippte. Sie drehte sich um und war gleichermaßen überrascht und genervt, als sie sah, dass Tait Cabot Forbes hinter ihr stand.

»Ich möchte Ihnen einen Antrag machen«, erklärte er ohne Einleitung und fügte, als sie erstarrte, hinzu: »Nein, nicht so einen Antrag. Ich möchte vorschlagen, dass wir das Kriegsbeil begraben, das Sie mit sich herumschleppen. Es wird doch sicher langsam ganz schön schwer, und wenn Sie es begraben, müssen Sie nicht mehr auf eine Gelegenheit lauern, es in mir zu versenken.«

»Sie meinen so, wie Sie versucht haben, meinem Vater ein Messer in den Rücken zu stoßen?«, fuhr Olivia trotzig auf.

Tait streckte die offenen Hände aus. Es waren, wie Olivia bemerkte, große Hände mit langen Fingern, sonnengebräunter Haut und sauberen Fingernägeln, die aber nicht übermäßig manikürt waren, wie es bei New Yorker Männern gerade groß in Mode war. In seinem konservativen Hemd von den Brooks Brothers, in dem er ein wenig aussah wie ein Jurist, stach er in einem Raum, in dem die meisten anderen Männer irgendetwas mit der Modewelt zu tun hatten und sich extravagant kleideten, ziemlich heraus.

»Meine Recherche über die Beziehung Ihrer Eltern zu Maisie Fischerbaum war nicht persönlich. Ich bin nur, was ich bin … investigativer Journalist.«

»Verdienen Ihr Geld und machen sich damit einen Namen, dass Sie versucht haben, den Ruf meiner Eltern zu zerstören.«

»Ich habe mich geirrt. Das gebe ich zu. Ich habe mich bei Ihren Eltern entschuldigt.«

»Privat ja, aber nicht öffentlich.«

Seine Miene verriet, dass sie ihn allmählich nervte. Gut, dachte Olivia. Was erwartet er denn? Dass ich mich vor Begeisterung überschlage, weil er mich zu überreden versucht? Dazu war mehr erforderlich, als ein zu gut aussehendes Gesicht und ein Übermaß an männlichem Selbstbewusstsein.

»Weil Ihr Vater mich gebeten hat, die Gründe, warum er und Ihre Mutter als Treuhänder eingesetzt wurden, nicht öffentlich zu machen. Das habe ich respektiert, genau wie ich Ihre Loyalität zu Ihren Eltern respektiere, aber so langsam habe ich es satt, dass Sie mich jedes Mal, wenn Sie mich sehen, mit zornigen Blicken durchbohren. Also, wie wäre es, wenn wir wenigstens einen Waffenstillstand vereinbarten?«

»Sie können es nennen, wie Sie wollen«, erklärte Olivia entschlossen. »Für mich sind und bleiben Sie der Mann, der versucht hat, meinen Eltern zu schaden, indem er Unwahrheiten über sie verbreitet hat.«

Olivia drehte sich auf dem Absatz um und ging davon. Sie hatte den Verdacht, dass sie auch an Macey vorbeigerauscht wäre, so überdreht und zornig war sie, wenn ihre Freundin ihr nicht in den Weg getreten wäre und ihr ein Glas Champagner unter die Nase gehalten hätte.

Olivia würde sich nicht umdrehen und schauen, ob Tait Cabot Forbes immer noch dort stand, ganz zu schweigen davon, ob er ihr nachsah. Ja, sie hätte nichts lieber getan, als die Party früher zu verlassen und nach Hause zu gehen, falls Robert anrief. Das tat er manchmal, kurz bevor er zu Bett ging. Er hatte noch keine Zeit gehabt, nach New York zu kommen, doch er hatte versprochen, es so bald wie möglich nachzuholen, und gesagt, er habe seine Großmutter darüber informiert, dass Olivia ihn im Februar bei seinem Besuch in Lauranto begleiten würde.

Robert. An ihn zu denken und in den Gedanken an ihn zu schwelgen war viel besser, als an Tait Cabot Forbes zu denken. Viel besser.

»Katie.«

»Tom.«

Als sie Tom auf sich zukommen sah, blieb Katie abrupt stehen und versperrte einer Gruppe zielstrebiger Oberschichtstussen mittleren Alters aus den umliegenden Grafschaften, die in London waren, um die letzten Tage des Januar-Schlussverkaufs bei Peter Jones auszunutzen, den Weg. Mit dem Geschick und der Erfahrung kampferprobter, abgebrühter Schnäppchenjägerinnen fand die Gruppe unter heftigem »Tz, tz, tz« wieder zusammen und ließ Katie und Tom zurück, die einander anlächelten und sich kurz umarmten.

»Ich habe dich in Klosters vermisst.«

»Ich wäre so gern gekommen.«

»Hat Zoë dir ausgerichtet, wie leid mir das mit deinem Arm getan hat?«

»Das hat sie wohl vergessen. Du weißt ja, wie sie ist.«

Katie wusste, dass hier mehr das zählte, was sie nicht sagten, als das, was sie sagten.

»Ich wollte mich bei dir melden, aber Zoë hat gesagt, du wärst noch bei deinen Großeltern.«

»War ich auch. Ich bin gestern erst zurückgekommen.«

»Dann fährst du wohl bald weiter nach Oxford«, meinte Tom. »Zoë besucht ihre Patentante in Cheltenham und will gleich von dort aus zurückfahren.«

»Ja, am Wochenende«, bestätigte Katie.

»Hast du jetzt gerade was vor, oder hättest du Lust, mit mir zu Mittag zu essen?«

»Ja. Ich meine, nein, ich habe nichts vor und würde gern mit dir zu Mittag essen«, sagte Katie rasch.

»Gut.« Tom sieht so gut und so erwachsen aus in seinem dunklen Anzug, dem forschen gestreiften Hemd und natürlich seiner roten Banker-Krawatte, dachte Katie bewundernd.

»Wäre das *San Lorenzo* dir recht?«, fragte er. Die *Osteria San Lorenzo* war ein exklusives Restaurant am Beauchamp Place, eines der Lieblingslokale von Prinzessin Diana.

Froh, dass sie einmal dem Drängen ihrer Mutter nachgegeben und »etwas Anständiges« angezogen hatte – ein gut sitzendes Armani-Kleid in einem dunklen Pflaumenblau mit tiefer

Taille, darüber eine farblich passende Tweedjacke in Pflaumenblau und Grau und dazu pflaumenblaue Lederstiefel. Das Ensemble war ein Weihnachtsgeschenk ihrer Mutter, die gesagt hatte, sie sei es leid, ihre Tochter in ungepflegten Klamotten zu sehen –, nickte Katie und versuchte, nicht allzu beeindruckt zu wirken.

Eine halbe Stunde später führte man sie – vermutlich dank des Fünfzig-Pfund-Scheins, den Tom dem Oberkellner diskret zugesteckt hatte – in dem luftigen, in Cremetönen gehaltenen Restaurant an einen Tisch.

»Gut, dass Januar ist und der Jetset sich entweder in der Karibik oder auf den Skipisten herumtreibt«, sagte Tom kleinlaut zu Katie, »sonst hätten wir hier nie einen Tisch bekommen.«

Katie fühlte sich ein wenig wie Aschenputtel, aus der nüchternen Alltagswelt in eine magische Sphäre versetzt, und Tom spielte natürlich die Rolle des Märchenprinzen. Bei einem Glas Bellini studierte er die Speisekarte, während Katie verstohlen die anderen Gäste musterte und nicht umhinkonnte, sich vorzubeugen und aufgeregt zu flüstern: »Schau jetzt nicht hin, aber die zwei da drüben, die gerade an ihren Tisch geführt werden, das sind, glaube ich, Jerry Hall und Marie Helvin.«

»Und Michael und Shakira Caine sitzen direkt hinter dir«, informierte Tom sie im Gegenzug.

»Erzähl mir von Klosters«, bat Katie, sobald ihr Essen serviert worden war. Sie liebte die italienische Küche und hatte Cannelloni nach Art des Hauses bestellt, während Tom Leber den Vorzug gab.

»Also, da gab's ziemlich viel Schnee und jede Menge Berge, weißt du«, neckte Tom sie.

»Ich war unglaublich enttäuscht, dass ich nicht kommen konnte.«

»Ich war enttäuscht, dass du nicht da warst«, erwiderte Tom.

Sie tauschten Blicke aus, froh, aber ein wenig befangen auf Katies Seite, bedeutungsschwer und sehr männlich auf Toms.

»Das hier ist ein großes Vergnügen für mich«, sagte Katie. Sie war glücklich und aufgeregt und ein ganz klein wenig unsicher.

»Für mich auch«, erwiderte Tom mit so einer köstlich dunklen Stimme, dass Katie die Zehen in die Sohlen ihrer Stiefel drückte und dachte, sie würde nie wieder den Beauchamp Place hinuntergehen können, ohne an Tom zu denken und sich an diesen Tag zu erinnern.

»Zoë hat mir erzählt, sie hätte ihren Earl of Rochester kennengelernt«, meinte Katie lachend. »Ich sterbe vor Neugier.«

Augenblicklich erlosch das Lächeln in Toms Augen.

»Was ist?«, fragte Katie.

»Deswegen gab's schon den ersten Ärger. Axel von Thruber – ich nehme an, den meinst du – ist jemand, den meine Eltern nicht als Freund von Zoë sehen möchten. Aber du kennst ja Zoë, natürlich hat sie einen Riesenaufstand gemacht, als die Eltern gesagt haben, sie wollten nicht, dass sie etwas mit ihm zu tun hat.«

Katie nickte, denn sie konnte sich gut vorstellen, was für ein Theater ihre Freundin gemacht hatte. Zoë hasste jede Art von Einschränkungen, sie waren für sie wie ein rotes Tuch.

»Ich bin allerdings einer Meinung mit ihnen, womit ich mich, wie du dir leicht vorstellen kannst, bei Zoë sehr unbeliebt gemacht habe. Tatsache ist, dass von Thruber einen sehr schlechten Ruf genießt.«

»Du meinst, Sex, Drogen und Rock 'n' Roll?«

»Wenn das alles wäre …«, antwortete Tom grimmig. »Die Drogen, die er bevorzugt, gehen über einen gelegentlichen Joint weit hinaus, und was den Sex angeht, also, ›halbseiden‹ beschreibt seinen Lebensstil nicht auch nur annähernd. In der jungen Eurotrash-Jetset-Szene ist er ziemlich bekannt, vielleicht sollte ich auch ›berüchtigt‹ sagen. Das Problem ist wohl, dass er viel zu jung viel zu viel von allem hatte. An seinem einundzwanzigsten Geburtstag hat er Millionen geerbt, und wenn er fünfundzwanzig wird, bekommt er noch ein paar Millionen obendrauf. Es ist natürlich auch nicht zuträglich, dass er sehr gut aussieht«, gestand Tom ironisch. »Und Zoë fühlte sich zwangsläufig zu ihm hingezogen wie die sprichwörtliche Motte zum Licht. Du kennst sie ja. Zum Glück ist sie aber jetzt zur Besinnung gekommen und sieht ihn als das, was er ist. Zoë kann ganz schön naiv sein. Ich habe den Verdacht, dass sie seine Dekadenz ursprünglich glamourös fand, und die Tatsache, dass alle sie vor ihm gewarnt und unsere Eltern ihn eindeutig missbilligt haben, hat seinen Reiz natürlich noch erhöht.«

»Zoë hat immer schon auf die mit einem Böser-Junge-Image gestanden«, verriet Katie.

»Aber Axel von Thruber ist nicht bloß ein böser Junge. Er ist durch und durch schlecht, verderbt, zerstörerisch – ein Mensch, der andere genüsslich verführt und zerstört, aus reinem Spaß an der Freude. Gott sei Dank ist Zoë zur Besinnung gekommen, als sie ihn, wie sie mir erzählte, mit einer anderen gesehen hat.«

»Oh, die arme Zoë. Sie war bestimmt gekränkt.«

»Ja, sehr sogar. Aber besser so, als für den Rest ihres Lebens ein gebrochenes Herz, und genau das wäre passiert, wenn sie sich ernsthaft mit ihm eingelassen hätte. Wie auch immer, warum reden wir eigentlich über meine Schwester, wo wir doch auch über uns reden könnten? Hast du immer noch vor, nach dem Abschluss ins Familienunternehmen einzusteigen?«

»Ja. Ich helfe meiner Großmutter bei der Einrichtung eines Archivs der Firmengeschichte von Denby Mill. Ich werde hier in London in dem Laden in der Walton Street arbeiten, aber natürlich werde ich oft nach Macclesfield und Denham reisen, um Unterlagen und Sachen von dort zu holen. Mummy möchte mehr Medieninteresse für die Stoffe von Denby Mill, sie hätte gern, dass ich vom archivarischen Standpunkt aus an der Öffentlichkeitsarbeit mitwirke.«

»Ich bin froh, dass du in London arbeiten wirst.«

»Ja …« Katie war leicht atemlos.

»Nicht dass Oxford von London besonders weit weg ist ...«, fuhr Tom fort.

»Nein.«

»Ich könnte leicht mal rüberkommen und dich zum Abendessen ausführen, wenn es dir nichts ausmacht, von den Büchern weggezerrt zu werden?«

»Nein. Ich meine, das wäre schön.«

Erst als Katie den letzten köstlichen Happen ihrer Eiscreme ausgekratzt hatte, ging ihr auf, dass praktisch alle anderen Gäste schon gegangen waren. Sie hatte es so genossen, mit Tom zusammen zu sein, dass sie gar nicht gemerkt hatte, wie schnell die Zeit vergangen war.

Als Tom ihr in die Jacke half, bevor sie das *San Lorenzo* verließen, erinnerte sie das daran, wie aufgeregt und euphorisch sie beim ersten Mal mit ihrem ersten richtigen Freund in dem Jahr gewesen war, bevor sie nach Oxford gegangen war. Sie hatten sich nach sechs Monaten an verschiedenen Universitäten freundschaftlich getrennt, und seither hatte sie keine neue Beziehung gehabt. Doch was sie für Tom empfand, war weitaus mehr als der Wunsch eines jungen Mädchens, seine Sexualität zu erkunden. Tom war etwas Besonderes, und wenn sie beide es wollten, konnten sie zusammen etwas ganz Besonderes haben. Das sagte ihr ihr Instinkt, und sie spürte, dass Toms Instinkt ihm dasselbe sagte, denn als sie den Beauchamp Place hinuntergingen, nahm er ihre Hand und schenkte ihr noch ein verheißungsvolles Lächeln.

»Und jetzt?«, fragte Tom. »Musst du noch was einkaufen oder so?«

»Eigentlich nicht. Ich hatte eigentlich vorgehabt, in dem Laden in der Walton Street vorbeizuschauen. Mummys Cousine Rose arbeitet dort, unsere Innenausstatterin. Sie hat sich von Großmutter einige Originalzeichnungen unseres Urgroßvaters ausgeliehen, die wollte ich mir mal ansehen. Aber jetzt ist es schon ein bisschen spät, also mache ich das lieber morgen und gehe direkt nach Hause. Mummy und Daddy bringen Jamie morgen zurück nach Eton, deshalb ist heute ein besonderer Abend für die Familie.«

»Soll ich dich nach Hause begleiten?«

»Wenn es kein großer Umweg ist. Das Mittagessen hat schrecklich lang gedauert. Ich hoffe, ich habe dich nicht aufgehalten und du hattest sonst noch etwas vor.«

»Nein, nur ein Vorstandstreffen.«

Als er Katies Miene sah, lachte er schallend.

»Ein sehr langweiliges Vorstandstreffen unter dem Vorsitz meines Vaters, der den anderen Vorstandsmitgliedern vorschlägt, dass ich im Laufe dieses Jahres in den Vorstand befördert werde. Es ist nur eine Formalität, mehr nicht, ich musste nicht unbedingt dabei sein.«

»Es ist bestimmt eine große Verantwortung, im Vorstand einer Bank zu sitzen«, meinte Katie, beeindruckt und auch ein wenig stolz auf Tom.

»Meine ganze Schullaufbahn und Ausbildung hat darauf abgezielt. Die Bank ist schließlich seit dem achtzehnten Jahrhundert im Besitz der Familie, auch wenn wir nie so bekannt oder so groß waren wie einige andere Privatbanken.«

Sie hatten die Sloane Street erreicht und überquerten sie zusammen mit den Ladenbesuchern, die aus Harvey Nichols strömten, bevor sie hinter dem Laden in Richtung Lenchester House abbogen.

»Es war sehr schön, Zeit mit dir zu verbringen, Katie«, sagte Tom, als sie im Schatten eines kahlen Baumes in dem Privatgarten auf dem Platz, an dem Lenchester House lag, auf dem Gehweg standen. »Dabei ist mir klar geworden, was mir entgangen ist, weil du nicht nach Klosters kommen konntest. Wir müssen die versäumte Zeit unbedingt nachholen.«

»Ja«, pflichtete Katie ihm bei, und ihr Atem war eine weiße Dampfwolke in der wachsenden Düsternis des kalten Spätnachmittags.

Tom zog sie an sich. Es war recht privat dort, wo sie standen, vor Blicken geschützt durch den Garten vor ihnen und das hohe Gebäude hinter ihnen.

Tom umfasste ihr Gesicht mit beiden Händen, die warm waren, weil er Handschuhe getragen hatte, doch seine Lippen waren kalt, als sie ihre in einem forschenden Kuss berührten, in dem gerade das richtige Maß an männlichem Selbstbewusstsein lag. Glücklich erwiderte Katie seinen Kuss, schmiegte sich an ihn und spürte die Wärme seines Körpers. Es wäre ihr vollkommen natürlich erschienen, ihn hereinzubitten, und das hätte sie auch getan, wenn sie in Oxford gewesen wären und nicht in London.

Als teilte er ihre Gefühle und Gedanken, ließ Tom sie los und sagte leise: »Komm, es ist kalt, ich bring dich besser rein.« Vor Lenchester House blieben sie stehen und sahen einander an. »Wenn es nach mir ginge, würde der Tag anders enden«, sagte Tom gerade, als ein Taxi am Straßenrand hielt und Katies Mutter ausstieg.

»Da bist du ja, Katie! Oh, hallo, Tom. Katie, ich dachte, du wolltest zum Laden gehen?«

»Ich fürchte, das ist meine Schuld«, warf Tom ein, um ihre Mutter zu beschwichtigen. »Ich bin Katie zufällig begegnet und habe sie überredet, sich meiner zu erbarmen und mit mir zu Mittag zu essen.«

»Oh, gut. Möchtest du reinkommen, Tom?«

»Nein, besser nicht. Katie hat mir schon erzählt, dass Sie einen hektischen Abend vor sich haben, weil Jamie morgen zurück nach Eton muss.«

Als ihre Mutter zur Haustür ging, lächelte Tom Katie an und sagte leise: »Ich ruf dich in Oxford an.«

»Danke … für das Mittagessen«, brachte Katie atemlos heraus. Die Worte waren für die Ohren ihrer Mutter bestimmt, doch der Blick, den sie ihm zuwarf, galt ganz allein ihm.

8

Valentinstag. Konnte man diesen Tag besser verbringen als mit Robert, angefangen mit Kaffee und Bagels in ihrem Lieblingscafé, gefolgt von einem Spaziergang durch den Central Park und dann den ganzen müßigen Nachmittag im Bett? Olivia fand nicht. Es war ihr erstes Mal, und es war alles gewesen, worauf sie gehofft hatte, eine zärtliche, lange, liebevolle Reise gegenseitigen Erkundens, auf der Robert sie oral zum Orgasmus gebracht hatte, bevor er in sie eingedrungen war, um seinen Höhepunkt dann so weit hinauszuzögern, bis sie bereit war, noch einmal zu kommen, diesmal mit ihm zusammen.

Jetzt speisten sie in einem von New Yorks exklusivsten Restaurants zu Abend, dem *Le Cirque* auf der East 65th Street. Am nächsten Tag würden sie zusammen zurück nach London fliegen und sich von dort aus auf den Weg nach Lauranto machen.

»Glücklich?«, fragte Robert.

»Mhm, sehr.« Sie war in einem Zustand entspannter Befriedigung, der sie schläfrig und weich machte.

Für den Abend außer Haus hatte sie ein Kleid von Halston aus perfekt drapiertem rotem Jersey gewählt, das eine Schulter nackt ließ.

»Du siehst toll aus«, erklärte Robert ihr. »Absolut hoffähig.« Er unterbrach sich und fügte dann hinzu: »Aber es wäre vielleicht keine gute Idee, das Kleid mit nach Lauranto zu nehmen. Meine Großmutter steht gern im Zentrum der Aufmerksamkeit, und sie würde es vermutlich als Herausforderung betrachten, wenn du so etwas trägst. Das war sicher mit ein Grund, warum sie und meine Mutter nicht miteinander klargekommen sind. Wenn meine Mutter bereit gewesen wäre, ein wenig mehr in den Hintergrund zu treten, und versucht hätte, Großmutter auf ihre Seite zu ziehen, wäre die Sache vielleicht ganz anders ausgegangen.«

Robert hielt Olivias Hand und streichelte, während er sprach, ihre Finger. Sie dachte, es müsse wohl ihr jämmerliches Journalistinnenhirn sein, das die Frage aufwarf, ob Robert das gesagt hatte, weil er es bedauerte, dass seine Mutter nicht mehr getan hatte, um für Harmonie zwischen ihr und ihrer Schwiegermutter zu sorgen, oder weil er ihr durch die Blume zu verstehen geben wollte, dass er von ihr erwartete, die gerade umrissene Rolle zu spielen.

Sie konnte sich kaum etwas Schlimmeres vorstellen, als sich den ersten romantischen Abend mit ihm durch eine ernste Diskussion über seine Großmutter und den klügsten Umgang mit ihr zu verderben. Es ist also an mir, dafür zu sorgen, dass der Abend nicht verdorben wird, indem ich nicht weiter darüber grübele, was Robert gesagt hat, oder zu viel hineininterpretiere, rügte Olivia sich entschieden. Sie war nicht halsstarrig und eigensinnig – was Emerald als junge Frau vermutlich gewesen war – und genoss zudem die Freiheit, Amerikanerin zu sein. Und sie lebte in einer Zeit, da die amerikanischen Frauen die ihnen zustehenden Rechte und den ihnen gebührenden Respekt einforderten und mit den weiblichen Stärken Diplomatie und Takt vereinten.

»Ich wäre gar nicht auf die Idee gekommen, für unseren Besuch in Lauranto ein Abendkleid einzupacken«, erklärte sie Robert wahrheitsgemäß, »aber wenn du findest, ich sollte …«

»Sie hat zwar nichts gesagt, aber ich wäre nicht überrascht, wenn meine Großmutter ein formelles Ereignis plante, um mich in die Gesellschaft von Lauranto einzuführen.«

Ihn einzuführen, nicht uns beide, dachte Olivia und schalt sich augenblicklich, weil sie am liebsten alles mit ihm geteilt hätte, schließlich waren sie ein frischverliebtes Paar. Robert steckte in äußerst heiklen Verhandlungen, die schon angefangen hatten, bevor sie zusammengekommen waren. Sie sollte ihn bei diesen Verhandlungen unterstützen und ihm nicht zusätzlich das Leben schwer machen.

»Gut, dann werde ich für alle Fälle etwas Passendes einpacken«, sagte sie.

»Ich wusste, dass ich mich auf dich verlassen kann, Olivia.« Er lächelte anerkennend. »Das liebe ich so an dir – deine Ruhe und dass du über dem weiblichen Bedürfnis stehst, in emotionalen Dramen zu schwelgen.«

»Das ist aber nicht nett, was du da über meine Geschlechtsgenossinnen sagst«, erwiderte Olivia. »Das klingt ja gerade, als würdest du Frauen nicht besonders mögen.«

»Ich mag keine emotionalen Dramen«, gestand Robert. »Und sosehr ich meine Mutter auch liebe, manchmal bewundere ich meinen Stiefvater, wie viel Geduld er mit ihr hat. Meine Mutter betrachtet jede Hürde, die verhindert, dass sie recht hat, als persönliche Herausforderung. Das ist sehr ermüdend. Sie gehört zu den Frauen, die denen, die sie lieben, emotional sehr viel abverlangen. Alles ist sehr dramatisch und aufregend. Ich persönlich bevorzuge Frauen – und besonders eine Frau, die ich kenne –, die ruhiger sind und rücksichtsvoller gegenüber den Gefühlen derer, die ihnen nahestehen.«

Er meinte natürlich sie, und eine leichte Röte überzog Olivias Wangen, als er ihre Hand losließ und in die Tasche griff, um eine kleine, in türkis-blaues Geschenkpapier eingewickelte Schachtel herauszuholen. Das Papier verriet, dass der Inhalt von Tiffany stammte.

Ein wenig unsicher wickelte Olivia die Schachtel aus, und ihre Augen strahlten vor Freude und Liebe, als ihr Blick auf eine Kette mit einem bezaubernd schlichten Zwei-Karat-Solitär-Diamant-Anhänger fiel.

»Der ist wunderschön. Danke.«

»Nein«, verbesserte er sie, als er die Kette aus der Schachtel nahm und sich vorbeugte, um sie ihr um den Hals zu legen, »du bist wunderschön, und ich bin derjenige, der dir danken sollte dafür, dass du mir zu denken erlaubst, ich könnte Anspruch auf das kostbarste aller Geschenke erheben – deine Liebe und Loyalität.«

In Olivias Augen brannten glückliche Tränen, doch eingedenk dessen, was Robert über weibliche Gefühlsausbrüche gesagt hatte, blinzelte sie sie rasch fort.

Man wusste immer genau, wann eine Frau glücklich war, gratulierte Robert sich. Olivia zeigte ihr Glück in der Art, wie sie sich hielt und sich bewegte, und heute Abend sah sie aus wie eine Königin, ganz zu schweigen von einer künftigen Fürstin, hoch aufgerichtet und stolz. Sie glühte eindeutig vor sexueller Befriedigung und Glück. Das rote Kleid, das sie trug, liebkoste ihren Körper mehr, als ihn zu kleiden, war mehr über ihre Kurven drapiert, als daran zu kleben.

»Dir ist schon bewusst, dass ich irgendwann mit deinem Vater sprechen muss, und wenn es nach mir ginge, lieber früher als später?«, sagte Robert, und seine offenen Worte darüber, dass er eine gemeinsame Zukunft vor sich sah, entzückten und überraschten sie. Sie hatte natürlich gewusst, dass er ans Heiraten dachte. Eingedenk ihrer Familienbeziehung war es von Anfang an klar gewesen, dass sie nicht auf eine kurze Affäre aus waren – das wäre schlicht nicht möglich gewesen –, trotzdem hatte sie nicht erwartet, dass er so bald schon vom Heiraten sprechen würde.

Nicht dass es ihr etwas ausmachte. Robert hatte viel um die Ohren und hatte wahrscheinlich einfach nicht die Zeit für ein langes, köstlich sinnliches Werben.

Olivias Vater war jemand, den Robert unbedingt mit an Bord haben wollte, wenn es um die Pläne ging, die er im Geiste schon für die finanzielle Zukunft von Lauranto schmiedete. Sein Ziel – sowohl die Restauration der prächtigen Gebäude von Lauranto, damit sie in ihrem früheren Glanz erstrahlten, als auch die Modernisierung des Landes selbst – würde sehr viel Geld verschlingen, und Robert wollte es denen, die dieses Geld zur Verfügung stellten, schmackhaft machen, Teil dieses

Projekts zu sein. Olivias Eltern standen einer milliardenschweren Wohltätigkeitsstiftung vor, sie kannten andere Menschen in ähnlichen Verhältnissen und hatten reiche Freunde. Sie waren sicher bereit, etwas für die Zukunft ihrer Tochter und ihrer Enkelkinder zu tun, indem sie diese Leute diskret ermunterten, in Lauranto zu investieren.

Er war froh, dass er daran gedacht hatte, Olivia darauf vorzubereiten, wie sie am besten mit seiner Großmutter umging. Natürlich war Olivia nicht wie seine Mutter, sie würde seine Großmutter nicht rundheraus provozieren, doch hatte sie eine gewisse amerikanische Direktheit, die sie gegenüber seiner Großmutter vielleicht herunterfahren musste. Womöglich musste sie sich sogar ein wenig servil geben, wenigstens bis sie sich der Anerkennung seiner Großmutter versichert hatte. Olivia war eine intelligente junge Frau. Der eine oder andere zusätzliche Hinweis, seine Großmutter habe ihre eigenen Vorstellungen, wie die geeignete Gemahlin für ihn aussehen sollte, müsste genügen, um dafür zu sorgen, dass sie die Situation verstand.

Der Gedanke, seine Sorgen gegenüber Olivia offen auszusprechen und mit ihr darüber zu diskutieren – als gleichrangiger Partnerin in einem gemeinsamen Unternehmen –, kam Robert gar nicht in den Sinn. Er war es von Kindheit an gewohnt, andere für sich einzunehmen und mit denen zu verhandeln, die Macht über ihn hatten – die brutalen Kerle in der Schule, manchmal auch seine Mutter –, und es fiel ihm schwer, offen und ehrlich mit anderen über seine Wünsche und Bedürfnisse zu sprechen.

Das graue Morgenlicht, das durch die Rollos fiel, die sie am Abend vergessen hatten zu schließen, warf Streifen auf Roberts Hals und Schulter und auf die dunklen Stoppeln an seinem Kinn. Er schlief noch, seine dunklen Wimpern breiteten sich wie Fächer über seine Wangen.

Ihre Kinder würden diese Wimpern haben. Olivias Inneres

zog sich schmerzlich zusammen. Ihr Flug ging erst am Mittag, bis dahin waren es noch Stunden, reichlich Zeit, um sich dem Vergnügen hinzugeben, ihn einfach nur anzuschauen.

Ihn anzuschauen, ermahnte sie sich ein paar Sekunden später, nicht ihn zu küssen, doch sie konnte der Verlockung seiner Haut, auf die das Licht fiel, einfach nicht widerstehen. Er schmeckte nach Salz und Aftershave und Haut. Eine Welle der Liebe zu ihm rollte langsam durch sie hindurch. Sie war unglaublich glücklich und ganz und gar selig. Sie küsste seinen Hals und keuchte in gespieltem Schock auf, als seine Arme sich plötzlich um sie schlossen.

»Ich dachte, du würdest schlafen«, protestierte sie.

»Und du wolltest mich wecken? Also, jetzt musst du den Preis dafür zahlen.«

Die Worte – albernes Geplänkel, wie es Liebende so oder ähnlich auf der ganzen Welt austauschten – bedeuteten nichts und sprachen doch von so vielem: Intimität, Begehren, Hingabe, Vertrauen, Liebe.

Robert rollte sich mit ihr herum, bis sie unter ihm lag, küsste sie langsam und begehrlich, umfasste mit den Händen ihre Brüste und rieb mit dem Daumen über ihre aufgerichteten Brustwarzen. Der langsame Tanz ihres Begehrens folgte inzwischen einem vertrauten erregenden Muster. Bald würde er ihre Brüste küssen, zuerst die eine, dann die andere, und dann würde er sie ansehen und lächeln, und sie würde sein Lächeln erwidern, bevor er sie noch einmal küsste, diesmal ein wenig gröber, während er mit der Hand über ihre Hüfte fuhr und sie dann auf ihren Venushügel legte.

In vielen Jahren, wenn sie ein altes Ehepaar sein würden, würde sie sich daran erinnern, mit wie viel Lust sie ihn in sich aufgenommen hatte, und sie würde dankbar sein für das Glück, das ihre wechselseitige Liebe ihr gebracht hatte.

Katie wusste nicht, was sie machen sollte. Sie war am Vortag nach Oxford zurückgekehrt, zwei Tage nach Zoë, und Zoë redete ununterbrochen von Axel von Thruber, auf den sie so scharf war, dass sie ihn quasi anbetete. Und jetzt hatte Zoë die Bombe platzen lassen, dass Axel nach Oxford gezogen war, angeblich, um die Geschichte seiner Familie und ihrer britischen Verbindungen zu recherchieren, doch in Zoës Augen allein aus dem Grund, ihre Beziehung fortsetzen zu können.

»Axel mietet ein riesiges Haus in der Southmoor Road. Er hat jede Menge Freunde, und die kommen ihn natürlich alle besuchen. Ich hatte auch schon überlegt, bei ihm einzuziehen, aber das wäre dir gegenüber nicht fair, außer natürlich, wir ziehen beide ein – Platz ist genug. Oh, Katie, ich kann es kaum erwarten, dass du ihn kennenlernst, obwohl ich dich warnen muss, ich habe ihn zuerst entdeckt, also verlieb dich bloß nicht in ihn, denn wenn …«

»Zoë«, protestierte Katie, »du sollst dich nicht mit ihm treffen, ganz zu schweigen davon, bei ihm einziehen zu wollen. Deine Eltern mögen ihn nicht, und …«

»Wer hat dir das gesagt?«, fuhr Zoë auf.

Sie waren in der Küche des hübschen Reihenhauses in der Hayfield Road, das sie sich teilten, und die Lauch-Kartoffel-Suppe aus dem Korb mit Köstlichkeiten, den die Köchin von Lenchester House für Katie gepackt hatte, stand auf dem Herd und erfüllte den Raum mit ihrem köstlichen Duft. Katie hatte Hunger gehabt, als sie sie aufgesetzt hatte, um sie aufzuwärmen, doch jetzt war ihr Magen ein einziger ängstlicher Knoten.

»Tom«, antwortete sie. »Ich bin ihm auf dem Sloane Square über den Weg gelaufen, und wir haben zusammen zu Mittag gegessen.«

»Du hast mit Tom zu Mittag gegessen? Ich dachte, du wärst *meine* Freundin, nicht seine«, blaffte Zoë sie an und warf den Kopf zurück. »Ich wette, er ist nur mit dir zum Essen, weil er will, dass du mich ausspionierst.«

Katie wollte Zoë nicht zeigen, wie sehr ihre Anschuldigung sie überraschte, nicht weil sie eine Minute dachte, es wäre etwas Wahres daran, sondern weil sie es nicht fassen konnte, dass Zoë so etwas über den Bruder sagte, von dem Katie immer gedacht hatte, sie schaute zu ihm auf und bewunderte ihn.

»Warum sollte Tom wollen, dass ich dich ausspioniere, wo er nicht mal weiß, dass Axel hier in Oxford ist und dass du dich immer noch mit ihm triffst?«, entgegnete Katie.

»Und so bleibt es hoffentlich auch, denn wenn er es erfährt, dann weiß ich, dass du es ihm gesteckt hast. Ich liebe Axel, und er liebt mich. Ich weiß es. Oh, Katie, warte nur ab, bis du ihn kennenlernst. Dann verstehst du mich. Die Eltern sind schrecklich spießig, und Tom ist keinen Deut besser.«

»Tom hat gesagt, Axel hätte einen überaus schlechten Ruf.«

Zoë schnitt eine Grimasse. »Wie gesagt, Tom ist spießig. Axel ist aufregend. Bei ihm fühle ich mich richtig lebendig. Mit ihm zusammen zu sein ist einfach … irre, im wahrsten Sinne des Wortes.«

»Davon gehe ich aus, schließlich erzählt man sich, er würde Drogen konsumieren und damit handeln.«

Katie wusste, dass ihre Worte steif und prüde klangen, aber sie hatte das Gefühl, es sei ihre Pflicht gegenüber Tom, Zoë zur Vernunft zu bringen, sowie ihre Pflicht gegenüber ihrer Freundin, sie vor einem Mann zu beschützen, der sie – nach Toms Worten – verletzen und womöglich auch zerstören würde.

»Um Himmels willen. Dann drückt er sich halt ab und zu mal einen Schuss … na und? Ich hab dich auch schon Dope rauchen sehen, und tu jetzt nicht so, als wär's nicht wahr.«

»Zoë, ab und zu mal einen Joint zu rauchen ist nicht dasselbe, wie Heroin zu konsumieren«, entgegnete Katie. »Das weißt du so gut wie ich. Wir haben uns geschworen, das Zeug nicht anzurühren, weißt du noch?«

»Da waren wir vierzehn und dachten, einem Jungen einen zu blasen wäre eklig«, erinnerte Zoë sie. »Egal, ich nehm nichts, du Dumme.« Sie verzog das Gesicht und zuckte dann wegwerfend die Achseln. »Und ich weiß ja nicht, wie das mit dir ist, Katie, aber ich bin seither erwachsen geworden und habe vor langer Zeit schon herausgefunden, dass ich hin und wieder auch ganz gern mal was Ekliges mache.«

Katie wusste, dass Zoë sich über sie lustig machte und einen Streit anzuzetteln versuchte, den nur sie, Zoë, gewinnen konnte, doch Katie ließ sich nicht verleiten. Das hier war zu wichtig.

»Du hast deinen Eltern gesagt, du wärst mit ihnen einer Meinung und wolltest nichts mehr mit Axel zu tun haben«, erinnerte Katie sie.

»Du meinst, Tom hat dir erzählt, ich sei mit ihnen einer Meinung. Ich musste das sagen, Katie. Sie haben gedroht, mich heimzuschicken. Mein Vater hat sogar gesagt, wenn ich nicht begreifen würde, dass Axel zügellos und korrupt ist, müsste ich mir den Kopf untersuchen lassen. Nach dem Streit haben sie mich im Schlafzimmer eingeschlossen. Als ich Axel erzählt habe, was mein Vater gesagt hat, hat er nur gelacht. Meine Eltern finden, ich sollte mich in jemanden wie Tom verlieben, aber ich will Axel. Er ist so aufregend, so finster und … gefährlich. Warte, bis du ihn kennenlernst, dann siehst du selbst.«

Die Suppe war inzwischen warm, doch Katie war der Appetit vergangen. Zoës Worte hatten ihre Besorgnis nur verstärkt.

»Ich weiß nicht … …«, setzte sie unsicher an.

Doch Zoë schoss förmlich auf sie zu, packte sie an den Armen und schüttelte sie. »Was weißt du nicht? Ist es dir jetzt egal, was ich denke und fühle? Zählt nur noch, was Tom sagt? Katie, du bist meine beste Freundin.«

»Ja, ich weiß, aber …«

»Aber, was? Was Tom zu sagen hat, ist wichtiger?«

»Nein, natürlich nicht«, widersprach Katie. Hin und her gerissen zwischen dem, was sie Tom versprochen hatte, und Zoës rechtmäßigem Beharren, dass sie ihr Loyalität schuldig war, kochte irgendwo in ihr auch ein Groll hoch, weil ihre Freundin sie in so eine Lage brachte.

»Ich liebe Axel, Katie. Ich brauche ihn, und du darfst nicht vergessen, dass du meine beste Freundin bist. Warte nur, bis du ihn kennenlernst.«

»Ich glaube nicht, dass ich ihn kennenlernen will, Zoë.«

»Aber du musst. Ich will, dass du ihn kennenlernst. Ich treffe mich heute Abend mit ihm im *Jericho*.« Die *Jericho Tavern* war eine Kneipe mit Livemusik in der Walton Street, in der sich die Studentenszene traf. »Vergiss, was Tom denkt. Komm mit mir, Katie, und mach dir selbst ein Bild von Axel.«

Katie wollte nicht, aber wie konnte sie sich weigern? Abgesehen davon, war sie es Zoë und Tom nicht schuldig, sich ein eigenes Bild von Zoës Rochester zu machen? Zögernd nickte sie, und dann ging sie zum Herd und holte den Topf von der Flamme.

Zoë hatte sich verändert in der kurzen Zeit. Die Hektik und der Überschwang, die einfach zu ihr gehörten, hatten sich verstärkt und waren jetzt von einer Nervosität durchzogen, die es ihr unmöglich machte stillzusitzen. Sie rauchte viel mehr und aß kaum etwas, und sie hatte abgenommen, doch es war nicht zu leugnen, dass ein Strahlen über ihr ganzes Gesicht ging, sobald sie Axels Namen erwähnte. Vielleicht täuschte sich Tom in ihm. Vielleicht reagierten er und seine Eltern übertrieben. Wie auch immer, sie war es Zoë und ihrer Freundschaft schuldig, mehr über Axel von Thruber herauszufinden. Schließlich war Zoë ihre beste Freundin.

Nick zündete sich eine Zigarette an und lehnte sich auf seinem Stuhl zurück. Die Neue mit den guten Beinen und den tollen Titten, die ihm schon die ganze Woche schöne Augen machte, blickte von ihrem Tisch auf und lächelte ihn an. Sie trug einen schwarzen Rock und eine weiße Bluse, die gerade so weit aufgeknöpft war, dass sie den Dekolletéansatz entblößte. Sie würde es weit bringen, dachte er zynisch. Sie war noch keinen Monat hier und hatte schon kapiert, dass sie sich in einer Männerwelt befand und dass der beste Weg, zu kriegen, was sie wollte, der war, an das männliche Ego zu appellieren. Machten das auf die eine oder andere Art nicht alle Frauen so: sich einen Mann suchen, ihn glauben zu lassen, sie wollte ihn, um dann von ihm zu kriegen, was sie wollten?

Am Wochenende hatte er mit Sarah am Telefon gestritten, als sie ihm erklärte, sie werde mit den Jungen nach Schottland fahren, wenn sie Ende der Woche ein paar Tage Ferien bekamen. Sie taten immer noch so, als würden sie zivilisiert miteinander umgehen und als wäre ihre Trennung etwas, was ihrer Ehe wieder auf die Beine helfen sollte, statt sie zu beenden. Als er sich also echauffiert und sie lautstark darauf hingewiesen hatte, dass er gehofft hatte, ein wenig Zeit mit seinen Söhnen verbringen zu können, hatte sie ihm vorgeworfen, er werde ausfallend und bedrohlich. Ausfallend und bedrohlich? Sie hatte doch keine Ahnung, wie es war, Ausfälligkeiten und Drohungen ausgesetzt zu sein. Er schon. Nick zog das Nikotin tief in seine Lungen, kniff die Augen zusammen und sah sich mit leerem Blick in der hektischen Abteilung um.

Er war mit erhobener männlicher Stimme im Elternschlafzimmer aufgewachsen, gefolgt von dem leisen Patschen harter Fäuste auf weicher Haut, vermischt mit dem Wimmern und Schreien, das seine Mutter zu unterdrücken versuchte, um ihn nicht zu wecken. Damals war er zu jung gewesen, um zu verstehen, was er da hörte, er hatte nur gewusst, dass die Laute zu fürchten waren, dass er sich besser davor versteckte.

Er war älter gewesen, war schon in die Schule gegangen, als sein Vater die Fäuste gegen ihn und seine Mutter erhob, nachdem Nick versucht hatte, sich schützend vor sie zu stellen.

Nick spürte, wie ihm die Galle hochstieg. Es hieß immer, ein Junge, der mit Gewalt aufwuchs, würde selbst zu einem gewalttätigen Vater werden, weil er seine Gefühle nur so ausdrücken konnte, wie er es als Kind erlebt habe. Dieser Kreislauf war so scheußlich wie die Gewalt selbst, doch er hatte Glück gehabt. Dafür hatte seine Mutter gesorgt. Nachdem sein Vater sie beide verprügelt hatte, hatte sie Nick gesagt, er solle sich nichts daraus machen, denn er sei »besser« als sein Vater, er habe etwas, was ihn »besser« mache, denn es sei ihm angeboren, und niemand könne es ihm wegnehmen. Erst nachdem sie ihm auf dem Sterbebett anvertraut hatte, dass nicht der Schläger sein leiblicher Vater war, sondern Josh, hatte er begriffen, dass sie gemeint hatte, seine Erbanlagen heben ihn von dem Abschaum ab, den miesen Gangstern und Kleinkriminellen, unter denen sie lebten. Seine Mutter mochte zu wenig von sich gehalten haben, um sich einen anständigen Mann zu suchen, doch sie hatte genug von ihm, ihrem Sohn, gehalten, um dafür zu sorgen, ihm am Ende eine bessere Sorte Vater zu geben. Josh zum Vater zu haben hatte es ihm ermöglicht, dem Leben zu entfliehen, das er sonst womöglich geführt hätte, und in eine ganz andere Welt einzutreten. Es war eine Welt des Überflusses, der gesellschaftlichen Akzeptanz und eines gewissen Status, und Nick hatte gewusst, wenn die Zeit kam, würde er das Geschenk seiner Mutter an seine eigenen Kinder, seine Söhne, weitergeben. Er hatte auch deshalb so hart für seinen finanziellen Erfolg gekämpft, weil er diesen Erfolg als Möglichkeit betrachtet hatte, seinen Söhnen eine bessere Kindheit zu geben.

Als er Sarah kennengelernt hatte, war er hingerissen gewesen und hatte sofort gewusst, dass sie die Frau war, die er sich als Mutter seiner Kinder wünschte. Sarah mit ihrem Oberklasse-Akzent hatte ihn in Aussehen und Betragen sehr an Prinzessin Di als junge Lady Diana Spencer erinnert.

Nick hatte Sarah mit der Unbarmherzigkeit und Entschlossenheit eines Mannes belagert, der um jeden Preis siegen wollte. Sein emotionales Begehren für das, wofür sie stand, war mit einer Leidenschaft einhergegangen, die sie beide überwältigt hatte. Sarah war im dritten Monat schwanger gewesen, als sie geheiratet hatten, und Nick wusste, dass ihre Eltern – besonders ihr Vater – ihm das nie verzeihen würden.

Eine Bewegung im Augenwinkel erregte seine Aufmerksamkeit. Die Neue lächelte ihn an. Er konnte sich nicht erinnern, wann Sarah ihm das letzte Mal so ein Lächeln – ein »Warum nimmst du mich nicht mit ins Bett«-Lächeln – geschenkt hatte.

Der Streit, der Auslöser für ihre Trennung gewesen war, hatte sich um eine andere Frau gedreht, Gift, das Sarahs Vater ihr ins Ohr geträufelt hatte, denn »es ist mir zugetragen worden, dass Nick mit einer sehr schönen jungen Dame beim Mittagessen gesehen wurde«... und sie geküsst hatte, als sie Arm in Arm das Restaurant verließen.

Er hatte Sarah zu erklären versucht, dass die junge Frau eine Kundin war – denn das war sie –, doch Sarah hatte ihm nicht geglaubt, und am Ende hatte er die Beherrschung verloren und ihr erklärt, es geschähe ihr nur recht, wenn er mit einer anderen geschlafen hätte, denn zu Hause stünde Sex ja nicht mehr im Angebot. Anschuldigungen waren hin und her geflogen, und obwohl sie sich danach wieder vertragen hatten, waren diesem Streit bald weitere gefolgt. Der Waffenstillstand konnte immer nur vorübergehend sein, denn was im Zorn vorgebracht worden war, konnte nicht ungesagt gemacht werden.

9

»Was hältst du bis hierher davon?«

Lauranto hatte nur einen kleinen privaten Flughafen, und so hatten sie von Mailand ein Privatflugzeug genommen und waren erst vor einer guten Stunde gelandet.

»Ich finde es sehr schön«, antwortete Olivia wahrheitsgemäß. Sie saß neben Robert im Fond des glänzend polierten älteren Mercedes mit dem gleichermaßen älteren Chauffeur.

Auf der Motorhaube des Wagens flatterte ein Wimpel mit der Flagge des Fürstenhauses von Lauranto.

Vom Flughafen auf dem kleinen Plateau hoch oben in den Bergen, die die natürliche Grenze des Fürstentums bildeten, ging die Fahrt in Richtung Hauptstadt. Hier oben glitzerte strahlender Sonnenschein, der sich vom klaren, blauen Himmel ergoss, auf dem unberührten, die steilen Berghänge bedeckenden Schnee und auf den Fichten an den Hängen. Ab und zu blieb ein Hase oder ein Reh stehen, um dem Wagen nachzublicken, der für kurze Zeit in sein Reich eingedrungen war.

Die Straße führte in zahlreichen Serpentinen an den Berghängen entlang. Hoch ragten die Berge auf einer Seite auf, um auf der anderen weit hinab in das endlose Blau des Meeres zu stürzen.

Olivia glaubte nicht, dass sie je so eine idyllische und unverdorbene Landschaft gesehen hatte.

»Wenn du das hier schön findest, dann warte nur ab, bis du die Stadt siehst«, meinte Robert.

Er wirkte einigermaßen aufgeregt, und zu wissen, warum er so war, erfüllte Olivia mit großer Zärtlichkeit. Als Architekt war es nur natürlich, dass er sich über die Entdeckung freute, dass einer seiner Vorfahren den guten Geschmack besessen hatte, das ganze Zentrum der ursprünglich von einer Stadtmauer umgebenen Stadt im siebzehnten Jahrhundert wieder aufzubauen, sodass es jetzt, wie Robert ihr erklärt hatte, eine in sich geschlossene Weltkulturerbestätte war.

»Die Gebäude sind nie angefasst worden. Sie sind ein perfektes Beispiel für die Architektur der Zeit: der Palast, die Verwaltungsgebäude, der Platz, die militärischen Gebäude und Stallungen – alles. Selbst das Mobiliar ist original, in Auftrag gegeben, als der Palast errichtet wurde«, hatte er erzählt.

»Ich hoffe doch, Küchen und Badezimmer sind seither modernisiert worden«, war Ellas praktischer Kommentar gewesen, als Olivia ihr Roberts Beschreibung wiederholt hatte.

»Wie durch und durch amerikanisch, so etwas zu sagen«, hatte Olivia lachend bemerkt, »dabei bist du nicht mal Amerikanerin, sondern Engländerin.«

»Ich mag ja in England geboren worden sein, aber ich denke amerikanisch«, hatte Ella beharrt.

»Warum lächelst du?«, fragte Robert Olivia jetzt.

»Ich dachte gerade an meine Mutter und daran, wie sehr sie und Dad Amerika lieben. Sam und ich haben natürlich beide Staatsbürgerschaften, aber ich betrachte mich wohl mehr als Amerikanerin denn als Engländerin.«

Robert nahm ihre Hand. »Ich hoffe, du lernst Lauranto lieben und möchtest es zu deiner neuen Heimat machen«, sagte er mit einem Lächeln.

Die Stadt lag direkt vor ihnen. Die Gebäude schmiegten sich innerhalb der Stadtmauer aneinander, hier und dort tauchten grüne Dachziegel und einzelne vergoldete Kuppeln aus dem Schnee und schimmerten in der Sonne.

»Es sieht alles so … so hübsch und ordentlich aus«, konnte Olivia nicht widerstehen zu sagen, als sie sich zu Robert umwandte, »wie aus einem Märchen oder einem Walt-Disney-Film.«

Das Gefühl, sich in einen Disneyfilm verirrt zu haben, hielt sich hartnäckig, als der Wagen vor der imposanten Fassade des fürstlichen Palastes zum Stehen gekommen war und sie die uniformierten Wachen, ganz in Blau, Gold und Weiß, in ihren Wachhäuschen gesehen und miterlebt hatte, wie sie das Gewehr präsentierten und salutierten, als Robert und sie aus dem Wagen stiegen.

Sie wären die Stufen zum Gebäude zusammen hinaufgegangen, doch man machte Olivia zwar diskret, aber doch unverzüglich auf ihre untergeordnete Rolle aufmerksam, indem ein älterer Mann, den sie für einen Hofbeamten hielt, vortrat, sie mit einer kleinen, elegant angedeuteten Verbeugung bedachte und ihren Platz an Roberts Seite einnahm, wodurch ihr keine andere Wahl blieb, als hinter den beiden Männern den Palast zu betreten.

Das Betragen des Mannes war nicht nur aufrecht, sondern formell und steif, fiel Olivia auf, als die kleine Prozession in der kalten Halle mit dem Marmorfußboden stehen blieb. Die elegante Holzvertäflung im Louis-Quatorze-Stil war mit vergoldeten Girlanden, Cherubinen und über den Türen mit dem, wie Olivia vermutete, Wappen des Hauses Lauranto geschmückt. Nicht unbedingt ein einladender Ort. Steife Formalität war hier offensichtlich an der Tagesordnung.

Ein weiterer Hofbeamter in weißen Handschuhen und Frack, der über seinem Jackett eine mit Ehrenzeichen besetzte blaue Schärpe trug, verbeugte sich vor Robert, wandte ihr den Rücken zu und flüsterte Robert etwas ins Ohr.

Robert drehte sich zu Olivia um und sagte mit einem kleinen Lächeln: »Offenbar will meine Großmutter mich in einer wichtigen Staatsangelegenheit sofort sehen.«

Olivia sagte nichts. Sie hatten vorgehabt, nach der Ankunft erst ein wenig zu ruhen und sich dann umzuziehen. Vor dem Abendessen sollte sie dann offiziell der Fürstin-Witwe vorgestellt werden.

»Man wird dich zu deinem Zimmer begleiten. Wenn du dort auf mich wartest, komme ich so schnell wie möglich zu dir.«

Das ist lächerlich, dachte Olivia, als sie merkte, dass sie den Kopf neigte, als wollte sie vor Robert einen Knicks machen, statt ihm ganz natürlich einen Kuss auf die Wange zu geben. Doch sie spürte Roberts Anspannung, und so ließ sie sich, statt ihre Vertrautheit zur Schau zu stellen, von ihrem Begleiter zur Seite ziehen, wo sie warteten, bis Robert und seine Eskorte, bewacht von zwei weiteren uniformierten Soldaten, durch die Doppeltür verschwunden waren. Man führte sie die wahrlich wunderschöne schmiedeeiserne geschwungene Treppe hinauf und einen Flur hinunter, der mit einem abgewetzten roten

Teppich belegt war, vorbei an schweren Porträts ernster Männer und Frauen in vergoldeten Rahmen, bis sie schließlich ein Zimmer erreichten, vor dem eine streng dreinblickende, dünne Frau mittleren Alters in einem schwarzen Kleid wartete, die Hände gefaltet – wie Olivia vermutete, eine Warnung, dass sie bloß nicht versuchen sollte, ihr die Hand zu schütteln.

Mit einer weiteren leichten Verbeugung drehte ihr Begleiter sich auf dem Absatz um, verschwand ohne ein einziges Wort und überließ es der gleichermaßen schweigsamen Frau, Olivia in das Zimmer zu führen.

In dem Raum – einem Schlafzimmer mit einem eleganten, mit blauer Seide drapierten Himmelbett – war es eiskalt. Es brannte kein Feuer im Kamin, und die blassblauen Farben der Stoffe trugen nicht dazu bei, die Atmosphäre etwas zu erwärmen, fand Olivia, als sie sich umsah.

»Sie warten hier. Das Dienstmädchen packt Ihre Sachen aus. Man wird Ihnen Tee heraufbringen.«

Wenigstens hatte jemand das Wort an sie gerichtet, und sogar auf Englisch, selbst wenn die Art und Weise der Ansprache ihr das Gefühl vermittelte, sie sei lästig – lästig und äußerst unerwünscht.

Als sie zwei Stunden später ihren Tee getrunken hatte – auch wenn sie lieber Kaffee gehabt hätte – und weder von Robert eine Spur zu sehen war, noch von sonst jemandem, der ihr erklärte, was los war und wann Robert kam, fragte Olivia sich allmählich, ob diese Behandlung Zufall war oder ob man sie absichtlich aus dem Takt bringen und verärgern wollte.

Ihre Mutter hatte sie gewarnt, dass Roberts Großmutter sich ihr gegenüber womöglich feindselig verhalten könnte, und Olivia war davon ausgegangen, dass man ihr mit einer gewissen Reserviertheit begegnen würde, doch das hier war, wenn es absichtlich geschah, etwas anderes. *Falls es Absicht war.* Sie durfte keine voreiligen Schlüsse ziehen, ermahnte Olivia sich. Roberts Großmutter mochte zwar in der Lage sein, die äußeren Umstände ihres Aufenthalts hier zu kontrollieren, doch sie hatte keinen Einfluss auf Olivias Reaktion darauf oder ihr Denken. Das unterlag allein ihrer eigenen Kontrolle. Es war an ihr, ob sie dies als absichtlichen Akt der Feindseligkeit und Aversion deutete oder als Gelegenheit, sich daran zu gewöhnen, dass es in Zukunft Zeiten geben konnte und geben würde, da sie in einer fremden Umgebung von Robert isoliert war, wenn er zu seinen Pflichten gerufen wurde.

Aus reiner Gewohnheit hatte sie die elektronische Reiseschreibmaschine im Gepäck und auch das batteriebetriebene Diktafon, Geräte, die sie für Interviews benutzte, oder wenn sie sich Notizen machen wollte.

Der Stecker ihrer Schreibmaschine passte, wie sie befürchtet hatte, nicht in die vorhandenen Steckdosen, die einen so altertümlichen Eindruck machten, dass Olivia bezweifelte, dass in Lauranto überhaupt ein Adapter für ihre modernen amerikanischen Stecker aufzutreiben war. Doch bald konnte sie ihre ersten Gedanken und Eindrücke von Lauranto im Tagebuchstil auf dem Diktafon protokollieren – allerdings so weit bearbeitet, dass sie ihre wahren Gedanken in Bezug auf die mangelnde Wärme, die Roberts Großmutter ihr erwies, für sich behielt.

Es war früher Abend, als sie Robert schließlich wiedersah. Er entschuldigte sich und gab ihr einen etwas flüchtigen Kuss, doch Olivia vermutete, dass er nur ein wenig Angst vor ihrer Reaktion auf sein langes Fortbleiben und ihre Einsamkeit hatte.

»Deine Großmutter hatte wohl sehr viel mit dir zu besprechen?«, meinte sie und gab ihm damit, wie sie hoffte, den richtigen Anstoß, sich ihr gegenüber zu öffnen.

»Ja, das kann man wohl sagen.« Er verzog kopfschüttelnd das Gesicht. »Es scheint, als wäre ich ganz schön in Ungnade gefallen. Offenbar habe ich ihr die Natur unserer Beziehung nicht so klargemacht, wie ich es hätte tun sollen. Sie dachte, ich würde dich als Freundin mitbringen.«

»Als Geliebte, meinst du wohl?«, verbesserte Olivia ihn freundlich.

Robert wirkte erleichtert. »Ja, genau. Als ich ihr erklärt habe, dass ich hoffe, dass die Rolle, die du in meinem Leben spielst, die meiner Gemahlin ist, war sie gar nicht erbaut.«

»Weil du mich heiraten willst?«

»Nein. Weil ich es im Vorfeld nicht deutlich gesagt habe. Meiner Großmutter zufolge hatten die Hofbeamten jetzt keine Zeit, die notwendigen Hofnachrichten vorzubereiten, um das Volk darüber zu informieren, dass ich meine Verlobte mitbringe, was bedeutet, dass die erforderlichen formellen Veranstaltungen nicht organisiert wurden, und das bedeutet wiederum, dass du dem Hof und dem Volk von Lauranto nicht so präsentiert werden kannst, wie es der zukünftigen Gemahlin des Kronprinzen gebührt.«

»Wir haben bisher weder konkrete Pläne geschmiedet, noch mit unseren Familien gesprochen, also hätten wir hier auch keinerlei formelle Verlautbarungen machen können. Ich bin mir sicher, deine Großmutter versteht das. Sie kann schließlich nicht erwarten, dass du mit sämtlichen Einzelheiten des Hofprotokolls von Lauranto vertraut bist, schließlich bist du nicht hier aufgewachsen. Sie sollte dir also keine Vorwürfe machen …«

»Nein, sie macht mir keine Vorwürfe«, versicherte Robert ihr eilig. »Sie macht einzig und allein sich selbst Vorwürfe. Nein, es ist eher so, dass sie das Gefühl hat, du könntest gekränkt und beleidigt sein, dass du im Hintergrund bleiben musst, weil deine Rolle noch nicht öffentlich gemacht werden kann.«

»Teile und herrsche« lautete die Phrase, die Olivia sofort durch den Kopf schoss. Sie war überzeugt, dass die Fürstin-Witwe genau das tat. Olivia konnte sich gut vorstellen, wie Emerald selbst heute noch auf solches Taktieren reagieren würde, ganz zu schweigen von früher, als sie jung und noch eigensinniger gewesen war. Doch Olivia war nicht Emerald, sie hatte nicht die Absicht, sich in eine Konfrontation mit Roberts Großmutter hineinziehen zu lassen.

»Ich bleibe viel lieber im Hintergrund und sehe, wie die Dinge hier gehandhabt werden, statt das Risiko einzugehen, ins Fettnäpfchen zu treten«, erwiderte sie ruhig, hakte sich bei Robert unter und hob das Gesicht zu einem Kuss. »Abgesehen davon haben wir reichlich Zeit für uns … nachts, im Bett«, fügte sie leise hinzu.

Robert erstarrte und trat einen Schritt zurück.

»Ich fürchte, das geht auch nicht. Anscheinend soll ich im fürstlichen Schlafgemach schlafen – allein – am anderen Ende des Palastes.«

»Aha …« Innerlich war Olivia außer sich vor Wut, doch das würde sie auf keinen Fall offen zeigen.

»Werde ich denn deine Großmutter kennenlernen, oder ist das auch gegen das Hofprotokoll?«

»Selbstverständlich wirst du sie kennenlernen. Ja, sie hat sogar vorgeschlagen, dass ihr beide euch heute Abend vor dem Abendessen unter vier Augen unterhaltet.«

»Unter vier Augen? Du meinst, du bist nicht dabei?«

»Sie möchte dich kennenlernen. Abgesehen davon hat sie für mich vor dem Abendessen ein Treffen mit dem Ältestenrat arrangiert.«

Vom oberen Absatz der wenigen Stufen, die den kalten Hauptbereich des riesigen Salons von dem kleineren Bereich zwischen dem marmornen Kamin und den mittigen Fenstern gegenüber trennten, starrte Roberts Großmutter auf Olivia herab und war dabei mit ihrem geraden Rücken, dem silbergrauen, hoch auf dem Kopf aufgetürmten Haar und ihrem teilnahmslosen, eiskalten Blick so imposant und majestätisch, dass Olivia gegen den Impuls ankämpfen musste, einen Knicks vor ihr zu machen. Mit einer herrischen Handbewegung gab die Fürstin-Witwe Olivia zu verstehen, dass sie näher kommen solle.

Olivia war sich nicht sicher, ob Roberts Großmutter das lange pflaumenblaue Kleid trug, weil es perfekt zu ihrer Hautfarbe passte, oder ob es eine höfische Form der Halbtrauer war. Sie hatte gewiss nicht das Gefühl, sie könne sie danach fragen. Das »Kann ich Sie Olivia nennen?« war einigermaßen freundlich, doch Olivia ließ sich nicht täuschen. Diese Frau hielt die Fäden hier eisern in der Hand.

Olivia wusste, dass ihr schlichtes langes schwarzes Kleid hinsichtlich Eleganz, Angemessenheit und Qualität mühelos mit dem der Fürstin-Witwe mithalten konnte, und sie dankte sowohl ihrer eigenen Mutter wie auch Roberts Mutter im Geiste für ihre Warnung, sie bräuchte etwas zum Anziehen, was Emerald als »anständige Kleider« bezeichnete, also von erstklassigen Modedesignern. Das Chanelkleid, das sie trug, mochte Konfektion sein, doch es hatte ein kleines Vermögen gekostet und war ebenso eine Leihgabe ihrer Mutter wie die Zwei-Karat-Diamant-Ohrringe, die sie dazu trug. Die diamantbesetzten Cartier-Armreifen waren eine unerwartete Leihgabe von Amber, die sie über Emerald nach London geschickt hatte. Allein der Gedanke an ihre Stiefgroßmutter gab Olivia Mut. Amber war der netteste und freundlichste Mensch, den sie kannte. Olivias inneres Lächeln wurde breiter, als sie sah, wie der Blick der Fürstin-Witwe auf den Cartier-Armreifen hängen blieb.

Doch nach Lächeln war ihr wahrlich nicht mehr zumute, als Roberts Großmutter kalt sagte: »Ich halte es für keine gute Idee, Kopien von etwas zu tragen, was so wiedererkennbar ist wie Cartier, und seien sie noch so gut. Man weiß immer, dass sie eine Fälschung sind, es sei denn, meine Liebe, Sie hatten in der Vergangenheit einen sehr großzügigen Verehrer, der sie Ihnen geschenkt hat.«

»Sie sind keine Fälschung«, sagte Olivia ruhig. »Aber Sie haben recht: Ich könnte es mir niemals leisten, mir so etwas Teures zu kaufen, und das würde ich auch nicht wollen. Roberts andere Großmutter hat sie mir geliehen. Sie waren ein

Hochzeitsgeschenk ihres ersten Gatten, und für besondere Gelegenheiten borgt sie sie großzügig innerhalb der Familie aus.«

So, sollte die Fürstin-Witwe ruhig ein bisschen auf dieser Information herumkauen. Olivia wünschte ihr nicht, dass sie daran erstickte, aber sie hätte, wie sie sich zornig eingestand, nichts dagegen, wenn sie sich gehörig den Magen daran verdarb.

»Ah, ja. Natürlich, Amber. Ich hatte ganz vergessen, dass sie im Laufe ihres interessanten Lebens eine ganze Sammlung kostbaren Schmucks zusammengetragen haben muss. Da Sie nicht blutsverwandt sind mit ihr, kann sie Ihnen nicht das Talent vererbt haben, sich gut zu verheiraten, doch es heißt ja, dass Erziehung leicht denselben Einfluss auf ein Kind hat wie die Erbanlagen. Sagen Sie, Olivia, wann haben Sie beschlossen, den Kronprinzen von Lauranto zu heiraten? Es ist ja offensichtlich eine ganz neue Entwicklung.«

Jetzt lagen, wie Olivia wusste, die Karten offen auf dem Tisch. Vielleicht hätte sie nicht überrascht sein sollen über die Feindseligkeit der Fürstin-Witwe, doch sie war es.

»Ich möchte nicht den Kronprinzen von Lauranto heiraten«, antwortete Olivia wahrheitsgemäß. »Der Mann, den ich heiraten möchte, ist Robert, der wunderbare Stiefcousin, den ich liebe, seit ich weiß, was wahre erwachsene Liebe ist. Ich würde Robert auch glücklich heiraten, wenn er mir nicht mehr zu bieten hätte als sich selbst, denn das ist alles, was ich will. Ich liebe ihn als den Menschen, der er ist. Es liegt mir nichts an dem Prunk, den er der Welt draußen zeigen muss, sollte er sich entscheiden, die Verantwortung zu übernehmen und die Nachfolge Ihres verstorbenen Sohnes anzutreten.« Olivia schenkte ihrer Gegnerin einen ruhigen, kühlen Blick. »Was Sie offensichtlich als Vorteile und Vorzüge fürstlicher Privilegien und Positionen betrachten, sehe ich als potenzielle Last, die nicht nur von dem Mann geschultert werden muss, den ich liebe, sondern auch von den Söhnen, die wir womöglich haben werden. Ich liebe Robert mehr als genug, um zu wollen, dass er bezüglich unserer gemeinsamen Zukunft seine eigene Entscheidung trifft. Sollte er beschließen, die Krone anzunehmen, dann werde ich an seiner Seite sein und ihn darin unterstützen, sein Bestes für Lauranto und sein Volk zu geben.«

In dem darauffolgenden ausgedehnten Schweigen musste Olivia ein Zittern unterdrücken, während sie dem starren Blick der Fürstin-Witwe standhielt.

»Ihre Mutter und deren Schwester haben beide Söhne zur Welt gebracht, genau wie Roberts Mutter – das zumindest spricht zu Ihren Gunsten, insofern als Sie in der Lage sein sollten, einen männlichen Erben zu produzieren.«

»Männlich oder weiblich, ich werde die Kinder, die Robert mir schenkt, alle gleichermaßen lieben.«

Die Fürstin-Witwe lachte tatsächlich – ein scharfes höhnendes Kichern, das Olivia traf wie ein Fausthieb.

»Keine Mutter liebt ihre Kinder alle gleich. Fragen Sie Ihre Stiefgroßmutter oder gar Roberts Mutter.«

Nach einer kurzen Pause verkündete sie: »Es ist Zeit zum Abendessen.« Sie läutete eine kleine Handglocke, und die zwei Lakaien in ihren gold-blauen Livreen, die draußen gestanden hatten, als Olivia eingetreten war, stießen die Doppeltür zum Salon auf. Sie verbeugten sich tief vor der Fürstin-Witwe, als sie an ihnen vorbeifegte und Olivia sich genötigt sah, ihr zu folgen.

Normalerweise verbrachte Katie gern einen Abend im *Jericho*. Dort spielten die besten Bands der Stadt, von Goth über Hard Rock bis hin zu Industrial, und neue Bands drängten sich um eine Gelegenheit, sich zu präsentieren. Kleidermäßig ging alles, von Freizeitkleidung über viktorianischen Gothic, Upperclass-Westlondon-Stil, Rock-Chick-Leder-und-Denim bis hin zu schlichten Jeans und T-Shirts. Doch heute Abend wollte bei Katie nicht die rechte Stimmung aufkommen, zu groß war ihre Besorgnis, Axel zu treffen – oder vielmehr, nicht so sehr, ihn zu treffen, als sich ein Urteil über ihn bilden zu müssen.

Zoë brauchte immer ewig, um sich zum Ausgehen fertig zu machen. Sie war schließlich eine extrovertierte Persönlichkeit – eine Exhibitionistin, wie Katies unverblümte und missbilligende Schwester Emma fand –, und dieser Abend war keine Ausnahme. Katie wusste nicht recht, ob sie Zoës neuen Stil – eine Mischung aus Goth-Schlampe, Rock Chick und Domina – mochte, und sie war überzeugt, dass Tom die Aufmachung seiner Schwester nicht gefallen hätte: schwarzes, eng geschnürtes mit roter Spitze besetztes Spitzenkorsett, passende rote Spitzenhandschuhe und ein kurzer Netz-Tutu, den sie, wie sie Katie erzählt hatte, in einem Laden für Kinderkleidung gefunden hatte und der sich schrecklich mit ihrer Haarfarbe biss. Unter dem roten Tutu trug Zoë schwarze Netzstrümpfe. Ihre Lieblings-Doc-Marten-Stiefel waren zugunsten hochhackiger Overknee-Stiefel aus glänzendem schwarzem PVC in die hinterste Ecke des Kleiderschranks verbannt worden.

»Was meinst du?«, hatte Zoë eifrig gefragt, bevor sie sich auf den Weg gemacht hatten.

Katie hatte ihre Spiegelbilder betrachtet und ihre Kombination aus schwarzem T-Shirt, Jeans und Doc Martens mit Zoës Outfit verglichen und mutig gesagt: »Es wäre super, wenn wir zu einer Sado-Maso-Kostümparty gingen.«

Statt verärgert zu sein, wie Katie halb erwartet hatte, hatte Zoë triumphierend gelacht. »Gut. Das bedeutet, dass es Axel gefällt. Er steht schwer auf Bondage und das ganze Zeug, besonders wenn es richtig finster ist.«

Als Katie diese Bemerkung jetzt wieder einfiel, spürte sie, wie sich ihr Magen zusammenzog. Zoë hatte immer schon gern forsche Reden geschwungen, allein wegen der Schockwirkung, doch eigentlich war sie immer sehr viel umsichtiger gewesen, als sie sich der Welt präsentierte. War das immer noch so? Sagte sie so etwas nur, weil sie sie schockieren wollte? Katie hoffte es. Nicht dass sie naiv war oder sich beim Thema Sex zierte, es war nur … Ja, was eigentlich?, fragte Katie sich. Doch sie kannte die Antwort: Sie wollte nicht, dass jemand Zoë wehtat. Trotz des sorglosen, selbstbewussten, extrovertierten Gesichts, das sie der Welt zeigte, war Zoë verletzlich, so verletzlich, dass sie, wie Katie befürchtete, alles tun würde, um die Liebe des Mannes, an den sie ihr Herz gehängt hatte, zu gewinnen und zu halten. Und Katie hatte Angst, dass dieser Mann sie, wenn er wollte, nach Belieben missbrauchen und manipulieren konnte.

Der Club quoll über vor Leuten, und die Band, die im Augenblick spielte, machte einen solchen Lärm, dass es unmöglich war, sich zu unterhalten. Der Beat dröhnte, als pumpte man Adrenalin direkt in den Körper, und Katie tippte im Takt mit dem Fuß und hätte sich am liebsten gleich der tanzenden Menge angeschlossen. In einer dunklen Ecke hatte sich eine kleine Schlange gebildet. Der Mann, um den sich die anderen drängten, hielt ein Auge auf alle, die hereinkamen, während er Geld nahm und Drogen verteilte.

»Tanzen?«, brüllte Katie Zoë ins Ohr.

Zoë schüttelte den Kopf, zeigte in Richtung Bar und brüllte: »Ich will zuerst was trinken. Hast du Lust auf was Stärkeres?«

Katie schüttelte den Kopf, schob sich aber in Zoës Kielwasser in Richtung Bar.

»Was ist das?«, fragte Katie zehn Minuten später und zeigte auf Zoës Glas.

»Schwarzer Russe – Wodka und Tia Maria. Das ist nur ein Doppelter. Am besten ist er mit einem dreifachen Wodka. Axels Lieblingscocktail. Du solltest ihn mal probieren.«

Katie schüttelte den Kopf. »Zu teuer. Jetzt tanzen?«

»Noch nicht.« Zoë sah sich in dem Lokal um, und plötzlich erstarrte sie, packte Katie am Arm und schrie: »Axel ist da drüben auf der anderen Seite der Tanzfläche. Komm.«

Es hatte keinen Sinn, zu protestieren oder Einwände zu erheben oder vorzuschlagen, sie sollten lieber warten, bis Axel sie entdeckt hatte. Zoë schob sich schon durch die Tanzenden wie ein Torpedo auf einer Mission, bevor sie vor einem Mann zum Halten kam, der so tief im Schatten stand, dass Katie warten musste, bis er sich ein wenig bewegte, um Zoës eifrigen Kuss entgegenzunehmen, bevor sie ihn richtig sehen konnte.

Er sah, wie Tom gesagt hatte, ziemlich gut aus, auf außergewöhnlich männliche Art. Es gab keine anderen Worte, um ihn zu beschreiben: Seine Züge waren vollkommen, seine Haut von einer perfekten goldenen Sonnenbräune, seine Augen mit langen Wimpern und elegant geschnitten über hohen Wangenknochen. Seine langen, dunklen, glänzenden Locken, die ihm auf die Schultern fielen, hätten ihm etwas Feminines geben können, wären da nicht die Stoppeln auf seinem Kinn gewesen und die offen zur Schau getragene Aura von Gefahr und Brutalität, die aus einer alchemistischen Kombination aus dem Schwung seiner Lippen und dem Blick seiner dunklen Augen erwuchs. Katie zitterte. Dieser Mann war gefährlich und, mehr noch, böse – irgendwie teuflisch, auf eine Art, die ihr ein Frösteln über den Rücken jagte, als würde man ihr kaltes Wasser übergießen. Es gab keinen logischen Grund für ihr Gefühl. Es hatte nichts mit dem zu tun, was Tom ihr erzählt hatte oder was Zoë für ihn empfand. Es war schlicht unmittelbar, atavistisch, uralt in dem Sinne, dass er es aus dem tiefsten und instinktivsten Teil von ihr hervorlockte. Katie ging auf, dass sie Zoë am liebsten an der Hand gefasst und von ihm weggezerrt hätte.

Zoë machte immer noch einen ziemlichen Wirbel um ihn, küsste ihn, die freie Hand, wie Katie bemerkte, an seiner Leiste, während er sie über Zoës Schulter musterte, sie abschätzte und im Geiste auszog, sie so kalt und gleichgültig nicht nur ihrer Kleider entledigte, als sei es sein gutes Recht, dass Katie ihn aus tiefstem Herzen verabscheute.

Fast überkam sie Erleichterung. Sie hatte sich Sorgen gemacht wegen dieses Zusammentreffens, hatte befürchtet, entweder nicht recht zu wissen, was sie von Axel zu halten hatte, oder Tom insgeheim widersprechen zu müssen, doch jetzt, da der Augenblick da war, war es überhaupt keine Frage. Sie wusste augenblicklich, dass Axel etwas Böses an sich hatte – eine Finsternis, eine Leere, die sie abstieß und ihr wegen Zoë große Sorgen bereitete – und dass sie am liebsten einen weiten Bogen um ihn gemacht hätte. Sie konnte es nicht recht erklären, am ehesten passten noch die Zeilen aus Macbeth, die sie innerlich immer wieder wiederholte: »Juckend sagt mein Daumen mir: Etwas Böses naht sich hier!« Was sie empfand war genauso instinktiv, so unvermittelt, so persönlich.

Unmittelbar auf ihre Abneigung machte sich in ihr ein gleichermaßen starkes Gefühl des Mitleids und der Bestürzung für ihre Freundin breit.

»Axel, das ist Katie. Erinnerst du dich, ich habe dir von ihr erzählt, als wir in Klosters waren. Katie und ich dachten, wir könnten mal vorbeikommen und dir helfen, es dir in deinem neuen Zuhause gemütlich zu machen«, fuhr Zoë fort, ohne auf eine Antwort von ihm zu warten.

»Ich hab's schon gemütlich.«

»Was hältst du von meinem Outfit?«

Zoës Bemerkung klang eher verzweifelt als sexy, doch Katie war dennoch gekränkt für ihre Freundin, als Axel sie von oben bis unten musterte und gefühllos bemerkte: »Du siehst aus wie eine Drag Queen – eine hässliche Drag Queen.«

»Du hast gesagt, du magst mich in Bondage«, protestierte Zoë.

»Hab ich das? Da war ich bestimmt auf Koks.«

»Warum bist du so? In Klosters …«

»In Klosters warst du amüsant, eine nette Ablenkung. Jetzt bist du nur noch lästig und fad.«

Zoës gekränktes Aufkeuchen stach in Katies Herz wie ein Messer. Sie wandte sich ihrer Freundin zu, doch Zoë interessierte sich nicht für sie. Stattdessen klammerte sie sich an Axel, weinte und flehte ihn an, ihr zu sagen, er mache nur Witze.

»Du weißt, dass ich alles tue, um dir zu gefallen, Axel. In Klosters hast du gesagt, ich wäre das heißeste Mädchen, das du je hattest. Du hast gesagt …«

»In Klosters warst du verfügbar, und ich hatte Hunger genug, mir zu nehmen, was im Angebot war. Jetzt hab ich keinen Hunger. Schau dich um und sag mir, was du siehst. Nein, lass es, ich sag dir, was ich sehe. Ich sehe Mädchen, begehrenswerte, hübsche Mädchen«, betonte er. »Du bist nicht hübsch, Zoë, du bist nicht mal unscheinbar, du bist durch und durch hässlich. Hässlich, eifrig und verfügbar, ja, aber hübsch und begehrenswert, nein.«

Zoë keuchte wieder auf, als er sie so grob wegschob, dass sie jemanden anrempelte. Ihr Gesicht im Stroboskoplicht war milchweiß, ihre Sommersprossen stachen deutlich von ihrer blassen Haut ab, ihre Verzweiflung und ihr Unglaube waren schier herzzerreißend. Katie war schockiert, dass ihre Freundin sich so erniedrigte.

Axel hatte ihnen den Rücken zugewandt und ging davon. Zoë wollte hinter ihm herlaufen, rief seinen Namen, doch die Menschenmenge hatte ihn rasch verschluckt.

»Zoë, er ist es nicht wert«, sagte Katie.

»Nein, ich weiß«, stimmte sie ihr ausdruckslos zu. »Es ist vorbei, Katie. Ich will nichts mehr mit ihm zu tun haben. Ich war eine Idiotin, und Tom und meine Eltern hatten recht. Gehen wir, ja?«

Dankbar und erleichtert nickte Katie. Als sie Zoë so zugesehen und zugehört hatte, hatte sie befürchtet, ihre Freundin würde Axel weiterhin sehen wollen, trotz allem, was ihre Familie gesagt hatte. Jetzt konnte sie sich eingestehen, dass sie sich auch Sorgen um sich selbst gemacht hatte. Zoë hätte von ihr verlangt, dass sie Tom nicht verriet, dass sie sich immer noch mit Axel traf, aber Tom hätte erwartet, dass sie ihn auf dem

Laufenden hielt. Das wäre eine schreckliche Zwickmühle gewesen. Doch jetzt brauchte sie sich darum Gott sei Dank keine Sorgen mehr zu machen.

»Wie bescheuert von mir, wie durch und durch blöd, dass ich je auf das gehört habe, was Axel gesagt hat. Ich hasse ihn, Katie. Ich *hasse* ihn«, erklärte Zoë auf dem Heimweg und machte so schnelle Schritte, dass Katie das Gefühl hatte, ihre Freundin spuckte ihre Wut auf Axel in einem Hagelsturm von Worten aus, der so schmerzhaft war wie ein Kugelhagel.

»Das überrascht mich nicht, so wie er dich behandelt hat. Ich mochte ihn nicht, Zoë«, fügte Katie freimütig hinzu. »Er hat etwas an sich, das ... Also, ich bin nur froh, dass du nichts mehr mit ihm zu tun haben willst.«

»Aber du verstehst schon, warum ich auf ihn abgefahren bin, oder?«, wollte Zoë wissen und blieb mitten auf der Straße stehen. Die Straßenbeleuchtung fiel auf die schwarzen Mascara-Tränenstreifen auf ihren Wangen.

»Ich meine, er ist ...«

»Er ist widerlich, Zoë, gruselig und ... und grausam ... und gefährlich.« Zu spät ging Katie auf, dass »gefährlich« wohl keine gute Wortwahl gewesen war, denn Zoë fing an zu weinen.

»Ja«, pflichtete sie ihr bei, »er ist gefährlich ... wunderschön, tödlich gefährlich ... wie eine Droge, die durch deine Adern schießt und dich in Besitz nimmt, wie ein Zauberspruch, der dich bannt. Er ist alles, was ich mir immer unter Rochester vorgestellt habe, Katie: wild und verwegen, finster und gefährlich, sexy und sadistisch und in der Lage, unser Geschlecht ebenso zu verführen wie sein eigenes.«

Katie schauderte angewidert. »Rochester ist einen schrecklichen Tod gestorben«, erinnerte sie ihre Freundin.

»Ja, an Syphilis«, sagte Zoë, bevor sie wütend hinzufügte: »In Klosters hat Axel mich geliebt. Da hat er mich gewarnt, dass er, wenn er high ist, manchmal Dinge sagt, die er nicht so meint.«

Beklemmung kroch langsam Katies Rücken hinauf. Zoë hatte sich umgedreht und blickte die Straße hinunter, die sie gerade gekommen waren.

»Männer wie er sagen alles, um von einem Mädchen zu kriegen, was sie wollen«, wandte Katie ein.

»Männer wie er?«, äffte Zoë sie nach. »Und was weiß eine Miss Zimperlich wie du über Männer wie Axel?« Ihr Lächeln wurde zu einem Stirnrunzeln. »Oder sagst du das nur, um mich von ihm abzubringen, weil du selbst scharf auf ihn bist?«

»Ich? Scharf auf ihn? Ich finde ihn widerlich. Komm, Zoë, es ist zu kalt, um hier draußen rumzustehen.«

Entschlossen hakte sie sich bei ihrer Freundin unter und zog sie weiter.

»Ah, einer von den Pfauen, die du mir versprochen hast.« Olivia lächelte, als sie um eine Ecke bogen und ein Vertreter der besagten Gattung auf dem Kiesweg vor ihnen stand.

Robert nahm ihre Hand und gratulierte sich innerlich zu seiner klugen Entscheidung, Olivia zu seiner Frau – und Gemahlin – zu wählen. Man konnte zwar – noch – nicht behaupten, sie hätte seine Großmutter für sich eingenommen, doch Robert spürte, dass die Fürstin-Witwe erkannt hatte, dass sich Olivia aus ganzem Herzen für ihn und Lauranto einsetzen würde.

»Du hast eine Belohnung verdient für all das, womit du es in den letzten Tagen aufgenommen hast«, sagte er lächelnd. »Meine Großmutter hat es dir nicht gerade leicht gemacht.«

Olivia bedachte ihn mit einem wehmütigen Blick. »Die Untertreibung des Jahres. Sie würde es bei weitem vorziehen, wenn du eine Frau von fürstlichem Geblüt heiraten würdest, die sie dir ausgesucht hat.«

»Ich weiß, aber ich würde wirklich viel lieber dich heiraten, falls du nicht inzwischen die Lust verloren hast …?«

Robert wusste, dass dem nicht so war. So war Olivia nicht.

Sie war ruhig und vernünftig und neigte nicht dazu, emotionale Szenen zu machen oder zu emotionaler Erpressung zu greifen, was natürlich mit ein Grund gewesen war, warum er sie überhaupt ausgewählt hatte. Bei Olivia musste man – anders als bei seiner Mutter – nicht fürchten, dass sie absichtlich Feindseligkeit zwischen sich und seiner Großmutter schüren würde.

»Nein, ich habe nicht die Lust verloren«, versicherte Olivia ihm. Sie liebte es, dass Robert so war: Er war nicht zögerlich – dazu war er zu selbstbewusst –, aber er machte sich doch die Mühe, sie nach ihrer Meinung zu fragen. Das sprach von guten Manieren und Rücksicht auf ihre Gefühle. Aber leidenschaftlich konnte man es nicht unbedingt nennen, oder? Es war nicht gerade eine Erklärung, dass sie ihm wichtiger war als alles andere? Rasch schob Olivia die unerwünschten Gedanken beiseite.

»Gut.« Robert blieb stehen und wandte sich zu ihr um. Da sie in dem formalen Boskettgarten des Palastes waren, der von vielen Palastfenstern aus einzusehen war, war Olivia nicht überrascht, dass er sie nicht küsste.

»Ich möchte für Lauranto so vieles erreichen, und dazu brauche ich dich an meiner Seite, Olivia.«

»Vermutlich sähen deine Großmutter und der Hof es lieber, wenn ich einige Schritte hinter dir stünde«, meinte Olivia kleinmütig, bevor sie hinzufügte: »Aber ich weiß, was du meinst. Das Volk hier …«

»Das Volk, ja«, pflichtete Robert ihr bei, »aber eigentlich denke ich eher an die Gebäude. So ein Erbe muss bewahrt werden. Es ist einzigartig und von unschätzbarem Wert, und irgendwann wird es für Lauranto zum Touristenmagnet. Es ist ein Verbrechen, es so verfallen zu lassen.«

»Ich fürchte, man hatte keine Wahl. Deine Großmutter hat im Gespräch mehr als deutlich gemacht, dass das Land sehr arm ist.«

»Ja, und ich habe darüber nachgedacht, wie man das ändern

kann. Ich möchte mit Nick unbedingt darüber reden, wie man Lauranto am besten als Offshore-Steueroase etablieren kann.«

»Ein sonniger Ort für lichtscheues Gesindel?«, zitierte Olivia leichthin, doch Robert sah, dass ihr die Vorstellung nicht gefiel.

»Ein vollkommen legaler Weg, die Staatseinkünfte zu erzielen, die Lauranto braucht, wenn es sein Erbe bewahren und das Los der Menschen verbessern will«, erwiderte er. »Zusammen mit dem Tourismus ist das meiner Meinung nach die beste Methode, das erforderliche Geld aufzubringen. Für die Entwicklung des Tourismus müssen allerdings neue Hotels und auch eine neue Marina gebaut werden, da muss zuerst Geld investiert werden, das wir im Augenblick schlicht nicht haben. Dieses Geld kommt aber herein, wenn man Lauranto als guten Ort für Investitionen präsentiert. Es ist mein Schicksal, dieses Erbe zu bewahren, Olivia, das empfinde ich ganz stark, und es gibt niemanden, mit dem ich dieses Schicksal lieber teilen würde als mit dir. Du bist erstklassig mit meiner Großmutter umgegangen, weit besser, als es meiner Mutter je gelungen ist.«

»Dann hast du dich entschieden, die Krone anzunehmen?«, fragte Olivia, obwohl sie den Verdacht hatte, die Antwort schon zu kennen.

Robert wandte sich zu dem Gebäude hinter ihnen und wies darauf. »Der Krone könnte ich leicht den Rücken kehren, aber ich glaube nicht, dass ich dem da den Rücken kehren kann.«

Und ich kann dir nicht den Rücken kehren, gestand Olivia sich ein. Nicht dass die Notwendigkeit bestand. Sie war selbst schon halb in Lauranto verliebt, und die Not der Menschen berührte sie sehr.

»Ich finde, wir sollten lieber früher als später heiraten«, sagte Robert. »Findest du nicht?«

»Ist das ein Antrag?«

»Ja, ganz offiziell. Der private kommt später, wenn ich sichergehen kann, dich ganz für mich zu haben.«

»Ich könnte vielleicht in London bleiben, wenn wir morgen zurückfliegen.«

Robert schüttelte den Kopf. »Ein schöner Gedanke, aber mein Terminkalender ist voll, und ich muss mich um das Büro kümmern, selbst wenn ich beschlossen habe, die Nachfolge meines Vaters anzutreten.«

»Wann willst du es deiner Großmutter sagen?«

»Das habe ich schon«, meinte Robert fast beiläufig. »Ich habe es ihr gestern Abend gesagt, als ich ihr erklärt habe, dass ich dich heiraten will.«

Olivia nickte. Es war unvernünftig und dumm von ihr, dass sie sich wünschte, sie hätte als Erste von Roberts Plänen erfahren. Schließlich hatte er ausführlich mit ihr darüber diskutiert, und sie hatte sich schon gedacht, dass er die Krone annehmen würde. Vielleicht lag es an ihrer starken Verankerung im amerikanischen Wertesystem, dass ein kleiner Teil von ihr es ihm übel nahm, dass er ihr das Gefühl gab, er habe sie zur Seite geschoben, fast auf den zweiten Platz verbannt, während er ihre gemeinsame Zukunft mit seiner Großmutter besprach.

»Meine Großmutter hat mir das hier für dich gegeben«, erklärte Robert, griff in die Tasche, holte ein lederbezogenes Schmuckkästchen heraus und öffnete es. Darin war ein altmodischer, fast hässlich zu nennender, aber offensichtlich sehr kostbarer Diamantring – ein großer zentraler Diamant, der von zwei kleineren Diamanten flankiert wurde, alle drei funkelten in der grellen Wintersonne.

Robert löste den Ring aus dem Samtpolster und schob das Kästchen wieder in seine Tasche. Dann nahm er ihre Hand, um ihr den Ring an den Finger zu stecken. Zu ihrer Bestürzung stellte Olivia fest, dass sie am liebsten die Hand weggezogen und die Finger von dem Ring weggebogen hätte. Vor ihrem geistigen Auge stand das Bild von Roberts Großmutter.

»Er gehört nicht … gehörte nicht deiner Großmutter, oder?

Ich meine, wenn sie ihn trägt, dann möchte ich nicht … das heißt, vielleicht nur ein schlichter Ring von Tiffany …«

Robert war amüsiert. »Red keinen Unsinn. Das ist der Verlobungsring von Lauranto. Meine Großmutter hat ihn meinem Vater gegeben, um ihn … meiner Stiefmutter zu geben, aber anscheinend hat sie ihn selten getragen, und jetzt hat sie ihn mir gegeben, damit ich ihn dir gebe.« Ein Ring, der in Wirklichkeit von Roberts Großmutter kam und nicht von Robert. War es dumm, sich einen Verlobungsring zu wünschen, den er für sie ausgesucht hatte?

Ein Ring vom Finger einer toten Frau, einer Frau, zu der sie in überhaupt keiner Beziehung stand.

»Bei unserem nächsten Besuch wird meine Thronübernahme und unsere Verlobung in den Hofnachrichten veröffentlicht. Dann wirst du dem Hof als meine Zukünftige präsentiert.«

Roberts Gemahlin. Allein darum ging es ihr, um nichts anderes.

Robert schob ihr den Ring auf den Finger. Er war kalt und schwer. Wenn sie auch einen einzelnen eleganten Diamant von Tiffany vorgezogen hätte, so verfügte sie doch über genug gesunden Menschenverstand, um zu begreifen, dass das Geschenk von Roberts Großmutter ein wichtiges Zeichen dafür war, dass sie sie als Roberts zukünftige Frau anerkannte. Dennoch war da diese leise Enttäuschung, das Gefühl, dass ihr Geschmack und ihre Gefühle bei Roberts Überlegungen nicht an erster Stelle gestanden hatten. Zweifelte sie an Robert und ihrer gemeinsamen Zukunft? Natürlich nicht.

»Verlobt? Robert und du seid verlobt?«

Olivia sah ihre Mutter mit einem verzagten Lächeln an. »Robert wollte mit mir nach New York kommen, damit wir euch die Nachricht gemeinsam überbringen können, aber sein Terminkalender ist einfach so voll, dass es nicht ging. Und ich möchte, dass ihr es erfahrt, bevor es offiziell bekannt gegeben wird: Robert wird die Nachfolge seines Vaters antreten. Morgen wird es in der *Times* formell bekannt gegeben, und dabei wird auch unsere Verlobung erwähnt werden. Robert möchte die Wirtschaftsbonzen der Stadt auf seine Seite kriegen, damit er anfangen kann, sich um die Finanzierung dessen zu kümmern, was in Lauranto getan werden muss. Das Land ist so schön, Mom, aber schrecklich arm.«

Ella versuchte, ihrer Tochter nicht zu zeigen, wie nervös ihre Nachricht sie machte. Sie hatte natürlich gewusst, was Olivia für Robert empfand, doch ehrlich gesagt war diese Ehe nicht das, was sie sich tief im Innersten für ihre Tochter wünschte. Zum einen bedeutete sie, dass Olivia zukünftig auf der anderen Seite des Atlantiks leben würde, und zum anderen ging die Vorstellung, dass Olivia sich einfügen und nach Robert – und wegen ihres fürstlichen Standes vermutlich auch nach seiner Großmutter – die zweite oder gar dritte Geige spielen musste, gegen alles, was Ella vertrat, seit sie nach Amerika gekommen war. Doch sie wollte Olivia gewiss nicht die Freude verderben, und so nahm sie sie fest in die Arme und spielte ihre Gefühle, so gut es ging, herunter, indem sie sagte, sie habe den Verdacht, dass Oliver gewiss das Seine dazu zu sagen hatte, dass Robert nicht persönlich nach New York gekommen war, um ihn um ihre Hand zu bitten, bevor er irgendwelche öffentlichen Erklärungen abgab.

»Dad soll sich um so etwas Altmodisches scheren wie darum, dass Robert ihn um Erlaubnis bittet, mir einen Antrag zu machen?« Olivia lachte. »Hat er Gramps gefragt, bevor er um deine Hand angehalten hat?«

Ella war genötigt, den Kopf zu schütteln. »Unsere Umstände waren ein wenig anders, zumindest hoffe ich das«, sagte sie. »Vergiss nicht, du bist keine neun Monate nach unserer Hochzeit zur Welt gekommen.«

Olivia lachte.

»Ganz anders«, pflichtete sie ihrer Mutter bei. »Ich bezweifle, dass Robert und seine Großmutter begeistert wären, wenn der zukünftige Erbe von Lauranto früher zur Welt kommen würde als respektable neun Monate nach der Eheschließung.« Während sie sprach, merkte Olivia, dass irgendetwas an ihr nagte. Es hatte damit zu tun, dass sie sich eingestand, wie wichtig Robert die Meinung seiner Großmutter war, doch sie schob es fort. Es hatte keinen Platz in ihrem Glück und ihrer Liebe.

»Wann soll denn die Hochzeit sein?«, fragte Ella.

»Im Spätsommer, sagt Robert.«

Sagt Robert. Und was ist mit dir? Was sagst du? Was willst du?, hätte Ella ihre Tochter am liebsten gefragt, doch sie sah auch, wie glücklich Olivia war. Sie strahlte förmlich vor Freude und Entzücken. Das war das Los liebender Eltern, sinnierte Ella: Bei aller Liebe zu ihren Kindern mussten sie den Partner akzeptieren, den ihr Kind wählte, und am Ende ungeachtet ihrer wahren Gefühle irgendwie auch lieben lernen, um dieses Kindes willen. Nicht dass sie Robert nicht mochte. Sie wünschte sich nur, dass der Mann, den ihre kostbare Tochter heiratete, sie an erste Stelle setzt, an zweite und an dritte, und sie war nicht recht überzeugt, dass Robert das tun würde, nicht nachdem er sich mit Leib und Seele Lauranto verschrieben hatte.

10

»Du brauchst gar nicht so einen zu Flunsch ziehen, Char, Schatzi. Als du nebenan eingezogen bist, nachdem ich dir den Tipp gegeben habe, dass das Haus notverkauft wird, hast du mir versprochen, es mir zu vergelten, indem du für mich einspringst, wenn ich mal wegmuss.«

Was Nat sagte, stimmte, musste Charlotte zugeben.

Charlotte war nicht der Name, auf den sie getauft worden war. Das war Charmaine gewesen, ein so gewöhnlicher Name, dass sie froh war, ihn – zusammen mit ihrer Vergangenheit – verleugnet zu haben, als sie Waise wurde und ins Kinderheim kam und sich fortan Charlotte nannte. Aus Charmaine Carter war damals Charlotte Cardrew geworden, und sie hatte sich so vehement an diesen selbstgewählten Namen geklammert, dass ihr, als sie das Heim verließ, war, als hätte sie nie anders geheißen. Doch dank ihrer kurzen Ehe mit Sir Peter Meredith – der nach einer Nacht seiner bevorzugten sexuellen Aktivitäten in einem Bordell in Thailand ohne Erben im Drogenrausch aus dem Leben geschieden war – war sie jetzt Lady Meredith.

»Was weißt du schon über Swimmingpools im Keller?«, fragte sie, hob eine elegant gebogene helle Augenbraue und zog mit ihren schön geformten, diskret geschminkten Lippen einen kleinen Flunsch. »Ich verstehe nicht, wieso du überhaupt einen willst. So was ist doch absolut neureich.«

»Deswegen ja.« Als sie das Gesicht verzog, fügte er grinsend hinzu: »Schau, ich bin ein berühmter Popstar – ein berühmter schwuler Popstar –, die Leute erwarten Exzesse von mir, in allen Bereichen.«

»Exzesse schon, aber keinen schlechten Geschmack. Schwule sind bekannt für ihren ausgezeichneten Geschmack.«

»Ja? Also, mein guter Geschmack muss sich darauf beschränken, dich zur Freundin gewählt zu haben. Abgesehen davon wird der Typ dir gefallen.«

»Reich?«

»Ja.«

»Hetero?«

»Eindeutig, aber er wird dir nicht wegen dem gefallen, *was* er ist, sondern, *wer* er ist.«

»Er ist Architekt. Na und?«

»Er ist Architekt, und seine Mutter ist zufällig die Herzogin von Lenchester.«

Augenblicklich wurde Charlottes Blick hart, ihr Gesicht ausdruckslos und ihr Körper starr.

Nat wusste jedoch genau, dass ihre Erstarrung nur Tarnung war. Sie waren zusammen aufgewachsen, er und Char. Sie hatten sich schon gekannt, bevor sie aus demselben Grund in demselben Kinderheim gelandet waren: beide Waisen von Müttern, die von dem Elend und der Not ihres Lebens zu erschöpft waren, um sich noch ans Leben zu klammern, beide verlassen von Vätern, die sich keinen Dreck um sie scherten.

Nat wusste alles über die Vergangenheit, die Char hinter sich gelassen hatte: ihre alkoholkranke Mutter, ihr Unterwelt-Vater, der von »Freunden«, die er betrogen hatte, in Stücke gehackt worden war. Sie hatten in derselben Straße gewohnt und auf denselben schmutzigen Bordsteinen gesessen, die Füße im Rinnstein, weil sie wussten, dass es auf der Straße sicherer war als hinter ihren Haustüren: in ihrem Fall ein Vater, der Tochter und Frau schlug, und in seinem Fall eine Mutter, deren Zuhälter sie und Nat regelmäßig verprügelte.

Char hatte ihm alles über die feine reiche Frau erzählt, mit der ihr Vater bumste. Sie hatte ihm die blutverschmierten Seiten der Zeitschrift gezeigt, die sie ihrer Mutter geklaut hatte, und auf denen Lady Emerald und ihr Sohn zu sehen waren.

Damals hatten sie gedacht, schlimmer als die Gewalt, die sie zu Hause erlebten, könne ein Leben nicht sein. Im Kinderheim waren sie eines Besseren belehrt worden. Dort hatten sie dieselben Entbehrungen und Demütigungen erlitten und waren Zeugen derselben Misshandlungen geworden – emotional, körperlich und sexuell. Charlotte hatte ihr Köpfchen eingesetzt, um nicht zum Opfer zu werden, dennoch hatte dieses Leben seine Narben hinterlassen. Die Täter mochten andere gewesen sein, doch die Lektionen, die sie gelernt hatten, waren dieselben gewesen: Sex war eine Ware, und auch menschliches Fleisch war nicht mehr als eine Ware. An einem Menschen war nichts, was nicht benutzt und ausgeschlachtet werden konnte, um Profit zu machen. Wichtig war nur, dafür zu sorgen, dass der Profit in der eigenen Tasche landete und nicht in der von jemand anderem. Nat und Char hatten diese Lektion sehr früh gelernt.

Nicht dass man es ihnen jetzt noch ansah. Er mit seinem Erfolg als Popstar, der die Charts stürmte und der sich öffentlich zu seiner Homosexualität bekannte, und Char, die aussah wie eine modernere und schönere Version von Grace Kelly, ganz kühle Eleganz und Hochmut, die Art von Frau, bei der einer gewissen Sorte Mann der Schaum vor dem Mund steht vor Lust, sie ins Bett zu kriegen.

»Also, worum geht's bei der ganzen Sache?«, brach Charlotte schließlich das Schweigen und fügte ironisch hinzu: »Es ist nicht mein Geburtstag.«

Nat lachte. »Nein, aber ich bin dir noch etwas schuldig. Ich habe nicht vergessen, wie du die Sache mit Cary für mich geregelt hast.«

»Dafür sind Freunde doch da. Ich steh doch nicht rum und lasse zu, dass er dich erpresst, erst recht nicht, wenn ich genau weiß, dass er dich mit den Fotos von euch beiden gelinkt hat.«

»Hat mich gelinkt und sich dann verpisst. Das Arschloch.« Als Char die Augenbrauen hochzog, musste er grinsen. »Okay, ich hatte ja meinen Spaß mit ihm – eine Zeitlang, aber in bestimmten Teilen Amerikas wäre es nicht gut angekommen, und ich hatte doch diese Tournee vor mir.«

»Bei der du, wenn ich mich recht erinnere, dreißig Millionen Dollar verdient hast.«

»Das glaubt das Finanzamt«, prahlte Nat. »Die anderen dreißig Millionen sind in einer Offshore-Steueroase gebunkert.«

»Erzähl mir mehr über diesen … Architekten.«

»Da gibt's nicht viel zu erzählen. Ich habe einige Arbeiten von ihm gesehen, und sie haben mir gefallen, also habe ich mir von jemandem, für den er gearbeitet hat, seine Nummer geben lassen. Da wusste ich noch nicht, wer er war. Erst als ich gestern sein Foto in der *Times* gesehen und gelesen habe, dass er der neue Kronprinz von Lauranto ist.«

»Und verlobt ist«, fügte Charlotte hinzu.

»Das auch. Also, bist du hier und lässt ihn rein, damit er sich das Haus ansehen kann, oder muss ich einen neuen Termin mit ihm vereinbaren?«

»Ich überleg's mir und sag dir Bescheid.«

»Ich fahre morgen früh.«

»Pech gehabt. Abgesehen davon, hältst du doch gern die Luft an vor Spannung.«

»Miauuu«, konterte Nat, unbeeindruckt von ihrer Anspielung darauf, dass er auf die Sexualpraxis der Atemkontrolle stand, ein »Vergnügen«, in das er von dem perversen Betreuer eingeführt worden war, der ihn rannahm, als er noch keine Woche im Kinderheim war.

Doch er hatte Rache geübt. Allerdings hatte er sich dann mit den anderen bei der Beerdigung die Augen aus dem Kopf geheult über den »zu frühen« Tod »des wunderbaren Mannes«, der so viel Zeit der Wohltätigkeitsarbeit mit verwaisten Kindern gewidmet hatte. Dabei war Nat bestimmt nicht der Einzige gewesen, der sich darüber gefreut hatte, dass Franks Besessenheit vom orgiastischen Höhepunkt einer Nahtoderfahrung tatsächlich zu seinem Tod geführt hatte.

In ihrem eleganten Stadthaus in Belgravia mit seiner cremefarbenen Stuckfront, den glänzend gestrichenen schmiedeeisernen Handläufen und den Blumenkästen auf den Fensterbänken im Erdgeschoss, um deren Bepflanzung sich der Chelsea Gardener kümmerte, ging Charlotte in ihrem Wohnzimmer im ersten Stock auf und ab. Ihre Stilettos versanken in dem dicken Teppich, der gerade den richtigen gebrochenen Weißton hatte, um elegant zu sein und nicht vulgär.

Sie war nicht mehr Charmaine Carter, das illegitime Kind eines East-End-Geldeintreibers, für den ihre Mutter nicht gut genug gewesen war, um mit ihr zusammenzuleben, geschweige denn, sie zu heiraten, der jedoch immer wieder vorbeigekommen war, um sie halb bewusstlos zu schlagen und sie dann so lange mit Alkohol abzufüllen, bis er den Sex haben konnte, den er bevorzugte – Sex, wie er ihn bei den Damen der feinen Gesellschaft, mit denen er sich gern zeigte und mit denen er prahlte, nicht haben konnte. Schmerz und Angst hatten ihren Vater sexuell erregt, besonders wenn Blut im Spiel war und Geschrei. Er hatte ihre Mutter verachtet, und doch war er eifersüchtig gewesen wie der Teufel, wenn er glaubte, ein anderer schnüffelte bei ihr herum. Die kleinste Übertretung der Regeln, nach denen er sie zu leben zwang, führte zu noch mehr Gewalt. Charlotte selbst hatte er einfach ignoriert, als existierte sie gar nicht. Er hasste Kinder, hatte er ihr einmal gesagt, und wenn es nach ihm gegangen wäre, wäre sie gar nicht geboren worden. Ihre Mutter hatte ihr erzählt, sie habe nur deshalb keine Fehlgeburt gehabt, weil er sie so arg verprügelt hatte, dass sie praktisch für die letzten drei Monate der Schwangerschaft ins Krankenhaus gekommen war, wo sie vor weiteren Gewaltausbrüchen sicher war.

Schon als Kind – noch vor dem Tod ihrer Mutter – hatte Charlotte sich geschworen, dass sie niemals so enden würde wie ihre Mutter, und das würde sie auch nicht.

Jetzt war sie Lady Meredith, Witwe eines Baronets. Zwar trug sie einen Titel, doch sie wurde von der Oberschicht, in die ihr verstorbener Mann hineingeboren worden war, nicht akzeptiert. Nicht dass es sie scherte. Sie war genauso gut wie die. Ja, in Wirklichkeit sogar besser.

Sie blieb stehen. Ein unternehmungslustiger Innenausstatter, begierig, der neuen aufstrebenden reichen Schicht Londoner zu helfen, ihre gepflegten Londoner Häuser im alten Glanz zu restaurieren, hatte den Spiegel, der jetzt über ihrem georgianischen Kamin hing, von seinem Ursprungsort entfernt.

Charlotte war sogar noch einen Schritt weitergegangen, sie hatte sich über die Geschichte des Hauses kundig gemacht und den Kamin selbst aufgestöbert. Zu ihrem Glück hatte ein Nachbar das Haus seiner Familie zum Kauf angeboten, und so hatte Charlotte ihrem Lieferanten einen Tipp geben können, wo er die Kamineinfassung finden würde, die sie haben wollte.

Sie betrachtete ihr Konterfei im Spiegel. Ihr blondes Haar war zu dem glatten, weichen Chignon nach hinten gekämmt, den sie so gern trug (denn er brachte die Perfektion ihrer Knochenstruktur ebenso vollkommen zur Geltung wie die antiken Perlenohrringe, ein Geschenk eines Liebhabers).

Ihre Augen waren das Einzige, was ihr nicht an ihr gefiel, denn sie hatten dieselbe Farbe wie die ihres Vaters. Zum Glück verbargen dunkelblaue Kontaktlinsen diese Tatsache. Charlotte wusste, dass sie eine atemberaubend schöne Frau war. So zu denken war nicht Eitelkeit geschuldet, es war schlicht und ergreifend eine Tatsache. So wenig großzügig das Schicksal bei der Wahl ihrer Eltern gewesen war, so verschwenderisch hatte es sich bei ihrem Aussehen gegeben. Groß, schlank, mit hohen, straffen, perfekt tropfenförmigen Brüsten, konnte Charlotte sich nicht für die Mode begeistern, möglichst braun zu werden. Ihre Kindheit hatte ihr das Selbstbewusstsein gegeben, nach eigenen Regeln zu leben. Bevor Coco Chanel Sonnenbräune in Mode gebracht hatte, hatte gebräunte Haut eine Frau auf den ersten Blick als arm gebrandmarkt. Nur Mitglieder der Arbeiterklasse arbeiteten unter freiem Himmel, ihre Haut war der Sonne ausgesetzt. Ja, in vergangenen Jahrhunderten hatten die Frauen der Aristokratie sich das Gesicht sogar mit giftigem Bleiweiß angemalt, um ihre Haut blass zu machen.

Charlotte hatte, wie die Amerikaner sagten, »die Rechnung aufgestellt«: blasse Haut gleich Privilegien, Privilegien gleich Wohlstand, Status und vor allem »Klasse«. Wie ihr von Natur aus blondes Haar und ihre elegante Knochenstruktur war ihre blasse Haut etwas, was es sorgsam zu bewahren galt.

Das Wohnzimmer mit Fenstern zu zwei Seiten überblickte vorne die Straße und hinten ihren kleinen privaten Garten. Der Raum war mit Antiquitäten möbliert und in verschiedenen Cremeschattierungen mit einzelnen Akzenten in Maulwurfsgrau, Grau und Schwarz ausgestattet – eine Farbpalette, in der sich die weichen Creme- und Beigetöne von Charlottes Garderobe wiederfanden.

Niemand – nicht einmal Nat, ihr bester Freund – wusste, dass sie nach Peters Tod endlos in Büchern über Etikette und Lebensart gestöbert hatte, um ihr Image als Lady Meredith zu kreieren. Peters Mutter und der Rest seiner Familie mochten sich weigern, sie anzuerkennen und etwas mit ihr zu tun zu haben, doch daran lag ihr nichts. Sie fand es toll, dass Peter den Titel von einem unverheirateten Onkel geerbt hatte und seine Mutter und sein Vater keinen Titel besaßen, denn das hieß, dass Charlotte jetzt, da sie Lady Meredith war, den Vorrang vor ihnen hatte, sollten sie einmal zufällig bei formellen Veranstaltungen aufeinandertreffen. Nicht dass das wahrscheinlich war. Peters Eltern bewegten sich in ganz anderen Kreisen als sie: langweilige Landgesellschaften mit gleichermaßen langweiligen Landmenschen. Charlotte stand auf reiche, intelligente, gut aussehende Männer, vorzugsweise verheiratet. Heiraten konnte sie nicht noch einmal, denn dann würde sie ihren Titel verlieren und vermutlich auch ihre Unabhängigkeit, und sie war nicht bereit, eines von beidem zu opfern.

»Aber du könntest einen reichen Ehemann haben«, pflegte eine ihrer nicht ganz so intelligenten Freundinnen zu sagen. Charlottes Erfahrung mit reichen Männern war die, dass sie nicht sehr begierig waren, Geld für ihre Ehefrauen auszugeben. Ganz anders jedoch, wenn es um ihre Geliebten ging. Nicht dass Charlotte sich je als Geliebte oder gar als Mätresse betrachtet hätte. Das Wort »Geliebte« weckte vulgäre Assoziationen und erinnerte sie immer an etwas wie Besitz – fast so schlimm wie Ehe. Nein, Charlotte war keine Geliebte. Sie war eine nach außen hin äußerst charmante, elegante, kultivierte Frau, die im Privaten erfreulich viel Erfahrung damit hatte, dass Männern sexuelle Befriedigung genauso wichtig war wie Diskretion.

Von allen Männern, mit denen sie je geschlafen hatte, bevorzugte Charlotte Amerikaner, besonders Angehörige der privilegierten weißen Mittelschicht. Sie waren so protestantisch und so moralisch und so voller Schuldgefühle, weil sie das Ehegelübde brachen, dass sie, wenn es am Ende einer Affäre um Entschädigung ging, sehr großzügig waren. Doch auch Charlotte spielte ihre Rolle, glaubte ihnen immer, wenn sie behaupteten, sie wären zu Hause unglücklich, würden ihre Frauen verlassen, etc. pp., während sie doch genau wusste, dass sie nichts anderes wollten als Sex. Auch ihr Bedürfnis nach Diskretion kam Charlotte zupass. Schließlich hatte sie nach außen einen Ruf zu wahren. Niemand erwartete, dass eine Frau von zweiunddreißig Jahren lebte wie eine Nonne, doch es gab gewisse Konventionen, an die man sich hielt. Die wilden Exzesse ihrer Jugend hatte sie unter den Teppich gekehrt – die Jahre als Model, als sie von den fetten, kahlen Männern mit den aufgedunsenen Gesichtern, die das Modegeschäft beherrschten, betatscht und gefickt worden war. Ihre Ehe mit Peter, einem Drogenabhängigen mit Todeswunsch, der nur bei den heruntergekommensten Nutten einen hochbekam, nachdem er von ihnen halb bewusstlos geschlagen worden war, und der sie nur geheiratet hatte, weil sie sich einverstanden erklärt hatte, sich zu verkleiden und für ihn die Rolle einer Straßenhure zu spielen, hatte es ihr ermöglicht, die tiefe Kluft zu überwinden, die ihre Vergangenheit von ihrer Gegenwart trennte.

Nicht dass sie noch mit Männern schlafen musste, um ihr Bankkonto zu füllen. Das Bettgeflüster einiger guter protestantischer amerikanischer Banker hatte ein paar brauchbare Tipps für Aktienkäufe abgeworfen, und sie hatte tatsächlich ein hübsches Sümmchen gemacht. Sie besaß ein ziemlich gutes Händchen für Geld und kluge Investitionen, sodass sie jetzt, auch wenn sie nicht wie Nat heimlich irgendwo dreißig Millionen Pfund gebunkert hatte, doch nicht weit davon entfernt war.

Sie hatte einen Titel, war wohlhabend und schön und lebte

das Leben, das sie sich vor vielen Jahren erträumt hatte, als sie mit den Füßen im Rinnstein neben Nat gesessen und mit ihm die Fotos in der *Vogue* betrachtet hatte, die ihre Mutter gekauft hatte, weil ihr Vater mit dem vornehmen Weibsbild prahlte, das er gerade Nacht für Nacht durchbumste.

Emerald und ihr Sohn. Charlotte sah das Foto heute noch vor sich. Doch nicht Emerald hatte ihren aufgebrachten Blick auf sich gezogen, sondern vielmehr ihr Sohn, Robbie, ein Junge, der, dem Artikel zufolge, nur ein Jahr älter war als sie und der alles hatte, was sie nicht hatte. Robert Lenchester. Sohn eines Herzogs. Das Kind einer reichen, verwöhnten Mutter aus der feinen Gesellschaft, die ihn vor allem beschützte. Charlotte hatte ihn dafür gehasst, dass er vor einem Leben wie dem ihren abgeschirmt und behütet wurde. Sie hatte imaginäre Gespräche mit ihm geführt, in denen sie ihn gezwungen hatte, den Platz mit ihr zu tauschen, wenn auch nur für eine Weile, weil es nicht fair war, dass er so ein gutes Leben hatte und sie so ein mieses.

Zwei Kinder, die in ganz verschiedenen Welten aufwuchsen, deren Welten sich jedoch berührt hatten, weil ihre Eltern miteinander ins Bett gingen. Ihre Mutter war von Lady Emerald besessen gewesen, viel mehr als von den anderen Weibergeschichten ihres Vaters.

»Sie ist nichts«, hatte ihr Vater bei einem Streit zu ihrer Mutter gesagt. »Sie ist nur eine dämliche Schlampe, genau wie du. Ihr seid doch alle gleich, außer dass die vornehmen Weiber die Beine breiter machen.«

Robert. Charlotte hatte seit Jahren nicht an ihn gedacht, und es gab eigentlich auch keinen Grund, jetzt an ihn zu denken. Und auch keinen Grund, ihn sehen zu wollen. Sie würde Nat sagen, er solle einen neuen Termin machen, wenn er zu Hause wäre.

Katie war besorgt und unglücklich. Nicht nur darüber, wie Zoë sich plötzlich benahm, sondern auch, weil Tom sie nicht wie versprochen angerufen hatte. Zuerst hatte sie gedacht, sie hätte seinen Anruf verpasst, doch als sie Zoë danach gefragt hatte, hatte die sich, zu Katies Beschämung, schuldbewusst die Hand auf den Mund geschlagen.

»Oh, Mist, ich habe vergessen, dir etwas von Tom auszurichten, nachdem ich letzte Woche zu Hause war. Er hat mich gebeten, dir zu sagen, er hoffe, du hättest das, was er neulich beim Mittagessen gesagt hat, nicht zu ernst genommen, und es tue ihm leid, wenn dem so sei. Er hat was gesagt von wegen, es hätte ihm Spaß gemacht, dich auf den Arm zu nehmen.« Zoë zuckte wegwerfend die Achseln. »Typisch für ihn, dass er sich über dich lustig macht, um mich zu ärgern, weil du meine beste Freundin bist. Oh!«, hatte sie ausgerufen, als sie Katies bestürztes Gesicht gesehen hatte. »Jetzt bist du traurig. Nicht, Katie. So ist Tom eben.«

Katie war verzweifelt gewesen – und war es noch –, doch sie konnte nichts tun, außer zu lernen, mit ihrer Enttäuschung und ihrem Schmerz zu leben und sich nichts anmerken zu lassen. Irgendwie konnte sie, obwohl sie so eng befreundet waren, nicht mit Zoë darüber reden, dass sie sich in ihren Bruder verliebt und das Gefühl gehabt hatte, ihm ginge es ähnlich. Während Zoë stundenlang über ihren Kummer und ihre Enttäuschung reden konnte, war es doch nicht ihre Art, anderen zuzuhören, wenn sie über ihre Angelegenheiten sprachen, musste Katie sich kleinlaut eingestehen. Zögernd erinnerte Katie sich, dass Emma an Weihnachten gesagt hatte, Zoë sei egoistisch und rücksichtslos.

Doch Zoë hatte genug am Hals. Sie war ganz außer sich gewesen über das, was Axel gesagt hatte, und es war nur natürlich, dass sie sich nicht auch noch um andere Gedanken machen konnte. Katie bewunderte Zoë für ihre resolute Entscheidung, nichts mehr mit ihm zu tun haben zu wollen, und hatte ihr

Bestes getan, um Zoë zu unterstützen, indem sie mit ihr ausgegangen war und sie beschäftigt gehalten hatte.

Doch in den letzten Tagen hatte sich etwas verändert. Zoë war immer heimlichtuerischer und in sich gekehrter geworden und zuweilen sogar richtig garstig. Katie hatte das natürlich auf ihren Kummer zurückgeführt. Schließlich wusste sie selbst, wie sich das anfühlte. Doch vor drei Tagen hatte Zoë einen ausgewachsenen Wutanfall bekommen. Sie waren in einem Oxforder Pub gewesen und hatten in aller Ruhe ein Glas getrunken, als ein Junge, Miles Saunders, den sie aus Macclesfield kannte und dessen Familie gesellschaftlichen Umgang mit ihren Großeltern pflegte, Katie angesprochen hatte. Er war mit ein paar Freunden da – Jungen und Mädchen –, und er hatte vorgeschlagen, Katie und Zoë sollten sich doch zu ihnen setzen. Ohne sich etwas dabei zu denken, hatte Katie zugestimmt. Sie hatte die Gesellschaft genossen und sich gut amüsiert, und sie hatte gedacht, Zoë ginge es auch so. Doch auf dem Heimweg hatte Zoë eine der jungen Frauen nachgeäfft und sich über sie lustig gemacht – Fran, die Katie besonders gemocht hatte. Als Katie protestiert hatte, hatte Zoë die Beherrschung verloren und Katie beschuldigt, sich mit Fran anfreunden zu wollen und ihre Gegenwart der von Zoë vorzuziehen. Natürlich hatte Katie dergleichen abgestritten, doch Zoë war unversöhnlich geblieben.

Seither war es von Tag zu Tag schlimmer geworden, sehr viel schlimmer. Am folgenden Abend war Zoë einfach nicht nach Hause gekommen, nachdem sie das Haus am Morgen verlassen hatten, um in ihr Seminar zu gehen. Sie kam erst am nächsten Morgen heim und wollte Katie nicht erzählen, wo sie gewesen war, doch sie hatte dunkle Ringe unter den Augen, ihr Gesicht war aschfahl, und beim Blick in ihre Augen wurde Katie angst und bange.

An diesem Morgen hatte Katie dann etwas gesehen, was sie sehr beängstigte. Sie hatte Zoë, die noch im Bett lag, eine Tasse

Tee nach oben gebracht, weil sie die Situation mit ihr bereinigen wollte.

Sie war überrascht gewesen, ihre Freundin hellwach vorzufinden: Sie lag auf dem Bett, immer noch voll bekleidet, starrte an die Schlafzimmerdecke und rauchte einen Joint.

»Zoë!«, hatte Katie angesetzt, doch Zoë hatte ihre Tüte ausgedrückt, sich auf die Seite gerollt und Katie den Rücken zugewandt. Und da hatte Katie die Striemen an Zoës Armen gesehen, dünne, blutverkrustete Schnitte, die aussahen, als hätte jemand Zoës Arme mit spitzen Fingernägeln oder Messern beharkt. Katie zweifelte keinen Augenblick daran, dass diese Verletzungen absichtlich herbeigeführt worden waren. Vor ihrem geistigen Auge stand sofort das Bild von Axel mit seinem grausamen, spöttischen Lächeln.

»Zoë, deine Arme«, hatte Katie schockiert und in Sorge um ihre Freundin gesagt.

»Das ist nichts«, war Zoë wütend aufgefahren. »Ich bin gestürzt und hab mich gekratzt. Das ist alles.«

Katie hatte den Verdacht, dass das nicht der Wahrheit entsprach. Und jetzt steckte sie in einem sehr schwierigen Dilemma. Sie wusste, dass Tom nicht gutheißen würde, was Zoë tat, und dass er sich – genau wie Katie – vor allem Sorgen um sie machen würde. Doch Tom hatte sich nicht wie versprochen bei ihr gemeldet. Deswegen zögerte sie, ihn im Haus von Zoës Eltern in London, wo er lebte, anzurufen. Wenn sie sich jetzt an ihn wandte, dachte er womöglich, sie benutzte Zoë als Vorwand, sich ihm anzunähern, und das wollte sie nicht.

Katie hatte den Tee auf Zoës Nachttisch gestellt und sich auf die Bettkante des großen Betts gesetzt, die einzige Stelle, die nicht mit Kleidern, Büchern und anderem Kram überhäuft war.

»Ich weiß, dass du sauer bist auf mich, Zoë«, hatte sie gesagt, »und … du triffst dich mit Axel, nicht wahr?«

Bei diesen Worten war Zoë wie elektrisiert herumgeschossen, die Hände zu Fäusten geballt, in den Augen wütende Blitze.

»Und wenn?«, hatte sie sie angefahren. »Was ich tue, geht dich einen feuchten Kehricht an. Und jetzt lass mich in Ruhe, ja? Hätte ich doch bloß nie vorgeschlagen, dass wir zusammenwohnen. Manchmal glaube ich, ich hasse dich mehr als alle anderen auf der Welt, Katie.«

11

Robert bezahlte das Taxi und schaute auf seine Uhr. Es war eine Patek Philippe, die ursprünglich seinem Namensvetter und Vorgänger gehört hatte, und sie war Robert umso kostbarer, weil er sie von seinem Stiefvater, dem gegenwärtigen Herzog, bekommen hatte. Er hatte diesen Termin absagen wollen, doch der reiche Popstar, der ihn zu Rate ziehen wollte, weil er im Keller seines Hauses einen Swimmingpool einbauen lassen wollte, hatte sich nicht abwimmeln lassen: Er habe einige von Roberts Arbeiten gesehen und wolle partout keinen anderen Architekten. Am Ende war es, wie Robert sich eingestand, leichter gewesen, einfach nachzugeben.

Vom Fenster des Wohnzimmers im ersten Stock von Nats Haus beobachtete Charlotte diskret, wie Robert sich der Eingangstür näherte. Angesichts der kurzen Zeitspanne, die ihr zur Verfügung gestanden hatte, war sie ziemlich stolz darauf, wie viele Informationen sie über den frischverlobten zukünftigen Kronprinzen von Lauranto zusammengetragen hatte. Was für ein vom Glück begünstigter Mann! Als Mann genauso wie schon als Kind. Einer von denen, für die immer alles gut auszugehen schien, ohne dass sie irgendetwas tun mussten, um sich das Glück, das ihnen in den Schoß fiel, zu verdienen. Charlotte spürte, wie sich ihr Magen verkrampfte. Sie konnte ihn jetzt schon nicht leiden, genau wie als Kind.

Robert stieg die Steinstufen hinauf und griff nach dem Klopfer an der Tür, die so glänzend lackiert war, dass er fast sein Gesicht darin erkennen konnte. Die dunkelrote Farbe passte exakt zu den Geranien, die in den Blumenkästen links und rechts der Tür wuchsen und deren grünes Blattwerk einen hübschen Kontrast bildete.

Äußerlich bot das Haus – genau wie der Nachbar zur Linken – eine makellose und elegante Erscheinung, obwohl Robert nicht wusste, ob das der Tatsache zu verdanken war, dass der Besitzer, der sich öffentlich eher extravagant gab, ein unerwartetes Gespür für Eleganz besaß, oder dem Druck durch die Nachbarschaft.

Charlotte nahm sich Zeit und freute sich, als sie Robert beim Öffnen der Tür dabei erwischte, wie er auf seine Uhr schaute.

Robert schüttelte die Manschette seines Hemds und den Ärmel seines Anzugs aus der Savile Row herunter, drehte sich um und blieb wie angewurzelt stehen.

Dass die Frau, die vor ihm stand, womöglich die schönste Frau war, der er je begegnet war, war Fakt, genau wie seine Überraschung, denn Nat Richards bekannte sich offen zu seiner Homosexualität. Doch das war es nicht, was ihn erstarren ließ, während sein Herz wie wild pochte.

Die Frau, die ihn beobachtete, auf ihn wartete, mochte äußerlich eiskalt und hochmütig wirken, doch Robert spürte ihre Sinnlichkeit, die so mächtig war, dass sie ihn wie ein Stromstoß unvermittelt durchzuckte. Er wollte sie. Normalerweise hätte er diskret mit ihr geflirtet, und wenn er damit Erfolg hatte, die Dinge weiterentwickelt, bis sie ein Paar wurden. Normalerweise. Doch was einst normal gewesen war für ihn, war jetzt Vergangenheit. Von nun an bedeutete Normalität, Olivia zu heiraten und ihr treu zu sein. Robert war fest entschlossen, treu zu sein. Treue war ihm wichtig. Das Kind, das er einst gewesen war, wusste das nur zu gut.

Er trat von der Tür zurück, verärgert über sein lästiges Verlangen und die Frau, die es geweckt hatte.

All das entging Charlottes unerschütterlichem blauem Blick nicht. Sie war sich seiner genauso bewusst wie er sich ihrer. Es verlieh ihr ein wildes Gefühl der Befriedigung, in seinen Augen zu sehen, was sie in den Augen so vieler Männer gesehen hatte. Er wollte sie. Das zu wissen gab ihr ein Gefühl der Macht und der Kontrolle. Es verschaffte ihr einen Vorteil über ihn, machte sie »besser« als ihn. Jetzt konnte sie sich eingestehen, dass sie genau darauf gehofft hatte: Dass er sie ansehen und wollen würde, genau wie sie einst die Zeitschrift angesehen und verzweifelt gewollt hatte, was er hatte und was er war. O ja, er wollte sie, und er konnte sie haben, aber er würde dafür bezahlen; und der Preis, den er bezahlen musste, war, dass sie ihn und alles, was er repräsentierte, durch den Dreck ziehen würde.

Lebensverändernde Entscheidungen wurden also binnen zwei Sekunden getroffen, zwischen zwei Herzschlägen, ein Weg wurde verworfen, cin anderer gewählt, und kaum war ein Schritt auf diesem Weg getan, war das Schicksal besiegelt. Ein Gefühl der Macht und Erregung durchfuhr sie, das Bewusstsein dafür, gerade eine Herausforderung angenommen zu haben, schoss prickelnd durch ihre Adern. Sie konnte die Finger davon lassen – und von ihm. Sie musste nur die Tür zumachen und ihn ausschließen. Sie konnte ein anderes Schicksal wählen und ihn dem seinen überlassen – der Krone, der ach-so-passenden Zukünftigen, dem Leben, in das er hineingeboren worden war. Sie *konnte*, aber Charlotte wusste, dass sie es nicht tun würde.

Sie trat vor. »Charlotte Meredith«, stellte sie sich vor. Sie konnte diese Worte nie sagen, ohne im Geiste *»Lady«* Meredith hinzuzufügen, doch natürlich schickte sich das nicht. Stattdessen fügte sie ruhig hinzu: »Ich weiß, dass Sie gekommen sind, um Nat zu sehen.«

Charlottes Stimme war tief und melodisch – in ihrer Zeit

als Model hatte sie Unterricht in Sprechtechnik genommen, um ihren East-End-Akzent loszuwerden. Ihr Lächeln, dazu angetan, jeglichen Widerstand zum Schmelzen zu bringen, war warm, sinnlich und unaufdringlich. »Er musste leider beruflich weg. Ich hoffe, es macht Ihnen nichts aus, mit mir vorliebzunehmen.«

Ihr Lächeln sagte, dass sie natürlich wusste, dass kein Mann, der bei Gesundheit und bei Verstand war, dagegen etwas einzuwenden hatte.

Robert spürte förmlich das Kraftfeld ihres Selbstbewusstseins, als sie zurücktrat und ihn mit einer Geste in die Halle bat. Sie trug dieses Selbstbewusstsein wie eine Herausforderung vor sich her und verspottete damit andere, die weniger vom Schicksal begünstigt waren. Robert spürte, dass er mit defensiver Zurückweisung darauf reagierte. Ja, die ganze Person ließ seine Haut kribbeln vor Misstrauen – vor Misstrauen oder sexuellem Begehren?

»Dann komme ich wohl besser ein andermal wieder«, erklärte er kurz angebunden. »Schließlich muss ich mit Nat besprechen, ob ein Swimmingpool im Keller machbar ist.«

Eine helle Augenbraue wurde hochgezogen. »Warum? Immerhin haben Sie Pläne für ähnliche Projekte gezeichnet und deren Bau überwacht. Dazu ist doch sicher nicht mehr erforderlich, als ein paar Maße zu nehmen?«

»So einfach ist das nicht. Solche Projekte haben es an sich, immer neue Probleme aufzuwerfen.«

Charlotte zog einen kleinen Flunsch.

Ihre Lippen waren voll und in einem weichen, matten Rot geschminkt, als wäre sie geküsst worden und der Glanz des Lippenstifts wäre abgerieben.

»In dem Fall möchten Sie vielleicht mein Untergeschoss ausmessen, denn ich wohne nebenan und habe mich von Nats Begeisterung für Ihren Swimmingpool im Keller anstecken lassen. Ich bin versucht, mir auch einen einbauen zu lassen.«

Sie spielte all ihren Charme aus, um unwiderstehlich zu sein, doch nicht für ihn. Er hatte andere Pläne.

»Mein Terminkalender ist im Augenblick ziemlich voll. Ich kann Ihnen aber gern einige andere Architekten nennen, an die Sie beide sich wenden können.«

Die Karten lagen offen auf dem Tisch, sie standen einander als Widersacher gegenüber.

Vor Zorn wurde Charlottes Rücken ganz starr. Sie wusste, wenn sie abgewiesen wurde. Sie musste es wissen. Sie hatte als Kind genug Abweisung erfahren, um alles darüber zu wissen.

»Vielen Dank, aber ich bin mir sicher, ich kann selbst jemand Geeigneten finden.«

Robert neigte den Kopf und sagte ruhig: »Wie Sie wünschen«, bevor er sich umdrehte, um zu gehen.

Er hörte, dass die Tür mit einem leisen Klicken geschlossen wurde, noch bevor er die unterste Stufe der Eingangstreppe erreicht hatte.

Sein Brustkorb wurde weit, als er tief durchatmete, um das wilde Pochen seines Herzens zu beruhigen. Seine Handflächen waren feucht vor Schweiß, und sein Herz raste, als wäre er nur knapp einer drohenden Gefahr entkommen. Plötzlich sehnte er sich nach Olivias entspannter, ruhiger Gegenwart.

In der Halle von Nats Haus machte Charlotte ihrer Wut Luft. Sie hatte die Hände zu Fäusten geballt, ihr Gesicht brannte, und die Jahre fielen von ihr ab, und sie war wieder das Kind, das mit den Füßen im Rinnstein hockte. Dabei hatte sie sich doch geschworen, dieses Kind für immer weit hinter sich gelassen zu haben.

Robert stand allein in der leeren Straße und ließ sich von der frischen Luft abkühlen.

Olivia. Er brauchte Olivia. Sein Verlangen nach ihr war das eines trockenen Alkoholikers nach Wasser, wusste er doch, dass Wasser besser für ihn war, während es ihn innerlich nach Schnaps verlangte.

Er würde sich heute Abend noch mit dem ersten Flug, den er kriegen konnte, auf den Weg nach New York machen. Dort war er sicher. Dort, bei Olivia, konnte er Charlotte Meredith vergessen.

»Hast du heute Abend schon was vor, Katie? Wenn nicht, würde ich dich gern fragen, ob du Lust hast, mit mir zu der Party zu gehen? Es sei denn, du triffst dich mit deinen neuen Freunden.«

»Red keinen Unsinn. Ich frage dich dauernd, ob du mitkommen willst, wenn ich mich mit ihnen treffe, aber du willst ja nie.«

»Weil sie langweilig sind. Im Gegensatz zu der Party, zu der ich eingeladen wurde.«

»Die Party ist hoffentlich nicht bei Alex, Zoë, denn wenn, gehe ich nicht mit.«

»Nein, bei einem Freund. Ich habe auch Freunde, weißt du.«

»Zoë, ich wünschte, du wärst nicht so.«

»Hör um Himmels willen auf, dauernd an mir rumzukritteln, ja, Katie? Du bist ja fast noch schlimmer als Tom. Er hat an Ostern nichts anderes gemacht, als mir Vorträge zu halten. Ich weiß nicht, wie seine neue Freundin es mit ihm aushält. Echt, keine Ahnung.«

Katies Herz tat einen heimtückischen und ekelhaften Schlag. Es war das erste Mal, dass Zoë Toms Freundin erwähnte, und es war so schrecklich, dass es Katie fast übel wurde vor Eifersucht und Elend. Dabei hatte sie sich doch so zugeredet, Tom zu vergessen und mit ihrem Leben weiterzumachen. Sie hatte Zoë absichtlich nicht nach ihrem Bruder gefragt, und jetzt wünschte sie sich, ihre Freundin hätte ihn nicht erwähnt. Es war dumm, immer noch gekränkt zu sein, weil sie wusste, dass sie ihm nichts bedeutete.

»Was ist los? Du bist ja ganz blass geworden?«, sagte Zoë.

»Nichts ist los, und ja, ich komme mit zu der Party.«

Zoë hatte wohl die Wahrheit gesagt, als sie behauptet hatte, Axel sei nicht der Gastgeber der Party, räumte Katie ein, als sie das überfüllte Wohnzimmer der Erdgeschosswohnung überblickte, doch sie hatte ihr verschwiegen, dass Axel unter den Gästen war.

Und zwar war er nicht irgendein Gast, sondern der wichtigste Gast, erkannte Katie, als sie die Gruppe von Verehrerinnen bemerkte, die den österreichischen Aristokraten umringte, der mitten im Raum Hof hielt.

Katie sank das Herz in die Hose. Axel im Kreis so vieler bewundernder, schmeichlerischer junger Frauen zu sehen würde Zoë überhaupt nicht gefallen.

Katie schaute in Richtung Küche, in der Zoë mit dem Alkohol verschwunden war, den sie mitgebracht hatten. Sie hatte versprochen, mit Drinks wiederzukommen. Katie wünschte sich schon, sie wäre zu Hause geblieben.

Aus den riesigen Lautsprechern dröhnte der erforderliche Hardrock mit solcher Lautstärke, dass einem die Ohren wehtaten, und der Marihuanaduft vermischte sich mit dem Qualm der Räucherstäbchen, die ein Quartett von jungen Frauen angezündet hatte, die mit ihren langen Haaren, ihren Klamotten und dem zugedröhnten Blick aussahen wie Zeitreisende aus den Siebzigern. Andere Partygäste, wie auch Katie, waren lässig in Jeans und T-Shirts gekleidet, doch die meisten Gäste waren in Gothic-Outfits gekommen und trugen die vielfältigsten Gesichtspiercings zur Schau, von einzelnen Knöpfen bis hin zu mehrfachen Piercings in Augenbrauen, Ohren, Nase und Lippen.

Ein muskulöser junger Mann in enger Lederjeans und Lederweste über seinem nackten, gebräunten und eingeölten Oberkörper grinste Katie im Vorbeigehen an und meinte: »Falls du Lust auf 'ne schnelle Nummer hast, ich wär bereit.«

Katie erwiderte sein Lächeln und schüttelte den Kopf. Sie war froh, als er ihre Ablehnung gutmütig aufnahm und sie noch einmal anlächelte, bevor er von der Menge verschluckt wurde.

Zoë war schon seit Ewigkeiten verschwunden, doch wer oder was auch immer ihre Rückkehr verzögerte, es war nicht Axel, denn der stand immer noch im Kreis seiner weiblichen Fans, keine zwei Meter von ihr weg.

Endlich kam Zoë wieder, doch sie war nicht allein, sondern hing am Arm eines zugedröhnten Rockers, lehnte sich an ihn, als er ihr seinen Joint anbot, und kicherte, als er ihre Brüste begrapschte.

»Was ist aus meinem Drink geworden?«, fragte Katie, als Zoë und ihr Begleiter näher wankten.

»Ich hab dir dafür Kieron mitgebracht«, erwiderte Zoë. »Er ist Ire und wild, so wie ich die Männer gerne hab. Komm, Kieron«, befahl sie. »Lass uns tanzen.«

Der Raum war so voll, dass eigentlich gar kein Platz war zum Tanzen, doch irgendwie gelang es Zoë, welchen zu machen. Vielleicht lag es auch daran, wie sie tanzte, dass man um sie und Kieron herum Platz machte, als sie ihn mit anzüglichen Bewegungen umkreiste.

Ein paar junge Männer schoben sich näher und klatschten langsam in die Hände, als Zoë sich vor Kieron wand, bis er sie packte und anfing, sie zu küssen und zu befummeln.

Mit jeder Bewegung, die Zoë machte, wuchs Katies Besorgnis. Es war offensichtlich, dass Zoës Varietévorstellung nicht Kieron galt, sondern Axel. Zu Axel wanderten ihre Blicke, für Axel wand sie sich, warf die Lippen auf und schob im Takt mit dem Klatschen das Becken vor.

»Ich will auch tanzen«, erklärte eine der jungen Frauen, die bei Axel standen, und drängte sich in Zoës Richtung. Sie war groß und dünn und hatte blondes Haar, und sie begann, sich neben Zoë zu winden, äffte Zoës Bewegungen nach und rückte ihr immer näher.

Als sie die Arme um Zoë schlang, jubelten die Gaffer, und

einer rief: »Hey, Axel, komm und sieh dir das an, hier treiben's die Mädels wild.«

Die Atmosphäre im Raum hatte sich verändert, ein testosterongeschwängertes sexuelles Vibrieren erfüllte die Luft, und Katie wich zurück und wäre am liebsten gegangen.

Das blonde Mädchen liebkoste jetzt Zoës Brüste. Unter Katies ungläubigen Blicken tat Zoë dasselbe bei ihr, die beiden rieben die Becken aneinander und betatschten sich gegenseitig, von den Männern bejubelt und angefeuert.

Katie war angewidert und entsetzt. Zoë wusste nicht, was sie tat. Unmöglich konnte sie das wissen.

Einige sangen jetzt: »Runter damit, wir wollen mehr sehen.« Katie wandte sich ab und erstarrte, als sie bemerkte, dass Axel direkt neben ihr stand. Wie war das passiert? Sie hatte nicht gesehen, dass er sich vom Fleck gerührt hatte, aber ihr Blick war schließlich auch unverwandt auf Zoë gerichtet gewesen.

Bei seinem von einem höhnischen Grinsen begleiteten »Willst du genauer hinschauen oder würdest du lieber mitmachen?« hob sich Katie der Magen.

»Nein«, erwiderte sie kurz angebunden. Er sollte weggehen. Zoë sollte aufhören. Sie wollte hier weg. Sie wandte Axel den Rücken zu und keuchte entsetzt auf, als seine Hand sich um ihr Handgelenk schloss und er mit dem Daumen über die Innenseite strich. Er stand hinter ihr und murmelte ihr etwas ins Ohr.

»Ich kann was mit dir machen, was uns beide viel mehr anturnt als die beiden Schlampen da.« Mit den Zähnen zupfte er an ihrem Ohrläppchen.

»Lass mich los!«, zischte Katie, deren ganzer Körper vor seiner Berührung zurückschreckte.

»Komm schon, du weißt, dass du es willst«, höhnte er.

Auf der Tanzfläche hatte die Blonde Zoë losgelassen und zog jetzt Oberteil und Jeans aus, sodass sie in String und Schuhen vor ihnen stand. Um nicht zurückzustehen, machte auch Zoë sich daran, ihre Kleider abzustreifen.

Entsetzt versuchte Katie noch einmal, sich aus Axels Griff zu lösen, denn sie wollte auf keinen Fall, dass Zoë sich noch mehr bloßstellte.

»Willst du zu deiner Freundin?« Axel schob sie durch die Menschenmenge zu dem engen Raum, auf dem Zoë und die Blonde herumzuckten.

Zoë schaute auf, sah sie und erstarrte augenblicklich, das Gesicht in Unglaube und Zorn verzerrt. Sie hatte vergessen, dass sie sich ausziehen wollte, und stürzte sich augenblicklich kreischend auf Katie. »Lass ihn los, du Flittchen, er gehört mir.«

»Oh, Zickenkrieg. Macht Platz, Leute«, rief Axel. »Sie sollen sich ganz ausziehen und einölen. Ich liebe es, wenn Mädchen sich prügeln.«

Katie versuchte, Zoë abzuwehren und ihr gleichzeitig zu erklären, dass sie auf dem Holzweg war und sie nicht das geringste Interesse an Axel hatte. Die Bedeutung von Axels Worten traf Katie erst mit voller Wucht, als sie sah, dass sich auch der letzte Partygast jetzt zu ihnen umgewandt hatte.

»Hier bleiben wir nicht. Wir gehen«, erklärte sie Zoë. »Reden können wir später.«

Irgendwie gelang es ihr, Zoë hinter sich her durch die Menschenmenge zu schleifen und sich den Weg zur Tür zu bahnen. Draußen verschlug ihr die kalte Luft schier den Atem.

»Lass mich sofort los«, keifte Zoë und riss sich los, ihre Miene und ihre Stimme voller Bitterkeit. »Du willst mir Axel ausspannen. Aber das lasse ich nicht zu, Katie. Er gehört mir.«

»Ich will Axel nicht, Zoë. Ich finde ihn widerlich«, entgegnete Katie.

»Lügnerin!«, zischte Zoë giftig.

»Oh, Zoë«, protestierte Katie, »siehst du nicht, was das für einer ist und wie er Menschen manipuliert?«

»Du bist hier die, die andere manipuliert. Versuchst mir einzureden, du wolltest ihn nicht, dabei sieht das doch ein Blinder. Du warst doch nicht mehr zu halten.«

»Überhaupt nicht. *Er* hat doch *mich* angemacht.« Zu spät erkannte Katie, dass sie das Falsche gesagt hatte.

Mit verzerrtem Gesicht schrie Zoë: »Lügnerin, Lügnerin«, bevor sie sich umdrehte, um zurück in die Wohnung zu gehen, die sie gerade verlassen hatten.

»Zoë«, protestierte Katie, »geh da nicht mehr rein. Komm mit mir nach Hause.«

Als Zoë innehielt und zu ihr zurückkam, dachte Katie, sie hätte gewonnen, doch Zoë blieb nur kurz vor ihr stehen und spuckte ihr ins Gesicht.

»Das halte ich von dir, Katie. Ich hasse dich. Du bist nicht mehr meine Freundin. Du bedeutest mir gar nichts. Ich wäre am liebsten eine Hexe, dann würde ich dich in eine kleine Puppe verzaubern und Nadeln reinstechen, damit du erleidest, was ich durch dich erleide. Aber du nimmst mir Axel nicht weg. Niemand nimmt ihn mir weg. Wir sind dazu bestimmt, für immer zusammen zu sein. Daran kann nichts und niemand etwas ändern.« Und dann wandte sie sich ab, lief zurück zum Haus und verschwand darin, während Katie sich mit zitternden Händen Spucke und Tränen aus dem Gesicht wischte.

»Robert!«

Olivia konnte ihre Überraschung und ihre Freude kaum verbergen, als sie sich an der Gegensprechanlage gemeldet hatte und entdeckte, dass der späte Besucher ihr Verlobter war. Sie öffnete die Tür und wollte ihn fragen, warum er nicht angerufen hatte, um Bescheid zu sagen, dass er käme.

Doch Robert ließ sie nicht zu Wort kommen, nahm sie mit weit mehr Nachdruck und Leidenschaft in die Arme als sonst und küsste sie, bis ihr die Luft wegblieb.

»Sieht ja ganz so aus, als hättest du mich vermisst«, neckte sie ihn, als er schließlich innehielt.

»Ich habe den ganzen Weg über den Atlantik an dich gedacht, an uns«, erklärte Robert ihr wahrheitsgemäß, umfasste ihre Brust und fuhr mit dem Daumen über ihre aufgerichteten Brustwarzen, während er ihren Duft einatmete. Jetzt, da er bei ihr war, würde alles gut werden – mit ihm würde alles gut werden –, und dieses verdammte ungewollte Sehnen, das *sie* in ihm geweckt hatte, würde ihn nicht länger quälen.

»Ich habe dich vermisst, Livvy. Fühl mal.« Olivia wusste nicht, was sie mehr überraschte, das offene Eingeständnis oder die Art, wie er ihre Hand nahm und auf seine Erektion legte.

Er küsste sie wieder, tastete sich mit der Zunge vor, suchte die ihre und liebkoste sie. Mit harten, ungeduldigen Händen riss er ihr das T-Shirt und den BH vom Leib und ließ beides in dem schmalen Flur auf den Boden fallen. Dann stöhnte er an ihrem Mund vor Begehren, als seine Finger mit ihren Brüsten spielten. Von ihren Brustwarzen schossen Fontänen der Erregung durch ihren ganzen Körper. In den Spiegeln auf beiden Seiten des schmalen Flurs konnte sie ihr Spiegelbild sehen, Roberts sichtliche Eile verstärkte ihre Erregung noch. Sie hatte ihn noch nie so erlebt, so gierig, dass er fast keine Kontrolle mehr darüber hatte.

Als er nach dem Reißverschluss ihrer Jeans tastete, half sie ihm, schälte sie sich vom Körper und stand in ihrem knappen weißen Baumwoll-Stringtanga stolz vor ihm. Sie betrachtete ihr Spiegelbild und sah, dass das gedämpfte Licht im Flur einen goldenen Schimmer auf ihre Haut warf, so dass sie zu glühen schien.

Im Spiegel bemerkte Robert, wie die Erregung Olivias Züge weicher machte. Sie war schön, sinnlich, verantwortungsvoll, sie war alles, was er sich von einer Frau wünschen konnte, und er hatte sich an sie gebunden. Olivia musste sein Begehren gelten und nicht …

Olivia keuchte, hin und her gerissen zwischen Überraschung und Erregung, als Robert vor ihr auf die Knie sank, mit beiden Händen ihren Körper umfasste und den Kopf in dem dunklen Dreieck aus Haar versenkte, das ihr Geschlecht bedeckte.

Ungeduldig schob er die Zunge zwischen ihre Schamlippen, seine gewohnte Raffinesse abgelöst von etwas Dunklerem und weitaus Sinnlicherem.

Robert verlor die Kontrolle, gab sich ganz seiner Begierde und seiner Leidenschaft hin. Olivia erschauderte, als sie auf seinen dunklen gesenkten Kopf hinabschaute und spürte, wie die warme Feuchte ihrer Erregung sich seiner fordernden Zunge entgegendrängte, und doch war ihr seltsam unangenehm zumute, und sie konnte sich nicht richtig gehenlassen.

Sie beugte sich vor und fasste Robert an der Schulter. »Im Schlafzimmer ist es bequemer.« Lächelnd streckte sie ihm die Hand entgegen. Bequemer oder weniger ordinär? Denn die Grobheit und das Ordinäre in dem, was sie im Spiegel sah, hatte die ansteigende Woge ihres Begehrens erstickt.

Robert nickte und nahm ihre Hand. Für einen Augenblick hatte er beinahe die Kontrolle verloren, hatte er beinahe vergessen, dass er mit Olivia zusammen war. Er war froh, dass Olivia ihn gebremst hatte. Und froh, dass er nach New York gekommen war, zu ihr. Hier bei Olivia war er sicher. Ihre ruhige, vernünftige Art sorgte dafür, dass er sicher war. Es war gut, alles war gut, er hatte nichts zu fürchten, besonders keine vorübergehende banale Reaktion auf eine Frau, die ihm überhaupt nichts bedeutete.

Später – nachdem sie sich geliebt hatten – erklärte Robert ihr, dass er, bevor er zu ihr gekommen war, bei ihren Eltern gewesen war, um sich bei ihrem Vater zu entschuldigen, dass er nicht um sein Einverständnis gebeten hatte, bevor er ihr einen Antrag gemacht hatte.

»Du bist sehr still. Du wünschst dir doch nicht etwa schon, du hättest nein gesagt?«, zog Robert Olivia, die neben ihm lag, den Kopf auf seiner Schulter, im Dunkeln auf.

»Nein«, sagte sie lachend. »Bestimmt nicht. Ich dachte nur gerade daran, dass Mom dauernd sagt, die Hochzeit sei sehr kompliziert.«

»Ist sie doch eigentlich gar nicht. Wir heiraten im September in London. Einen Monat später werde ich in der Kathedrale von Lauranto gekrönt. Der Erzbischof hat dafür vom Papst Dispens erhalten, denn meine Großmutter hat eigens ein Gesetz durchgebracht, welches erlaubt, dass ein Mitglied der Fürstenfamilie außerhalb der katholischen Kirche heiratet. Sobald ich Kronprinz bin, wird meine Großmutter einen Ball geben, um dich der Gesellschaft von Lauranto als meine Gemahlin zu präsentieren.«

»Nein, ich meinte, dass es die Dinge verkompliziert, dass wir in London heiraten.«

»Warum?«

Selbst die besten Männer können schwer von Begriff sein, wenn es um die Nuancen weiblichen Verhaltens und weiblicher Hackordnung geht, sinnierte Olivia.

»Deine Mutter hat die ganze Organisation unserer Hochzeit an sich gerissen, wo es traditionell doch eigentlich Aufgabe der Brautmutter ist.«

»Ja, natürlich, aber da meine Mutter in London lebt, ist es doch nur sinnvoll, wenn sie sich um alles kümmert.«

»Nun ja, aber meine Mutter hat gestern Abend versucht, mir zu erklären, dass es ihr und Dad lieber wäre, wenn wir hier heiraten würden.«

»Hier? In New York?« Robert schüttelte den Kopf. »Unmöglich. Es war so schon schwer genug, Großmutter davon zu überzeugen, dass wir nicht in Lauranto heiraten und zum Katholizismus konvertieren.«

Olivia war erstaunt. »Das wollte sie? Das hast du nie erwähnt.« Es überraschte sie, dass er ihr so etwas Wichtiges vorenthalten hatte.

»Stimmt«, pflichtete Robert ihr bei und lachte. »Ich wollte dich nicht vergraulen.« Er nahm ihre Hand und fügte leise hinzu: »Schau, was hältst du davon, wenn ich meiner Mutter vorschlage, deine Mutter nach London einzuladen, damit sie sich gemeinsam um die Hochzeitsvorbereitungen kümmern können? Es ist schon sinnvoll, dort zu heiraten, weißt du. Überleg doch nur, wie schwierig für Granny und Gramps die Reise nach New York sein könnte, ganz zu schweigen von dem ganzen Rest der Familie. Die wollen sich das doch nicht entgehen lassen.«

Wo er recht hatte …

»Mach dir keine Sorgen«, sagte Robert und strich ihr mit einer zärtlichen Berührung eine – doch hoffentlich – imaginäre Falte auf der Stirn glatt. »Unsere Mütter sind zusammen aufgewachsen, vergiss das nicht. Sie finden schon einen Weg, sich über die Hochzeit zu einigen. Für uns zählt nicht, wo sie stattfindet oder wie prächtig sie ist. Wichtig für uns ist allein die Bindung, die wir eingehen, und die ist nur eine Erweiterung dessen, was uns bereits heute verbindet. Wenn ich sehe, dass dich das aus der Fassung bringt, bekomme ich Schuldgefühle, denn ich weiß genau, dass das ganze Brimborium um eine große Hochzeit die Folge meiner Entscheidung ist, meinem Vater als Kronprinz von Lauranto zu folgen. Meiner Mutter geht es nur darum, für meine Großmutter eine richtige Show abzuziehen. Und meine Großmutter ist fest davon überzeugt, dass die Heirat des Kronprinzen von Lauranto mit Pomp und festlichem Gepränge gefeiert werden muss. Es geht ihnen darum, andere zu beeindrucken, wo deine Eltern in Wirklichkeit doch nur wollen, dass du glücklich bist, und wir nur zusammen sein wollen. Es tut mir leid, dass das ganze verflixte Drum und Dran dir unseren besonderen Tag verdirbt, Livvy.«

Oh, er wusste, wie er ihr Herz erreichte mit seiner Ehrlichkeit und seiner Liebe zu ihr. Und Olivia war überzeugt, er hätte sie in diesem Augenblick bitten können, in der Antarktis zu heiraten, und sie wäre einverstanden gewesen.

»Ich habe meiner Großmutter gesagt, dass ich nach unserer Hochzeit mit dir verreise und dass niemand und nichts uns in den Flitterwochen stören darf.«

»Oh, Robert, es ist bestimmt dumm von mir, mich wegen der Hochzeit so zu echauffieren.« Als er sie anlächelte, hob sie leicht die Schultern. »Ich habe vermutlich nur Schuldgefühle meiner Mutter gegenüber, weil deine Mutter die ganze Hochzeitsplanung übernommen hat. Sie hat schließlich zwei Töchter. Mom hat nur eine – mich.«

»Ja«, erwiderte Robert schalkhaft, »aber die einzige Tochter deiner Mutter heiratet einen Kronprinzen.«

»Mhm. Und wie du schon sagtest: Mom kann nach London fliegen und sich zusammen mit deiner Mutter um die Hochzeitsvorbereitungen kümmern.«

»Was nur bedeutet, dass ich dich öfter zu sehen kriege.«

»Konntest du schon alles dafür vorbereiten, dass wir im Palast unsere eigene Wohnung bekommen?«, wechselte sie das Thema.

»Ich glaube schon.«

»Und?«

Robert schenkte ihr ein schelmisches Lächeln. »Mehr verrate ich nicht … es soll eine Überraschung werden.«

Olivia beugte sich vor, um seinen Kuss zu empfangen, und schloss dabei automatisch die Augen. Nicht nur, um den Kuss zu empfangen, sondern auch, um das Bild von Roberts Londoner Wohnung mit ihrer Aura eleganter Strenge, das ihr vor Augen stand, auszublenden. Sie hatte in dem fast sterilen Minimalismus dort immer das Gefühl, ein Fremdkörper zu sein. Es war keineswegs so, als wollte sie – wie Robert es so prägnant formuliert hatte, als er über die Art von Innenausstattung gesprochen hatte, die ihm am meisten missfiel – »sich benehmen wie eine psychopathische Viktorianerin und alles in meterweise Stoff hüllen, sodass das Mobiliar am Ende aussieht wie schlecht eingewickelte Wäschepakete«. Weit gefehlt. Ihr Stil und ihr Geschmack orientierten sich an der verblassten Eleganz von Denham, dazu ein Hauch New Yorker Eleganz und ein Touch Einfachheit à la Hamptons, um ihre amerikanischen Wurzeln zu unterstreichen. Wie jede Frau wollte sie ihrem Zuhause ihren eigenen Stempel aufdrücken, doch sie tröstete sich, dass das warten konnte bis nach der Hochzeit. Im Augenblick war es viel wichtiger und schöner, in Roberts Küssen zu schwelgen, als sich über die Ausstattung ihres zukünftigen Heims zu sorgen. Abgesehen davon wollte sie Robert auch die Überraschung nicht verderben.

»Wann musst du zurück nach London?«, fragte sie ihn.

»Morgen. Ich sollte eigentlich auch jetzt dort sein, aber ich musste dich einfach sehen. Ich musste bei dir sein und dich in den Armen halten, Livvy.«

Sie wandte sich ihm mit einem Lächeln zu und hob das Gesicht zum Kuss.

12

Das *Lamb and Flag* neben dem St. John's College war eine beliebte Studentenkneipe, und auch an diesem Abend war, obwohl es Anfang der Woche war, viel los und die Luft dick vom Zigarettenrauch, der die frische Märzabendbrise hinaustrieb.

Katie war mit Fran, Frans neuem Freund Rick, Miles und ein paar anderen hier, doch mit den Gedanken war sie nicht bei dem Gespräch, das sich um den bevorstehenden Commemoration Ball drehte. Sie dachte an Zoë und die Party und ihren schrecklichen Streit. Wie konnte Zoë sie nur beschuldigen, sie wollte ihr Axel ausspannen? Eigentlich ertrug sie es kaum, an den Abend zu denken, besonders an die furchtbare Szene mit Zoë, die seither kein Wort mit ihr gesprochen hatte. Es war alles so schrecklich, dass sie eigentlich gar nicht daran erinnert werden wollte, ganz zu schweigen davon, mit jemandem darüber reden. Sie konnte nichts anderes tun, als es energisch aus ihren Gedanken zu verbannen und zu hoffen, dass Zoë, die ihr im Augenblick aus dem Weg ging, sich beruhigte und zu Verstand kam. Sie war dankbar, als Miles ihr auf den Arm tippte, um sie von ihren unglücklichen Gedanken abzulenken.

»Wenn du noch keine Einladung zum Ball angenommen hast, würde ich dich gern fragen, ob du mit mir gehen möchtest«, sagte er leise.

Katie mochte Miles. Er war eher der ruhige Typ, ernst und klug, doch er war unkompliziert – eher ein guter Freund als jemand, mit dem sie sich eine Beziehung vorstellen konnte, aber definitiv jemand, dessen Freundschaft sie sehr schätzte.

»Nein, hab ich nicht, und ja, danke, sehr gern.« Sie war so gefangen gewesen in ihrem Kummer wegen Tom und Zoës schwierigen Stimmungen, dass sie kaum an den Ball Ende Juni gedacht hatte. Doch jetzt, da Miles sie eingeladen hatte, freute sie sich darauf.

»Wir könnten ein Quartett mit Fran und Rick bilden«, schlug er vor.

»Was war das? Habe ich meinen Namen gehört?«, wollte Fran wissen.

»Ich habe Katie gerade vorgeschlagen, wir vier könnten doch zusammen zum Commem Ball gehen«, antwortete er. »Rick und du und Katie und ich.«

»O ja. Super«, begeisterte sich Fran.

»Wenn du Lust hast, können wir uns samstags mal treffen und uns Ballkleider anschauen gehen. Alle stürzen sich entweder auf Annabelinda oder Droopy&Browns«, meinte Fran zu Katie, als sie später vom Pub nach Hause gingen. Fran teilte sich mit drei anderen Mädchen ein Haus zwei Straßen von Zoë und Katie entfernt. Sie verzog leicht das Gesicht. »Ich weiß, dass der Ball erst Ende Juni ist, aber wenn wir noch länger warten, kriegen wir nichts Anständiges mehr. Wohlgemerkt, beide Läden sind ziemlich teuer, aber meine Eltern haben mir Gott sei Dank angeboten, das Kleid zu bezahlen.«

Katie wusste, dass ihre Eltern das auch für sie tun würden.

Sie waren jetzt an der Ecke, wo ihre Wege sich trennten. »Ich hatte überlegt, mir ein Kleid zu leihen, aber meine Mutter würde Zustände kriegen«, gestand Katie kleinlaut. »Sie ist der größte Snob der Welt.«

Fran kicherte. »Meine ist genauso.«

Es machte Katie traurig, dass sie ohne Zoë an ihrem ersten Commemoration Ball teilnehmen würde, doch Zoë hatte am Vorabend, als sie gesagt hatte, sie hasse sie und betrachte sie nicht mehr als ihre Freundin, mehr als deutlich zum Ausdruck gebracht, wie sie zu ihr stand. Axel hatte einen Keil zwischen sie getrieben, und Zoës Gefühle waren wie die entgegengesetzten Enden einer Wippe – entweder ganz unten oder ganz oben. Und im Augenblick ist es Axel, dachte Katie, der kontrolliert, ob die Wippe oben ist oder unten.

Es war gerade erst elf Uhr, weshalb Katie nicht überrascht war, dass das Haus im Dunkeln lag, schließlich war es noch hell gewesen, als sie weggegangen war, und Zoë war wahrscheinlich wieder irgendwo auf der Jagd nach Axel.

Katie schloss die Haustür auf. Als sie in den kleinen Flur trat und die Hand nach dem Lichtschalter ausstreckte, erstarrte sie vor Schreck, denn aus dem Wohnzimmer drang ein Laut, bei dem sich ihr die Nackenhaare aufstellten: ein tiefer, durchdringender überirdischer entsetzlicher Schmerzenslaut, urzeitlich und umso intensiver, da sie ihn im Dunkeln hörte.

Rasch schaltete Katie das Licht ein, und Entsetzen schlug über ihr zusammen, als sie das Blut auf dem Fußboden sah und ihr Blick der Spur aus der offenen Küchentür ins Wohnzimmer folgte.

Später konnte Katie sich nicht mehr richtig erinnern, was sie gedacht hatte, als sie dort im Flur stand – ob sie überlegt hatte, ob eingebrochen worden war oder ob sie womöglich in Gefahr schwebte. Sie konnte sich nur noch an die Angst erinnern, die ihren Magen mit eiserner Faust gepackt hatte, als sie ins Wohnzimmer eilte und dort das Licht einschaltete.

Es war der Geruch, der ihr zuerst entgegenschlug: Erbrochenes, Alkohol und Blut, so scharf, dass sich ihr der Magen umdrehte.

Dann fiel ihr Blick auf Zoë.

Sie kauerte in einer Ecke zwischen dem Sofa und dem Fenster. Ihre nackten Arme, die sie um die hochgezogenen Knie geschlungen hatte, waren blutverschmiert. Der Teppich war ebenso mit Blut und Erbrochenem verdreckt wie Zoës Kleider. Instinktiv hielt Katie den Atem an. In Zoës Gesicht waren Striemen, die aussahen, als hätte jemand ihre Haut mit etwas Scharfem aufgekratzt, genau wie schon einmal, nur dass Zoës rechte Hand jetzt um das Heft eines Küchenmessers geschlossen war.

Eine Sekunde lang konnte Katie sich nicht rühren. Sie hatte das Gefühl, das Blut in ihren Adern wäre zu Eis erstarrt. Die instinktive Reaktion ihres Gehirns war Verleugnung. Zoë konnte sich diese schrecklichen Schnitte doch unmöglich selbst zugefügt haben, oder? Doch tief im Innern wusste Katie, dass es so gewesen sein musste.

Katie lief zu Zoë. Ihre Freundin schaukelte vor und zurück und stieß die unwirklichen Schmerzenslaute aus, die Katie vom Flur aus gehört hatte. Sie stierte mit weit aufgerissenen Augen blicklos ins Nichts, starr und ohne zu blinzeln, blind für Katies Gegenwart.

Katie sagte leise ihren Namen und löste das Messer aus Zoës Griff.

»Zoë, ich bin's, Katie.«

Bildete sie es sich nur ein, oder flackerte in der stierenden Ausdruckslosigkeit von Zoës starrem Blick etwas auf?

Katie wusste, dass sie hiermit nicht allein klarkam. Sie brauchte Hilfe. Zoë brauchte Hilfe.

Es gab nur einen einzigen Menschen, dem sie vertrauen und bei dem sie sich darauf verlassen konnte, dass er wusste, was zu tun war, und das war Tom. Doch Tom war in London, wahrscheinlich mit seiner Freundin, und es wäre Mitternacht, bis er hier ankäme.

»Zoë?« Katie versuchte noch einmal, ihre Freundin aus ihrem tranceähnlichen Zustand zu reißen, doch diesmal unterbrach nicht einmal ein leichtes Flackern Zoës fixes Starren.

Sie konnte natürlich jederzeit einen Krankenwagen rufen, der Zoë in die Notaufnahme brachte. Was wäre Tom lieber? Katie wusste die Antwort.

Das Telefon stand im Flur. Obwohl Katie die Nummer von Zoës Eltern in London auswendig wusste, musste sie zweimal wählen, so sehr zitterten ihre Finger. Als sie mit angehaltenem Atem dem Klingeln am anderen Ende lauschte, ging ihr auf, dass sie lächerlicherweise die Finger der linken Hand hinter dem Rücken überkreuzt hatte.

Das Telefon schien ewig zu läuten. Katie stellte sich vor, wie Tom im Bett wach wurde und vielleicht den Arm von seiner Freundin löste. Sie schliefen natürlich beide nackt. Obwohl Zoë Tom damit aufzog, ein langweiliger Banker zu sein, hatte Tom den Körper eines Sportlers, schlank und mit schön ausgeprägten Muskeln. Er war für Oxford gerudert und spielte am Wochenende immer noch Rugby.

»Tom.« Seine Stimme, so ruhig und klar, verschlug Katie für einen Augenblick die Sprache.

»Tom, ich bin's, Katie«, brachte sie zitternd heraus.

»Ja, ich erkenne dich an der Stimme.«

»Es geht um Zoë, es geht ihr nicht gut, und …«

»Wie, nicht gut?«

»Ich glaube, du musst herkommen, Tom.«

Nach kurzem Schweigen hörte sie ihn kurz angebunden sagen: »Gut. Ich bin unterwegs.«

Das war's, mehr nicht. Keine Fragen, keine Bitte um eine Erklärung, nur dieser eine schlichte, ruhige und ach, so beruhigende Satz, der augenblicklich das Gewicht der Angst von Katies Schultern hob.

Sie legte den Hörer auf und lehnte sich an die Wand. Die Blutflecken auf dem Boden fielen ihr ins Auge. Jetzt da ihre erste Pflicht ihrer Freundin gegenüber getan war, konnte sie sich den nebensächlichen Pflichten gegenüber ihrer Freundschaft widmen, um sich zu beschäftigen. In der Küche füllte sie einen Eimer mit heißem Seifenwasser und überlegte, dass es nicht das erste Mal war, dass sie die Beweise für Zoës Exzesse beseitigte, um ihre Freundin zu schützen. Doch so hatte sie wenigstens etwas zu tun, während sie ängstlich auf Tom wartete.

Zum Glück lösten sich die Blutflecke bald vom Holzfußboden. Den Teppich sowie Zoë zu reinigen war weitaus schwieriger. Katie zögerte, ihrer Freundin wehzutun und weitere Schmerzenslaute zu provozieren, bei denen sich einem die Nackenhaare aufstellten, und sie fürchtete auch, wenn Zoë böse verletzt war, die Sache noch zu verschlimmern, indem sie sie bewegte.

Obwohl sie die gröbste Sauerei beseitigen konnte, war es am Ende unmöglich zu verschleiern, dass Zoë sich übergeben hatte, denn der Geruch nach Erbrochenem ließ sich mit noch so viel Desinfektionsmittel und heißem Wasser oder frischer Luft nicht vertreiben.

Sie hatte ihr Bestes getan und behutsam möglichst viel von dem getrockneten Blut von Zoës Gesicht getupft, doch sie hatte gezögert, die aufgerissene Haut an ihrer Wange zu berühren.

Mit einer Mischung aus Erleichterung und Besorgnis blickte sie auf, als sie sah, dass Scheinwerfer die Straße erhellten. Tom war da.

Er hatte zwar einen eigenen Schlüssel, doch sie stand auf, um ihn einzulassen.

Sein Gesicht und seine Arme waren braungebrannt, die Haare reichten ihm über den Kragen des dünnen seidigen Polohemds, das er zu Jeans trug. Makellos saubere Jeans natürlich, dazu braune Mokassins. Er machte ein ernstes Gesicht, und ein leichtes Stirnrunzeln verriet seine Besorgnis. Tom sieht genauso aus, wie er ist, dachte Katie zärtlich, ein vernünftiger, konservativer junger Mann, der Verantwortung ernst nimmt.

»Es tut mir leid, dass du den ganzen Weg herkommen musstest«, sagte Katie, »aber ich wusste nicht, was ich machen sollte.« Als er nichts sagte, fuhr sie unsicher fort: »Deine Freundin ist bestimmt sauer, dass ich euch geweckt habe, oder?«

Wieder kam keine Antwort, sondern nur ein unerwartet abschätzender Blick. Ihre Wangen brannten, und Katie wünschte sich, sie hätte es nicht so offen angesprochen.

»Was ist passiert?« Tom wollte zur Treppe gehen, und Katie war gezwungen, an ihm vorbeizuschießen. Als sie auf der ersten Stufe stand, war sie immer noch nicht auf Augenhöhe mit ihm.

»Sie ist nicht in ihrem Schlafzimmer, sie ist im Wohnzimmer.«

Doch als Tom sich zum Wohnzimmer umwandte, streckte Katie die Hand aus, um ihn noch einmal aufzuhalten. Sie wollte ihn warnen – und schützen? Doch sie brachte es nicht über sich, in Worte zu fassen, was sie befürchtete. Alles, was sie herausbrachte, war: »Sie hat sich übergeben. Ich hab versucht, sie sauber zu machen.«

Mit einem Nicken wandte Tom sich wieder um.

»Tom …«, flehte Katie drängend, »… sie hat Schnitte an den Armen und … und im Gesicht.«

»Schnitte?« Jetzt war Tom eindeutig alarmiert. »Was für Schnitte?«

Katie konnte nur den Kopf schütteln. Vielleicht war es besser, leichter, wenn er es selbst sah und seine eigenen Schlüsse zog. Zoë war seine Schwester, ermahnte Katie sich. Er liebte sie. Katies zärtliches Herz verging fast vor Sehnsucht nach ihm, als sie ihm ins Wohnzimmer folgte und sich ob seiner schockierten Miene fest auf die Unterlippe biss.

»Was … was ist passiert?«, wollte er wissen.

Katies Hals war so trocken, dass sie schlucken musste, bevor sie antworten konnte. »Ich weiß nicht. Ich habe sie so gefunden, als ich nach Hause kam. Da war … da war ein Messer auf dem Boden neben ihr.«

»Du meinst, sie hat sich das selbst zugefügt?«

Katie ließ den Kopf hängen, als wäre es irgendwie ihre Schuld – oder lag es daran, dass sie schlicht nicht ertrug, was sie in Toms Augen erkennen würde?

»Es tut mir leid«, war alles, was sie herausbrachte. Sie wusste, wie sehr Tom seine Schwester liebte und dass er sie beschützen wollte. Deswegen hatte sie ihn schließlich angerufen.

Tom hatte sich neben Zoë auf den Boden gehockt und redete drängend auf sie ein, flehte sie an, ihm zu antworten. Als sie nicht reagierte, wandte er sich zu Katie um.

»Warum? Warum tut jemand sich so etwas an?«

»Ich weiß nicht«, gestand Katie. Sie wollte ihm sagen, dass sie genauso schockiert war wie er, doch irgendwie hatte sie das Gefühl, zwischen ihnen sei eine Barriere, als bildeten die Geschwister eine Einheit, zu der sie als Zoës Freundin keinen Zugang hatte.

»Hat sie was gesagt? Hast du irgendeine Idee?«

Wieder schüttelte Katie den Kopf.

»Ich verstehe das nicht. Ich verstehe nicht, wie jemand sich so etwas antun kann.«

In Katies Ohren klangen Toms Worte fast wie ein Vorwurf, doch sie konnte nichts zu ihrer oder Zoës Verteidigung vorbringen. Instinktiv wusste sie, dass sie ihm besser nichts von Axel erzählte.

»Sie hat offensichtlich was genommen«, fuhr Tom fort.

Katie sagte immer noch nichts. Sie konnte nicht.

»Oh, komm schon, Katie.« Jetzt war er ungeduldig. »Sie muss was eingeworfen haben, sie ist doch völlig weggetreten. Absolut und ganz und gar weggetreten und high, und wenn du glaubst, du würdest ihr helfen, indem du dich weigerst, es zu sagen …«

»Tue ich nicht. Ich weiß nicht, was sie genommen hat.« Es war die Wahrheit. »Sollen wir nicht besser einen Arzt rufen?«

Tom warf ihr einen grimmigen Blick zu. »Ja, aber nicht hier. Ich nehme sie mit nach London. Es ist wohl das Beste, wenn der Hausarzt der Familie sich um sie kümmert. Unsere Eltern sind zum Glück im Moment nicht da, sie brauchen es also nicht zu erfahren. Ich weiß, dass ich dich nicht bitten muss, mit niemandem über das zu reden, was heute Abend passiert ist … um Zoës willen.«

Katie nickte, wagte nicht zu sprechen.

»Du musst mir helfen, sie ins Auto zu schaffen«, sagte Tom.

Zoë gab jetzt keinerlei Laute von sich, sie kauerte in der Ecke, das Kinn auf die Brust gesunken.

Sie brauchten mehr als zehn Minuten, um sie in Toms Auto zu verfrachten. In ihrer Leblosigkeit war sie schwer und schlecht zu packen, und sie fiel immer wieder gegen Tom, als sie sie halb nach draußen trugen und halb schleiften.

Sie setzten sie auf die Rückbank und legten ihr den Sicherheitsgurt an.

Tom hatte sich auf den Fahrersitz gesetzt und wollte schon die Tür schließen, da flehte Katie ihn an: »Du rufst mich doch an, nicht wahr, um mir zu sagen, wie es ihr geht?«

Mit einem barschen Nicken zog Tom die Wagentür zu und startete den Motor, ohne sie noch einmal anzusehen.

Als Katie ins Haus zurückkehrte, stellte sie überrascht fest, dass es schon kurz vor drei war.

Das Wohnzimmer war leer, doch Katie sah Zoë immer noch in der Ecke kauern. Sie hatte ihre verletzten und blutigen Arme noch vor Augen. Warum hatte sie nicht geahnt, dass Zoë sich die Verletzungen selbst zugefügt hatte, als sie die Schnitte an ihren Armen zum ersten Mal gesehen hatte? Warum hatte sie es nicht gewusst? Zoë war doch ihre Freundin. Sie hätte es wissen müssen, statt zu denken, Axel hätte sie verletzt. Wenn sie es gewusst hätte, wären die Dinge jetzt vielleicht anders. Schuldgefühle machten sich breit. Der scharfe Geruch nach Erbrochenem lag noch in der Luft. Wenigstens dagegen konnte sie etwas tun.

Zehn Minuten später war sie auf Händen und Knien und schrubbte bei weit geöffnetem Fenster den Teppich. Doch so sehr sie auch schrubbte, der Schock und der Abscheu, die der Abend in ihre Seele gebrannt hatten, ließen sich nicht auslöschen. Wie konnte Zoë so etwas tun? Ausgerechnet Zoë? Ihr Betragen widersprach allem, was Katie über ihre Freundin zu wissen geglaubt hatte.

Es war sinnlos, ins Bett zu gehen. Sie würde eh nicht schlafen können. Sie würde überhaupt nichts tun können, bevor Tom nicht angerufen hatte, um ihr zu sagen, wie es um Zoë stand.

»Die Bekanntgabe eurer Verlobung ist erst vor einigen Tagen in den Gesellschaftsspalten erschienen, und seither steht das Telefon nicht mehr still. Ich hatte allein heute bestimmt schon fünf Anrufe von Emerald, den ersten um halb sieben heute Morgen.«

»Sie hat wohl die Zeitverschiebung zwischen London und New York vergessen«, versuchte Olivia, ihre Mutter zu beschwichtigen, und löffelte den Milchschaum von ihrem Cappuccino. Sie saßen an einem Fenstertisch in einem ihrer Lieblingsfeinkostgeschäfte. Der Duft nach Pastrami, Krautsalat und Kaffee erfüllte die Luft, wie auch der Brooklyner Akzent der Bedienungen, die die Bestellungen für die Kunden ausriefen, die in der Schlange auf ihre Sandwiches für die Mittagspause warteten.

Dies war New York, und Olivia liebte es, doch sie wusste, dass Robert ihre Liebe zu den traditionellen Speiselokalen der Stadt und ihrem Angebot nicht teilte. Er war entschieden für Silberbesteck, französische Speisekarte und Maître d'.

»Sie hat wohl auch vergessen, dass du *meine* Tochter bist und dass es das Privileg der Brautmutter ist, die Hochzeit zu organisieren, nicht das des Bräutigams.«

Das Gesicht ihrer Mutter war von einer ganz leichten Zornesröte überhaucht und ihr Tonfall ungewohnt scharf. Sie hatte die Hände, die auf dem Tisch lagen, zu kleinen Fäusten geballt. Ihr Pastrami-Roggenbrot-Sandwich war vergessen, als sie ihren Gefühlen Luft machte.

Olivia streckte ihre rechte Hand über den Tisch aus und legte sie auf die linke ihrer Mutter. Die Diamanten an ihrem Ring loderten in dem Licht, das durchs Fenster fiel.

»Robert glaubt nicht, dass sie es absichtlich tut, um dich auszumanövrieren und sich in den Vordergrund zu spielen, Mom.«

Ella stieß ein kleines, elegantes missbilligendes Schnauben aus. Sie trug ein zitronengelbes Seidenkleid von Bill Blass und eine langärmelige maßgeschneiderte Jacke – ein Outfit, wie es für New York nicht typischer hätte sein können. Ihre amerikanischen Freundinnen zogen sie manchmal damit auf, dass sie amerikanischer wäre als sie. Ella liebte New York, doch jetzt im Augenblick wäre sie lieber in London gewesen, um dafür zu sorgen, dass Emerald wusste, in wessen Verantwortung es lag, die Hochzeit zwischen ihrem Sohn und Ellas Tochter zu organisieren.

»Und weil Robert es glaubt, muss es wahr sein?«, neckte sie Olivia ironisch. Sie war froh, dass ihre Tochter den Mann, den sie heiraten würde, so sehr liebte, doch sie wollte nicht, dass Olivia so blind war vor Liebe, dass sie vergaß, dass sie eine unabhängige Frau mit einem eigenen Kopf war.

»Er glaubt, seine Mutter möchte eher seine Großmutter, die Fürstin-Witwe, übertrumpfen, als dich ausstechen.«

Ella seufzte leise und sah ihre Tochter an. Livvy sah so hübsch aus in dem Rock von Chloé und dem T-Shirt, das sie in London gekauft hatte. Der warme Pfirsichton passte gut zu ihrer Haut, auch wenn kein Outfit, und sei es noch so hübsch, mit dem glücklichen Strahlen mithalten konnte, das von ihr ausging. Das Funkeln von Olivias Verlobungsring fiel ihr ins Auge. Ella fand ihn altmodisch und hässlich, ein eleganter Tiffany-Solitär hätte viel besser zu Livvys schlanken Fingern gepasst, doch Olivia hatte ihr erklärt, als Roberts zukünftige Frau sei sie verpflichtet, den Verlobungsring von Lauranto zu tragen, und sei er noch so hässlich. Ella wusste, wie sehr Olivia Robert liebte, doch insgeheim machte sie sich Sorgen, dass ihre Tochter noch nicht ermessen konnte, wie viele Opfer von ihr als Gemahlin des Kronprinzen von Lauranto in Bezug auf ihre eigenen Ideen, ihren Geschmack und ihr Recht, ihr Leben selbst zu bestimmen und zu lenken, verlangt werden würden. Schließlich hatte sie sich in Robert verliebt, nicht in einen Kronprinzen. Doch Ella hütete sich, ihre Gedanken offen auszusprechen, denn sie wusste, dass Olivia sowohl Robert als auch ihre Liebe sofort verteidigen würde, genau wie sie selbst es an ihrer Stelle getan hätte.

»Robert hat gemeint, es wäre doch eine gute Idee, wenn du nach London fahren und mit Tante Emerald zusammen die Hochzeit organisieren würdest.«

»Das geht nicht. Ich würde ja gern, aber du weißt ja, dass dein Vater und ich als Treuhänder der Stiftung hier und in den Hamptons praktisch den ganzen Sommer einen vollen Terminkalender haben …«

Natürlich freute sie sich für ihre Tochter, sagte Ella sich später zu Hause, doch sie wusste auch, dass sie sie schrecklich vermissen würde. Irgendwie war sie davon ausgegangen, dass Olivia einen Amerikaner heiraten und in New York leben würde – und nicht Robert, um mit ihm ein Leben auf der anderen Seite des Atlantiks zu führen.

Das Telefon klingelte. Ella nahm den Hörer ab und schloss, als sie Emeralds Stimme hörte, die Augen und zählte bis zehn.

»Ja, mir ist klar, dass Entscheidungen getroffen werden müssen, Emerald«, pflichtete Ella ihr bei, »aber wir haben hier in New York Papierwarengeschäfte, die vollkommen in der Lage sind, Hochzeitseinladungen zu drucken, weißt du, und ich finde es wirklich nicht nötig, dass du mir Muster von Smythson schickst. Das kann ich auch von hier aus …«

Ella hörte, wie Emerald sich in einem aufgebrachten Seufzer Luft machte.

»Ella, ich verstehe ja, dass du inzwischen amerikanischer bist als die Amerikaner und glaubst, alles Amerikanische sei das Beste, aber ich sehe wirklich keinen Sinn darin, dass du die Hochzeitseinladungen in New York bestellst, wenn die Hochzeit hier in London ist. Abgesehen davon wissen die bei Smythson genau, was zu tun ist, schließlich drucken sie seit Ewigkeiten unsere Familieneinladungen. Was ich gern mit dir besprechen möchte, ist die Anzahl. Drogo findet, wir sollten versuchen, die Zahl der Gäste auf fünfhundert zu beschränken, denn mehr bekommt man im Garten von Lenchester House wahrscheinlich nicht bequem unter, wenn man ein Zelt aufstellt, aber ich habe natürlich keine Ahnung, wie viele Leute du einladen willst …«

Ella sah, dass es ein sehr langes Telefongespräch werden würde.

Katie, die auf dem Sofa unten eingeschlafen war, wurde vom Läuten des Telefons wach. Hastig stand sie auf und eilte zu dem Apparat im Flur.

»Katie, hier ist Tom.«

Katies Finger klammerten sich um den Hörer. »Wie geht es Zoë?«

»Es geht ihr gut. Dr. Rawson war gleich heute Morgen hier, um nach ihr zu sehen. Sie war immer noch ziemlich kaputt, aber sie konnte bestätigen, was ich schon vermutet hatte – dass ihre Übelkeit wahrscheinlich auf verdorbenen Schellfisch zurückzuführen war, den sie gegessen hatte.«

Mit jedem Wort, das Tom sagte, wuchs Katies Unglaube. »Heute Nacht hast du gesagt …«, setzte sie an.

Doch Tom unterbrach sie scharf. »Ich bin kein Arzt, Katie. Ich hatte keine Ahnung, dass Zoë Schellfisch gegessen hatte. Sie hat schon immer leicht allergisch darauf reagiert, selbst wenn er frisch ist.« Seine Stimme war kurz angebunden und hart, drohte ihr, bloß nicht an seinen Worten zu zweifeln, doch sie konnte die Sache nicht einfach auf sich beruhen lassen.

»Was ist mit ihren Armen?«

»Was soll mit ihren Armen sein?« Was war denn das jetzt? Tom musste doch wissen, was sie meinte. Warum tat er so, als hätte er keine Ahnung. »Du weißt, was ich meine, Tom«, protestierte sie.

Er schwieg mehrere Sekunden, und dann sagte er kalt: »Nein, Katie, ich fürchte, ich weiß nicht, was du meinst.«

Jetzt begriff Katie, warum Tom sich so benahm. Er wollte Zoë schützen – das war ganz natürlich –, doch sein Verhalten tat ihr trotzdem weh. Tom musste Zoë nicht vor ihr beschützen. Das wusste er doch sicher? Katie war immer noch entsetzt darüber, was sie gesehen hatte, entsetzt und schrecklich besorgt. Zoës Familie wollte doch bestimmt wissen, warum sie so etwas getan hatte, und nicht so tun, als sei nichts gewesen?

Als sie nichts sagte, fuhr Tom kurz angebunden fort: »Schau, Katie, Zoë hat Dr. Rawson gegenüber darauf bestanden, dass sie sich die Schnitte zugefügt hat, als sie auf Glasscherben gefallen ist. Ich habe ihr schon gesagt, sie hätte niemals allein von der Party nach Hause gehen sollen, wo ihr doch so übel war. Und vielleicht hätte sie das auch getan, wenn du dich ihr gegenüber anders verhalten hättest.«

»Ich? Ich war doch nicht mal dabei«, protestierte Katie.

»Es hat keinen Sinn, mich anzulügen, Katie. Zoë hat mir alles erzählt. Ich gebe ja zu, dass ich zuerst sauer war, als sie mir gestand, dass sie sich wieder mit Axel getroffen hat, aber als sie eingeknickt ist und mir erzählt hat, dass du sie mit ihm betrogen hast und dass sie euch beide zusammen im Bett erwischt hat … Also, ich muss sagen, da hat sie mir richtig leidgetan, und ich konnte verstehen, wie sie sich gefühlt haben muss.«

»Das ist nicht wahr!«, protestierte Katie, die zu schockiert war, um nicht damit herauszuplatzen, dass sie unschuldig war.

»Schau, Katie, ich habe keine Zeit, mir deine Lügen anzuhören. Meine erste Sorge gilt jetzt Zoë, meiner Schwester. Als du meine Anrufe nicht beantwortet hast, hätte ich mir eigentlich denken können, dass du einen anderen hast. Zoë hat natürlich versucht, dich zu schützen, indem sie gesagt hat, sie habe wohl vergessen, dir auszurichten, dass ich angerufen hatte.«

Tom hatte sie angerufen? Zoë hatte sie angelogen? Katie wurde übel vor Schock und Verzweiflung. Sie wollte noch einmal ihre Unschuld beteuern und Tom anflehen, ihr zuzuhören, doch sie wusste, dass er sich weigern und ihr nicht glauben würde. Wegen Zoë. Weil Zoë seine Schwester war und seine Loyalität ihr galt. Weil Zoë ihm Lügen über sie erzählt hatte, genau wie sie ihr Lügen über Tom erzählt hatte. Wie konnte sie nur so grausam sein und so … so manipulativ? Das war einfach nicht Zoë. Oder? Katie wusste, dass ihre Freundin sich verändert hatte, doch jetzt hatte sie das Gefühl, die Person, zu der sie geworden war, kaum mehr zu kennen.

Katie konnte und, ja, wollte auch nichts mehr sagen. Sie kämpfte damit, das Gefühl des Verraten-worden-seins zu überwinden und stattdessen Toms Loyalität zu seiner Schwester zu bewundern.

»Ich habe bereits das College darüber informiert, dass sie eine Weile nicht an den Lehrveranstaltungen teilnehmen kann, aber sobald sie nach Oxford zurückkehrt, würde ich es für angemessen halten, wenn …«

»Wann kommt Zoë zurück?«, war alles, was Katie sich zu sagen erlaubte.

»Ich weiß nicht. In ein paar Wochen. Ich fahre erst mal mit ihr in Urlaub. Sie hat eine harte Zeit hinter sich und kann ein bisschen Aufheiterung gut gebrauchen. Ich rufe dich an, wenn wir wieder da sind, und sage dir, wann du mit ihr rechnen kannst. Aber, Katie, da ist noch was. Ich weiß, dass es mich nichts angeht, aber ... also, alles, was ich in Bezug auf Zoë über Axel gesagt habe, gilt auch für dich. Ich möchte nicht, dass du dir wegen so einem das Leben zerstörst.«

Katies Herz pochte. »Axel bedeutet mir nichts«, fuhr sie hitzig auf.

Sie glaubte, Tom seufzen zu hören, bevor er kalt sagte: »Um deinetwillen hoffe ich, dass es stimmt, obwohl es dein Verhalten und deine Treulosigkeit gegenüber Zoë noch unverzeihlicher macht.«

Er beendete den Anruf, bevor Katie noch etwas zu ihrer Verteidigung vorbringen konnte.

Die einzige Erklärung, die Katie für Zoës Verhalten einfallen wollte, war, dass ihre Freundin etwas vor ihrem Bruder verheimlichen wollte, und Katie hatte den Verdacht, dass das nur etwas mit Axel zu tun haben konnte. Doch das würde sie erst erfahren, wenn Zoë wieder in Oxford war und Katie sie persönlich danach fragen konnte – und das würde sie auf jeden Fall tun, schwor sie sich, als sie den Hörer auflegte.

Als sie am späten Vormittag in ihrer Vorlesung saß, wanderten ihre Gedanken zurück zu dem, was passiert war. Seltsam, aber wenn man einen Menschen plötzlich aus einer anderen Perspektive betrachtete, konnte das die Gefühle gegenüber diesem Menschen völlig verändern. Noch seltsamer war, dass es ihr irgendwie leichter fiel, Zoë ihre Lügen zu verzeihen, als Tom, dass er sie ihr abkaufte.

»Ich habe die Fotos mitgebracht, die ich an Ostern gemacht habe, als Harry und David zu Hause waren, um sie dir zu zeigen«, erklärte Janey und fügte, als sie Amber ein Foto reichte, hinzu: »Das ist mein Lieblingsfoto.«

Es war ein gutes Foto, musste Amber zugeben, bevor sie es an Cassandra weitergab. John sah darauf glücklich, entspannt und stolz aus, wie er da hoch aufgerichtet zwischen seinen Söhnen stand.

Die drei saßen in dem hübschen Salon in Denham, und die frühe Frühlingssonne zeigte das frische Grün des Rasens draußen vor dem Fenster im besten Licht. Die ersten rosaweiß gestreiften Blütenblätter der Magnolie, die Amber und Jay in jenem Mai gepflanzt hatten, nachdem die Zwillinge zur Welt gekommen waren, um das Ende des Krieges zu feiern, öffneten sich. Ihre Farbe stand im hübschen Kontrast zu den pflaumenblauen Tulpen darunter.

»Auch wenn John ein wenig missmutig zugeben musste, dass ihm die Jungen inzwischen beide über den Kopf gewachsen sind und dass sie Daddy sehr ähnlich sehen.«

Wie Jay, ihr Großvater? Oder war das De-Vries-Erbe so deutlich zu erkennen, weil sie es von beiden Seiten abbekommen hatten, von Mutter und Vater?

Barrant de Vries war schließlich nicht nur Jays und Cassandras Großvater gewesen – und damit Janeys Urgroßvater –, er war insgeheim auch der Großvater von Ambers Cousin Greg gewesen, und Greg war womöglich Johns leiblicher Vater. Womöglich. Doch dafür gab es keinen Beweis, ermahnte Amber sich entschlossen. Trotzdem musste sie die Hand ans Herz heben, um seinen unsteten, ängstlichen Rhythmus zu beruhigen. Doch sie hielt inne, als sie bemerkte, dass Cassandra sie mit wissendem Blick maß.

So ruhig wie möglich erklärte sie Janey: »Ja, mir ist über Weihnachten aufgefallen, dass die Jungen sehr nach den de Vries schlagen.«

So, das sollte jeglichen Kommentaren von Cassandras Seite den Wind aus den Segeln nehmen.

Dennoch war Amber erleichtert, als Mrs Leggit mit dem Teetablett kam und es Cassandra unmöglich machte, noch etwas zur Familienähnlichkeit zu sagen.

»Soll ich einschenken?«, fragte Janey, nachdem die Haushälterin wieder gegangen war.

»Wenn es dir nichts ausmacht, Liebes.« Amber warf ihr einen

dankbaren Blick zu. Das Rheuma in den Händen bereitete ihr mehr Schmerzen, wahrscheinlich weil sie und Jay es in den sonnigen Frühlingstagen mit der Gartenarbeit – die sie beide sehr liebten – ein wenig übertrieben hatten.

»Gütiger Himmel, Janey, bei deinen Gewichtsproblemen bin ich überrascht, dass du ein Scone isst«, bemerkte Cassandra, als der Tee eingeschenkt wurde. »Ich weiß noch, dass Johns lieber verstorbener Vater immer schlanke Frauen bewunderte, doch wie du selbst zugegeben hast, als du von der Ähnlichkeit deiner Söhne mit Jay sprachst, kommen Söhne nicht immer nach ihren Vätern. Ehrlich, manchmal fällt es mir schwer zu glauben, dass John der Sohn meines lieben verstorbenen Mannes ist, sieht er ihm doch so gar nicht ähnlich.«

Amber verschlug es mit Wucht den Atem. Sie wünschte verzweifelt, Jay wäre bei ihnen. Er wusste, wie man mit Cassandra umgehen musste, wenn sie mal wieder in gehässiger Stimmung war, und wie man Situationen entschärfte, die zu gefährlich waren, um das Risiko einer Explosion einzugehen.

Janey bekam die doppelbödige Botschaft und die Bosheit in Cassandras Bemerkung natürlich gar nicht mit. Sie hatte schließlich keine Ahnung, dass ihr Mann womöglich nicht der leibliche Sohn des verstorbenen Lord Fitton Legh war, sondern vielleicht von Ambers Cousin Greg. Gott sei Dank wusste das niemand außer Amber, Jay und natürlich Cassandra.

Warum hat Cassandra solches Vergnügen daran, grausam und unfreundlich zu anderen zu sein?, überlegte Amber. Sie wusste, dass Cassandra Johns Mutter leidenschaftlich geliebt hatte, doch es war eine grausame, destruktive Liebe gewesen. Im Gegensatz zu Amber lag Cassandra nichts am Rest der Menschheit. Sie war egoistisch, ja, regelrecht egoman.

Ein Jammer, dass Cassandra von Gregs Affäre mit Johns Mutter wusste, denn es gab ihr Macht über John und Janey und ihre Söhne, von der diese womöglich nichts ahnten. Doch Amber wusste darum, und sie machte sich Sorgen, dass Cassandra diese Macht eines Tages aus reiner Gehässigkeit nutzen würde, um ihnen sehr wehzutun.

Amber merkte, dass sie ihren Gedanken freien Lauf gelassen hatte, und jetzt sah sie, dass Cassandras unfreundlicher Kommentar über Janeys Molligkeit den mütterlichen Stolz in Janeys Augen rasch zum Erlöschen gebracht und rote Flecken auf ihre runden Wangen gezaubert hatte.

Amber setzte ihre Teetasse ab und sagte fürsorglich: »John liebt und schätzt Janey für das, was sie ist – eine wunderbare Frau und Mutter –, und das mit Recht. Ihr liebevolles Herz verleiht ihr mehr Schönheit, als ein spindeldürres Model je besitzen kann, und wenn du John fragen würdest, wäre er der Erste, der dir das bestätigen würde. Noch neulich hat er zu mir gesagt, wie dankbar er ihr dafür ist, wie sehr sie ihm mit Fitton hilft, und dass er ohne sie gar nicht zurechtkäme.«

Janey zwang sich zu einem Lächeln. Sie wusste, dass Amber es gut meinte und sie beschützen wollte, doch tief im Innern weinte eine viel jüngere Janey vor Schmerz bei dem Gedanken, nur gemocht zu werden wegen dem, was sie tat. Diese Janey verzehrte sich danach, verführerisch und schön zu sein wie die anderen weiblichen Familienmitglieder, die sie an Weihnachten so bewundert und beneidet hatte. Diese Janey wünschte sich, in Johns Blick würde Anbetung und Bewunderung liegen. Diese Janey wollte, dass er sie verwöhnte und ehrte und nicht sagte – wie John es am Morgen getan hatte –, da David im Sommer nicht zur Verfügung stünde, um bei der Arbeit auf dem Gut zu helfen, sei es nur gut, dass Janey Traktor fahren könne, denn sie würde für ihn einspringen müssen.

Sie wusste, dass sie zu viel wog, doch es half auch nicht, dass sie sich genötigt sah, die meiste Zeit in alten Arbeitsklamotten herumzulaufen. Dank Ella besaß sie ein paar hübsche Sachen. Und dank ihrer eigenen Nähkünste hatte sie sie so ändern können, dass sie ihr auch passten, doch sie hatte selten die Gelegenheit, sie zu tragen, und außerdem regte John sich gern darüber auf, dass sie die abgelegten Kleider ihrer Schwester trug.

Sie hatte sich in John verliebt, weil er ihr so sicher und stabil vorgekommen war, so gebieterisch und verlässlich. Sie hatte natürlich gewusst, wie viel Fitton ihm bedeutete, doch damals war Fitton für sie der magische Ort ihrer Kindheit gewesen, ein wunderbares Erbe, um das John und sie sich zusammen kümmern würden. Sie hatte sich auch eine traditionelle Ehe vorgestellt, in der John gut für seine Frau und seine Familie sorgen würde. Die Realität hätte nicht weiter davon entfernt sein können. Sie hatten finanzielle Probleme, die weit über Janeys Vorstellungskraft hinausgingen. John liebte sie, das wusste sie, doch ihn mit Fitton zu teilen war fast, als teilte sie ihn mit einer anderen Frau. Fitton war immer in seinen Gedanken präsent – an erster Stelle, vor ihr und den Jungen. Er liebte seine Söhne natürlich, er war stolz auf sie, doch Fitton und seine Pflicht dem Landsitz gegenüber standen immer an erster Stelle. Es war nie Geld übrig für etwas Besonderes, ganz zu schweigen von Luxusartikeln für die Jungen oder Janey, und im Grunde hatte ihr Mann auch keine Zeit für seine Familie.

Es war nicht Johns Schuld. Sie hatten beide ihre Mütter jung verloren, doch sie und Ella waren unter Ambers Liebe groß geworden, während der arme John nur Cassandra gehabt hatte, die gemein und unfreundlich war. Johns Vater war ganz anders als ihr Vater Jay gewesen; ein kalter, kritischer, distanzierter Mann. John war in dem Glauben aufgewachsen, irgendwie nicht gut genug zu sein für Fitton, und es fiel Janey schwer, Cassandra und Johns Vater das zu verzeihen.

Janey hatte den festen Vorsatz gehabt, ihre eigenen Söhne sollten es besser haben, ihr Leben sollte glücklicher sein und unbeschwerter, ihr Lachen freier. Diskret und mit mütterlicher Liebe hatte sie versucht, Harry und David in dem Geist zu erziehen, in großen wie in kleinen Dingen Rücksicht auf die jungen Frauen zu nehmen, die sie einst lieben und heiraten würden (was John zu leicht vergaß), und ihre Söhne sollten ihre Frauen auch nicht aus ihren Gedanken und Gesprächen ausschließen, während sie sich in sich zurückzogen.

Manchmal wünschte Janey sich fast, statt in Fitton würden sie in einem ganz normalen Haus irgendwo in Alderley Edge oder Prestbury leben. In einem gewöhnlichen Haus leben und ein gewöhnliches Leben führen, wie John es verachtete, denn dann müsste er jeden Morgen den Zug nach Manchester nehmen, und sie könnte sich bei *Hoopers* in Wilmslow mit den anderen Frauen zum Kaffee treffen.

Ein gewöhnliches Leben weit weg von Cassandra mit ihrer scharfen, boshaften Zunge.

»Das Kleid, das du bei *Droopy&Browns* anprobiert hast, war einfach himmlisch«, sagte Fran zu Katie, als sie zusammen an einem Tisch im *Lamb and Flag* saßen, wo sie auf der Suche nach passenden, umwerfenden Ballkleidern für den Commem Ball eine Pause eingelegt hatten.

Katie setzte ein, wie sie hoffte, begeistertes Lächeln auf. Das Letzte, was sie wollte, war, Fran den Spaß an ihrer gemeinsamen Einkaufstour zu verderben, doch die schreckliche Situation mit Zoë lastete schwer auf ihrem Herzen und ihrem Gewissen. Sie interessierte sich nicht im Geringsten für Axel, doch Katie fühlte sich immer noch dafür verantwortlich, dass sie sich gestritten hatten und dass sie Zoë allein auf diese schreckliche Party hatte zurückgehen lassen. Wenn sie doch bloß bei ihr geblieben wäre …

»Hey, wo bist du?«, wollte Fran wissen.

Katie entschuldigte sich für ihre mangelnde Konzentration und sagte sich, dass sie es Fran schuldig war, ihre Schuldgefühle beiseitezuschieben und sich auf die gemeinsame Einkaufstour zu konzentrieren.

Im *Lamb and Flag* waren weder Miles noch andere Studenten, denn die jungen Männer bereiteten sich entweder auf die bevorstehende Ruderregatta vor oder jubelten ihren Freunden in den Mannschaften zu.

»Genau wie der Preis«, meinte Katie, obwohl sie zugeben musste, dass sie sich in das äußerst schlichte blasslila Abendkleid aus Seide im griechischen Stil verliebt hatte, das sie im teuersten und exklusivsten Laden Oxfords für Abendkleidung anprobiert hatte. »Vielleicht hätten wir nicht mit den exklusiven Läden anfangen sollen«, fügte sie hinzu. »Das eisgrüne Kleid, das du bei *Annabelinda* anprobiert hast, war atemberaubend.«

»Typisch für mich, dass ich zu einem der teuersten Kleider im Laden greife«, stöhnte Fran. »Und jetzt, da ich es gesehen habe, wird kein anderes Kleid auch nur annähernd so gut aussehen.«

»Es wäre die reinste Verschwendung, so viel Geld für Kleider auszugeben, die wir wahrscheinlich nur einmal tragen«, wandte Katie vernünftig ein.

Sie sahen einander an.

»Aber stell dir vor, wie wir uns in ein paar Jahren fühlen, wenn wir was kaufen, was uns nicht so gut steht. Schließlich ist der erste Commem Ball etwas Besonderes, und da er nur alle drei Jahre abgehalten wird, kriegen wir die Gelegenheit kaum ein zweites Mal.«

»Wir können immer noch bei *Monsoon* und in ein paar Secondhand-Läden gucken«, fühlte Katie sich verpflichtet zu sagen.

»Ja«, stimmte Fran ihr zu, »solange wir uns noch genug Zeit lassen, um zurück zu *Annabelinda* und *Droopy&Browns* zu gehen, bevor die zumachen. Ich würde eingehen, wenn zwei andere Mädchen auf dem Ball in unseren Kleidern auftauchten.«

Es war so entspannt, mit Fran etwas zu unternehmen, fand Katie, und dieses Eingeständnis reichte schon, um sich erneut schuldig zu fühlen. Schuldig und treulos gegenüber Zoë.

Nachdem sie zu Mittag gegessen hatten, eilten sie zurück in den Frühlingssonnenschein und hielten sich in Richtung Carfax, dem Zentrum von Oxford, wo die High Street, St. Aldates, Queen Street und Cornmarket Street aufeinandertreffen, und sahen sich unterwegs die Schaufenster an. Da es Samstag war, war Oxford voller Ladenbesucher, Studenten und Touristen.

Sie taten ihr Möglichstes, um Touristen mit Stadtplänen und Studenten auf klapprigen Fahrrädern auszuweichen. Vor *Monsoon* blieben sie stehen, und Fran stieß Katie in die Rippen und hatte alle Mühe, ein Lachen zu unterdrücken, als sie mit einem Nicken auf einen viel zu elegant gekleideten Mittdreißiger zeigte, der neben einem geparkten Porsche Boxster stand und in ein Mobiltelefon von der Größe eines Backsteins brüllte, den schwarzen Aktenkoffer offen auf dem Sitz.

»Apropos ›sich zu viel Mühe geben‹«, meinte Fran lachend, als sie in den Laden gingen. »Mein Cousin hat auch so eins – er ist Handelsbanker –, mein Vater nennt ihn einen ›verkappten Kleinganoven‹, und wir machen uns über ihn lustig, sobald wir ihn mit dem Ding sehen. Sie wiegen eine Tonne, und man hat nirgendwo guten Empfang. Meine Tante Jean, seine Mutter, sagt, es erinnert sie daran, wie sie und Onkel George versucht haben, im Autoradio Radio Luxembourg zu hören, als sie jung waren – jedes Mal wenn ein Lied gespielt wurde, das ihr gefiel, ging der Empfang weg.«

Sie waren nicht die einzigen jungen Frauen, die bei *Monsoon* nach Ballkleidern suchten. Die Auswahl war wirklich gut, da waren sie sich einig, doch nicht zu vergleichen mit dem, was sie schon gesehen hatten.

»Ich fühle mich schon ein wenig komisch, dass meine Eltern bereit sind, mir so etwas Teures zu kaufen, wo andere sich kaum überhaupt ein Ballkleid leisten können«, sagte Katie.

»Na, tu's nicht«, entgegnete Fran sachlich, »denn wenn du dich komisch dabei fühlst, dann muss ich mich auch so fühlen, und ich fand das Kleid bei *Annabelinda* wirklich traumhaft. Es wird erwartet, dass wir ordentlich was hermachen und uns entsprechend kleiden. Eine Cousine von mir hat am letzten Ball teilgenommen, und sie spricht heute noch davon. Sie hatten alles – einschließlich ununterbrochen fließenden Champagners, Jahrmarktsfahrten, eines gebratenen Spanferkels sowie des üblichen Streichquartetts in der Halle.«

Katie wäre gern so aufgeregt gewesen wie Fran, doch es fiel ihr schwer, weil sie sich große Sorgen um Zoë machte. Wann kam sie zurück nach Oxford? Wie würde es dann weitergehen? Zoë hatte natürlich nicht den Versuch unternommen, sich mit ihr in Verbindung zu setzen, genauso wenig wie Tom.

13

»Bereit, klein beizugeben?«, wollte Fran fast zwei Stunden später wissen.

»Im *Ball Room* waren wir noch nicht«, meinte Katie. »Der Laden hat einen sehr guten Ruf.«

»Mhm … ja, aber mächtig Upperclass«, meinte Fran. »Allerdings habe ich mindestens ein Dutzend Mädchen sagen hören, dass sie was von dort tragen werden, entweder gekauft oder geliehen.«

Der exklusive Laden an der Magdalen Bridge war einer der renommiertesten Läden für Abendkleidung in der Stadt, und als die Mädchen ihn am späten Nachmittag verließen, mussten sie zugeben, dass sie schwankend geworden waren.

»Ich bin in Versuchung gekommen, aber ich bin meiner ersten Liebe treu geblieben«, meinte Fran lachend und nahm eine übertrieben dramatische Pose ein. »Und jetzt kann ich es kaum erwarten, wieder mit ihr vereint zu sein.« Dann unterbrach sie sich und blieb mitten auf der Straße stehen. »Mir ist gerade ein schrecklicher Gedanke durch den Kopf geschossen. Was ist, wenn wir hinkommen, und unsere Kleider gefallen uns überhaupt nicht mehr?«

»Wage es nicht, so etwas zu denken«, protestierte Katie lachend. Sie musste zugeben, dass sie in Frans Gegenwart viel lockerer war als in letzter Zeit mit Zoë. Sie schob diesen Gedanken beiseite und fiel in Frans Schritt ein, als sie sich wieder auf den Weg machten, zuerst zu *Annabelinda*.

»Hast du noch mal über meinen Vorschlag nachgedacht, bei uns einzuziehen, wenn Jenny am Ende des Semesters auszieht?«, fragte Fran.

Fran lebte mit drei anderen jungen Frauen in einem Haus, von denen eine sie verließ, um mit ihrem Freund zusammenzuziehen.

»Es ist wirklich nett von dir, es vorzuschlagen, aber ich möchte mit Zoë zusammen wohnen bleiben«, bedankte Katie sich, als sie in der Gloucester Street vor dem Laden standen.

Vor ihrem geistigen Auge stand das Bild von Zoë, wie Katie sie gefunden hatte, mit leerem Blick an den finsteren Ort starrend, der ihr Leben geworden war, gequält von wer weiß was für Dämonen.

Katie schauderte ein wenig.

Sie hatten es getan: Sie hatten beide Kleider noch einmal anprobiert, bewundert und für gut befunden, und dann hatten sie eine Anzahlung geleistet, weil sie auf die Überweisung der Eltern warten mussten, um sie ganz zu bezahlen.

»Hast du Lust, im *KA* reinzuschauen?«, fragte Fran. Das *King's Arms* war eine beliebte Studentenkneipe am südlichen Ende der Parks Road.

Katie war einverstanden und fügte hinzu: »Obwohl ich nach der Anprobe das Gefühl habe, wir müssten Pimm's trinken statt Lager.«

Die Cocktailparty wurde von Simon Wineburgher, Banker bei Goldman Sachs, und seiner Gemahlin Rebecca ausgerichtet. Sie waren enorm reich und nahmen in der Banker-Gemeinde von London eine führende Stellung ein. Robert war eingeladen worden, weil er für Rebecca Wineburgher einen Auftrag ausgeführt hatte – die Zusammenlegung von zwei nebeneinander stehenden Häusern in Belgravia, die sie vom Bonus ihres Gemahls gekauft hatte.

Vorgeblich zur Feier des Monats Juni, wurde die Cocktailparty in Wirklichkeit ausgerichtet, damit Rebecca Wineburgher mit ihrem neuen Haus prahlen konnte, dem Mobiliar und dem antiken diamantbesetzten Halsband, das angeblich einst der unglückseligen letzten Zarin von Russland gehört hatte und das Simon Wineburgher als Geschenk für seine Frau bei einer Auktion erstanden hatte.

Auf der steifen, cremefarbenen Einladungskarte hatte »Schwarze Krawatte« gestanden. Die Millionen-Dollar-Bonus-Banker wussten, dass ein Mann, der zu viele Geschäftsessen hinter sich gebracht hatte, im Abendanzug einfach besser aussah als in Freizeitkleidung, und die Bitte um formelle Kleidung gab den Frauen natürlich die Gelegenheit, die Früchte des Erfolgs ihrer Männer zur Schau zu tragen.

Normalerweise hätte Robert abgelehnt, denn er fand solche Veranstaltungen aufdringlich, doch angesichts der Tatsache, dass er Geld für die Renovierung der klassischen Gebäude in Lauranto aufbringen musste, hielt er es für angebracht, freundschaftlichen Verkehr mit reichen Leuten zu pflegen, die ihn womöglich bei seinem Unternehmen unterstützen würden. Eine wohltätige Stiftung, um Geld aufzubringen und es dann für die Arbeit an Laurantos maroder Architektur zu verteilen, wäre der beste Weg, hatte Robert beschlossen, nachdem er seinen zukünftigen Schwiegervater und andere um Rat gefragt hatte. Die wohltätige Stiftung würde auf Umwegen natürlich wieder denjenigen zugutekommen müssen, die sie finanzierten. Es war vielleicht die Gelegenheit, die Banken zu gründen – und damit auch zu kontrollieren –, die Lauranto laut Roberts Plänen brauchte, um aus dem Fürstentum eine Steueroase für die Superreichen zu machen. Als Kronprinz konnte er leicht Gesetze lancieren, um das zu erreichen. Statt das Wenige, was noch in den fürstlichen Schatztruhen von Lauranto war, auszugeben, war es viel klüger, die Modernisierung des Landes über die Vorteile zu finanzieren, die er denen anbieten würde, die bereit waren, in den Aufbau des Landes zu investieren: Die Gelegenheit an der Finanzierung des Baubooms beteiligt zu sein, bei dem Jachthäfen für die Jachten der Millionäre entstanden, die ihr Geld auf die neuen Banken von Lauranto transferieren würden, und Villen für die, die dort ein Sommerhaus wollten. Gleichzeitig konnten die Superreichen sich gut fühlen, weil mit ihrem Geld die Infrastruktur des Fürstentums verbessert und neue Schulen und Wohnhäuser für die Bevölkerung gebaut wurden.

Doch zuerst brauchte Robert einen Kern von bekannten »Geldmenschen«, die sich öffentlich bereit erklärten, ihm ein Teil ihres Geldes zu überlassen. Andere würden folgen. Simon Wineburgher war einer derjenigen, die er für die erste Gruppe im Auge hatte.

Rebecca Wineburgher wusste auf jeden Fall, wie sie das Geld ihres Mannes ausgeben konnte, gestand Robert sich eine halbe Stunde nach Beginn der Cocktailparty ein.

Von den riesigen Sträußen cremefarbener und weißer Rosen und Lilien in sämtlichen Räumen über den Raumduft, den, wie Rebecca ihm erzählt hatte, ihr »persönlicher Parfümeur« eigens für diese Gelegenheit kreiert hatte, bis hin zu dem Baccarat-Kristall, in denen den Gästen der »Rose White«-Champagnercocktail serviert wurde, war das ganze Event von etwas durchdrungen, das sehr viel mächtiger war als Rebeccas Raumduft, und das war der Geruch von Macht, Rang und Geld. Er war überall, wurde ein- und wieder ausgeatmet und vervielfachte sich mit jedem Atemzug – ganz ähnlich wie Zinsen und Zinseszinsen. Er war berauschend und sinnesbetäubend, doch wahrscheinlich giftig, wenn man nicht wenigstens im Besitz einer der mächtigen Zutaten war. Dank der Nachricht, die jetzt durch die Klatschspalten ging, dass er die Nachfolge seines verstorbenen Vaters antreten würde, besaß Robert zumindest eine der erforderlichen Zutaten – Rang.

Er hatte schon den Überblick verloren, wie viele Leute ihn auf Lauranto und seinen Titel angesprochen hatten.

»Robert, ich möchte Sie ein paar Leuten vorstellen.« Rebecca trat neben ihn, und Robert vermutete, dass es kein Zufall war, dass ihr Cocktailkleid aus Goldlamé so gut zu den vergoldeten Rahmen der unzähligen Spiegel passte, welche die Wände des großen Salons zierten.

Das Diamanthalsband funkelte bei jeder Bewegung unter dem Licht der bayerischen antiken Kronleuchter. Rebecca war geschmeidig und braungebrannt – alle Amerikanerinnen schienen im Sommer sehr eifrig Tennis zu spielen –, und ihre vollkommen geraden weißen Zähne blitzten in einem perfekten fotogenen Lächeln auf. »Habe ich Ihnen gesagt, dass ich für heute Abend die Veranstalter *Lords of the Manor* engagiert habe?«

Robert schüttelte den Kopf. *Lords of the Manor*, im Besitz und unter der Leitung eines alten Eton-Absolventen, organisierte die meisten Top-Events in London.

»Ich würde wirklich gern kurz mit Si reden«, erklärte er Rebecca.

»Oh, Si.« Rebecca verzog das Gesicht. »Er ist wahrscheinlich mit seinen Spezis in der Bibliothek. Er tut so, als wäre es eine Erweiterung seines New York Clubs. Nein, hier ist er ja.«

Si Wineburgher stand mit dem Rücken zu ihnen. Groß und korpulent, mit stahlgrauem Haar, wurde er von mehreren anderen Männern in Abendanzügen flankiert.

»Si, Schatz, sag hallo zu Robert und gratulier ihm zu seiner Verlobung.«

Robert hatte schon einen Anruf von Rebecca erhalten, um ihm zu sagen, dass sie die Neuigkeit gehört hatte, und Robert zweifelte nicht daran, dass sie auf eine Einladung zur Hochzeit aus war. Er musste ein Wort mit seiner Mutter reden und sie warnen, dass er einige der großen Tiere der Bankenwelt einladen wollte.

»Wie schade, dass Ihre Verlobte in New York ist und nicht hier sein kann.«

Simon Wineburgher wandte sich um, um ihn zu begrüßen, und in diesem Augenblick öffnete sich die kleine Phalanx von Männern, und Robert konnte die Frau sehen, die hinter ihnen stand und mit der sie sich offensichtlich unterhalten hatten.

Charlotte Meredith.

Er erstarrte, als hätte man ihm eine Injektionsnadel in eine Vene gestoßen.

Sie trug ein rotes, eng anliegendes, hochgeschlossenes Kleid mit langen Ärmeln – der perfekte visuelle Konflikt für den Blick jedes heterosexuellen Mannes, der sich auf sie richtet, dachte Robert zynisch: Der Schnitt und die Farbe kreischten Verfügbarkeit, während der hochgeschlossene Ausschnitt und die langen Ärmel warnten: Fass mich nicht an.

Wie clever von ihr, Nägel und Lippen nicht in demselben sinnlichen Rot wie das Kleid zu schminken, musste Robert einräumen. Ihre Fingernägel waren silbern lackiert, die Lippen kaum mit einem fast natürlichen Hauch Farbe gewärmt.

Er konnte den Blick nicht von ihr wenden. »Robert, darf ich Ihnen Charlotte Lady Meredith vorstellen?«, hörte er Rebecca in aller Form sagen. »Charlotte, dies ist Robert Lenchester, der zukünftige Kronprinz von Lauranto.«

Ihre Fingerspitzen berührten sich, ihr Händeschütteln war kühl und unerwartet fest. Robert hatte das Gefühl, er würde ertrinken und verzweifelt nach Luft schnappen.

»Hey, Bob«, bellte Si ihm ins Ohr und benutzte die Verkleinerungsform seines Namens, die Robert am wenigsten ausstehen konnte, »müssen wir Sie jetzt als ›Eure Hoheit‹ ansprechen?«, während er Roberts Hand wie ein Schraubstock umklammerte – um ihm, wie Robert sehr wohl wusste, deutlich zu zeigen, wer hier das Sagen hatte.

»Noch nicht. Noch bin ich nicht gekrönt«, antwortete Robert mit einem Lächeln und fiel in das allgemeine Gelächter ein – natürlich auf seine Kosten, doch er würde auf keinen Fall zulassen, dass Si sich zu seiner eigenen Unterhaltung und der seiner Banker-Freunde über ihn lustig machte, besonders nicht unter den Augen von Charlotte Meredith.

»Der arme Robert ist durch den weiten Atlantik von seiner Verlobten getrennt, also müssen wir versuchen, ihn ein wenig aufzuheitern. Haben Sie schon das Datum für die Hochzeit festgelegt?«

»Im September, nach Labor Day«, antwortete er Rebecca, indem er sich auf den nationalen Feiertag bezog, der für die Amerikaner das Ende des Sommers markierte. »Die Einladungen gehen Mitte Juli raus.« Das Lächeln, das er Rebecca schenkte, war warm und bedeutungsvoll, und es wurde von einem erfreuten Lächeln quittiert, das ihm sagte, jetzt wisse sie, dass sie und Simon auf der Gästeliste standen.

»Dann ist Ihre Verlobte Amerikanerin?« Charlottes Stimme war klar und kühl, und sofort richtete sich alle Aufmerksamkeit wieder auf sie.

»Olivia hat beide Staatsbürgerschaften.«

Als sie hörte, wie weich Roberts Stimme und Ausdruck beim Namen seiner Verlobten wurden, wurde Charlotte von einem Gefühl überwältigt, das sie auf keinen Fall genauer benennen wollte. Scharf und schmerzlich hielt es sie in seinen Klauen, die sich immer tiefer in sie eingruben, je mehr sie sich davon freizumachen versuchte.

»Olivias Eltern sind Engländer«, sagte Robert, »aber Olivia ist in New York zur Welt gekommen. Ihr Vater ist Treuhänder einer amerikanischen Wohltätigkeitsstiftung«, fügte er für Si Wineburgher hinzu.

»Aber Sie heiraten hier in London?«, fragte Rebecca.

»Ja«, antwortete Robert. »Meine Mutter hätte es gern gesehen, wenn wir in der Kapelle in Osterby getraut worden wären, dem Landhaus der Familie, doch da ich überzeugt bin, dass dieses Privileg eigentlich meinen Stiefschwestern und meinem Stiefbruder zusteht, haben wir einen Kompromiss geschlossen und uns für die Trauungszeremonie auf Westminster Abbey geeinigt. Das Hochzeitsmahl wird im *Savoy* stattfinden, gefolgt von einem Empfang in Lenchester House, dem Londoner Domizil meiner Eltern.«

»Ihre Mutter ist natürlich die Tochter des früheren Herzogs von Lenchester sowie die Gemahlin des gegenwärtigen Herzogs.« Charlottes Stimme war förmlich und kalt.

»Ja.« Robert wandte ihr mit Absicht den Rücken zu, um Rebecca wie vertraulich zu erklären: »Sobald wir umgezogen sind, wird meine Frau in Lauranto einen Empfang geben. Aber ich muss Sie warnen, die Unterkünfte für Besucher sind im Augenblick derart, dass ich Ihnen, sollten Sie daran teilnehmen wollen, empfehlen würde, eine Jacht zu mieten.«

»Eine Jacht.« Rebeccas Augen strahlten. »Wissen Sie, ich liege Si schon die ganze Zeit in den Ohren, eine zu kaufen. Wenn *das* nicht der perfekte Anlass ist …«

Die Kellner gingen mit frischen Getränken herum, und Robert griff im selben Augenblick nach einem Glas wie Charlotte. Ihre Finger waren schlank und weiß, ihre Hände die einer den Luxus gewohnten, sinnlichen Frau. Robert war überzeugt, dass selbst die Art, wie ihre Finger sich um den Stiel des Glases schlossen, absichtlich erotisch war. Jeder Finger schloss sich einzeln und langsam darum, so dass ein Mann, der ihr dabei zusah, gar nicht anders konnte, als sich vorzustellen, wie diese langen weißen Finger sich genauso entschlossen und wissend um sein Geschlecht legten. Selbst ihr Daumen, der geistesabwesend über das Glas strich, sandte eine sexuelle Botschaft aus. Es machte Robert rasend, dass sein Körper auf diese erotischen Signale reagierte. Wieder hatte sie ihn berührt, und es durchzuckte ihn wie ein elektrischer Schock – und ebenso unangenehm. Doch was ihm wirklich zusetzte, war die Tatsache, dass diese Frau allein durch ihre Anwesenheit gegen seinen Willen etwas bei ihm auslösen konnte. Diese Frau war eine Bedrohung für seine Kontrolle über sich und sein Leben. Robert nahm ein Glas vom Tablett und entfernte sich von ihr – und drehte sich dabei so, dass seine Erektion möglichst unbemerkt blieb.

Resolut wandte Charlotte sich von Robert ab. Es hatte sie einiges an Willenskraft gekostet, nicht augenblicklich ihr Glas loszulassen, als ihre Finger sich berührt hatten, sondern es richtig festzuhalten, und das hatte sie erschüttert – wegen seiner Haltung ihr gegenüber, weil er sie bewusst in der Öffentlichkeit demütigte, indem er ihr den Rücken zukehrte, als ob sie nichts und niemand wäre … Als ob … Als ob was? Als ob sie immer noch ein Kind aus den Elendsvierteln wäre?

Charlotte schaute diskret auf ihre Uhr – eine Cartier Tank, die sie sich selbst zum Geschenk gemacht hatte. Es war jetzt über eine Stunde her, seit Rebecca ihre besten Freundinnen unter den Gästen zu einer Tour durchs Haus eingeladen hatte. Sie hatte in dem Teil des Hauses geendet, den Rebecca ihr Privatreich nannte: eine Zimmerflucht mit einem Schlafzimmer, das sie nicht mit ihrem Mann teilte, einem Ankleidezimmer und dem Wohnzimmer, in dem sich jetzt ein Dutzend Frauen drängte. Den meisten war die Wirkung der besonderen Köstlichkeit anzumerken, die Rebecca für sie arrangiert hatte. Kokain wurde mit einem Silberlöffel aus einem Silberdöschen gelöffelt, mit einer goldenen American-Express-Karte portioniert und von ihren Gästen vorschriftsmäßig mit brandneuen Hundert-Dollar-Scheinen geschnupft. So konsumierte Rebecca, wie sie den anderen Frauen erklärt hatte, Kokain am liebsten.

Charlotte war es gelungen, sich nicht daran zu beteiligen und diese Tatsache auch noch zu überspielen. Sie rührte niemals Drogen an. Wenn man in der Kindheit erlebt hatte, wie Frauen, die durch eine Folge früherer Exzesse schon am Boden waren, als letzte verzweifelte Zuflucht zu Drogen griffen, wenn man also mit eigenen Augen mit angesehen hatte, zu welchem Elend Drogenkonsum führte, ließ man einfach die Finger davon. Drogen waren der Weg zur Hölle, in der man letztendlich keine Kontrolle mehr über sein Leben hatte. Das hatte sie von ihrem Vater gelernt, der über die Huren gelacht hatte, die er in seinen jungen Tagen als Drogenhändler abhängig gemacht hatte.

Jetzt war Charlotte bereit zu gehen. Mehr als bereit. Sie stand auf, strich den Rock ihres Alaïa-Kleids glatt und ging hinüber zu Rebecca, die völlig weggetreten auf ihrem mit cremeweißem Seidensamt bezogenen Sofa lag.

Offiziell sollten die männlichen Gäste die Toilette im Erdgeschoss benutzen und das verschwenderisch mit Marmor und Gold ausgestattete Gästebad im ersten Stock den weiblichen Gästen überlassen, doch der Druck auf Roberts Blase wuchs, und die Toilette unten war verschlossen. Da er auf der Treppe und dem Treppenabsatz oben niemanden sah, nahm er auf dem Weg hinauf zwei Stufen auf einmal und stellte erleichtert fest, dass das Bad frei war.

Es war ein warmer Abend, doch Charlotte hatte ein edles Pashmina mitgebracht, in das sie sich auf dem Heimweg hüllen wollte. Kurz vor dem oberen Treppenabsatz blieb sie stehen, um es aus ihrer Tasche zu holen. In diesem Augenblick öffnete Robert die Badezimmertür. Eine Sekunde lang starrten sie sich in wechselseitiger Feindseligkeit an. Robert war näher am Treppenabsatz als sie, doch irgendetwas – das Bedürfnis, nicht hinter ihm zurückzustehen, ihm in nichts nachzugeben, ihn schlicht nicht vorzulassen – drängte Charlotte, rasch zur Treppe zu gehen.

Instinktiv reagierte Robert auf die Herausforderung. Gute Manieren verlangten, dass er Charlotte den Vorrang ließ, und er redete sich später ein, das hätte er – obwohl er zuerst an der

Treppe war – auch getan, wenn Charlotte ihn nicht bewusst provoziert hätte, indem sie vortrat und so dicht vor ihm stehen blieb, dass ihre Körper sich fast berührten.

Charlotte spürte ihr Herz heftig pumpen, die Anstrengung, genug Luft in ihre Lungen zu kriegen, war mörderisch. Sie würde jedoch nicht klein beigeben und zurücktreten. Ausgeschlossen. Sie war genauso gut wie Robert. Besser, denn was sie erreicht hatte, hatte sie selbst erreicht, während alles, was er besaß und war, ererbt war. Sie hob das Kinn, und zornige Verachtung funkelte in ihren Augen. Bei jedem Atemzug hoben sich ihre Brüste und spannten den Stoff ihres Kleids.

Robert konnte die Umrisse ihrer Brustwarzen erkennen. Wut packte ihn. Er wollte nicht, dass sie sich mit ihrer Sinnlichkeit in seine Gedanken drängte. Schließlich hatte er sich einmal erfolgreich dagegen gewehrt und das ungewollte Verlangen, das sie in ihm geweckt hatte, besiegt. Er streckte die Hand nach dem Treppengeländer aus und erwartete, dass sie zurücktrat, doch das tat sie nicht.

Für einen kurzen Augenblick rührte Robert sich nicht, und dann übermannte ihn der heftige Wunsch, sie aus seinem Weg und seinen Gedanken zu entfernen. Doch stattdessen streckte er die Hand nach ihr aus und packte sie am Arm, und ihrer beider Wut ließ die Luft knistern.

Und dann geschah es. Wie, wusste Robert nicht zu sagen. Er wusste nur noch, dass er sie in dem einen Augenblick loslassen wollte und dass sie im nächsten in seinen Armen lag und er sie küsste, falls man einen wilden, zornigen Kampf von Lippen und Zungen, bei dem beide danach trachteten, den anderen zu vernichten, als Kuss bezeichnen konnte.

Es endete so schnell, wie es begonnen hatte, und sie starrten einander schwer atmend schweigend an. Auf Charlottes Wangen lag ein Hauch Farbe, ihr Atem ging in unregelmäßigen Stößen. Wütend auf sich selbst, fuhr sich Robert mit der Hand über den Mund und wandte sich wieder zur Treppe um.

Charlotte starrte ihm hinterher und schauderte zornig, als die Haustür hinter ihm ins Schloss fiel.

Draußen auf der Straße musste Robert dem Bedürfnis widerstehen, sich ein zweites Mal mit der Hand über den Mund zu wischen. Sein Herz pochte, sein Magen hob sich vor Übelkeit, und der Abscheu vor dem, was er getan hatte, durchströmte ihn wie ein Fieber. Er hatte keine Ahnung, warum er das getan hatte. Keine Ahnung, keine Erklärung, keine Entschuldigung. So ein Verhalten, solche Gefühle waren ihm völlig fremd. Vernunftmäßig war das nicht zu erklären, was er getan hatte. Er bekam Kopfschmerzen, ein dumpfes Pochen, Ausdruck seiner Verwirrung, wie ihm so etwas nur hatte passieren können.

Drinnen im Haus war Charlotte wütend auf sich, weil sie sich von ihm hatte küssen lassen und er sich dann mit so viel Verachtung ihren Geschmack vom Mund gewischt hatte. Das würde er ihr büßen.

»Zoë!«

Als sie ihre Freundin so unerwartet am Küchentisch sitzen sah, hielt Katie abrupt inne, obwohl sie ein schweres Bücherpaket trug.

»Du könntest wenigstens so tun, als würdest du dich freuen, mich zu sehen«, erwiderte Zoë.

»Natürlich freue ich mich, dich zu sehen«, protestierte Katie und stellte ihre Büchertasche ab. »Ich habe bloß noch nicht mit dir gerechnet.«

»Tom hat ein schreckliches Theater um mich gemacht, ich habe es einfach nicht mehr ertragen. Es war eher, als würde ich mit einem Gefängniswärter zusammenleben und nicht mit einem Bruder«, beschwerte Zoë sich.

Ihr Gesicht war schmäler und blasser, um ihre Augen lagen dunkle Ringe. Die dünnen blauen Adern an ihren Handgelenken standen hervor, als sie den Joint anzündete, den sie sich gedreht hatte, als Katie hereingekommen war. Ihre Hände zitterten, während sie tief inhalierte und den süßlichen Rauch dann in die Luft blies.

»Was guckst du so?«, fuhr sie auf.

»Ich gucke doch gar nicht ›so‹«, protestierte Katie wahrheitsgemäß.

»Tust du wohl«, versetzte Zoë scharf, und auf ihren Wangen wuchsen zornige rote Flecken, während sie wütend an dem Joint zog. »Um Gottes willen, jetzt fang du nicht auch noch an, Katie. Es ist bloß ein Joint, mehr nicht.«

Als Katie nichts sagte, fuhr sie in gleichem Tonfall fort: »Es ist ja nicht so, als würde ich mir Heroin spritzen oder ... oder ... Kokain schnupfen, oder? Auch wenn du und mein lieber Bruder mich nur zu gern beschuldigen würdet, so etwas zu tun.«

»Zoë, das ist nicht wahr, und fair ist es auch nicht.«

»Zoë, das ist nicht wahr«, äffte Zoë sie nach und übertrieb Katies Tonfall grausam.

Katie spürte, dass ihr Gesicht brannte. Normalerweise war sie ein ziemlich ruhiger Typ, doch Zoës Unfreundlichkeit hatte einen Nerv getroffen.

»Ich bin hier nicht diejenige, die nicht die Wahrheit sagt«, fuhr sie ihre Mitbewohnerin zornig an.

Zoës ausbleibende Reaktion und die Tatsache, dass sie ihrem Blick auswich, sagten Katie alles, was sie wissen musste.

»Du hast Tom Lügen über mich erzählt«, konkretisierte Katie ihren Vorwurf.

»Ich konnte nicht anders. Ich wollte nicht, aber er hat mich einfach nicht in Ruhe gelassen, er wollte wissen ... Außerdem bist du selbst schuld. Wenn du nicht überreagiert und ihn angerufen hättest, hätte er es nie erfahren müssen, oder?«

»Überreagiert?« Katie blieb vor Unglaube fast die Spucke weg. »Wenn ich Tom nicht angerufen hätte, hätte ich einen Rettungswagen rufen müssen, und dann wärst du im Krankenhaus gelandet, also sag mir, was dir lieber gewesen wäre.«

»Schon gut«, gab Zoë klein bei, »ich war ein bisschen high.«

»Ein bisschen high! Du warst völlig weggetreten. Du hattest dich übergeben und deine … du warst voller Blut.«

»Ich bin auf dem Heimweg hingefallen und habe mir an ein paar Glasscherben die Arme aufgeschnitten.«

»Nein, das bist du nicht. Du hast dir die Schnitte selbst zugefügt«, beharrte Katie.

Einen Augenblick dachte sie, Zoë würde es leugnen, doch dann stiegen ihr Tränen in die Augen, und sie gab es zu. »Ja, hab ich.«

»Warum? Warum tust du dir so etwas an?«

»Ich fühle mich dann besser.« Als Katie sie schockiert, besorgt und vollkommen verständnislos ansah, fuhr Zoë fort: »Es ist wie … wie das, was sie früher gemacht haben, um den Leuten die schlechte Laune auszutreiben, weißt du, Aderlass. Ich bin manchmal so überdreht, so voller Selbsthass, dass ich das Gefühl habe, ich müsste platzen. Ich will mich dafür bestrafen, dass ich so nutzlos bin, also tue ich mir weh, und dann fühle ich mich besser. Es hilft mir, Katie. Ich habe das Gefühl, ich muss es tun, es ist der Preis für das, was ich bin.«

»Oh, Zoë …« Tiefes Mitgefühl erfüllte Katies Herz. Sie hatte Zoë sagen wollen, wie sauer sie war, dass sie Tom Lügengeschichten erzählt hatte, doch nachdem ihre Freundin ihr jetzt von ihrer mitleiderregenden Verzweiflung und ihren Qualen erzählt hatte, brachte Katie das nicht mehr übers Herz.

»Es muss doch etwas geben … irgendeine Hilfe«, setzte sie an, doch Zoë schüttelte vehement den Kopf.

»Nein! Das wollte Tom auch. Er wollte, dass ich behaupte, ich wäre verrückt, damit sie mich irgendwo wegsperren und von irgendwelchen Psychiatern ausquetschen lassen können, aber ich bin nicht verrückt. Ich liebe nur den Falschen, das ist alles.«

»Aber …«

»Ich tu's nicht mehr, Katie, versprochen. Jetzt wo ich dir davon erzählt habe, brauche ich es nicht mehr, denn ich kann mit dir darüber reden, wenn es mir schlecht geht, oder?«

Katie wusste nicht, was sie sagen sollte.

»Ich hab's nur zwei Mal gemacht. Ich meine, es ist nicht so, als würde ich es dauernd machen, weißt du. Ich hab's zum ersten Mal gemacht, nachdem ich in Klosters ein Mädchen dabei beobachtet habe.«

War das die Wahrheit? Katie hoffte es. Bevor Zoë Axel kennengelernt hatte, hatte Katie jedenfalls noch nie Anzeichen dafür gesehen, dass sie sich selbst verletzte. Der Geruch des Joint war so intensiv, dass Katie das Gefühl hatte, allein davon high zu werden. Zoë war schon ruhiger geworden, die Spannung wich sichtlich aus ihr.

»Du solltest nicht so viel von dem Zeug da rauchen«, fühlte Katie sich verpflichtet, sie zu warnen.

»Ach, Mist, du hast dich, während ich weg war, in eine langweilige alte Kuh verwandelt. Das werde ich bald ändern. Lass uns in den langen Ferien was richtig Wildes und Aufregendes machen, Katie. Lass uns unsere Pässe und haufenweise Geld einpacken und einfach losziehen.«

»Ich kann nicht. Ich habe Granny versprochen, nach Macclesfield zu kommen und ihr bei der Sichtung der Materialien für das Firmenarchiv zu helfen.«

Augenblicklich schlug Zoës Stimmung um, und ihr Lächeln wurde von einem finsteren Blick abgelöst.

»Schau, Katie, ich verstehe ja, dass du sauer auf mich bist, weil ich Tom erzählt habe, es wäre deine Schuld, dass ich in so einem Schlamassel gelandet bin, aber es ist nicht nötig, mich zu bestrafen.«

»Das tue ich doch gar nicht«, protestierte Katie. »Aber ich habe es Granny schon an Weihnachten versprochen.«

»Und natürlich wird Miles auch in Macclesfield sein. Ich weiß nicht, was du in ihm siehst, wirklich nicht.«

»Wir können nicht immer dieselben Leute mögen.« Katie hatte das Gefühl, sie müsste ihre Freundschaft mit Miles verteidigen, doch wieder bekam Zoë ihre Worte in den falschen Hals.

»Wenn das ein Seitenhieb gegen mich ist wegen Axel …«

»Natürlich nicht.«

Zoë drückte ihren Joint aus, stand auf und schob ihren Stuhl zurück, und beim Scharren der Stuhlbeine über den Fußboden biss Katie die Zähne zusammen.

»Hat er überhaupt mal angerufen, während ich weg war?«, fragte Zoë barsch, Katie den Rücken zugewandt.

Katie schüttelte den Kopf, doch als ihr aufging, dass Zoë ihre Antwort nicht sehen konnte, ging sie um sie herum, um sie anzusehen, und sagte leise: »Nein.« Sie hatte Mitleid mit ihrer Freundin, als sie den Schmerz in deren Augen sah.

»Ich hasse mich dafür, dass ich so für ihn empfinde«, erklärte Zoë, »aber ich kann nicht anders. Obwohl er so grausam zu mir war. Ich will nicht so fühlen, Katie, aber auch dagegen kann ich nichts tun. Ich versuche, nicht an ihn zu denken und … und ihn nicht zu wollen, doch dann, wenn ich denke, es ist alles gut, und es passiert nie wieder, ist es wieder da.«

Es war nicht zu übersehen, dass Zoë tiefe Qualen litt.

»Manchmal habe ich das Gefühl, ich höre erst auf, ihn zu lieben, wenn ich mir das Herz aus dem Leib schneide. Es ist, als hätte er mich verhext, Katie. Lach nicht … so empfinde ich es.«

»Ich habe nicht gelacht«, versicherte Katie ihr. Was Zoë da sagte, war viel zu traurig, um darüber zu lachen.

»Er macht, dass ich ihn will. Er macht, dass ich zu ihm zurückgehe. Ich spüre, dass er es macht, dass er mich mit seiner Willenskraft dazu zwingt, zu ihm zurückzukommen, er zerrt an mir, selbst wenn ich weit weg bin von ihm. Menschen wie du können nicht verstehen, wie das ist, jemanden so zu lieben, wie ich Axel liebe. Es ist, als … als wäre man von einem Vampir gebissen worden. Es verändert einen für immer, es ergreift vollkommen von einem Besitz. Man wird nie wieder derselbe sein, und man kann nichts dagegen tun. Axel hat mich zu seinem Geschöpf gemacht, und manchmal denke ich, dass ich immer sein Geschöpf sein werde, bis zum Tag meines Todes, so sehr ich mich auch dagegen wehre. Du hilfst mir, Katie, nicht wahr?«, flehte sie. »Du hältst mich fest, wenn er mich an sich zu ziehen versucht?«

»Oh, Zoë.« Katie schlang die Arme um ihre Freundin und hielt sie fest. »Natürlich helfe ich dir.«

»Es tut mir leid, dass ich Tom gesagt habe, es wäre deine Schuld«, klang Zoës Stimme gedämpft an Katies Schulter. »Er hat zu viele Fragen gestellt, mich unter Druck gesetzt, Katie. Ich hatte keine Wahl. Schließlich konnte ich ihm kaum sagen, dass ich, nachdem Axel mit mir Schluss gemacht hatte, nur noch sterben wollte.«

Katie konnte nicht verhindern, dass sie vor Entsetzen am ganzen Körper erstarrte.

»Du bist schockiert«, sagte Zoë. »Das war ich auch, aber wie schon gesagt, Axel hat etwas mit mir gemacht, er hat mich verändert. Er hat gesagt, wir wären Seelengefährten, und ich habe ihm geglaubt, egal, wie finster unsere Seelen sind. Ja, dadurch kommt es mir nur umso mehr so vor, als sei es vorherbestimmt, als seien wir beide so böse, dass wir für einander bestimmt sind.«

»Zoë, du bist nicht böse.«

»O doch. Ganz tief innen drin bin ich böse, Katie. Du hast ja keine Ahnung, wie böse ein Teil von mir sein möchte und wie sehr ihm die Vorstellung gefällt … die Vorstellung der finstersten und tiefsten Schlechtigkeiten und … und allem, was damit einhergeht. Vielleicht werde ich verrückt? Hat Shakespeare nicht gesagt, verliebt zu sein sei eine Art Verrücktheit?«

Katie wusste nicht, was sie sagen sollte. Ihre Freundin tat ihr von Herzen leid, doch was Zoë da sagte, konnte sie überhaupt nicht nachvollziehen.

»Tom wollte, dass ich in eine Klinik gehe. Ich habe ihm gesagt, das würde ich auf gar keinen Fall, und wenn er mich zwingen würde, würde ich weglaufen. Wenn Tom wüsste, dass ich mir absichtlich die Arme aufgeschnitten habe, weil ich mein Leben ohne Axel hasste und weil ich mich selbst hasste, weil ich so schwach war und zu Axel gekrochen bin, wo ich doch wusste, dass er mich nicht mehr will, hätte er mich in einer Zwangsjacke hingeschleift. Und vielleicht hätte ich das auch verdient.«

»Oh, Zoë, natürlich nicht.« Hin und her gerissen zwischen Liebe und Verzweiflung, nahm Katie ihre Freundin noch einmal in die Arme, und Zoë weinte an ihrer Schulter.

»Hilf mir, bitte, Katie, du musst mir helfen.«

»Du weißt, dass ich dir helfe«, versicherte Katie ihr.

»Ich *muss* aufhören, ihn zu wollen.«

»Du musst dir mehr Zeit geben. Schau, ich gehe mit ein paar anderen zum Commem Ball ... Warum kommst du nicht mit?«

»Es gibt sicher keine Karten mehr, außerdem gehen da nur Paare hin.«

»Das ist egal. Miles ist im Komitee, ich bin mir sicher, er kann dir noch eine Karte und einen Partner besorgen. Ach, Zoë, sag ja. Es wird dir gefallen.«

Zoë wirkte erschöpft und verletzlich.

»Okay«, sagte sie lustlos und mit wenig Begeisterung, doch ihre Zustimmung gab Katie das Gefühl, sie hätte ihre Freundin vom Rand eines gefährlichen Abgrunds weggezogen. Katie wusste, dass der Abgrund noch da war, genauso wie sie wusste, dass es von jetzt an ihre Aufgabe sein würde, Zoë vor allen Gefahren zu bewahren.

14

Es lag nicht an dem Vorfall mit Robert, dass sie so drauf war, redete Charlotte sich zu, als sie mit der Rolltreppe ins Erdgeschoss des eleganten Warenhauses Harvey Nichols fuhr. In dem Versuch, dem Zorn Luft zu machen, der gefährlich in ihr loderte, hatte sie sich gerade in der Abteilung mit Designerkleidung umgesehen und ungeduldig abschätzige Blicke über die angebotenen Waren geworfen.

Sie trat von der Rolltreppe und wandte sich dem Ständer mit Designer-Sonnenbrillen zu. Sie setzte die Oliver-Peoples-Chelsea-Sonnenbrille ab, die mit ihrem großen, runden Gestell ihr Markenzeichen war, und setzte eine türkis getönte Chanel-Sonnenbrille auf, um sie gleich wieder abzunehmen. Ein Mann in den Vierzigern in einem teuren Anzug, das dunkle Haar kurz geschnitten in dem Stil, den die meisten Vertreter der höheren Ränge der amerikanischen Banker in London trugen, beobachtete sie. Charlotte bedachte ihn mit einem finsteren Blick. Sie mochte es nicht, wenn Männer sie anmachten, nicht einmal bei Harvey Nichols – ja, vor allem nicht bei Harvey Nichols, beschloss sie, setzte ihre eigene Sonnenbrille wieder auf und eilte zum Ausgang. Sie hatte die Einladung einer Freundin, mit ihr im *San Lorenzo* zu Mittag zu essen, ausgeschlagen, doch die Aussicht, in ihre Wohnung zurückzukehren, war wenig verlockend. Im Augenblick war sie für nichts anderes zu begeistern als dafür, es Robert heimzuzahlen, wie er sich ihr gegenüber benommen hatte. Er hatte sie doch behandelt, als wäre sie nichts, weniger als nichts, eine, die er anmachen und dann links liegen lassen konnte, sobald er bekommen hatte, was er wollte, während er seine kostbare, wunderbare Verlobte auf Händen trug.

Warum war ihr das passiert? Sie hatte alles gehabt, was sie wollte im Leben, bis er wieder aufgetaucht war und sie an Dinge erinnert hatte, an die sie sich nicht erinnern wollte, den Schorf von alten Wunden gerissen hatte, um eine Verletzlichkeit an den Tag zu bringen, von der sie nichts geahnt hatte. Mit sechs hatte sie das auch getan, die Krusten von den Knien geknibbelt und zu spät erkannt, dass die rosafarbene Haut darunter noch wehtat. Das waren selbst zugefügte Schmerzen gewesen, doch dieser Schmerz wurde ihr jetzt von einem anderen zugefügt. Schmerz? Robert fügte ihr Schmerz zu? Er konnte ihr nicht wehtun. Kein Mensch konnte ihr wehtun.

Sie war so in ihre zornigen Gedanken vertieft, dass sie erst merkte, dass sie das Warenhaus verlassen hatte, als sie bereits draußen auf der Sloane Street stand.

Kensington und die Sloane Street, Knightsbridge – dies war das Territorium von Frauen wie Roberts Mutter, wohlhabend und aus guten Familien stammend. Charlotte ermahnte sich, dass auch sie das Recht hatte, hier zu sein. Sie besaß jetzt Geld und einen Titel, und sie hatte sich genug Wohlerzogenheit beigebracht, um als authentisch durchzugehen, selbst hier in der Hochburg der alten Oberschicht. Dies war jetzt ihr Territorium, und niemand konnte ihr nehmen, was sie erreicht hatte, am wenigsten Robert. Doch er konnte ihr vorenthalten, was er seiner Verlobten so freimütig gewährte – ein bestimmter Blick, ein bestimmter sanfter Tonfall, eine bestimmte Entschlossenheit. Durch seine Verlobung mit ihr gewährte Robert der jungen Frau einen öffentlichen Status, der sie schützte. Wann war ihr so etwas je widerfahren? Wann hatte ein Mann – vor allem der Mann, der sie geheiratet hatte – ihr je so etwas gegeben? Die Männer in ihrem Leben mochten sie begehren, doch ihnen lag so wenig an ihr, dass sie keinen Wert darauf legten, ihre Beziehung öffentlich zu machen. Sie waren nicht stolz auf ihre Beziehung, nicht stolz auf sie. Ein seltsam fremdes Gefühl hüllte sie ein, ein schmerzendes Gefühl der Einsamkeit und des Ausgeschlossenseins.

Eine junge Frau, die mit einem kleinen Mädchen an der Hand vorbeiging, fiel ihr ins Auge. Die Kleine trug sehr schöne, offensichtlich teure Kleider. Sie plauderte selbstbewusst mit der Frau. Das Kind gehörte hierher, dies war sein Platz in der Gesellschaft. Charlotte dachte wieder zurück an die Zeit, als sie selbst sechs Jahre alt gewesen war. Manche Verletzungen konnten niemals vollkommen geheilt werden. Doch man konnte – und musste – sie verbergen. Wenn die Menschen, mit denen sie Umgang pflegte, wüssten, dass sie verwundbar war, würden sie wie die Geier über sie herfallen und sie vernichten.

Kopfschmerzen machten sich bemerkbar. Sie konnte genauso gut weiter zum Beauchamp Place gehen, denn dort war ein Café, das sie mochte und wo sie auf jeden Fall irgendeiner Bekannten über den Weg laufen würde, und im Augenblick war alles besser, als nach Hause zu gehen und mit diesen Gedanken allein zu sein.

Rose war oben in ihrem Atelier in dem Laden in der Walton Street, als Emerald kam. Sie ging nach unten, um sie zu begrüßen, und sagte der hübschen jungen Verkäuferin, einer Studentin vom Courtauld Institute, die in ihrer Freizeit bei ihnen arbeitete, sie könne ruhig in die Mittagspause gehen, sie würde sich um den Laden kümmern. Rose wusste, dass Emerald nicht wollen würde, dass jemand ihr Gespräch mit anhörte.

Die Muster von Angelli für den neuen Seidenstoff für Ambers Überraschungsgeschenk zum achtzigsten Geburtstag waren am Vortag gekommen. Rose war ganz aufgeregt, genau wie Polly, wie sie aus dem Begleitbrief erfahren hatte, doch sie wollte die Entwürfe zuerst Emerald zeigen, bevor sie sie an Janey schickte, damit diese sich darum kümmerte, dass die neuen Stoffe bei Denby Mill in Produktion gingen, um rechtzeitig für Ambers Geburtstag Ende November fertig zu sein.

Rose wusste, dass Emerald sich nur schwer mit dem Gedanken anfreunden konnte, dass *Die Tochter des Seidenhändlers* als Inspiration für die neuen Entwürfe diente. Sie wusste auch, dass Emerald das niemals zugeben oder darüber reden würde, wenn Rose nicht sehr viel Takt und Überredungskunst aufbrachte, und deswegen hatte sie sie am Morgen angerufen und gebeten vorbeizukommen.

Warum konnte sie den Laden in der Walton Street nie betreten, ohne den Lieblingsduft ihrer Mutter in der Nase zu haben?, überlegte Emerald, als sie so tat, als ließe sie Roses herzliche Umarmung gnädig über sich ergehen. In Wirklichkeit erweckte die Wärme, die Rose ihr stets entgegenbrachte, in Emerald ein inniges Gefühl, das sie hütete und beschützte wie ein unendlich kostbares Juwel. Rose hatte ihr in einer der schlimmsten Phasen ihres Lebens Mitgefühl und Fürsorge erwiesen, als Emerald von Max Preston derart verprügelt worden war, dass sie leicht an den Verletzungen hätte sterben können. Das war ihr Geheimnis, etwas, worüber sie nie sprachen, doch es war der Schlüssel gewesen, der sich im Schloss gedreht und die Tür zu dem Glück geöffnet hatte, das Emerald mit Drogo gefunden hatte. Doch sie befasste sich lieber mit praktischen Dingen und nicht mit emotionalen.

»Kaffee?«, fragte Rose. »Wir könnten hoch in mein Atelier gehen.«

Emerald schüttelte den Kopf. »Ich habe nicht viel Zeit, ich bin um ein Uhr mit Robert hier verabredet. Als ich neulich mit Olivia telefonierte, hat sie erwähnt, wie grässlich die Ausstattung des Palastes ist. Das war natürlich zu erwarten, wenn man bedenkt, wie wenig Geschmack und Stil Alessandros Mutter besitzt. Ich habe Robert gesagt, als Hochzeitsgeschenk würden Drogo und ich die Renovierung ihrer Wohnung im Palast bezahlen. Natürlich mit Denby-Seiden.«

Rose machte sich im Geist eine Notiz, darauf zu achten, ob Emeralds Wahl auch wirklich Olivias Geschmack entsprach. Emerald konnte ihre Ansichten schließlich genauso geschäftig und entschlossen durchsetzen wie ihre ehemalige Schwiegermutter, die sie jetzt kritisierte.

»Okay. Wenn du nicht viel Zeit hast, gehe ich jetzt hoch und hole die Muster, die Polly geschickt hat.«

Während sie darauf wartete, dass Rose wieder herunterkam, ging Emerald im Laden auf und ab, strich hier und da über einen Ballen Seide, spürte die Textur zwischen Daumen und Zeigefinger, wie es die Frauen ihrer Familie ihr ganzes Leben lang getan hatten. Emerald teilte nicht die in ihren Augen fast emotionale Beziehung ihrer Mutter zu Seide. Für Emerald war Denby Silk ein Unternehmen. Wenn sie die Seide berührte, verband sie sich nicht emotional damit. Sie hatte ein Bild vor Augen, wie ihre Mutter Seide anfasste, mit versunkener, fast ehrfürchtiger Miene, vor allem damals, als sie Emerald zum ersten Mal den Seidenstoff gezeigt hatte, den ihr Geliebter und Emeralds leiblicher Vater ihr geschenkt hatte. Ihre Mutter hatte sich gewünscht, dass sie für den Stoff dasselbe empfand wie sie, doch in Emerald waren nur Zorn und Abscheu aufgestiegen. Für sie war der französische Maler nicht ihr Vater, sondern jemand, der sie ihres aristokratischen Vaters beraubt hatte. Die zornigen Wunden von damals waren längst verheilt, doch manchmal taten sie noch weh. Jetzt befürchtete sie, dass das, was ein fröhliches Fest anlässlich des achtzigsten Geburtstags ihrer Mutter werden sollte, ihr dadurch verdorben würde, dass diese alten Wunden wieder aufgerissen wurden und Amber das spürte und es einen Schatten über das Fest warf.

Auch wenn Rose nichts von Emeralds leiblichem Vater wusste, war sie doch von allen weiblichen Mitgliedern ihrer ausgedehnten Familie diejenige, der sie sich jetzt am nächsten fühlte.

»Hier sind sie«, erklärte Rose, als sie mit mehreren gefalteten Seidenstoffen die Treppe herunterkam. »Als ich die Musterentwürfe gezeichnet habe, habe ich auf einige der klassischen Motive zurückgegriffen, mit denen schon Ambers Vater gearbeitet hat, aber ich habe auch etwas ganz Neues entworfen, was ich ziemlich originell finde.«

Während sie sprach, schlug Rose die Stoffstücke auseinander und legte sie nebeneinander auf den langen Schneidetisch.

»Den hier habe ich mit Umrissen von griechischen Vasen überdrucken lassen, sodass die Streifen in gebrochenem Weiß und Bernstein noch durchscheinen. Der Entwurf soll in drei verschiedenen Farbkombinationen gefertigt werden: in dieser hier, in gebrochenem Weiß und Bernstein mit Blassgrau und Violett …«

»Die Lieblingsfarben von Urgroßmutter Blanche«, sagte Emerald, unerwartet gerührt, dass Rose an diese spezielle Farbkombination gedacht hatte, obwohl Blanche in Roses Kindheit so unfreundlich zu ihrer Urenkelin gewesen war.

»Und dann in der hier«, fuhr Rose lächelnd fort, »Smaragdgrün und Königsblau zusammen mit Schwarz, und schließlich in der hier, die mir besonders gut gefällt: gebrochenes Weiß, Hellgrau, Granitgrau und ein Hauch Schwarz. Ich möchte alle vier Muster in diesen drei Farbkombinationen fertigen lassen. Das erste Muster ist dieses hier mit den Streifen und der griechischen Vase, beim zweiten Muster ergeben die Farben eine Art abstraktes Marmormuster, das dritte Muster hat Punkte und Streifen, und das vierte ist dieses hier, mein persönlicher Favorit.«

Als Rose den Stoff mit dem letzten Muster auseinanderschlug – weibliche Profile in Schwarz auf schlichtem cremefarbenem, blassgrauem und schiefergrauem Hintergrund –, runzelte Emerald die Stirn.

»Diese Silhouetten, die haben was Vertrautes …«

Rose lachte. »Ja, das sind wir: Blanche, Amber, du, Ella, Janey, ich, Polly, Cathy und deine Mädchen.«

Emerald streckte die Hand nach dem Stoff aus, und plötzlich strich sie aus einem Impuls heraus, den sie nicht unterdrücken konnte, über die Seide, so wie sie ihre Mutter unzählige Male über den kostbaren Stoff hatte streichen sehen. Ein Gefühl des Friedens und der Ganzheit erwärmte ihr Herz, wie ein guter Brandy den Magen wärmt.

»Die Produktion der Stoffe wird ein Vermögen kosten, besonders der hier«, erklärte sie Rose fast schroff, bevor sie einlenkte und voller Gefühl sagte: »Du bist ein Genie, Rose. Ich liebe sie, und ich liebe dich. Mummy wird überglücklich sein.«

Dann umarmten sie einander, lachend und gleichzeitig den Tränen nahe.

Walton Street. Charlotte zögerte, als sie das vertraute Schild sah und die Straße hinunterblickte. Sie konnte Walton Street

Silk gerade noch erkennen, den Laden für Innenausstattung, der im Besitz von Roberts Familie war und dessen Name man kaum überlesen konnte, wenn man, wie Charlotte es oft tat, die elegant ausgestatteten Räume in Zeitschriften wie *Interiors* studierte. Ohne bewusst die Entscheidung zu treffen, ging sie in Richtung des Ladens, blieb davor stehen und bewunderte das elegant gestaltete Schaufenster, bevor sie die Klinke herunterdrückte.

Als die Ladenglocke läutete, lösten Rose und Emerald sich aus ihrer Umarmung, Rose wandte sich der Tür zu, um die potenzielle Kundin zu begrüßen, und Emerald faltete behutsam die Seidenstoffe zusammen.

Charlotte erstarrte. Sie hätte nicht hereinkommen sollen, doch jetzt war es zu spät, um den Laden wieder zu verlassen, ohne entweder einen dämlichen oder einen unhöflichen Eindruck zu hinterlassen. Die schlanke, dunkelhaarige Frau, die sie anlächelte, hatte eindeutig chinesische Vorfahren. Sie war geschmackvoll gekleidet – der schwarze Hosenanzug stammte, wie Charlotte vermutete, von Armani – und strahlte eine ruhige Selbstsicherheit und Gelassenheit aus, wie Charlotte sie auch gern besessen hätte.

»Ich möchte mein Gästezimmer neu einrichten«, sagte Charlotte zu Rose. Es musste schließlich keine Lüge sein.

»Haben Sie etwas Bestimmtes im Sinn?«, fragte Rose.

Rose war vertraut mit Kundinnen wie der gepflegten Blondine in Designerkleidung: zu gut gekleidet, zu blaublütig und zu viel altes Geld, doch zugleich Welten entfernt von den Neureichen, deren Vorstellung von gutem Geschmack es war, alles mit Gold zu verkleiden. Trotz ihres selbstbewussten Auftretens, hatte Rose den Eindruck, dass die umwerfend schöne junge Frau sich nicht recht wohl fühlte in ihrer Haut, und diese unerwartete Verletzlichkeit erwärmte Rose für sie, während sie ruhig versuchte, aus ihr herauszulocken, was ihr für ihr Gästezimmer vorschwebte.

Charlotte wusste, dass sie der Farce ein Ende machen sollte. Sie sollte nicht hier sein, sie fühlte sich nicht wohl, und das war lächerlich, denn schließlich hatte sie ja nichts anderes getan, als einen öffentlich zugänglichen Laden zu betreten.

Als Robert in die Walton Street eilte, wo er seine Mutter treffen wollte, wünschte er sich, er hätte sich nicht mit ihr verabredet, um über die Auswahl der Seidenstoffe für die Neuausstattung der fürstlichen Gemächer zu sprechen, die Olivias und seine eheliche Wohnung werden würden. Ja, im Augenblick wollte er eigentlich über gar nichts nachdenken, was mit seiner Hochzeit zusammenhing. Nicht weil er Olivia nicht heiraten wollte. Das wollte er durchaus. Keine andere Frau würde ihm in seiner Rolle als Kronprinz von Lauranto eine bessere Gemahlin sein. Sie war der ideale Puffer zwischen seiner Mutter und seiner Großmutter, die beiden konnten nichts gegen die Wahl seiner Braut einwenden und auch nicht behaupten, die andere habe sie ausgesucht. Ja, Olivia war die logische Wahl für ihn als Kronprinz. Doch was war mit ihm als Mann? Was war mit den Bedürfnissen, die nicht logisch waren, dem Begehren und dem Hunger, die vergraben waren an verborgenen Orten und die durch die vernünftige, praktische Beziehung, die ihn mit Olivia verband, nicht befriedigt werden konnten?

Robert hielt mitten im Schritt inne und musste sich bei der hübschen jungen Frau entschuldigen, die in ihn hineinlief – eine sehr hübsche junge Frau, wie er sich eingestand, eine Frau wie Olivia, deren verständnisvolles Lächeln seinen Puls nicht in die Höhe trieb und auch nicht den nagenden Hunger in ihm weckte, den eine Frau wie Charlotte Meredith hervorrief, sobald er nur an ihren Namen dachte.

Charlotte Meredith. Welches nachtragende, zerstörerische Schicksal hatte sie just in dem Augenblick in sein Leben geführt, da er sich überhaupt nicht mit ihr abgeben konnte? Wäre er ihr vor sechs Monaten begegnet, wäre er jetzt längst über die zweifellos intensive und leidenschaftliche Affäre hinweg, die sie gehabt hätten. Und auf die er immer noch scharf war, obwohl er sich, als er beschlossen hatte, Olivia zu heiraten, geschworen hatte, ihr treu zu sein? Nein! Er würde sich an diesen Schwur halten. Sein zukünftiges Leben würde auch so ein Balanceakt werden, ohne dass er es durch eine heimliche Geliebte und eine Affäre noch verkomplizierte. Leidenschaftliche Affären erforderten Hingabe, ein gewisses Maß an persönlicher Freiheit und, für ihn, das Wissen, dass er damit keinen anderen verletzte. Es nagte an seinem Stolz, dass er seinen eigenen Prinzipien schon dadurch untreu geworden war, dass er Charlotte Meredith wollte, ganz zu schweigen davon, seinem Begehren nachzugeben. Das ging gegen seine Grundsätze, vor allem gegen sein Bild von sich selbst als Ehrenmann.

Es verdross und erzürnte ihn, dass sie ihm unter die Haut gegangen war, dass sie ihn mit ihrer Macht, dieses Verlangen nach ihr zu wecken, so verhöhnt hatte.

Er hatte die Walton Street erreicht.

Emerald entdeckte Robert zuerst, als er zur Tür hereinkam, legte die zusammengefaltete Seide beiseite, ging zu ihm und sagte: »Robert, du musst dir unbedingt die wunderbaren Entwürfe ansehen, die Rose für Ambers Geburtstagsüberraschung gemacht hat. Sie sind perfekt für Olivias und deine Wohnung im Palast. Oh, und ich möchte mit dir über die Menüfolge für den Hochzeitsempfang reden. Ella ist schrecklich amerikanisch mit allem.«

Als Robert tiefer in den Laden trat, wandte Rose sich von ihrer Kundin ab. Charlotte, die hinter ihr stand, erstarrte. Es gab keine Möglichkeit, den Verkaufsraum zu verlassen, ohne dass Robert sie sah. Warum war sie hergekommen? Er musste doch denken, dass sie es seinetwegen getan hatte. Er war so … selbstzufrieden und arrogant. Wenn seine Mutter doch bloß mit ihm nach oben ginge, dann könnte sie entkommen.

Robert beugte sich über seine Mutter, um ihr einen Kuss auf die Wange zu geben, und wandte sich dann zu Rose um.

Und da sah er sie. Sie stand da und starrte ihn mit diesem hochmütigen Blick an, mit dem sie ihn provozierte, als würde sie in einem freizügigen Kleid vor ihm auf und ab spazieren, ihn verhöhnen, herausfordern, es ihr vom Leib zu reißen, sodass sie nackt und verfügbar vor ihm stand.

Ihre Blicke begegneten sich und verharrten.

Sie musste hier raus. Noch eine Minute, und er sah in ihren Augen, was sie ihm auf keinen Fall zeigen wollte – lieber würde sie sterben: Wie viel es ihr ausmachte, dass sie immer noch eine Außenseiterin war, nicht gut genug, um in den magischen Kreis vorgelassen zu werden, der Menschen wie Robert und jene Frauen, die sie sich zur Gemahlin wählten, umschloss.

»Es tut mir leid, ich habe eine Verabredung zum Mittagessen«, entschuldigte Charlotte sich rasch bei Rose, schaffte es irgendwie, zur Tür hinauszukommen, und hatte, als sie auf der Straße stand, das Glück, dass gerade ein Taxi vorbeikam. In blinder Panik sank sie auf den harten Ledersitz.

»Janey, wie schön, dich zu sehen.«

Ambers Worte waren so warm wie die Umarmung, mit der sie ihre Stieftochter begrüßte. »Ich läute nach Mrs Leggit, damit sie uns Kaffee bringt.«

»Nein.« Janeys Stimme war ungewohnt scharf vor Anspannung, und als Amber sie gründlich musterte, glaubte sie, Spuren frisch getrockneter Tränen zu erkennen. »Ich meine, ich würde ja gern bleiben, aber ich muss zurück. Ist Dad da?«

»Nein, leider nicht. Er ist mit einem von den Männern vom Ministerium zur Home Farm, und ich erwarte sie erst spät zurück.«

Angesichts Janeys offensichtlicher Anspannung wollte Amber nicht sagen, dass sie angenommen hatte, John würde ebenfalls an dem Treffen teilnehmen, bis sie wusste, was ihre Stieftochter so aus dem Tritt gebracht hatte.

»Er ist nicht hier, aber ich schon, Janey. Kann ich nicht helfen?«

Janeys Lippen zitterten. Sie fuhr sich mit einer Hand durch die Haare und schüttelte den Kopf. Ihre Qual versetzte Amber um Jahre zurück in die Zeit, als Janey ein kleines Mädchen gewesen war. Damals war sie mit ihren kleinen Kümmernissen zu ihr gekommen, um hochgehoben und geknuddelt zu werden, bis alles wieder gut war. Doch diese Zeiten waren natürlich lange vorbei.

»Janey«, Amber legte ihr die Hand auf den Arm, »komm und setz dich und erzähl mir, was los ist. Nein, schüttel nicht den Kopf. Es ist doch offensichtlich, dass du dich über irgendetwas aufgeregt hast, und es ist zwar ganz natürlich, dass der Erste, an den du dich in so einem Fall wendest, dein Vater ist, aber du bist meine Stieftochter, und ich wäre sehr gekränkt, wenn ich denken müsste, du hättest das Gefühl, du könntest mir nicht vertrauen. Du und Ella liegt mir sehr am Herzen, um euretwillen wie um eures Vaters willen.«

Während sie sprach, führte Amber Janey zum Sofa. Es bekümmerte sie, wie schäbig Janeys Kleider waren und wie gefurcht vor Sorgen ihre Stirn. Von allen Mädchen hatte Janey das schwerste Leben, dachte Amber immer, und nicht nur finanziell. Obwohl sie es außer Jay niemals jemandem sagen würde, fand Amber, dass John bestimmt kein leichter Lebenspartner war. Man konnte nicht unbedingt behaupten, er hätte sich verändert, seit er und Janey geheiratet hatten, aber die weniger fortschrittliche und verschlossenere Seite seines Charakters gewann immer mehr die Überhand. Als er kurz vor Jays Herzinfarkt durch eine Fehlinvestition eine große Menge Geld verloren hatte, hatte das seiner Selbstachtung einen gewaltigen Knacks verpasst, und Amber hatte den Eindruck, dass er seither besessen war von Geld und es nur für das Allernötigste ausgab. Janey war eine wunderbare Frau und Mutter. Amber glaubte nicht, dass sie aus ihrem Mund je ein Wort der Kritik über John gehört hatte, doch es war offensichtlich, dass ihr Leben nicht leicht war. Sie taten natürlich, was sie konnten, und gewährten John jährlich eine Erhöhung des Gehalts, das sie ihm dafür zahlten, dass er neben seinen eigenen Ländereien auch die ihren verwaltete. Jay bestand darauf, dass notwendige landwirtschaftliche Maschinen angeschafft wurden, und fand taktvoll immer einen Grund, warum er die Rechnung bezahlte und nicht John. Aus seiner eigenen Kindheit und seinen frühen Erwachsenenjahren wusste Jay sehr wohl, was es bedeutete, ein armer Verwandter zu sein, doch Jay besaß von Natur aus eine Liebenswürdigkeit, die ihn so großzügig machte, dass er niemandem sein Glück neidete. Das liebte Amber besonders an ihm. Es war immer schmerzlich, wenn ein geliebtes Kind als Erwachsener vom Ehemann oder der Ehefrau nicht richtig wertgeschätzt und respektiert wurde, doch man durfte sich auch nicht einmischen.

»Es ist nicht so, als wollte ich es dir nicht erzählen, aber … also, John wäre stocksauer, wenn er wüsste, was ich tue, aber ich weiß einfach nicht mehr ein noch aus. Ich dachte, Dad könnte bei der Bank ein gutes Wort für uns einlegen. Ich weiß, dass sie uns kein Geld mehr leihen. Der arme John hat so hart gearbeitet dieses Jahr, und als der Brief kam, war es der Tropfen, der das Fass zum Überlaufen brachte. Ich habe ihn noch nie so … so niedergeschlagen erlebt. Er hat sogar davon gesprochen, dass wir Fitton verlassen … das Haus womöglich vermieten und uns was Kleineres suchen müssen.«

Janeys konfuse Erklärung verstärkte Ambers Sorge. Sie wusste, wie viel Fitton John – und ihnen allen – bedeutete, und insgeheim hatte sie immer gedacht, wenn John Fitton je verlassen würde, dann nur mit den Füßen voran.

»Ich rufe Mrs Leggit. Nein, Janey, ich bestehe darauf. Selbst wenn du keine willst, ich brauche eine Tasse Kaffee, und dann kannst du mir in Ruhe von diesem Brief erzählen.«

Zwanzig Minuten später waren sie allein im Salon, und Janey klammerte sich an den Becher, aus dem sie ihren Kaffee am liebsten trank, während Amber den köstlichen Duft eines starken Espressos einatmete. Ein Espresso mit einem Amaretto-Keks war ihre vormittägliche Nascherei. Janey hatte keinen Keks gewollt, und ihre abgearbeiteten Hände mit den unlackierten Nägeln, die den Becher hielten, zitterten leicht.

»Also, jetzt erzähl mal genau, was passiert ist. John hat heute Morgen einen Brief bekommen, in dem er vermutlich um Geld gebeten wird?«

»Ja«, antwortete Janey matt. »Also, nicht um den ganzen Betrag, sondern nur um eine Anzahlung, und wir könnten uns auch weigern, aber da es eine ortsansässige Firma ist und alles … Du weißt doch, wie wichtig John sein guter Ruf ist. Sein Stolz …«

»Ja, natürlich«, unterbrach Amber sie und lenkte Janey sanft zurück zum eigentlichen Thema. »Und John möchte, dass Jay ein Wort mit der Bank spricht wegen der Begleichung dieser Rechnung?«

Janey war entsetzt. »Nein! John darf nicht wissen, dass ich es dir gesagt habe. Oh, wie konnte Cassandra nur so gemein sein und ihm das antun, wo sie doch weiß …«

»Cassandra?«

»Ja, sie hat jemanden von dem überteuerten Innenausstatter in Alderley Edge kommen lassen und die Renovierung von Küche und Bad in Auftrag gegeben. Und sie hat neue Möbel und Polstermöbel bestellt. Der Kostenvoranschlag, den sie angenommen hat, beläuft sich auf über viertausend Pfund, und offensichtlich hat sie angegeben, John würde die Rechnung begleichen. Wenn er jetzt alles abbestellt, wird sie natürlich sagen, dass läge allein daran, dass er es sich nicht leisten kann … was ja auch stimmt.«

Jetzt weinte Janey, und Amber war nicht überrascht. Sie war vielmehr entsetzt.

»Ich habe John noch nie so wütend oder so außer sich erlebt«, fuhr Janey fort.

»Wo ist er jetzt?«, fragte Amber. Sie wollte Janey nicht erschrecken, doch jetzt, da sie wusste, was passiert war, konnte sie nicht umhin, sich Sorgen darüber zu machen, dass John sich offensichtlich nicht wie vereinbart mit Jay getroffen hatte.

»Er ist zu Cassandra. Nicht dass er da irgendetwas erreicht. Sie muss doch gewusst haben, was sie tut ... und was sie ihm damit antut. Warum ist sie so ... so boshaft zu dem armen John, wo er doch alles in seiner Macht Stehende tut, um ihre Forderungen zu erfüllen, selbst wenn wir uns dann überhaupt nichts mehr leisten können? Fitton wurde nicht mehr renoviert, seit David auf die Welt gekommen ist, und was eine neue Küche und ein neues Bad angeht ...« Jetzt war Janeys Stimme bitter, und das mit gutem Grund, dachte Amber mitfühlend.

»Wir haben keine andere Wahl, als uns das Geld zu leihen, um das alles zu bezahlen, sonst gehen wir das Risiko ein, dass ganz Alderley Edge erfährt, dass wir es uns nicht leisten können.«

Amber nahm Janeys Hand und tätschelte sie beruhigend. »Wir kriegen das hin, mach dir keine Sorgen.«

Frische Tränen quollen unter Janeys fest geschlossenen Augenlidern hervor.

»Ich finde es schrecklich, immer wieder so herzukommen, wie eine Bettlerin, immer um Hilfe zu bitten, um Geld, besonders da ...«

»Da was?«, drängte Amber. Janeys Verzweiflung war wie der Kopf eines tiefsitzenden Geschwürs, und das Gift musste erst vollständig entfernt werden, bevor die Wunde heilen konnte.

»Da ich weiß, dass Dad eigentlich kein eigenes Vermögen besitzt und am Ende du diejenige bist, die uns hilft, und dabei bist du ... ich bin nicht ... ich habe kein Recht auf deine Hilfe.«

»Du meinst, weil ich nicht deine leibliche Mutter bin?«

»Cassandra kann es sich nicht verkneifen, den Leuten immer wieder unter die Nase zu reiben, was für eine kluge Entscheidung es von Dad war, dich zu heiraten, und dass Ella und ich finanzielle Vorteile daraus zögen, besonders ich. Der Pfarrer hat sie neulich besucht, und da hat sie es erwähnt, und nicht … nicht gerade freundlich.«

Amber wusste sofort, was Janey meinte, und sie wusste auch, wie schlau Cassandra in ihrer Gehässigkeit war. Normalerweise hätte Amber als Erstes Jay erzählt, was passiert war, um es mit ihm zu besprechen und gemeinsam zu entscheiden, doch die unerfreuliche Wahrheit war, dass Jay auch ein wenig empfindlich war, weil ihr gemeinsames Vermögen in Wirklichkeit ihr Vermögen war. Nicht dass sie zugelassen hatten, dass das je in irgendeiner Hinsicht zwischen ihnen gestanden hätte. Amber hatte Jay bei ihrer Hochzeit sofort eine große Summe überschrieben – seine Unabhängigkeit von ihr, hatte sie es genannt. Jay hatte protestiert, er wolle und brauche das Geld nicht, doch Amber hatte darauf bestanden. Für alle Kinder waren Treuhandfonds eingerichtet worden, doch es gab kein Entrinnen vor der Tatsache, dass die Quelle des familiären Wohlstands Ambers Großmutter Blanche und Ambers erster Ehemann Robert gewesen waren.

Auch Jay hatte seinen Stolz, und wenn er dagewesen wäre, als Janey kam, und sie ihm von Cassandras Gehässigkeit erzählt hätte, hätte er Amber, wie sie sehr wohl wusste, untersagt, seiner Tochter zu helfen.

Cassandra hatte sie alle sehr schlau manipuliert. Zuerst hatte sie Johns Stolz gegen ihn benutzt, denn sie wusste, dass er nicht die Demütigung riskieren wollte, ihre Rechnungen nicht begleichen zu können, und dann hatte sie es Janey unmöglich gemacht, sich an Amber zu wenden, indem sie in der Öffentlichkeit darauf herumritt, dass das Geld von Amber kam.

»Warum tut sie uns so was immer wieder an?«, fragte Janey hilflos.

»Bitterkeit und Groll.« Die Worte waren heraus, bevor Amber sie aufhalten konnte, und jetzt sah Janey sie unsicher an.

»Aber warum? John war ihr immer ein wunderbarer Stiefsohn. Sie war eine gute Freundin seiner und meiner Mutter.«

Sie war ihnen nicht »eine gute Freundin«, sie war ihre Liebhaberin und Peinigerin, dachte Amber, und sie war in den Tod beider Frauen verwickelt, wenn nicht durch direktes Handeln, dann doch mental und emotional, doch das konnte sie Janey natürlich nicht sagen. Einige Geheimnisse blieben besser ungelüftet. Doch Janey sah sie an und wartete auf eine Antwort, also sagte Amber so überzeugend wie möglich: »Ich denke, Cassandra bedauert es, dass sie mit Johns Vater keine eigenen Kinder – keinen Sohn – bekommen hat.«

Janey runzelte die Stirn. »Aber selbst wenn, hätte er nicht erben können, wenn du das meinst. John wäre immer noch der Ältere gewesen.«

Amber vermutete, dass Cassandra Johns Vater so lange schikaniert hätte, bis er Johns Vaterschaft abgestritten und ihn zugunsten von Cassandras Sohn enterbt hätte, doch auch das konnte sie kaum sagen.

Immer noch die Stirn runzelnd fügte Janey hinzu: »John wollte seine Stiefmutter immer anständig behandeln, aber sie hat weder ihm noch den Jungen je auch nur die geringste Zuneigung gezeigt.«

»Cassandra ist vermutlich gar nicht fähig, Zuneigung zu zeigen, und das macht sie zu so einer unglücklichen und unfreundlichen Person«, entgegnete Amber.

Nein, Cassandra konnte keine Zuneigung empfinden. Starke, triebhafte, fordernde, gefährliche Leidenschaft, ja, aber die sanfte, beglückende Wärme echter, tiefer Zuneigung, nein.

»Ich muss zurück. John fragt sich sicher schon, wo ich bin. Er wird sauer, wenn er erfährt, dass ich bei dir war und dir von unseren Schwierigkeiten erzählt habe.«

»Dafür sind Eltern doch da, Janey. Dass du erwachsen bist und eigene Kinder hast, heißt doch nicht, dass du für deinen Vater und mich nicht mehr unser Kind bist. Du warst ein wunderhübsches, glückliches Baby. Ich erinnere mich noch gut, wie stolz Jay auf dich und Ella war. Als deine Mutter und Jay noch im Torhaus lebten, habe ich deine Mutter oft besucht, weil ich so große Freude daran hatte, euch zu knuddeln. Für mich seid Ella und du meine Töchter, genau wie Emerald, Polly und Cathy, und so wie ich Rose liebe, liebe ich euch alle. Für mich seid ihr alle meine Kinder. Und jetzt sag mir: Was würdest du tun, wenn einer von deinen Jungs mit so einer Geschichte, wie du sie mir gerade erzählt hast, zu dir kommen würde?«

Die Entrüstung und der mütterliche Beschützerinstinkt, die augenblicklich in Janeys Augen aufblitzten, ließen Amber lächeln. »Genau«, sagte sie leise. »Du würdest nach Hause zu John gehen. Aber bevor du gehst, musst du mir versprechen, dir keine Sorgen mehr um diese unglückselige Angelegenheit zu machen.«

»Was hast du vor?« Janey war erleichtert, aber auch ein wenig alarmiert. Amber wirkte immer so freundlich, von Jay vor den harschen Realitäten des Lebens beschützt, dass Janey Schuldgefühle hatte, weil sie sich ihr anvertraut hatte. Sie war überzeugt, dass ihr Vater es nicht gutgeheißen hätte.

»Nichts, worüber du dir Sorgen machen musst.«

Da Amber aufstand, fühlte Janey sich verpflichtet, sich ebenfalls zu erheben.

»Was ist mit John?« Janey kam sich vor wie ein Kind, das darauf vertraut, dass ein Erwachsener die Dinge in Ordnung bringt.

»Alles wird gut«, versicherte Amber ihr.

Es war fast Mittag, und sie wollte, dass Janey ging, damit sie die notwendigen Vorkehrungen treffen konnte, bevor Jay nach Hause kam.

Die beiden Frauen umarmten sich, und Amber trat mit Janey hinaus in den gekiesten Hof, um ihr zum Abschied zu winken.

15

Zorn kontra Verlangen, Schuldgefühle kontra Begierde, die Gelegenheit zu beweisen, dass er ein besserer Kronprinz war als der Vater, der ihn nicht gewollt hatte, kontra die Gelegenheit, schlicht er selbst zu sein. All diese Gefühle und mehr tobten in Robert, als er die Walton Street verließ. Doch er war fest entschlossen, dass es nur einen Ausgang geben konnte. Er hatte sehr viel von sich investiert, um Kronprinz von Lauranto zu werden, und würde diese Investition jetzt nicht aufs Spiel setzen. Er hatte eine Pflicht, nicht nur sich selbst gegenüber, sondern auch gegenüber Olivia und seiner Großmutter väterlicherseits, gegenüber Lauranto und gegenüber seinem Stolz. Er konnte und würde nicht Kronprinz werden als Sklave einer Frau, die eine Abenteuerin war, auch wenn sie es noch so diskret verschleierte. Er brauchte Olivia als Frau an seiner Seite, um der Mann zu sein, der er sein musste, um die notwendige Finanzierung auf die Beine zu stellen, um Lauranto zum Erfolg zu führen. Er brauchte Olivia, weil sie ihm, auch wenn er sie gernhatte, nicht dermaßen unter die Haut ging, dass er Gefahr lief, sein Verlangen nach ihr vor seinen Wunsch zu stellen, sich zu beweisen. Andere mochten seine Gedankengänge berechnend und egoistisch nennen, doch die waren auch nicht von ihrem Vater abgelehnt und um das Anrecht auf ihr Erbe betrogen worden. Wenn er erfolgreich sein wollte, musste er sich mit ganzer Energie und Willenskraft auf die in Lauranto anstehende Aufgabe konzentrieren. Und dabei konnte er Charlotte Meredith nicht gebrauchen. Was zum Teufel hatte sie in dem Laden in der Walton Street zu suchen? Er traute ihr nicht über den Weg – er traute ihr kein bisschen –, und das würde er sie jetzt sofort wissen lassen.

Oh, gütiger Himmel, was geschah mit ihr? Sie fühlte sich unsauber und schmuddelig wie als Kind, als sie den Schmutz auf ihrer Haut verabscheut hatte, weil andere Kinder deswegen auf sie herabschauten. Doch diesmal war der Schmutz mehr seelischer Natur. Was um alles in der Welt hatte sie sich dabei gedacht, in diesen Laden zu gehen? War sie wirklich so eine jämmerliche Gestalt, dass sie Robert nachstellen musste? Ihr war übel vor Angst. Jemand klopfte laut an ihre Haustür, was das Pochen in ihrem Kopf noch verstärkte.

Sie erwartete, auf einen mürrischen Paketboten zu treffen, als sie die Tür öffnete, und war bei Roberts Anblick über alle Maßen schockiert. Sie stand einfach da, hielt die Tür auf, erlaubte ihm, mit der ganzen Gewalt seiner Wut im Schlepptau in die Halle zu treten.

»Was ist hier los?«, wollte er wissen, kaum dass er die Tür hinter sich zugeschlagen hatte. »Was zum Teufel haben Sie in der Walton Street zu suchen?«

Die Tatsache, dass er das fragen musste und dass er nicht ahnte, was mit ihr los war und wie lächerlich und gefährlich emotional sie inzwischen mit ihm verstrickt war, gab ihr die Chance, ihre Verteidigung aufzustellen und ihn im Gegenzug anzugreifen und hinter einer Maske kühlen Spotts in Deckung zu gehen.

»Vielleicht wollte ich Ihre Mutter fragen, ob sie die Hochzeitspläne wirklich weiter vorantreiben will, wenn doch der Bräutigam sein Treuegelöbnis schon bricht, bevor er es abgelegt hat.«

Ihr Hohn bestätigte Roberts schlimmste Befürchtungen.

»Verdammt«, fluchte er. »Zur Hölle mit Ihnen.«

»Sie sind der, der verdammt ist, Robert, und Sie haben sich selbst verdammt«, sagte Charlotte kalt. »Sie sind zu mir gekommen, nicht umgekehrt.«

»Das hat nichts zu bedeuten.«

Seine Worte waren wie eine Fackel, die an trockenen Zunder gehalten wird – sie setzten ihren Stolz in Brand.

»Nein? Ich bin mir sicher, Ihre Verlobte würde das anders sehen. Stellen Sie sich den Tatsachen, Robert, Sie sind hier, Sie können nicht von mir fernbleiben, weil Sie mich wollen. Sie begehren mich mehr als die wohlerzogene, akzeptable zukünftige Braut, die Sie sich ausgesucht haben. Sie wollen mich aus tiefster Seele, und zwar so sehr, dass die Hitze Sie versengt und verbrennt, so sehr, dass Sie niemals mehr von diesem Begehren loskommen.«

Jedes Wort schnitt wie ein Peitschenhieb tief in Roberts Selbstachtung.

»Nein«, erwiderte er, packte ihre Unterarme und schüttelte sie in seinem Zorn.

Charlotte lehnte sich zurück und lachte ihn höhnisch aus.

»Doch«, sagte sie. »Jedes Mal, wenn Sie mit ihr ins Bett gehen, denken Sie an mich. Sie sehnen sich nach mir und wollen mich. Können Sie damit leben, Robert?«

»Olivia hat alles, was ich mir von einer Ehefrau wünsche.« Es war wahr. Es musste wahr sein. Er war ein Ehrenmann.

»Von einer Ehefrau vielleicht«, höhnte Charlotte weiter, »aber nicht von einer Frau. Als Frau, als Geliebte begehren Sie mich.«

»Nein!«, schrie Robert mit gequälter Stimme, zog Charlotte an sich und küsste sie mit all den aufgestauten Gefühlen, die ihn innerlich zerrissen.

Das Licht des Kronleuchters tanzte und funkelte in den Spiegeln auf beiden Seiten der Halle, die genauso aufgehängt waren wie die Spiegel in Olivias viel kleinerem Flur in Manhattan.

Olivia. Er klammerte sich an ihren Namen und an das, was sie ihm bedeutete, wie ein Ertrinkender an einen dürren Ast. Er konnte sich nicht einmal ihr Bild vor Augen führen, geschweige denn ihre Stimme oder die Berührung ihrer Hand – alles ausgelöscht durch die Macht, die Charlotte über ihn besaß. Wie gefangen in einem Traum, über den er keine Kontrolle hatte, zu machtlos, um sich gegen das zu wehren, was mit ihm geschah, küsste Robert Charlotte auf den Mund und dann auf den Hals und öffnete dabei den Reißverschluss ihres Kleides, getrieben von dem Bedürfnis, seinen Hunger nach ihr zu stillen. Er wollte den Geruch ihrer Haut riechen, sie streicheln und schmecken, an ihr lecken und mit dem Hunger eines Liebhabers in sie hineinbeißen.

Charlotte ließ ihr Kleid zu Boden gleiten und trat heraus. Darunter trug sie nur ein zartes Seidenhemd von La Perla mit passenden French Knickers und halterlosen Seidenstrümpfen. Sie spürte den Schauder, der Robert durchfuhr, als er einen Schritt zurücktrat, um sie anzusehen. Charlotte wusste, dass sie einen umwerfend sinnlichen Körper besaß, eine schlanke Taille, kurvige Hüften und feste Brüste mit großen Brustwarzen, die durch die zarte Seide schimmerten.

Sein Begehren schlug wie eine Welle über ihm zusammen. Er kam nicht mehr dagegen an. Nur hierfür war er auf der Welt, für sie war er geboren worden. Ein Träger ihres dünnen Hemds war ihr von der Schulter gerutscht, sodass ein dunkler Warzenhof zu sehen war. Wie ein Mann, der sich einer finsteren Macht ergab, streckte Robert die Hand aus und zog das Hemdchen langsam weiter nach unten, bis die Brustwarze gänzlich entblößt war. Charlotte stand reglos da und beobachtete ihn.

Sie hörte, wie Verzweiflung und Unterwerfung sich in einem Stöhnen Luft machten, als Robert den Kopf über ihre Brust neigte, um an der Warze zu lecken, während er eine Hand in die weite Beinöffnung ihres French Knickers schob, um ihr Geschlecht zu streicheln.

Jetzt war es an ihr, ihren Protest gegen diese Invasion durch ein Stöhnen zu artikulieren. Hemd und Slip folgten dem Kleid zu Boden, als Robert ihren Körper von oben bis unten mit der Zunge erforschte.

In den Wandspiegeln konnte Robert ihre Reflexionen sehen, er auf den Knien vor Charlotte, die Hände auf ihrem nackten Körper. Ein Schaudern durchfuhr ihn, eine Erinnerung, ein Wissen und eine Scham, die nur er kannte, die jedoch nicht die Macht hatten, das aufzuhalten, was jetzt geschah. Hier bei Charlotte konnte er spüren und genießen, was er bei Olivia nicht fand. Seine Zunge suchte den Spalt ihres Geschlechts und tastete sich vor, um in sie einzudringen. Sie war nass und weich, lebendig und pulsierend vor Erregung.

Auch Charlotte sah in den Spiegel. Ihr Spiegelbild hatte etwas Heidnisches und eindeutig Erotisches, Roberts Zunge mochte in sie eindringen und sie besitzen, doch er kniete vor ihr, während sie über ihm stand, beide Sklaven einer Macht, die sie nicht kontrollieren konnten.

Charlotte bog den Rücken durch und schob das Becken vor, um seiner gierigen, harten Zunge mit ihrem Geschlecht entgegenzukommen. Im Spiegel waren sie Dunkelheit und Licht, Mann und Frau, Verlangen und Befriedigung, roh und elementar und gewiss dazu bestimmt, zusammen an diesen Punkt zu gelangen. Sie spürte den Höhepunkt kommen und zog Robert auf die Füße. Er verstand sie ohne Worte. Es blieb keine Zeit, sich auszuziehen, also öffnete er nur seinen Reißverschluss und stieß tief in sie hinein, und sie nahm ihn auf, und die heftige Kontraktion ihres Orgasmus brachte ihn zu seinem.

Sobald sie sicher war, dass Janey gegangen war, eilte Amber mit ungewohnt forschen Schritten auf der Suche nach Mrs Leggit durchs Haus.

»Ich muss nach Alderley Edge. Glauben Sie, Mr Leggit könnte mich fahren? Ich weiß, dass er heute eigentlich das Gewächshaus sauber machen wollte.«

Das Personal mochte und respektierte Amber nicht nur, es hegte fast so etwas wie Bewunderung und Verehrung für sie. Und so versicherte Mrs Leggit ihr rasch, Mr Leggit wäre bereit, sie zu fahren, sobald sie sich fertig gemacht hatte.

Oben in dem Schlafzimmer, das sie und Jay sich seit der Nacht, in der sie einander ihre Liebe gestanden hatten, teilten, zog Amber sich rasch mit zittrigen Händen um. Das neue Chanel-Kleid mochte für Alderley Edge ein wenig zu vornehm sein, doch sie wollte den richtigen Eindruck machen. Sie wollte aussehen wie eine Frau, die es gewohnt war, ihren Willen durchzusetzen, sie wollte das Bild einer wohlhabenden und ziemlich gebieterischen Frau abgeben. Sie wollte, wie sie sich kleinlaut eingestand, sein wie ihre Großmutter Blanche.

Falls Mr und Mrs Leggit sich darüber wunderten, dass sie ohne Vorankündigung nach Alderley Edge gefahren werden wollte, in Chanel gekleidet und mit den Perlen ihrer Großmutter um den Hals, dann verbot ihr Taktgefühl es ihnen, sie darauf anzusprechen.

»Ich brauche nicht lange«, erklärte Amber Mr Leggit, sobald er den Bentley auf dem Parkplatz an dem kleinen Supermarkt der Stadt geparkt hatte.

Die Läden von Alderley Edge säumten die A 34, die Hauptstraße, die durch den Ort führte. Es war eine Mischung aus Alteingesessenen – darunter ein Lebensmittelgeschäft, eine Drogerie und die Post, in denen hauptsächlich ältere Damen in gutem Tweed mit Einkaufskörben ein und aus gingen – und modernen »Designer-Boutiquen« und ähnlichen Läden, die hauptsächlich von den Frauen wohlhabender Männer aus Alderley Edge und dem benachbarten Dorf Prestbury frequentiert wurden, wo mehrere Spitzenfußballer ihr Domizil aufgeschlagen hatten. Der kürzlich eröffnete Laden für Innenausstattung, den Cassandra aufgesucht hatte, fiel in die zweite Kategorie. Der Rahmen des großen Fensters, das in kleine Felder unterteilt war, und die Tür waren in einem einheitlichen schicken Dunkelgrau gestrichen, der Name des Ladens in goldener Kursivschrift geschrieben. Darunter stand in kleinen Buchstaben »Inhaberin – Ruth Pepper«. Der Laden lag ordentlich in einer Reihe zwischen einer kleinen Boutique, einer Bank und Alderley Edges berühmter *No. 15 Wine Bar*, und in einer Ecke des Fensters war zu lesen, dass hier »maßgeschneiderte Dienste rund um Renovierung und Ausstattung von Räumen« angeboten wurden. Amber hatte in der *Cheshire Life* gelesen, dass das Zielpublikum reiche Ehefrauen waren, die ein perfektes Zuhause wollten, aber weder die Zeit noch die Begabung besaßen, den Stil selbst zu kreieren.

Die Ladenglocke tönte angenehm, als Amber die Tür öffnete. Hinter dem auf Alt getrimmten Tisch stand eine rothaarige Frau und telefonierte. Ihr rasches »Ciao, ich muss, ich habe eine Kundin« wurde von einem Lächeln in Ambers Richtung begleitet, als sie das Telefonat beendete.

»Ms Pepper?«, fragte Amber.

»Ja«, antwortete die Frau und begrüßte Amber freundlich: »Bitte, setzen Sie sich doch. Die Leute denken immer, sie dürften nicht auf den Stühlen sitzen, aber dafür sind sie schließlich da.«

»Sie sind sehr hübsch«, sagte Amber, erwiderte ihr Lächeln und fügte hinzu: »Ich freue mich immer, wenn ich unsere Seidenstoffe irgendwo sehe.«

Ruth Pepper riss ihre sherryfarbenen Augen weit auf, als sie den Blick von Amber zu den Stühlen wandern ließ und wieder zurück.

»Sie haben Verbindungen zu Denby Silk?«, fragte sie. »Wie wunderbar. Ich nutze gern örtliche Zulieferer, wann und wo immer ich kann, und besonders begeistert bin ich von dem Farbschema dieser Streifenstoffe.«

»Mein Vater hat den Stoff entworfen«, erklärte Amber ihr und setzte sich. Es war gut, dass Jay nicht hier war. Er hätte gestaunt, wie ungewohnt prahlerisch sie sich aufführte. »Mein erster Mann und ich haben ihn in einem der Prunkzimmer benutzt, als er Osterby von seinem Großvater geerbt hat.« Amber unterbrach sich, damit die Information einsinken konnte, bevor sie fortfuhr: »Und ich fürchte, ich komme nicht als Kundin.«

»Oh, nun, das macht gar nichts, ähm, Eure Hoheit …«

Ruth Pepper war auf Draht, räumte Amber ein, sie hatte sich offensichtlich so viele Ortskenntnisse angeeignet, dass sie sie richtig verortete, und wusste genug über sie, um sie mit der korrekten Anrede anzusprechen. Nicht dass Amber ihren Titel je benutzte. In den Augen der Welt mochte sie befähigt sein, sich Herzoginwitwe von Lenchester zu nennen, doch sie zog es bei weitem vor, schlicht als Mrs Fulshawe angesprochen zu werden, Gemahlin des Mannes, den sie liebte.

»Nein. In Wirklichkeit bin ich wegen meiner angeheirateten Cousine Cassandra hier.« Amber senkte die Stimme. »Was für eine traurige Situation, und so verhängnisvoll. Ich möchte sagen, das alles wäre nicht passiert, wenn ihre … Gesellschafterin nicht in Urlaub wäre.«

Ruth Peppers Miene war aufmerksam, aber jetzt auch leicht argwöhnisch. »Verzeihung?«

Amber gratulierte sich im Stillen, dass bis jetzt alles nach Plan lief.

»Die ganze Situation ist sehr prekär. Ich muss Sie um äußerste Diskretion bitten. Man spricht nicht gern über ein Familienmitglied, besonders wenn …«

»Selbstverständlich. Sie können auf mich zählen.«

»Nun, es ist leider so, dass die arme Cassandra nicht mehr ganz … wie soll ich sagen … geistig nicht mehr ganz auf der Höhe ist, wenn Sie verstehen, was ich meine. So etwas passiert, wenn man alt wird. Mein Schwiegersohn, Lord Fitton Legh, tut, was er kann, aber es ist nicht leicht. Ich weiß, dass manche Leute denken, es wäre vernünftiger, eine Einrichtung zu finden, wo sie … nun, die ihrem Zustand besser gerecht würde als das Dower House, aber sie hängt so daran und an Fitton, und John ist so ein netter Stiefsohn, dass er nichts davon hören will, sie solle umziehen, trotz der Probleme, die sich daraus ergeben. Was das Ganze natürlich umso schwieriger macht, ist die Tatsache, dass sie über Wochen ganz normal wirkt, doch dann erleidet sie plötzlich einen Rückfall. Wir haben sie einmal zu Fuß unterwegs auf der Hauptstraße aufgegabelt …«

»Das tut mir schrecklich leid.«

»Ja. Vielen Dank, meine Liebe. Man spricht außerhalb des engsten Kreises nicht gern über Familienprobleme, wie schon gesagt, aber in diesem Fall … John wäre selbst zu Ihnen gekommen, aber es geht ihm sehr nahe. Cassandra war die beste Freundin seiner Mutter, wissen Sie.«

»Ja.«

Schlich sich da schon ein Hauch Verzweiflung in die Stimme ihres Gegenübers? Amber hoffte es. Sie wusste nicht, wie lange sie die Geschichte, dass Cassandra allmählich vertrottelte, noch weiterspinnen konnte, ohne einen Fehler zu machen.

»Es tut uns allen sehr leid, dass Sie da mit hineingezogen wurden, indem sie Ihnen einen Auftrag erteilt hat, der unmöglich … Nun, sie hat natürlich ihre Pension, aber …«

»Sie hat mir versichert, Ihr Schwiegersohn, Lord Fitton Legh, werde die Rechnung begleichen.« Jetzt schwang in Ruth Peppers Stimme eindeutig Panik mit. »Ich habe die Bestellungen für Küche und Bad schon weitergegeben, und …«

»Oh, bitte.« Amber war augenblicklich zerknirscht. »Natürlich ist das Letzte, was die Familie wünscht, dass Sie auf Ihren Kosten sitzen bleiben. Selbstverständlich begleichen wir Ihre Ausgaben. Das erledige ich gleich hier und heute. Nein, meine Liebe, ich bin nicht wegen des Geldes hier«, betonte Amber und bemerkte, wie Erleichterung die Züge der Ladenbesitzerin entspannte. »Nein. Die Sache ist … oh, meine Liebe, das ist eine heikle Angelegenheit. Nun, wie ich schon erklärt habe, ist Cassandra nicht mehr sie selbst. Sie denkt, sie ist ganz normal, und wir spielen das Spiel mit, um sie nicht aufzuregen. Natürlich ist es in ihrem Zustand unmöglich, dass im Dower House irgendwelche Arbeiten durchgeführt werden. Wenn Fremde um sie herum sind, verschlimmert das ihren Zustand rapide. Ich muss gestehen, dass sie sehr gewalttätig werden kann. Die

Sache ist die: Ich fürchte, dass sie Sie anrufen wird und wissen will, wann die Arbeiten beginnen und dergleichen. Sie versucht vielleicht sogar, ihrer Krankenschwester zu entwischen und zu Ihnen zu kommen.«

Ruth Pepper schauderte ein wenig. Zweifellos dachte sie daran, welche Verwüstung eine verrückte Alte in ihrem eleganten Laden anrichten konnte und wie sich das auf ihre vornehme Kundschaft auswirken würde.

»Wir wären Ihnen zu ewigem Dank verpflichtet, wenn Sie sie einfach ignorieren, falls sie Sie anruft oder in den Laden kommt. Und natürlich bitte ich Sie inständig, unser Gespräch vertraulich zu behandeln. Die Leute wissen natürlich ... so etwas ist unmöglich zu verbergen ... Aber Sie können sich sicher vorstellen, wie es meinen Mann und meinen Schwiegersohn quält, wenn die Leute über die arme Cassandra tratschen. Sie ist schließlich die Cousine meines Mannes.«

»Ja, natürlich. Sie können sich ganz auf mich verlassen.«

Ruth Pepper wirkte sichtlich nervös.

Amber schenkte ihr ein strahlendes Lächeln und griff dann nach der Hermès-Handtasche, die Emerald ihr zum sechzigsten Geburtstag geschenkt hatte. Amber fand sie eigentlich viel zu protzig, und sie hatte sich nie recht wohl gefühlt bei dem Gedanken, eine Tasche mit sich herumzutragen, die aus der Haut eines wilden Tieres gefertigt war, selbst wenn dieses Geschöpf ein Krokodil gewesen war.

»Ich wusste doch, dass wir uns auf Sie verlassen können.« Sie öffnete die Handtasche und holte ihr Scheckbuch heraus – nicht das ihrer örtlichen Bank, sondern das von Coutts, wo ihre Großmutter einst ein Konto für sie eröffnet hatte, und schraubte die Kappe ihres goldenen Füllhalters ab. »Also«, sagte sie kurz angebunden, »Ihre Rechnung belief sich auf etwas über vierzigtausend Pfund?«

»Ja, 41.125,18 Pfund«, antwortete die Rothaarige leise.

»Ausgezeichnet«, erklärte Amber. »Dann stelle ich den

Scheck auf fünfundvierzigtausend Pfund aus, und wir verlieren kein Wort mehr über die ganze Sache.« Sie schrieb den Scheck, unterzeichnete ihn und reichte ihn der Frau, erhob sich und sagte mit einem Lächeln: »Also, ich wusste doch, dass ich mich auf Sie verlassen kann, meine Liebe. Ich habe es in dem Augenblick gespürt, als ich unseren hübschen Stoff an diesem Stuhl sah. So etwas weiß man einfach.«

Also, ich hoffe jedenfalls, dass es in diesem Fall so ist, dachte Amber mit einem schiefen Lächeln, als sie den Laden verließ, die Straße überquerte und zu Mr Leggit ging, der am Auto auf sie wartete. Baute sie doch darauf, dass Ms Pepper ihre Bitte ignorierte und keine Zeit verlor, um ihrer besten Freundin von Cassandras beginnender Demenz zu erzählen. »Nach Hause?«, fragte Mr Leggit, ein Mann weniger Worte, und öffnete ihr die Fondtür.

»Ja, bitte«, antwortete Amber. Doch als er den Motor anmachte, sagte sie: »Nein, eigentlich könnte ich, wenn ich schon mal unterwegs bin, kurz im Dower House reinschauen. Janey hat heute Morgen gesagt, Cassandra gehe es nicht besonders gut. Ja, zum Dower House, bitte, Mr Leggit.«

»Na, wenigstens haben wir ein Ballkleid für dich gefunden«, versuchte Katie ihre Freundin aus der in sich gekehrten, zornigen Stimmung zu locken, mit der Zoë aufgewacht war und die immer schlimmer geworden war, je weiter der Tag voranschritt.

Zoë schoss zu ihr herum und fuhr erregt auf: »Verdammt noch mal, hörst du endlich auf, von diesem bekloppten Ball zu reden, als wäre er was, wo ich hin*wollte*?«

Katie verließ der Mut. »Du hast doch selbst gesagt, du willst mit«, erinnerte sie ihre Freundin.

»Das war, bevor ich wusste, dass ich ein beschissenes Kleid anziehen muss und einen noch beschisseneren Ruderer zum Partner habe, mit einem Hirn wie eine Erbse und dem entsprechenden Schwanz«, versetzte Zoë.

Katie seufzte, dankbar dass sie zu Hause waren und nicht im Pub, wo Miles und die anderen Zoës wütenden Ausbruch mit angehört hätten. Wusste sie doch, dass Zoë sich, wenn sie in so einer Stimmung war, durch nichts und niemanden daran hindern ließ, zu sagen, was sie dachte, gewiss nicht durch irgendwelche Konventionen oder gar so etwas Altmodisches wie gutes Benehmen.

»Ian ist ziemlich nett«, protestierte sie.

»Er ist ein langweiliger Dummkopf.« Zoë sprang von dem Stuhl auf, auf dem sie gehockt hatte, und ging in der Küche auf und ab, bevor sie sich zu Katie umdrehte und erklärte: »Gott, ich brauch 'ne Fluppe. So wie ich im Moment lebe, könnte ich genauso gut tot sein.«

Katie sank das Herz in die Hose. Es war nicht das erste Mal, dass Zoë sie so angriff oder sich so benahm. Katie wäre trotz allem versucht gewesen, sich um ihretwillen noch einmal mit Tom in Verbindung zu setzen, wenn Zoë ihr nicht erzählt hätte, er arbeite jetzt in New York.

So schnell, wie Zoës Zorn entflammt war, erstarb er auch wieder, und sie umarmte Katie.

»Ich bin schrecklich. Es tut mir leid, aber ich kann nicht anders. Es ist Axel. Ich weiß, dass ich ihn vergessen muss, aber es fällt mir so schwer.«

Katie hatte Mitgefühl mit ihrer Freundin.

»Ich weiß nicht, wie du es mit mir aushältst. Ich möchte wirklich zu dem Ball gehen«, gestand Zoë flehend. »Sag, dass du mir verzeihst.«

Katie nickte. Was sollte sie auch sonst machen?

»Amber.«

Cassandras hellblaue Augen wichen Ambers Blick aus, und sie verzog missmutig den Mund.

»Ich war auf dem Heimweg und dachte, ich schaue mal bei dir vorbei.« Amber wartete lächelnd.

»Na, dann kommst du wohl besser rein«, meinte Cassandra ungnädig, »aber ich warne dich, du wirst frieren. Ich habe jedenfalls nicht das Geld, um das Haus zu heizen, und hier ist auch keine Mrs Leggit, die mich von vorn bis hinten bedient. Es ist keine Art, eine Frau in meinem Alter so zu behandeln. Durch die Selbstsucht anderer Menschen bleibt mir die mir zustehende Behaglichkeit verwehrt. Du hast ja keine Vorstellung, womit ich mich abfinden muss, indem ich hier lebe.«

»Du weißt, dass du jederzeit zu uns nach Denham ziehen kannst«, erwiderte Amber freundlich und trat entschlossen vor, sodass Cassandra gezwungen war, einen Schritt zurückzugehen und sie einzulassen.

»Das Dower House aufgeben?« Cassandra bedachte sie mit einem bitteren Blick. »O ja, das würde euch so passen, was? Also, wenn du hergekommen bist, um mich aus meinem Zuhause zu vertreiben …«

»Aber du hast mir doch gerade erklärt, dass du es hier nicht behaglich hast«, versetzte Amber und folgte Cassandra in das Wohnzimmer, das ihr vollkommen angenehm geheizt vorkam.

Wie vorherzusehen war, bot Cassandra ihr keine Erfrischung an, doch angesichts dessen, weshalb sie diesen Besuch abstattete, war Amber froh darüber. Es sprach nicht von guten Manieren, jemandes Gastfreundschaft anzunehmen und dann zu sagen, was sie zu sagen hatte.

»Janey war heute Morgen bei mir«, erklärte sie ohne Umschweife.

Cassandra sagte nichts, doch ihr heller Blick huschte hin und her, und das kleine Lächeln, das jetzt um ihre Lippen spielte, hatte eindeutig etwas Triumphierendes.

»Sie und John sind ganz außer sich darüber, dass du hinter ihrem Rücken hingegangen bist und jemanden beauftragt hast, einige sehr kostspielige Renovierungsarbeiten am Dower Haus auszuführen.«

Das triumphierende Lächeln wurde breiter. »Mein verstorbener Gemahl hat in seinem Testament deutlich gemacht, dass mein Lebensstandard nach seinem Ableben nicht leiden soll.«

»Cassandra, es ist keine fünf Jahre her, dass das Dower House renoviert wurde, und du kennst Johns und Janeys finanzielle Situation. Gütiger Himmel, Janey kocht für ihre Familie in einer Küche, die seit den Tagen von Johns Mutter nicht mehr modernisiert wurde. John kann sich die Arbeiten, die du in Auftrag gegeben hast, einfach nicht leisten, und das weißt du ganz genau.«

»Das ist ihr Problem, nicht meins.«

»Also, nein, es ist nicht ihr Problem, jetzt nicht mehr«, erklärte Amber. »Siehst du, ich war gerade in Alderley Edge bei Ms Pepper, die du mit den Renovierungsarbeiten beauftragt hast. Ich habe ihr erklärt, dass du traurigerweise in einer psychischen Verfassung bist, in der du dich, wie soll ich sagen … manchmal recht irrational verhältst.«

Cassandras zischendes Luftschnappen und die zornigen roten Flecken in ihrem Gesicht verrieten ihre Reaktion. Amber verspürte keine Genugtuung darüber, dass sie Jays Cousine derart ausmanövriert und auf der moralischen Entsprechung eines sehr kleinen Fleckens Weideland inmitten ausgedehnter Sümpfe zurückgelassen hatte. Doch egal, wie wenig reizvoll oder unerfreulich es war, sie hatte es tun müssen, um die zu beschützen, die verletzlich waren und das Elend nicht verdient hatten, das Cassandra über sie brachte.

»Ich habe Ms Pepper um ihr Wort gebeten, niemandem etwas von deinem bedauerlichen Geisteszustand zu sagen«, fuhr Amber fort. »Sie war äußerst charmant und verständnisvoll, und die Renovierungsarbeiten, die du in Auftrag gegeben hast, wurden natürlich storniert.«

»Das sagst du nur so«, fuhr Cassandra auf. »So etwas würdest du nicht wagen. Du kannst mich nicht verunsichern, Amber. Ich kenne dich, vergiss das nicht. Du warst immer schon ein

Angsthase. Du hast nicht mal deiner Großmutter die Stirn geboten, ganz zu schweigen von Fremden.«

»Meine Großmutter ist fast fünfundvierzig Jahre tot, und du wärst überrascht, wie hart und wirkungsvoll Hasen zutreten können, wenn es sein muss, Cassandra. Du hast John genug zugesetzt.«

»Oh, dann tust du es also für John? Na, das hätte ich mir angesichts seines leiblichen Vaters ja denken können, nicht wahr?«

»Das ist das Traurige an älteren Menschen, wenn ihre geistigen Kräfte nachlassen und sie verwirrt sind: Sie bekommen nicht mit, dass sie dement werden, obwohl alle um sie herum es deutlich sehen. Sie sagen Dinge, die einfach keinen Sinn ergeben.« Amber seufzte, als habe sie Mitgefühl mit Cassandra ob ihrer geistigen Instabilität. »Jeder weiß, dass dein verstorbener Gemahl Johns Vater war, Cassandra«, versetzte sie mit einem freundlichen Lächeln. »Weißt du, je länger ich dir zuhöre, umso mehr frage ich mich, ob es tatsächlich gut für dich ist, hier allein zu leben. Ich denke, ich sollte mal ein Wort mit Dr. Phillips reden.«

»Mir fehlt nichts. Du bist diejenige, die verrückt ist, den Leuten Lügen über mich erzählt und so tut, als würde ich den Verstand verlieren.«

Cassandra tobte, sie geriet in Panik. Amber sah es in ihrem Blick und hörte es in ihrer Stimme. Sie sollte sich wirklich schämen. Was sie hier tat, war manipulativ und grausam. Doch Cassandra war auch grausam gewesen, besonders zu dem armen John, sie hatte ihn tyrannisiert und ihm das Leben zur Hölle gemacht. Es blieb ihr keine andere Wahl, als Feuer mit Feuer zu bekämpfen.

»Nun, es steht dir vollkommen frei, das zu sagen, wenn du möchtest, Cassandra«, pflichtete Amber ihr in einem Tonfall bei, mit dem man ein aufsässiges Kind zu beschwichtigen sucht.

»Und was John und seinen leiblichen Vater angeht …«, setzte Cassandra hitzig an.

Doch Amber unterbrach sie sofort. »Cassandra, es überrascht mich wirklich, dass du es angesichts dessen, was dann letztendlich ans Tageslicht kommen würde, riskierst, dieses Thema aufzubringen.«

»Was um alles in der Welt redest du da?«

»Ich rede über die Rolle, die du im Leben...«, Amber unterbrach sich und fuhr dann betont ruhig fort: »... und beim Tod von Johns Mutter gespielt hast.«

Sämtliche Farbe wich aus Cassandras Gesicht. »Das hatte nichts mit mir zu tun. Sie hat sich das Leben genommen wegen der Schande, die sie über sich gebracht hatte.«

»Tatsächlich?«, warf Amber ein. »Nun, das musst du mit dir ausmachen, Cassandra, aber wenn ich du wäre, würde ich nicht damit anfangen, Johns Status in Frage zu stellen. Es sei denn, du legst es auf eine Exhumierung an, damit die Wahrheit ans Licht kommt. Also«, verkündete Amber in forschem Ton und stand auf, »ich gehe rauf nach Fitton und sage Janey und John, wie leid es dir tut, dass du dich von Ms Pepper überreden ließest, so eine umfassende Renovierung in Auftrag zu geben. Das ist das Problem, wenn wir älter werden, nicht wahr, Cassandra? Unser Gehirn funktioniert nicht mehr so schnell wie früher, und am Ende sind wir ganz durcheinander. Pepper, was für ein passender Name angesichts ihrer Haarfarbe? Ich denke, sie hat ein ziemlich gepfeffertes Temperament, wenn Leute sie nerven.«

Die Warnung war resolut und spitz. Cassandra sollte nicht glauben, es würde ihr etwas nützen, wenn sie sich mit Ruth Pepper in Verbindung setzte.

Nachdem Amber fort war, rührte Cassandra sich eine ganze Weile nicht vom Fleck. Sie hatte Amber noch nie leiden können. Im Gegensatz zu ihr genoss Amber nicht den Vorteil adliger Geburt und Verbindungen, dennoch besaß sie etwas, wonach Cassandra mit ihren reizlosen Gesichtszügen und knochigem Körperbau sich sehnte – Schönheit. Wie anders hätte ihr Leben verlaufen können, wenn sie so schön gewesen wäre. Sie hätte die Liebe von Johns Mutter, Caroline Fitton Legh, erringen und halten können, ihrer ersten und einzigen wahren Liebe. Doch Caroline hatte sich über sie lustig gemacht und so getan, als liebte sie sie, wo sie doch die ganze Zeit den wertlosen Narren Greg Pickford in ihr Leben und in ihr Bett gelassen – ja, nicht nur hineingelassen, sondern regelrecht eingeladen – hatte. Die anderen, die nach ihr gekommen waren – etwa Jays erste Frau –, hatten Cassandra nie auch nur annähernd so viel bedeutet. Wie konnten sie? Cassandra war überzeugt, dass es ihr bestimmt war, nur einmal im Leben richtig zu lieben.

Sie stand auf, um mit unbeholfenen Schritten und hektischen Bewegungen im Zimmer auf und ab zu gehen, als wollte sie verzweifelt vor etwas fliehen.

Caroline hatte sogar das Balg, das Greg Pickford, wie sie überzeugt war, mit ihr gezeugt hatte, das sie jedoch als Sohn ihres Ehemannes ausgegeben hatte, mehr geliebt als sie. Nun, sie hatte ihn dafür büßen lassen, und das würde sie auch weiterhin tun.

Jemand musste büßen für all das, was sie erlitten hatte, und dieser Jemand war nach ihrem Willen Carolines Sohn John. Und er *würde* büßen, da war sie fest entschlossen. Diesmal mochte Amber ihn gerettet haben, doch es würde andere Gelegenheiten geben, und sie war bereit, sie im rechten Moment zu nutzen.

Der arme Mr Leggit, dachte Amber ein wenig schuldbewusst, als der Bentley vor Fitton Hall zum Stehen kam. Er hat sicher Durst und sehnt sich nach einer Tasse Tee und einem Stück von Mrs Leggits selbstgebackenem Kuchen.

Sie erinnerte sich noch gut an die Ehrfurcht und das Staunen, das sie bei ihrem ersten richtigen Besuch mit ihrem Cousin Greg in Fitton Hall empfunden hatte. Sie hatte die schwarzweiß gestaltete Fassade geliebt und die große Halle mit den Deckenbalken, dekoriert mit den Stoffen, die ihr Vater eigens dafür entworfen hatte. Damals war sie schrecklich naiv gewesen und blind für die Intimität zwischen Johns Mutter und Greg. Blind und verdutzt über Cassandras zornige Eifersucht auf ihren Cousin.

»Wie geht es John?«, fragte Amber Janey, nachdem ihre Stieftochter sie durch die Hintertür eingelassen hatte, die die Familie immer benutzte, weil sie näher an der Küche lag, wo Janey die meiste Zeit anzutreffen war.

Janey bemühte sich um ein mattes Lächeln. »Er ist im Verwalterbüro und schreibt einige ortsansässige Makler an, um einen Mieter für Fitton zu suchen.«

Amber hörte die Verzweiflung in ihrer Stimme. »Ich bin froh, dass er da ist, denn ich habe etwas zu sagen, und ich möchte, dass er es auch hört«, sagte sie ruhig.

Die Küche von Fitton war eine dunkle Höhle. Wie Amber gegenüber Cassandra erwähnt hatte, war darin nichts verändert worden, seit Johns Mutter in den Jahren zwischen den beiden Weltkriegen als junge Braut nach Fitton gekommen war. Schwere Holzschränke und Regale säumten die Wände, und obschon antike Spülsteine zwar wieder in Mode gekommen sein mochten, so war der fleckige und angeschlagene Spülstein in der Küche von Fitton alles andere als modern. Sie hatte wenigstens das Glück, einen Aga-Küchenherd zu besitzen, sagte Janey immer, und der stabile blankgescheuerte Eichentisch war um Längen besser als jede Küchenarbeitsplatte aus Kunststoff.

»Ich fürchte, John ist nicht gerade in guter Stimmung«, entschuldigte Janey sich im Voraus bei Amber. »Er mag es nicht, gestört zu werden, wenn er sich um den Papierkram kümmert, und der Gedanke, Fitton verlassen zu müssen, regt ihn natürlich sehr auf. Er hat das Gefühl, seinen Vater enttäuscht zu haben.«

Amber tätschelte Janeys Arm. »Er wird wieder guter Laune sein, sobald wir ihn gestört haben und ich gesagt habe, was ich zu sagen habe«, versicherte sie ihr.

Das Verwalterbüro von Fitton lag, wie in Denham, im hinteren Bereich des Hauses und roch, genau wie in Denham, nach Leder und feuchten Gummistiefeln. Die Junisonne kämpfte sich durch das kleine Fenster in die Düsternis und schimmerte auf den Scharnieren des Waffenschranks.

John saß an seinem Schreibtisch und schrieb mit energischen Bewegungen, während überall um ihn herum Blätter verstreut waren, von denen einige zu Boden gesegelt waren. Es sah ihm gar nicht ähnlich, sie nicht zu begrüßen und nicht aufzustehen, und das verriet Amber, wie sehr ihn die ganze Situation belastete, denn normalerweise war er gewissenhaft höflich.

Janeys zu fröhliches »Sag Amber hallo, John« lenkte ihn von seinem Tun ab. Er blickte von den Papieren auf, sah sie aber kaum an, sondern eher durch sie hindurch, bemerkte Amber. Der arme John. So viel lag ihm auf der Seele, und das zeigte sich an der Spannung, die seine Haut straff über die Wangenknochen zog.

»Ich bin wegen Cassandra hier«, erklärte Amber den beiden und setzte zu der kleinen Rede an, die sie im Auto rasch vorbereitet hatte.

»Cassandra?« John erhob sich halb von seinem Stuhl, fast wie in Panik, dachte Amber voller Mitgefühl. Der arme Mann, und auch die arme Janey. Amber wusste, dass sie großes Glück hatte mit Jay. Er war ein kluger, freundlicher und doch sehr starker Mensch, seine Schultern waren breit genug, um die Bürden zu tragen, die das Leben ihm aufgab. John dagegen, so vermutete Amber, war zwar in derselben Tradition aufgewachsen, doch seinem Charakter wohnte eine gewisse Steifheit inne, die es ihm schwer machte, mit allem umzugehen, was außerhalb seiner sehr engen Anschauungen lag. Die traurige Wahrheit war, dass John dazu erzogen worden war, den Platz seines Vaters einzunehmen, doch er hatte nie an einem Vorbild gelernt, wie man sich den wandelnden Zeiten anpasste, hatte nie das Selbstbewusstsein entwickeln dürfen, um nötigenfalls mit den Traditionen zu brechen.

»Cassandra hat mich heute Morgen angerufen; sie war in einem schrecklichen Zustand«, fuhr Amber fort. »Sie hat etwas sehr Dummes gemacht, und sie hat deswegen furchtbare Schuldgefühle, aber es ist ihr zu peinlich, um persönlich herzukommen und euch um Verzeihung zu bitten. Ich bin also als ihre Abgesandte hier.«

Amber hielt kurz inne, um sicherzugehen, dass sie Johns ganze Aufmerksamkeit hatte. Es war ungeheuer wichtig, dass sie genau den richtigen Ton anschlug und nichts sagte oder andeutete, was ihn auf die Idee brachte, sie könnte sich eingemischt und ihre schützende Hand über ihn und Janey gehalten haben. Sein altmodischer Stolz hätte das niemals geduldet. Nein, sie musste es so darstellen, als wäre es eine Sache dummer, labiler, leichtsinniger Frauen – etwa in der Art fiktiver viktorianischer Heldinnen, die in Schwierigkeiten gerieten und sich dann der Gnade oder Ungnade von starken Männern auslieferten. Amber ging davon aus, dass John anders nicht beizukommen war.

»Es scheint, als habe eine Frau aus Alderley Edge sie mehr oder weniger dazu überredet, ein paar vollkommen überflüssige Arbeiten am Dower House vornehmen zu lassen, indem sie sie so durcheinanderbrachte, dass sie einfach nicht mehr wusste, was sie tat. Sie weiß natürlich, dass sie in dem Augenblick, als diese Frau anfing, sie zu belästigen, dich, John, hätte um Hilfe bitten sollen, aber ihr kennt ja Cassandra: Wenn es darum geht, jemanden um Hilfe zu bitten, ist sie sich selbst der größte Feind. Jetzt will diese Frau Geld von ihr, und es scheint, als hätte sie sogar gedroht, sich mit dir in Verbindung zu setzen, John.«

»Oh, ja … wir haben heute Morgen eine Rechnung bekommen, nicht wahr, John?«, beteiligte sich Janey an Ambers Scharade. »Du warst ziemlich verärgert darüber, nicht wahr, Schatz?«

Janey wirkte angegriffen, ihre Stimme verriet deutlich ihre

Anspannung, und das war auch kein Wunder, dachte Amber mitfühlend.

»Also, das überrascht mich nicht. Cassandra und ich haben diese Frau in ihrem Laden aufgesucht, und wir haben uns darauf verständigt, die ganze Sache zu vergessen. Cassandra musste der Frau natürlich einen gewissen Betrag zahlen, doch wie Cassandra selbst sagte, hatte sie das Gefühl, dass sie moralisch dazu verpflichtet war. Nach allem, was John schon für sie getan hat, war das Letzte, was sie wollte, ihm das Gefühl zu geben, er müsse für die Rechnung aufkommen. Cassandra hätte herkommen und sich persönlich bei John entschuldigen sollen, doch sie schämt sich zu sehr, um ihm unter die Augen zu treten. Ich habe ihr versprochen, dass dies das letzte Wort darüber war, John. Ich hoffe, es macht dir nichts aus, aber sie hat sich sehr aufgeregt bei dem Gedanken, du könntest sauer auf sie sein.«

»Wozu er jedes Recht hätte«, warf Janey loyal ein.

»Nun, ja, natürlich, aber was sagst du, John? Bist du bereit, Cassandras Entschuldigung anzunehmen und die Sache damit auf sich beruhen zu lassen?«

»Ja ... ja, natürlich«, sagte John mit unsicherer Stimme und wurde rot. Der arme Mann, dachte Amber, und gleichzeitig konnte sie nicht umhin, sich für Janey einen anderen Ehemann zu wünschen, jemanden, der stärker war und nicht so unflexibel im Umgang mit schwierigen Situationen. Ihre Ehe mit Jay war von so viel Liebe und aufrichtiger Bewunderung füreinander geprägt, dass es ihr schier das Herz zerriss, dass eines ihrer Kinder in seiner Ehe nicht so etwas Wunderbares erlebte.

»Cassandra weiß, dass sie es euch früher hätte erzählen sollen«, betonte Amber noch einmal. »Aber ich glaube, sie hat ihre Lektion gelernt. Jetzt muss ich nach Hause. Du bist sehr großzügig und freundlich, John. Cassandra hat wirklich Glück, einen so guten Stiefsohn zu haben.«

John stand jetzt auf, und Amber konnte ihm einen Kuss auf

die Wange geben, bevor sie sich zu Janey umwandte und sie kurz umarmte.

»Ich bringe dich zur Tür«, sagte Janey.

Sobald sie außer Hörweite waren, sagte Amber leise zu Janey: »Alles ist gut, du musst dir keine Sorgen mehr machen.«

»Ich weiß nicht, wie um alles in der Welt du Cassandra dazu überredet hast«, flüsterte Janey aufgeregt. »Hab vielen Dank.«

»Du musst dich nicht bei mir bedanken, Janey, und du musst auch nichts deinem Vater sagen.«

Sie sahen einander voller Verständnis an.

Nachdem Amber gegangen war, saß Janey eine ganze Weile am Küchentisch und versuchte, sich zu sammeln, bevor sie zu John ging. Die Anspannung und der Stress waren so groß gewesen, dass sie noch gar nicht recht begriff, dass es vorbei war. Wenn sie sich so fühlte, wie musste es dann erst ihrem Mann ergehen? Wie ging er mit der Erleichterung um? Janey konnte nicht darüber nachdenken, warum sie so zögerte, zu John zu gehen, und sie konnte erst recht nicht darüber nachdenken, warum sie weder über seine noch über ihre Gefühle mit ihm reden konnte.

16

Olivia lächelte vor sich hin, als sie auf die Straße trat und ein Taxi herbeiwinkte.

»*Le Cirque*, bitte«, wies sie den Fahrer an. Sie war dort mit ihren Eltern zum Abendessen verabredet, doch Robert hatte überraschend angerufen, als sie gerade gehen wollte. »Aus keinem besonderen Grund«, hatte er gemeint, außer um ihr zu sagen, wie sehr er sie liebte und wie sehr er sie vermisste.

Er hatte das Ende des Telefonats immer wieder hinausgezögert, und jetzt kam sie zu spät, doch ihre Eltern würden ihr das nicht krummnehmen.

Sie und ihre Mutter waren am Nachmittag bei Chanel gewesen, wo sie eine private Modenschau der Brautkleider der Saison – eigens für sie aus Paris eingeflogen – genossen hatten. Sie hatten sich beide für dasselbe Kleid begeistert, ein fließendes klassisch schmal geschnittenes Kleid aus schwerem weißem Jersey, mit Strass und Perlen besetzt, die am Oberteil nur hier und da funkelten und nach unten immer dichter wurden, bis sie am Saum des Kleides und auf der Schleppe ein schimmerndes Band bildeten.

Olivia war ganz begeistert von der eleganten Kapuze und den langen Ärmeln, und Mutter und Tochter waren sich einig gewesen, dass sie den schlanken Schnitt sehr viel schöner fanden als die bauschigen Zuckerwattehochzeitskleider, die durch die Prinzessin von Wales so in Mode gekommen waren.

»Emerald besteht darauf, dass du die Lenchester-Tiara trägst«, hatte Ella gesagt, »mehr um Roberts Großmutter willen als um meinetwillen.«

Olivia hatte gelacht.

Sie hatten sich darauf geeinigt, Emeralds und Cathys Töchter zu bitten, das Amt der Brautjungfern zu übernehmen.

»Emerald ist vermutlich ein wenig enttäuscht, dass Sam und James zu alt sind, um sich als Pagen verpflichten zu lassen«, sagte Ella und dachte wehmütig an ihren Sohn und Emeralds Jüngsten.

»Sie können aber zusammen mit Harry und David und Tante Pollys zwei Jungen Roberts Trauzeugen sein«, hatte Olivia eingewandt.

Tante Emerald hatte Speisekartenmuster gefaxt und bedrängte ihre Mutter jetzt wegen einer Entscheidung über das Programmheft der Trauungszeremonie.

Es war ein warmer, klarer Abend, und Olivia war froh, dass sie ein schlichtes cremefarbenes Etuikleid von Armani trug. Die passende Bolerojacke hatte auf einer Schulter kleine applizierte Blätter, die mit einzelnen Strasssteinen besetzt waren.

Dazu trug sie farblich passende hochhackige Sandalen und eine passende Unterarmtasche.

»Sehr hoffähig«, zog ihre Mutter sie auf, die anscheinend schon länger auf sie gewartet hatte, und fügte hinzu: »Wir gehen besser zu deinem Vater. Er unterhält sich gerade über die Stiftung, und wenn wir ihn nicht bald stoppen, bekommen wir ihn gar nicht mehr von seinem Gesprächspartner weg.«

Olivia hakte sich bei ihrer Mutter unter und ließ sich durch den belebten Barbereich führen, und ein Lächeln erhellte ihr Gesicht, als sie ihren Vater erblickte, um augenblicklich wieder zu erlöschen, als sie erkannte, mit wem er ins Gespräch vertieft war.

Tait Cabot Forbes.

»Was ist los?«, fragte Ella, als sie merkte, dass Olivia erstarrte.

»Wie kann Dad sich dazu herablassen, mit ihm zu reden, nachdem er so einen Artikel geschrieben hat?«, zischte Olivia wütend.

Ella bedachte Olivia mit einem überraschten Blick. »Schatz, erstens war es bloß ein Fehler, und zweitens ist es, wie du sehr wohl weißt, längst Schnee von gestern.«

Für mich ist das kein Schnee von gestern, dachte Olivia aufgebracht, als die beiden Männer aufstanden, um sie zu begrüßen. Sie kehrte Tait bewusst den Rücken zu und umarmte ihren Vater. Sie musste ihn zwar begrüßen, doch sie tat es mit so viel Zurückhaltung, wie ihre gute Erziehung es ihr gerade noch erlaubte.

»Das war ein guter Artikel, den Sie zuletzt über Kinderarbeit in Fernost geschrieben haben.«

Nach ihrer unterkühlten Reaktion auf seine Anwesenheit war ein Kompliment über ihre Arbeit das Letzte, was sie erwartet hatte, und Olivia durchforstete es instinktiv nach potenziellen Fallstricken, so wie sie einen Stein hochgehoben und gewartet hätte, bis alles Krabbelnde und Kriechende sich verzogen hatte, bevor sie den eben freigelegten Boden betrat.

»Können wir mit weiteren Artikeln aus Lauranto rechnen? Oder haben Sie vor, den Journalismus an den Nagel zu hängen, wenn Sie verheiratet sind?«

Oberflächlich betrachtet, war es eine ganz normale Frage, doch Olivia wollte fast glauben, dass irgendwo eine versteckte Sprengladung auf sie wartete.

»Sobald mein Verlobter Kronprinz ist, muss er sich mit zahlreichen sozialen Fragen befassen – in einem Land, das noch nicht in den Genuss der Vorteile von Modernisierung und Demokratie gekommen ist, ist das nicht anders zu erwarten –, aber ich bezweifle, dass sie für amerikanische Leser so interessant sind, dass ich darüber schreiben werde.«

»Ich bin mir sicher, die New Yorker Bankergemeinde würde sich sehr dafür interessieren, immerhin habe ich gehört, dass Ihr Verlobter in Lauranto einige sehr vorteilhafte Bankenkonzessionen erteilen will, um aus seinem Land eine Steueroase zu machen.«

»Natürlich möchte Robert zum Wohle seines Volkes Geld und Investitionen nach Lauranto locken«, erwiderte Olivia scharf.

»Mittels eines demokratischen Prozesses oder indem er seine Macht als Landesfürst nutzt?«

Olivia reichte es. Sie wusste genau, worauf Tait hinauswollte.

»Fragen Sie das aus privatem Interesse oder weil Sie über Lauranto einen ebenso schlecht recherchierten Artikel schreiben möchten wie damals über meine Eltern?«

Olivia hörte ihre Mutter nach Luft schnappen und sah, wie ihr Vater eine Augenbraue hochzog. Sie hatte sich über eine der strengsten Regeln guter Manieren und Diplomatie hinweggesetzt, doch das war ihr egal.

»Vielen Dank für Ihre Einladung, mit Ihnen zu Abend zu essen, Oliver«, sagte Tait. »Vielleicht ein andermal? Ella.« Er bedachte ihre Mutter mit einem warmen Lächeln, das die verstohlenen Blicke der anderen weiblichen Gäste auf sich zog, was zweifellos an seiner Aura roher, maskuliner Energie lag und natürlich an seinem unleugbar guten Aussehen.

»Olivia.« Irritierenderweise sah sie Amüsement in seinen Augen schimmern, als er ihr die Hand schüttelte, obwohl dieses Amüsement, wie ihr auffiel, verblasste, nachdem er den Blick bewusst auf ihren Verlobungsring und dann wieder auf ihr Gesicht gerichtet hatte. Seine nächsten Worte waren allein für ihre Ohren bestimmt.

»Er sieht sehr schwer aus.«

»Und das erinnert mich daran, was für ein Privileg es ist, ihn zu tragen«, erwiderte Olivia.

Doch offensichtlich war er noch nicht fertig mit ihr, denn er sagte in gedehntem Tonfall: »Mit dem Privileg geht Verantwortung einher«, bevor er ihre Hand losließ und sich entfernte.

»Was war das denn?«, fragte ihre Mutter neugierig.

Olivias Blick klebte noch an Taits Rücken. Er war stehengeblieben, um mit einer spindeldürren überreizten Blondine zu reden, die sich ihm in die Arme geworfen hatte.

»Er mag mich nicht, und ich mag ihn auch nicht«, antwortete Olivia.

»Du warst sehr unhöflich zu ihm, Schatz«, tadelte Ella sie sanft.

»Er hat sich über mich lustig gemacht.« Olivias Gesicht war gerötet. Die Blicke, die zwischen ihren Eltern hin und her gingen, sagten ihr, dass sie überreagierte und – noch schlimmer – sich benahm wie ein Kind, das bei etwas Ungezogenem erwischt wird und trotzig versucht, jemand anderem die Schuld in die Schuhe zu schieben, doch das brachte sie nur noch mehr auf. Ihre Eltern sollten auf ihrer Seite stehen und nicht auf der von Tait Cabot Forbes. Schließlich hatte sie sich nur schützend vor sie und Robert gestellt. »Ich habe es gesehen, als er meinen Verlobungsring angesehen hat.«

»Er ist ein Brahmane von Boston und stammt in direkter Linie von einem der Gründerväter ab. Vergiss nicht, dass deren

Vorfahren England wegen der hochgeschätzten Demokratie verlassen haben«, erklärte ihr Vater. »Natürlich schießt er auf alles, dem nur der Hauch des Antidemokratischen anhaftet. Es liegt ihm im Blut.«

»Ich glaube wirklich nicht, dass er sich über dich lustig gemacht hat, Schatz«, versuchte ihre Mutter sie zu beruhigen. »Und ich glaube, du bist ein wenig überempfindlich, wenn du so etwas denkst.«

»O doch, das hat er.« Lächerlicherweise stellte Olivia fest, dass sie den Tränen nahe war. »Und Robert ist nicht antidemokratisch. Einer der Hauptgründe, warum er Kronprinz wird, ist der, dem Volk von Lauranto zu helfen.«

Wieder tauschten ihre Eltern »diesen Blick«. Er erweckte in Olivia den Wunsch, mit dem Fuß aufzustampfen und zu verlangen, dass sie sie als vollwertige Erwachsene behandelten und nicht wie ein dummes Kind.

»Natürlich«, pflichtete ihre Mutter ihr bei.

»Aber?«, hakte Olivia nach, denn sie ahnte die unausgesprochenen Gedanken ihrer Mutter.

Doch ihr Vater übernahm das Antworten, er trat zu ihr und legte ihr den Arm um die Schultern.

»Vermutlich geht allein schon das Wort ›Kronprinz‹ den Amerikanern gegen den Strich.«

»Du meinst, es geht bestimmten Angehörigen der privilegierten und einflussreichen weißen Mittelschicht gegen den Strich«, korrigierte Olivia ihn und fügte unfreundlich hinzu: »Wohlgemerkt, ihren Frauen scheint es nicht gegen den Strich zu gehen, wenn man sich ansieht, wie sie damit prahlen, wenn eine ihrer Töchter einen Titel heiratet.«

»Olivia«, protestierte Ella, »das ist nicht sehr nett.«

»Aber es ist doch wahr. Genauso wahr wie die Tatsache, dass Männer wie Tait Cabot Forbes nur aus einem einzigen Grund gegen Männer wie meinen Robert sind, und zwar, weil sie wissen, dass bei all ihrem Reichtum da draußen in der Welt ein

Titel viel mehr zählt und sie sich auch mit ihren vielen Milliarden keinen kaufen können.«

Olivia sah, dass sie ihre Eltern schockiert hatte, die beide enorm stolz darauf waren, amerikanische Staatsbürger zu sein, weil sie seit langem ihren Wohnsitz in den Vereinigten Staaten hatten, doch wie ein Kind, das einen Wutanfall hat, war sie zu aufgebracht und wollte ihre Worte nicht zurücknehmen, selbst wenn sie gekonnt hätte.

»Ich glaube keinen Augenblick, dass Tait Robert um seinen Titel beneidet, falls du das andeuten willst«, sagte ihre Mutter leise. »Es überrascht mich sehr, dass du so etwas denkst, Livvy, ganz zu schweigen davon, es laut zu sagen. Ich verstehe nicht, warum du so unfreundlich zu Tait bist. Er war deinem Vater dank seiner vielen Kontakte bei der Stiftung eine enorme Hilfe, abgesehen davon ist er charmant und intelligent.«

»Jetzt stellst du dich auf seine Seite gegen mich, nur weil er Amerikaner ist und Robert nicht. Begreifst du nicht, was Sinn und Zweck seiner Frage war?«

»Ich denke, es tut ihm leid, dass eine talentierte Journalistin wie du wegen ihrer Heirat ihre Karriere aufgibt«, sagte Oliver.

Oliva sah ihren Vater an. »O nein. Er wollte darauf hinaus, dass Robert die Rolle des Kronprinzen nur zum eigenen Vorteil annimmt, und das ist nicht wahr.«

Wieder sahen ihre Eltern einander an.

»Warum seht ihr euch immer wieder so an, als würdet ihr mir nicht glauben?«, wollte Olivia wissen, zu aufgebracht, um ihren Schmerz zu verbergen.

»Natürlich glauben wir dir«, versicherte ihre Mutter ihr. »Aber es ist auch wahr, dass die Bedürfnisse seines Volkes nicht Roberts einziger Grund sind, Alessandros Nachfolge anzutreten. Wenn du mich fragst, ich würde behaupten, seine Entscheidung hat siebzig zu dreißig mit diesen alten Gebäuden zu tun, von denen er dauernd spricht und für deren Renovierung er Geld auftreiben will.«

Olivia öffnete den Mund und schloss ihn wieder. »Natürlich möchte Robert so ein unersetzliches Erbe für zukünftige Generationen bewahren«, sagte sie dann leise. »Diese Gebäude sind von unermesslichem historischem Wert. Sie sind einzigartig.«

»Es sind und bleiben Bauwerke, Livvy. Aus Ziegelsteinen und Mörtel. Wichtig, ja, mag sein, aber was mich angeht, zählen Menschen mehr.«

»Kommt, ihr zwei, setzen wir uns«, schlug Olivias Vater vor. »Der Oberkellner lauert schon zehn Minuten auf uns.«

»Ich glaube nicht, dass ich noch Lust auf Abendessen habe«, erklärte Olivia.

»Red keinen Unsinn, Schatz. Die Hochzeitsvorbereitungen sind sehr anstrengend. Du musst anständig essen.«

Jetzt ist also der Stress wegen der Hochzeit verantwortlich für die angespannte Stimmung zwischen uns, dachte Olivia aufgebracht, als sie sich zu ihrem Tisch führen ließ, und nicht der wahre Grund, Tait Cabot Forbes, dem etwas gelungen ist, was ich nie für möglich gehalten hätte, nämlich einen Keil zwischen mich und meine Eltern zu treiben.

»Du hast doch etwas auf der Seele. Was ist es?« Sie spazierten zusammen durch den Garten und waren stehen geblieben, um die altmodischen Duftrosen zu bewundern, die sie zur Goldenen Hochzeit geschenkt bekommen hatten. Jays freundliche Frage und ein warmes Lächeln erfüllten Ambers Herz mit wachsenden Schuldgefühlen. Normalerweise hatten sie keine Geheimnisse voreinander.

»Ich habe etwas getan, was dir nicht gefallen wird«, gestand sie.

Jay sah sie zärtlich an. »Du weißt, dass mir nichts an dir je missfallen könnte, Amber.«

»Du hast eine viel zu hohe Meinung von mir«, wandte Amber ein. »Überlass die Entscheidung darüber ruhig mir. Es ist sehr egoistisch von mir, dass ich es dir erzählen möchte. Als würde ich dir die Last meines Gewissens überantworten, wo ich doch weiß, dass das, was ich getan habe, moralisch nicht richtig war, auch wenn ich mir einrede, dass es notwendig war.«

»Erzähl's mir«, redete Jay ihr zu.

Leise und umsichtig tat Amber, wie ihr geheißen.

»Ich weiß nicht recht, was mir mehr Schuldgefühle bereitet«, schloss sie, »die schrecklichen Lügen und Andeutungen, die ich über Cassandra verbreitet und ihr gegenüber fallengelassen habe, oder die Tatsache, dass ich John, indem ich so ein Lügengebilde gesponnen habe, um ihn zu schützen, in Wirklichkeit herabsetze. Er wäre unglaublich gekränkt, wenn er es wüsste, aber du weißt ja, wie stolz er ist. Deswegen hat Cassandra ja auch getan, was sie getan hat, weil sie um seinen Stolz weiß und ihn genau da treffen wollte. Ich habe zuweilen solche Schuldgefühle, weil wir so viel haben, während Janey und John …«

Jay drückte ihre Hand. »Das geht mir genauso. Es ist ganz natürlich für Eltern zu wollen, dass ihre Kinder glücklich sind. Die arme Janey wirkt manchmal recht angespannt und unglücklich. Die Ehe mit John, sosehr ich ihn auch mag, kann nicht leicht für sie sein.«

Amber sah Jay dankbar an. Es war typisch für ihn, dass er sofort gewusst hatte, dass sie Schuldgefühle hatte, weil sie sich liebten und miteinander glücklich waren, und nicht, weil sie reich waren.

»Kommt hinzu, dass Janey immer wieder sagt, sie verstehe einfach nicht, warum Cassandra so unfreundlich zu ihnen – aber besonders zu John – ist, wo ich es natürlich genau weiß, aber nichts sagen kann. Schade, dass Cassandra nicht vor Jahren deinem Vorschlag gefolgt und nach Brighton gezogen ist, um in der Nähe ihrer Freundin zu leben.«

»Ich bin mit dir einer Meinung, dass es für Janey und John besser gewesen wäre, wenn sie nach Brighton gezogen wäre, und gesünder für Cassandra allemal. Sie hätte womöglich sogar ein gewisses Maß an Frieden und Glück gefunden, wenn sie die Vergangenheit hinter sich gelassen und ein neues Leben begonnen hätte.«

»Ich glaube, sie missgönnt uns allen – besonders aber uns beiden – das Glück, das wir miteinander haben und das ihr verwehrt geblieben ist. In dieser Hinsicht tut sie mir sehr leid.«

»Das hat sie ganz allein sich selbst zuzuschreiben«, sagte Jay, und ob seines ungewohnt kritischen Tonfalls sah Amber ihn fragend an. »Ich besitze nicht deine Großzügigkeit, Amber. Cassandra war indirekt verantwortlich für den Tod einer ihrer Geliebten und vielleicht direkt verantwortlich für den Tod einer anderen und deren ungeborenem Kind.«

Jetzt war es an Amber, Jays Hand in einer tröstlichen Geste zu drücken. Sie wusste, dass die Geliebte, für deren Tod Cassandra indirekt verantwortlich war, Jays erste Frau gewesen war, deren seelische Labilität, wie Jay glaubte, sich dadurch verschlimmert hatte, dass Cassandra sie verführt hatte.

»Niemand ist großzügiger bezüglich der Schwächen anderer als du, Jay«, beharrte sie.

»Das behauptest du jetzt, trotzdem wolltest du mir nicht sagen, was du getan hast, weil du dachtest, ich würde dich verurteilen.« Jetzt war seine Stimme voller Traurigkeit.

»Nicht doch«, versicherte Amber ihm entschlossen. »Aber ich bin oberflächlich genug, dass ich mich so gern in deiner guten Meinung von mir sonne, dass ich nicht riskieren wollte, in Ungnade zu fallen.«

»Da brauchst du keine Angst zu haben. Nichts, was du je tun oder sagen könntest, könnte etwas an meiner Liebe zu dir und meiner Bewunderung für dich ändern, Amber. Du bist der Mittelpunkt meines Seins, du und unsere Liebe halten mich am Leben.« Wegen dir habe ich mich an der Schwelle des Todes und der süßen Befreiung von allen irdischen Schmerzen gewehrt, hätte er noch hinzufügen können, doch er wusste, dass Amber nicht gern an seinen Herzinfarkt und die Zerbrechlichkeit allen menschlichen Lebens erinnert wurde.

So standen sie zusammen im Rosengarten, zwei ältere Menschen, grauhaarig und gebeugt. Jay hatte Amber den Arm um die Schulter gelegt, ihre Wange ruhte an seiner warmen Brust.

»Manchmal denke ich, wir sind einfach gesegnet, dass wir einander gefunden haben und uns lieben. Unsere Liebe ist nicht nur für uns, sie ist auch für Barrant und Blanche und deren Söhne und für all die Liebe, die sie nie hatten.«

Jay drückte Amber einen Kuss auf den Kopf und zog sie an sich.

Es war halb zwölf am Vormittag. Roberts Augen brannten, weil er die halbe Nacht wach gewesen war und voller Zorn mit seiner mangelnden Selbstbeherrschung gerungen hatte. Wut und Schuldgefühle über ein Begehren, das aus etwas erwuchs, was er nicht erklären und auch nicht begreifen konnte, das schmerzliche Verlangen nach einer Frau, die nicht in das Leben passte, wie er es geplant hatte. Es hätte ihm leichtfallen müssen, dieses Bedürfnis zu unterdrücken, es schlicht zu leugnen, doch er hatte ihm nachgegeben, und jetzt besaß es – besaß sie – die Macht, alles zu zerstören, was er sich aufgebaut und wofür er gearbeitet hatte, alles, was er sich von seinem Leben wünschte.

Besaß die Macht, alles zu zerstören – falls die Person, die sie in Händen hielt, beschloss, sie zu nutzen.

Robert konnte sich noch genau erinnern, wie viel wohler er sich gefühlt hatte, als er sein Leben und die Dinge, die am engsten damit in Berührung kamen, unter Kontrolle hatte. Damals hatte seine Mutter ihm gesagt, sie werde Drogo heiraten und ihm damit den Stiefvater geben, den er sich so sehr gewünscht hatte. Da brauchte er keine Angst mehr zu haben, dass noch einmal einer wie der Schläger Max Preston in ihr Leben kommen würde. Er war glücklich gewesen, hatte sich sicher gefühlt. Er kontrollierte gern die Grenzen, um innerhalb dieser Grenzen einen sicheren Bereich zu haben. Was in der Nacht zuvor passiert war, hatte diese Grenzen verletzt.

Die ganze Nacht hatte er wachgelegen und gegrübelt. Olivia von Charlotte zu erzählen war natürlich unmöglich. Er kannte die Frauen. Olivia liebte ihn, sie würde ihm verzeihen, doch es würde Fragen geben, und in Zeiten der Disharmonie würde sie Anschuldigungen gegen ihn erheben. Kurz gesagt, es Olivia zu erzählen hieße, ihr die Kontrolle über ihre Beziehung zu überlassen, und das wollte er nicht.

Also blieben ihm zwei Möglichkeiten: Entweder nichts zu tun und zu hoffen, dass Charlotte Meredith fortan auf Distanz blieb, oder zu ihr zu gehen und sie um ihr Schweigen zu bitten.

Wenn er die Freiheit der Wahl gehabt hätte, hätte Robert sich für erstere Lösung entschieden, doch diese Freiheit hatte er nicht.

Was hieß, dass er die zweite Lösung wählte. Und deswegen stand er jetzt vor Charlotte Merediths Tür und hoffte, dass sie zu Hause war, damit er die ganze unerfreuliche Angelegenheit erledigen und dann ein für alle Mal hinter sich lassen konnte, damit sie keinen Schatten über das Leben warf, das er mit Olivia zu teilen gedachte.

Charlotte war gerade erst von ihrem Broker zurückgekehrt, der mit ihr den äußerst erfreulichen Wertzuwachs ihres Aktienbesitzes besprochen hatte, als sie den Türklopfer hörte. Sie schaute von ihrem Wohnzimmerfenster hinunter und sah Robert vor ihrer Haustür stehen.

Ihr Herz machte einen Satz. Es war unmöglich, so etwas für ihn zu empfinden. Für keinen Mann, aber für ihn auf gar keinen Fall. Er konnte sie nicht leiden, er verachtete sie, er hatte Angst vor ihr. Und er wollte sie. Und was empfand sie für ihn? Nichts … zumindest nichts, was zählte. Nichts, was zählen durfte. Sie war es schließlich gewohnt, emotionalen Schmerz zu ignorieren.

Ein Blick in sein Gesicht verriet ihr, dass das, was ihn zu ihr geführt hatte, nicht Verlangen war oder der Wunsch, mit ihr zusammen zu sein.

In dem Augenblick, da Robert in die elegante Halle trat, überfielen ihn die Erinnerungen daran, was sich hier beim letzten Mal abgespielt hatte, und erfüllten ihn mit einer Mischung aus ungewollt schmerzhaftem Verlangen und Zorn, geboren aus der Angst vor diesem Begehren. Typisch für eine Frau wie Charlotte, dass sie mein Unbehagen noch dadurch verstärkt, dass sie mich in der Halle mit den ungewollten Erinnerungen stehen lässt, dachte Robert.

Doch just als er das dachte, verblüffte sie ihn, indem sie sagte: »Ich weiß nicht, warum du hier bist, aber was immer auch du zu sagen hast, sagt sich gewiss bequemer in meinem Wohnzimmer.«

Robert folgte ihr die Treppe hinauf. Das Wohnzimmer im ersten Stock war mit demselben erlesenen Geschmack eingerichtet wie die Halle, dazu hier und da ein kleiner eigenwilliger, individueller modischer Touch. Ein Mann konnte sich zu Hause fühlen in so einem Raum, trotz der gewissen weiblichen Wärme, die er ausstrahlte. Er bemerkte den Raumduft: erdig, warm und gleichzeitig frisch, mit einem Hauch Schärfe, um die Sinne zu kitzeln. Er erinnerte ihn an die Freude, in dem kleinen Obstgarten in Denham an einem Apfel zu riechen und dann hineinzubeißen, eine seltene alte englische Sorte, die er besonders liebte. Der Duft passte zu dem Wohnzimmer – zurückhaltend und doch voller Charme für die, die genug Geschmack besaßen, um seinen wahren Wert zu erkennen. Die Ausstattung in kühlen Weiß- und Grautönen beruhigte die Sinne, der grau gerahmte Spiegel über einem passenden Konsolentischchen fügte sich harmonisch ein, zog das Auge auf sich, ohne es zu überwältigen.

»Sehr schön«, bemerkte er zögernd, als er merkte, dass sie ihn dabei beobachtete, wie er sich in dem Raum umsah. »Wer war der Innenausstatter? Ich erkenne den Stil nicht.«

»Ich«, antwortete Charlotte wahrheitsgemäß. »Ich verstehe einfach nicht, wozu die Leute Innenausstatter brauchen. Ich ziehe es vor, dem, was mir gehört, meinen Stempel aufzudrücken.«

Als Charlotte sah, dass Robert sichtlich zusammenzuckte, ermahnte sie sich innerlich, sie brauche kein Mitleid mit ihm zu haben. Sie hatte ihn schließlich nicht gebeten, seine Verlobte zu betrügen.

»Du weißt vermutlich, warum ich hier bin«, begann Robert unbeholfen und fügte, als Charlotte nicht reagierte, recht verzweifelt hinzu: »Das … das, was da zwischen uns passiert ist, was zwischen uns passiert, kann so nicht weitergehen.«

»Weil du verlobt bist und deine Verlobte dir niemals verzeihen würde?«, höhnte Charlotte, um den Schmerz zu überspielen, der sich in ihren Stolz brannte. Natürlich ließ er sie fallen und leugnete sie. Natürlich!

»Ich glaube fast, das würde sie sogar«, fühlte Robert sich verpflichtet zu sagen, »aber ich könnte mir selbst niemals verzeihen, dass ich ihr so wehgetan habe.«

Charlotte durchfuhr ein brutaler Stich aus Eifersucht und Groll gegen die Frau, die er beschützen wollte. Kein Mann hatte sie je beschützen wollen. Wie es wohl war, so eine Frau zu sein? Eine Frau zu sein, für die ein Mann seinen Stolz opferte, damit sie keinen Schaden nahm?

Sie gierte danach, die Schutzmauer niederzureißen, die Robert um seine Verlobte herum errichtet hatte. Er sollte sich ihr so rückhaltlos ergeben, dass er gezwungen wäre, sich einzugestehen, dass es keinen Schutz vor seinem Verlangen nach ihr gab, am wenigsten durch einen Verlobungsring. »Verstehe«, sagte sie nun ruhig. »Und wie willst du dafür sorgen, dass deine Verlobte nicht verletzt wird?«

Robert entspannte sich ein wenig. Sie würde ihm keine Szene machen. Unter seine Erleichterung mischten sich ungewollt Respekt vor ihr und die Erkenntnis, dass sie sehr stark war. Ein Mann könnte sich leicht daran gewöhnen, so eine Frau zu bewundern, und sich in schwierigen Situationen ihre Bestätigung seines eigenen Urteils wünschen. Sie würde gegenüber denen, an denen ihr etwas lag, äußerst loyal sein und alles tun, um sie zu verteidigen. Darin war sie, wie Robert erkannte, seiner Mutter sehr ähnlich.

»Ich bin hier, um dich zu bitten, das, was zwischen uns passiert ist, zu vergessen.«

So etwas hatte sie erwartet, und das saure Gefühl der Trostlosigkeit, das in ihr aufstieg, verriet ihr, dass es keinen Sinn hatte, das Spiel fortzuführen, indem sie ihn weiterquälte. Es würde ihr ein gewisses Gefühl der Genugtuung geben, doch Charlotte fürchtete allmählich, dass sie sich emotional viel zu sehr eingelassen hatte, um unbeschadet davonzukommen. Besser, sie gab ihn frei und brachte sich in Sicherheit, als ihn weiter zu verfolgen wie eine rachgierige Harpyie, um am Ende zu erkennen, dass sie in ihrer eigenen Falle gefangen war, emotional so verstrickt, dass sie den Gedanken nicht ertrug, ihn gehen zu lassen.

Sie öffnete den Mund, um ihm zusammen mit seiner Freiheit ihr Schweigen zu versprechen, als er brüsk hinzufügte: »Schließlich ist es ja nicht so, als würde das, was passiert ist, einem von uns irgendetwas bedeuten. Ich meine, du hättest jede sein können.« Es war eine Lüge, und Robert wusste es, doch er musste es sagen, als würde es irgendwie wahr werden, wenn er es sagte.

Durch solche beiläufigen Erklärungen waren schon ganze Weltreiche niedergegangen – und Menschen ebenfalls.

Zwischen ihnen war mehr als nur das blinde Verlangen nach sexueller Befriedigung, und Robert wusste das so gut wie Charlotte. Wäre er in diesem Punkt ehrlich gewesen, hätte er es zugegeben, dann hätte sie sich genötigt gesehen, ihm zu helfen. Doch das hatte er nicht. Er hatte es geleugnet – und damit auch sie.

Der empörte Zorn einer verschmähten Frau zerriss Charlotte schier, riss die alten Wunden ihrer Kindheit wieder auf und erfüllte sie mit dem grausamen Verlangen, auf Robert einzuschlagen und ihm so wehzutun, wie er ihr gerade wehgetan hatte. Statt ihm seine Freiheit zurückzugeben, machte sie einen Schritt auf ihn zu, fixierte ihn mit weit offenen Augen und senkte die Stimme mit Bedacht zu einem tiefen, hypnotischen Flüstern.

»Ich bewundere dich dafür, dass du deine Verlobte schützen willst, Robert, aber das ist nicht wahr, und du weißt es. Wir können unser Verlangen nach einander nicht ignorieren.« Als er wieder zusammenzuckte, lächelte Charlotte ihn verführerisch an. »Ich habe letzte Nacht lange wachgelegen und an dich gedacht. Glimmende Kohlen können sehr lange brennen. Manche sagen, der beste Weg, sie zu löschen, sei der, sie sich selbst verzehren zu lassen. Vielleicht sollten wir das tun, nur um ganz sicherzugehen, dass nichts übrig bleibt, an das einer von uns sich … erinnern möchte.«

Er durfte nicht auf sie hören, ermahnte Robert sich, doch sie drängte sich schon mit dem ganzen Körper an ihn, umschlang ihn mit den Armen und küsste ihn. Ihre Zungenspitze strich die unerträglich erotische Botschaft auf seine Lippen. Er wollte sie aufhalten, wollte ihre Arme von seinem Hals lösen, packte ihre schlanken Handgelenke und schob sie von sich.

Charlotte lachte leise. »Warum wehrst du dich«, neckte sie ihn, »du willst mich doch? Du wolltest mich neulich, und du willst mich jetzt.« Sie strich mit offenkundigem Selbstvertrauen mit den Fingerspitzen einer Hand über die ganze Länge seiner Erektion, und dann öffnete sie mit der anderen Hand seine Hose, bevor sie vor ihm auf die Knie sank und sein Glied in den Mund nahm. Sein Verlangen war so explosiv und heiß und hart wie das eines Pubertierenden, der sich selbst befriedigt, unfähig, seine Sexualität zu kontrollieren.

Doch sie konnte sein Begehren kontrollieren, indem sie ihn

mit den Zähnen leicht kniff, damit er nicht kam, und dann aufstand und mit einem Lächeln sagte: »Lass es uns richtig machen.«

Bevor er etwas tun oder sagen konnte, streifte sie ihr Kleid ab und entblößte ihre blasse, durchscheinende Haut. Ein eleganter Seiden-BH umfing ihre Brüste, ohne die dunklen Höfe um ihre Brustwarzen ganz zu verbergen.

Anders als alle anderen Frauen, die Robert kannte, zog sie nicht zuerst ihren BH aus, sondern legte ihren Seidenslip ab, sodass das dichtgelockte Dreieck naturblonder Schamhaare entblößt wurde. Sie öffnete die Beine, nahm seine Hand und legte sie auf ihren Venushügel.

»Was hindert dich? Du weißt, dass du es willst«, raunte sie ihm zu.

Eine dunkle, orgiastische Flut des Begehrens schoss durch ihn hindurch, riss seinen Widerstand nieder und tobte in jeder einzelnen Zelle seines Körpers.

Er packte sie, zog sie an sich, umfasste ihr Gesicht mit beiden Händen und schob die Finger dann in ihre Haare, um ihren Kopf nach hinten zu ziehen und sie zu küssen. Grob drückte er seine Lippen auf die ihren, schmeckte die weiche, duftende Haut ihres Halses, riss den Seidenstoff von ihren Brüsten, um sie zu kneten und zu halten und an ihren Brustwarzen zu ziehen, während er ihre warmen Atemzüge an der Stirn spürte. Doch als er mit dem Mund nach ihrer Brustwarze tastete, hielt sie ihn auf.

»Erst wenn du dich ausgezogen hast. Du bist nicht der Einzige, der sich amüsieren darf, weißt du.«

Sie hatte ihn … Charlotte sah es in seinen Augen. Er wollte sie, und er würde sie bekommen. Und dann würde *sie* Rache nehmen.

Rose atmete tief durch, bevor sie die Hand hob, um den Türklopfer zu betätigen. Sie stand vor Nicks und Sarahs Haus – oder genauer gesagt, vor Sarahs, jetzt da Nick ausgezogen war.

Die Überraschung, als nicht Sarahs Au-pair-Mädchen die Tür öffnete, sondern Sarah selbst, wich rasch dem Schock, als Rose nicht nur sah, wie dünn Sarah geworden war, sondern auch, wie krank sie wirkte, die Augen geschwollen vom vielen Weinen und das Gesicht voller Flecken. Sarahs Reaktion auf Roses Anblick war in ihrem feindseligen Gebaren deutlich zu lesen.

Rose spürte, dass ihre Schwiegertochter ihr am liebsten die Tür vor der Nase zugeknallt hätte, und trat deshalb rasch in den Flur und sagte: »Schon gut. Nicht Nick hat mich geschickt. Ich bin nur gekommen, um dir zu sagen, wie sehr Josh und ich die Jungen vermissen, und um dich zu fragen, ob es wohl möglich ist, dass sie in den Sommerferien ein paar Tage mit uns verbringen.«

Während Rose sprach, hatte Sarah die Hand an die Schläfe gehoben und massierte sie, als hätte sie Schmerzen.

»Du kommst besser mit durch in die Küche«, sagte sie und führte Rose in die handbemalte Küche, die Rose insgeheim viel zu überladen fand. Doch es war nicht die überladene Ausstattung, über die sie besorgt die Stirn runzelte, sondern das Chaos und die Unordnung in dem Raum – ein Gräuel für Rose, die Ordnung über alles liebte.

»Ziemlich chaotisch, ich weiß«, entschuldigte Sarah sich müde, »aber Anya ist dieses Wochenende ausgezogen. Ich fürchte, mein Vater hat ihr wegen des Benehmens der Jungen zu sehr zugesetzt.«

Sarah hatte ihr den Rücken zugekehrt und füllte den Teekessel, doch Rose hörte den Schmerz in ihrer Stimme. Sie stellte die Handtasche auf den Boden und ging zu ihr. »Sarah …«

»Bitte, sag nichts. Ich kann wirklich nichts mehr hören.«

Sie weinte, Tränen liefen ihr übers Gesicht, und sie zitterte am ganzen Körper. Sie machte den Eindruck, als stünde sie am Rande eines Nervenzusammenbruchs.

»Komm und setz dich«, sagte Rose.

»Alles läuft schief«, weinte Sarah und sank auf einen Küchenstuhl. »Daddy besteht darauf, dass ich mit den Jungen rauf nach Schottland komme, aber wenn wir dort sind, ärgert er sich über sie und schimpft, sie seien aufsässig und bräuchten mehr Disziplin, und ich würde sie verwöhnen. Das nimmt sie sehr mit, und sie drehen erst recht auf. Wenn Nick vorbeikommt, kritisiert er Daddy in ihrer Gegenwart und sagt hässliche Dinge über ihn zu den Jungen. Manchmal wünschte ich mir, ich könnte dem allem entfliehen, und sie würden mich beide in Ruhe lassen.«

Das Teewasser kochte, und Rose goss Tee auf.

»Vermutlich findest du, ich bin Nick gegenüber unfair«, fuhr Sarah fort, die Hände um den Becher, den Rose ihr gereicht hatte, die Schultern hochgezogen.

»Ich denke eher, du bist unfair gegen dich selbst und die Jungen«, sagte Rose leise. »Hast du mal überlegt, Urlaub zu machen?«

»Daddy will, dass wir rauf nach Schottland kommen, sobald die Ferien anfangen.«

Rose schüttelte den Kopf. »Nein, ich meine richtigen Urlaub, nur du und die Jungen. Irgendwo, wo ihr ein wenig Zeit für euch habt.«

Frische Tränen rollten. »Das würde ich schrecklich gern, aber es geht einfach nicht. Ich glaube nicht, dass ich zurechtkäme. Daddy hat recht, ich habe die Jungen viel zu nachlässig erzogen.«

»Sie sind durcheinander und verwirrt«, sagte Rose taktvoll, statt darauf hinzuweisen, dass die beiden womöglich ihren Vater vermissten. Sarah lohnte es ihr mit einem dankbaren Lächeln.

»Daddy liebt sie natürlich, aber er merkt nicht immer … also, dass sie noch klein sind und dass er ihnen Angst einjagt, wenn er wütend wird.«

»Hast du ihm das mal gesagt?«, fragte Rose.

Sarah wirkte entsetzt. »Nein, das kann ich nicht. Er wäre unglaublich sauer … ich meine, er würde mich nicht verstehen.«

Was sie meinte, dachte Rose, war, dass ihr Vater sie genauso einschüchterte und verängstigte wie ihre Söhne.

»Das ginge ja alles, wenn Nick die Sache nicht noch schlimmer machen würde, indem er herkommt und über Dad herzieht. Die Jungen hören ihn und … ach, ich wünschte mir wirklich, die beiden würden mich einfach nur in Ruhe lassen.«

Ihr herzzerreißendes Weinen verstärkte Roses Besorgnis.

»Manchmal würde ich am liebsten die Jungen nehmen und weglaufen, irgendwohin, wo keiner von den beiden uns erreichen kann. Vermutlich hältst du mich für einen feigen Angsthasen.«

Rose schüttelte den Kopf. Ihr war gerade ein Gedanke gekommen. »Wenn du wirklich wegmöchtest, dann kenne ich genau den richtigen Ort für dich.«

Sarah sah sie argwöhnisch an. »Wenn du vorschlagen willst, dass wir zu dir kommen …«

»Nein. Ich dachte an Denham.«

»Denham? Du meinst, zu Amber und Jay?«

»Ich weiß, dass du dort sehr willkommen wärst, und dort hättest du auch ein wenig Luft zum Durchatmen. Zeit, in Ruhe darüber nachzudenken, was du wirklich willst und was die Jungen brauchen, Sarah, statt zu versuchen, es deinem Vater recht zu machen und gleichzeitig Nick zu besänftigen.«

»Daddy will nur unser Bestes. Er liebt mich und die Jungen.« Ihr Tonfall war defensiv.

»Natürlich liebt er euch«, pflichtete Rose ihr bei, »aber wie du gerade gesagt hast, die Jungen reagieren auf eure Trennung, und du fühlst dich hin und her gerissen, weil du auf der einen Seite deinem Vater alles recht machen und auf der anderen Seite die schwierige Situation zwischen Nick und dir nicht noch verschlimmern willst.«

»Aber würden Amber und Jay sich nicht auf Nicks Seite stellen?«

»Du hast sie doch kennengelernt. Was meinst du?«

»Ich mochte sie sehr, genau wie Denham, aber wenn Nick erfährt, dass wir dort sind …«

»Ich werde Nick sagen, dass du ein wenig Zeit für dich brauchst und dass er das respektieren muss.«

»Mein Vater erwartet, dass wir rauf nach Schottland kommen. Er wird wütend … ich meine, es wird ihm nicht gefallen, wenn wir nicht kommen.«

»Du hast doch gesagt, dass er dich liebt, Sarah. Er wird dich bestimmt verstehen.«

Rose sah, dass der Vorschlag ihre Schwiegertochter reizte, und im Augenblick konnte sie sich keinen anderen Ort vorstellen, an dem Sarah in ihrem zerbrechlichen Zustand besser aufgehoben wäre als bei ihrer Tante Amber in Denham, doch sie wollte ihr nicht das Gefühl geben, sie zu bedrängen.

»Warum denkst du nicht darüber nach?«, setzte sie an, doch Sarah schüttelte den Kopf.

»Nein. Ich habe mich entschieden. Ich mach's.«

Drei Stunden später war alles Nötige arrangiert, und in der Küche herrschte wieder eine gewisse Ordnung.

Sarah und die Jungen würden nach Denham fahren, sobald die Jungen Ende der Woche Schulferien bekamen. Josh und Rose würden sie zum Bahnhof Euston fahren und dann Janey anrufen, um ihr Bescheid zu sagen, mit welchem Zug sie kamen, und Janey würde sie in Macclesfield am Bahnhof abholen.

Amber hatte mit Sarah gesprochen und ihr versichert, dass sie und Jay sich riesig freuen würden, wenn sie mit den Jungen zu Besuch käme, und Sarah fand sogar den Mut, ihren Vater anzurufen und ihm zu sagen, dass sie ihn nicht in Schottland besuchen würden.

17

»Schade, dass du nicht herkommen kannst, um dich mit uns für den Ball fertig zu machen. Wir haben hier Champagner und Erdbeeren, und Sally hat einen Freund, dessen Schwester Friseurin ist. Sie kommt rüber und macht uns die Haare«, hatte Fran am Vorabend gesagt, als sie sich alle getroffen hatten, um die letzten Kleinigkeiten wegen des Balls zu besprechen.

Angesichts der geladenen Atmosphäre zwischen ihnen, weil Zoë es sich schon wieder anders überlegt und erklärt hatte, sie wolle nicht zum Ball und sie habe nur zugesagt, damit Katie aufhörte, sie damit zu piesacken, wünschte Katie sich im Augenblick tatsächlich, sie wäre dort.

»Du kannst jetzt nicht nicht zum Ball gehen, Zoë«, protestierte Katie. »Denk doch nur, wie dumm der arme Ian dann ohne Partnerin dasteht.«

Katie wusste, dass es ein lahmer Versuch war, dazu hätte es nicht Zoës geringschätzigen Blicks bedurft.

»Warum denkst du nicht mal an mich?«, versetzte Zoë, »statt an den ›armen Ian‹? Schließlich bist du angeblich meine beste Freundin … zumindest warst du das, bevor du anfingst, mit Fran und ihrer Clique rumzuhängen.«

Katie atmete zitternd aus, denn sie hörte mit Erleichterung, dass Eifersucht wegen ihrer Freundschaft zu Fran für Zoës schlechte Laune verantwortlich war und nicht etwas Ernsteres. Etwa, dass Zoë sagte, alles, was sie wolle, sei mit Axel zusammen zu sein. Aber sie machte sich unnötig Sorgen, redete Katie sich gut zu. Zoë hatte ihr immer wieder versichert, sie sei »kuriert« von der »Verrücktheit«, die sie wegen Axel gepackt habe, und er bedeute ihr nichts mehr. Daran zu zweifeln wäre gemein und falsch. Sie musste ihrer Freundin vertrauen und an sie glauben. Das war sie Zoë nach allem, was sie durchgemacht hatte, doch sicher schuldig, oder?

In Wirklichkeit war Katie – zwar von Schuldgefühlen geplagt, aber dennoch – insgeheim froh, mal eine Pause von Zoë zu haben, wenn sie beide über den Sommer Oxford den Rücken kehrten und nach Hause fuhren. Zoë flog nach New York, um Tom zu besuchen, der jetzt dort arbeitete, um, wie Zoë es formulierte, umfassendere Erfahrungen in der Bankenwelt zu sammeln, als die Familienbank ihm bieten konnte. Katie ertrug es immer noch kaum, wenn ihre Freundin über Tom sprach, doch nachdem sie Zeugin geworden war, was der Schmerz unerwiderter Liebe mit Zoë angerichtet hatte, war Katie fest entschlossen, dass ihr so etwas niemals passieren würde. Tom hatte sie abgewiesen, und das tat weh – sehr weh –, aber sie würde nicht zulassen, dass diese Zurückweisung ihr Leben zerstörte. Sie würde es akzeptieren und so hart wie möglich daran arbeiten, ihre Verliebtheit in Tom zu überwinden. Irgendwie würde sie lernen, mit dem Schmerz des Verlusts und des Bedauerns für das, was hätte sein können, zu leben.

Von New York würde Zoë nach Paris und dann nach Antibes zu ihren Eltern reisen.

Katies Pläne für den Sommer waren bei weitem nicht so glamourös. Sie hatte bereitwillig auf die Gelegenheit verzichtet, mit ihren Eltern und Jamie Venedig zu besuchen und eine Woche mit Emma und der Familie Angelli zu verbringen, und würde nach Denham fahren. Vorgeblich tat sie dies, um sich in die Archivarbeit von Denby Mill einzuarbeiten und ihrer Großmutter bei der Katalogisierung ihrer persönlichen Archivalien zu helfen. Doch ihre Mutter und ihre Tante Rose hatten sie überdies mit einer geheimen Mission beauftragt: Sie sollte das Verbindungsglied zwischen dem Geschäftsführer von Denby Mill und all denen sein, die hart daran arbeiteten, dass das besondere Überraschungsgeschenk zu Ambers achtzigsten Geburtstag in Form der neuen Seidenstoffekollektion rechtzeitig fertig wurde. Katie war überzeugt, dass die Verantwortung dafür sie so auf Trab halten würde, dass sie gar keine Zeit haben würde, über Tom zu grübeln.

»Red keinen Unsinn«, schalt sie Zoë jetzt. »Du wirst immer meine beste Freundin sein, das weißt du.«

»Spuck auf deinen Finger und schwöre bei Gott«, wiederholte Zoë ein Mantra aus Kindertagen.

»Spuck auf meinen Finger und schwöre bei Gott«, pflichtete Katie ihr bei. »Komm, wir machen uns besser fertig, sonst kommen wir noch zu spät.«

»Eine Minute noch. Zuerst brauche ich noch einen Joint, damit es mir nicht mehr hochkommt bei dem Gedanken, es mit dem Langweiler Ian aufnehmen zu müssen. Glaubst du, er hatte je schmutzigen Sex? Ha, wahrscheinlich findet er es schon schmutzig, ihn rein und raus zu schieben.«

»Zoë …«, protestierte Katie.

»Ich kann dich mit zu einer Party nehmen, wo wir richtig Spaß haben. Warum nicht, Katie?« Zoës Stimme bekam etwas Drängendes, und sie hielt mitten im Drehen ihres Joints inne. »Du traust dich bestimmt nicht, nicht zum Ball zu gehen, sondern mit mir zu der Party zu kommen, von der ich gehört habe.«

Lag da Verzweiflung und etwas Flehendes in Zoës Stimme? Katies Magen krampfte vor Besorgnis.

»Nein, Zoë, hör auf damit.«

Sie sahen einander schweigend an.

»Du hast es mir versprochen«, erinnerte Katie Zoë leise.

»Ach, verdammt, verdammt, verdammt. Na gut.« Zoë schlug mit der flachen Hand auf den Tisch. »Dann gehe ich eben, aber mach mir hinterher keine Vorwürfe, wenn ich …«

»Wenn du was?«

»Wenn ich vor Langeweile sterbe.«

Böse Vorahnungen versetzten Katies Herz einen heftigen, ungewollten Stich. Zoë verzehrte sich doch hoffentlich nicht insgeheim immer noch nach Axel? Das war doch sicher unmöglich, wo er sie so schlecht behandelt hatte und sie so tapfer gekämpft hatte, um das Trauma zu überwinden? Was sollte sie tun? Wenn sie Zoë danach fragte, würde diese ihr vorwerfen, ihr nicht zu vertrauen. Aber sie konnte auch nicht vergessen, was Tom gesagt hatte. Seine Anschuldigungen hatten ihr das Gefühl gegeben, irgendwie für Zoë verantwortlich zu sein. Sie konnte sich nicht vorstellen, dass Emma, ihre ältere Schwester, vor einer solchen Pflicht zurückschreckte.

Also atmete sie tief durch und fragte entschlossen: »Zoë, es ist doch alles in Ordnung, oder? Ich meine …«

»Ich weiß, was du meinst, und ja, natürlich geht es mir gut. Willst du selbst sehen, nur um sicherzugehen, oder was?«, fuhr sie wütend auf und machte sich daran, ihre Ärmel aufzurollen.

»Nein, natürlich nicht. Ich möchte nur nicht, dass du das Gefühl hast, du könntest, also, nicht mit mir reden, wenn dir danach ist.«

»Oh, Katie.« Plötzlich umarmte Zoë sie, halb lachend und halb weinend, und sagte energisch: »Eine Freundin wie dich habe ich gar nicht verdient, aber ich brauche dich, Katie, ich werde dich immer brauchen. Du darfst mir niemals die Freundschaft aufkündigen, egal, was ich sage oder tue. Versprich mir das.«

»Versprochen«, versicherte Katie ihr und erwiderte ihre Umarmung fest.

»Wow, hier ist ja echt was los, was?«, sagte Fran aufgeregt, als die sechs – Fran und ihr Freund Rick, Katie und Miles und Zoë und Ian – stehen blieben und sich umblickten.

Wer Karten hatte, musste strenge Sicherheitskontrollen über sich ergehen lassen, bevor er den Ballsaal betreten durfte, dessen Zugang von Dutzenden von stämmigen Wachleuten und Polizisten geschützt wurde.

Ihre Eintrittskarten – für den Ball, ein Abendessen und die All-inclusive-Bar – hatten pro Paar über hundertdreißig

Pfund gekostet. Zoë hatte sich lustig gemacht über die Jungen in ihren Abendanzügen, doch Katie fand insgeheim, sie sahen toll aus, richtig erwachsen und elegant, und der Blick, mit dem Miles sie bedacht hatte, als sie gekommen waren, um sie abzuholen, verriet ihr, dass er ihre äußere Erscheinung auch ziemlich toll fand.

Es war eine feste Regel, dass die Studierenden, die im College wohnten, aber nicht am Ball teilnahmen, an diesem Abend ihre Zimmer nicht verlassen durften, doch es war auch Tradition, dass einige jüngere Studenten versuchten, ohne Karte auf den Ball zu kommen – aus reinem Spaß an der Freude. Geschichten über junge Männer, die schwimmend den Fluss durchquerten, um in die Collegegärten zu gelangen, die Abendgarderobe in Plastiktüten verpackt, hielten sich hartnäckig, genau wie die aktuelleren Geschichten über glücklose Studierende, die verräterische Farbflecken an Händen und Kleidern hatten, weil sie versucht hatten, an den Mauern hochzuklettern, die eigens frisch gestrichen worden waren, um ihnen eine Falle zu stellen.

Miles winkte einen Kellner herbei, der mit einem Tablett herumging, und reichte jedem der drei Mädchen ein Glas Champagner. Zoë trank ihres in einem Zug leer, schnappte sich ein zweites Glas, bevor der Kellner weitergehen konnte, und bedachte die anderen dabei mit einem finsteren Blick.

Ein Streichquartett war engagiert worden, um in der Halle des College zu spielen, und die Musik verlieh dem Abend zusätzlichen Glamour, zumindest für Katie, die die ganze Atmosphäre einfach liebte. Wenigstens hätte sie es so empfunden, wenn sie sich nicht solche Sorgen um Zoës Benehmen gemacht hätte. Insgeheim fand sie es gemein von Zoë, ihnen den Abend zu verderben, nur weil sie keine richtige Lust hatte, doch Katie war klug genug, nichts zu sagen, um sie nicht noch mehr gegen sich aufzubringen.

Der Ball mochte, wie einige behaupteten, nicht mit dem vor

drei Jahren mithalten können, doch für Katie hatte er alles, was ein Commemoration Ball haben sollte: Eine Spitzenband spielte Musik zum Tanzen, man konnte sich in den Gärten amüsieren, wo Fahrgeschäfte standen und ein Spanferkel gegrillt wurde, und natürlich mangelte es auch nicht an dem Blödsinn, den temperamentvolle junge Männer immer anstellen, wenn sie auf ein Publikum von hübschen Mädchen treffen. Im Laufe der Nacht wurde mehr als ein Student dabei beobachtet, wie er im Abendanzug aus dem Fluss stieg.

»Ich glaube, unsere Kleider sind die schönsten auf dem ganzen Ball«, flüsterte Fran Katie glücklich zu, und Katie war geneigt, ihr zuzustimmen. Alle hatten sich herausgeputzt, doch ihre Kleider waren, wie sie fand, einen Hauch exklusiver. Zoës Beharren darauf, Schwarz zu tragen, und ihre ruppige, zuweilen feindselige Haltung hatten schon zu ersten Kommentaren geführt – genau was Zoë gewollt hatte, vermutete Katie. Ihrer Meinung nach hatte ihre Freundin ihren Partner die letzte halbe Stunde ziemlich unhöflich ignoriert, um der Band zuzusehen, und jetzt sah Katie, wie sie einen Roadie ansprach, einen muskulösen Typ mit Bart, der über der nackten Brust eine Lederweste trug sowie Jeans, und den Wachmann, mit dem er sich unterhalten hatte.

»Gefällt's dir?«, fragte Miles sie zehn Minuten später, als sie zusammen tanzten. Er musste die Stimme erheben, damit sie ihn über der Musik hörte.

Katie nickte begeistert und lachte, als er sie packte und in einem schwungvollen Jive herumwirbelte. Mit Miles war es wie mit ihren Stiefcousins Harry und David – einfach, unbelastet von schwierigen Gefühlen, sicher und lustig. Sie versuchte, sich vorzustellen, sie würde mit Tom so tanzen, und wusste, dass das unmöglich war. Zu deutlich wäre sie sich ihrer Gefühle für ihn bewusst. Bei dem Gedanken an Tom tat ihr das Herz weh. Ich liebe ihn nicht, sagte sie sich energisch. Man kann jemanden nicht richtig lieben, wenn man ihn nur aus der Ferne anschmachtet und er einen sowieso nicht will. Kaum dachte sie an Tom, sah sie sich nach Zoë um, und ihr Magen zog sich zusammen, als sie ihre Freundin nirgends entdeckte.

»Ich sehe Zoë nicht mehr«, sagte sie zu Miles.

Er zuckte ungeduldig die Achseln und meinte: »Na und?«, bevor er sie wieder herumwirbelte.

Sie konnte ihm nicht erklären, dass sie sich für ihre Freundin verantwortlich fühlte, denn dann hätte sie ihm Zoës Verletzlichkeit verraten.

»Hast du Zoë gesehen?«, fragte sie Fran, sobald sie und Miles sich wieder zu Fran und Rick gesellt hatten.

»Als ich sie das letzte Mal sah, hing sie mit einem der Roadies ab«, antwortete Fran.

Katie wusste, dass Fran Zoë nicht besonders mochte, ja, sie sogar ziemlich unmöglich fand. Das merkte man deutlich an ihrer Stimme und ihrer Miene.

»Hier ist Ian«, sagte Miles zu Katie. »Wo ist Zoë, Ian?«

Ian zuckte unbeholfen die Achseln. »Ich weiß nicht. Sie hat mir vor über einer halben Stunde gesagt, sie bräuchte noch was zu trinken. Seitdem habe ich sie nicht mehr gesehen.«

Es entstand ein kurzes, verlegenes Schweigen, und Katie vermutete, die anderen fanden, dass Zoë nicht gerade nett mit Ian umsprang, wenn man bedachte, wie teuer die Karte gewesen war. Sie konnte den anderen unmöglich sagen, dass Zoë nur auf ihr Drängen hin mit zu dem Ball gekommen war und die ganze Zeit gemault hatte, sie habe keinen Bock auf Ian als Partner. Ein wenig ängstlich blickte Katie sich suchend um, doch sie musste einsehen, dass es schier unmöglich war, Zoë unter so vielen Menschen zu finden. Unsicher schaute Katie in der Hoffnung zur Band, sie dort vielleicht zu entdecken, doch keine Spur, weder von dem Roadie noch von ihrer Freundin.

»Hör auf, dir Sorgen um sie zu machen«, drängte Fran Katie, »und sag jetzt nicht, du machst dir keine, denn du machst dir welche, es ist nicht zu übersehen. Zoë ist kein Kind mehr, und du solltest dich nicht für sie verantwortlich fühlen.«

»Ich weiß, tue ich ja auch nicht, aber …«

»Nichts aber«, sagte Fran entschieden. »Wir sind hergekommen, um uns zu amüsieren, und wenn sie sich nicht mit uns amüsieren will, dann ist das ihre Sache.«

Katie wusste, dass Fran recht hatte, doch sie kannte Zoë auch nicht so wie Katie. Man konnte nicht von Fran erwarten, dass sie verstand, wie irrational und selbstzerstörerisch Zoë sein konnte, wenn ihr der Sinn danach stand. Da, gestand Katie sich, sie hatte es gesagt, wenn auch nur in Gedanken: Zoë konnte selbstzerstörerisch sein.

»Komm, gehen wir was essen«, drängte Miles, und Rick und Ian pflichteten ihm begeistert bei. Katie zögerte, die Tanzfläche zu verlassen, ohne sich zu vergewissern, dass Zoë wusste, wohin sie gingen, und sah sich noch einmal um.

»Ich schaue besser mal, ob sie nicht bei der Toilette ansteht«, erklärte sie den anderen. »Ich will nicht, dass sie zurückkommt und denkt, wir hätten sie stehen lassen.«

Ihre Freunde warfen einander Blicke zu, die ihr verrieten, dass sie fanden, sie verhalte sich viel zu nachsichtig gegenüber Zoë, aber was sollte sie denn machen? Sie war schließlich schuld, dass Zoë überhaupt hier war.

»Wir suchen uns einen Platz rechts vom Spanferkelgrill«, erklärte Miles, »da kannst du uns dann leicht finden.«

Katie bedachte ihn mit einem dankbaren Blick. Er war so ein vernünftiger, verlässlicher, freundlicher Mensch. Zoë mochte spotten, er sei weder aufregend noch im Geringsten sexy, doch Katie fand, seine Verlässlichkeit hatte etwas Tröstliches. Er erinnerte sie in manchem an ihren Vater, und das gefiel ihr.

Die Schlange vor der Damentoilette war lang, und Katie ging sie ab und schaute, ob Zoë dort war, ja, sie klopfte sogar an die Kabinentüren und rief ihren Namen, bevor sie zu der Bühne zurückkehrte, wo die Band noch spielte. Immer noch keine Spur von Zoë oder dem Roadie, doch der stämmige Wachmann beobachtete die Tanzenden mit verschränkten Armen. Der lüsterne Blick, mit dem er Katie bedachte, weckte in ihr den Wunsch, sich nicht an ihn wenden zu müssen. Doch sie fragte ihn, ob er wisse, wo Zoë hingegangen sei, und beschrieb ihm ihre Freundin.

»Ist wahrscheinlich auf 'ne schnelle Nummer mit dem Roadie nach draußen«, erklärte er Katie unfreundlich. »Sie hatte's auf jeden Fall drauf abgesehen.« Er kniff abwägend die Augen zusammen. »Wie wär's, wenn wir zwei es ihr nachtäten? Ihr feinen Dinger mögt's doch gern mal grob.«

Rasch trat Katie einen Schritt zurück und gab ihm mit einem aufgebrachten Blick zu verstehen, was sie von seinem Vorschlag hielt. War Zoë mit dem Roadie abgezogen? Möglich wäre es. Ja, eigentlich wäre so etwas sogar typisch für sie, um ihren Spaß zu haben und Katie gleichzeitig dafür zu bestrafen, dass sie sie mit auf den Ball geschleppt hatte.

Katie spürte eine Hand auf ihrem Arm und wirbelte herum. Fran sah sie von der Seite an und hob die Stimme über den Lärm: »Ich dachte mir, dass ich dich hier finde.«

»Ich suche Zoë«, erklärte Katie ihr überflüssigerweise.

»Ich weiß nicht, warum du deine Zeit damit vergeudest, ihr hinterherzulaufen«, sagte Fran aufgebracht. »Sie ist erwachsen, Katie. Sie ist kein Kind mehr, auch wenn sie sich so benimmt.«

»Sie wollte eigentlich gar nicht mitkommen.« Katie fühlte sich verpflichtet, ihre Freundin zu verteidigen. »Ich habe sie überredet, und irgendwie fühle ich mich schuldig.«

»Du fühlst dich schuldig? Wenn sich hier einer schuldig fühlen sollte, dann doch wohl sie, aber das tut sie natürlich nicht. Ich wette, sie hat Spaß daran, dir den Abend zu verderben, aber sie verdirbt ihn nicht nur dir, Katie. Die Jungen sind ziemlich sauer über ihr Benehmen, besonders Miles.«

Frans Worte lösten bei Katie eine frische Welle von Schuldgefühlen aus.

»Komm, gehen wir zurück zu den Jungen und überlassen es ihr, nach uns zu suchen, wenn sie das will. Es ist nicht fair, ihnen den Abend zu verderben, nur weil sie sich danebenbenimmt. Glaubst du, sie macht sich auch nur einen Gedanken darüber, wie es dir geht?«, drängte Fran, als Katie unentschlossen wirkte. »Also, ganz bestimmt nicht. Der Ball heute ist etwas Besonderes, woran wir uns unser ganzes Leben lang erinnern werden, und ich lasse nicht zu, dass Zoë ihn uns verdirbt, und du, wenn du ein bisschen Verstand hast, auch nicht. Sie ist egoistisch und gemein.«

Katie seufzte. An dem, was Fran sagte, war sehr viel Wahres.

»Komm schon«, drängte Fran, nahm ihre Hand und wollte sie mit sich ziehen.

Mit einem kläglichen Lachen gab Katie klein bei. »Na gut.«

Es war tatsächlich ein ganz besonderer, wunderbarer Abend, gestand Katie sich zwei Stunden später ein, als sie und Miles Hand in Hand durch das taufeuchte Gras gingen und stehen blieben, um die Spiegelung von Mond und Sternen auf der ruhigen Wasseroberfläche der Themse zu betrachten. Katie hatte sich noch nicht daran gewöhnt, sie gemäß wahrer Oxford-Tradition Isis zu nennen.

»Danke, dass du mich heute Abend als deine Partnerin zu dem Ball eingeladen hast«, sagte sie zu Miles.

Er schenkte ihr einen beredten Blick. Katie wusste, dass er sie gern geküsst hätte, doch bis jetzt war ihr nicht klar gewesen, dass sie ihn auch küssen wollte. Es hat etwas ungeheuer Romantisches, beim Commem Ball einen Jungen in einem Smoking unter einem samtdunklen Himmel zu küssen, es gehört einfach dazu, dachte sie glücklich, als Miles sie umarmte und sie das Gesicht zum Kuss hob.

Er küsste gut, seine Lippen waren fest und warm, seine Zunge neugierig, aber nicht zu forsch. Sie spürte, wie seine Hand zu ihrer Brust wanderte, schwer und warm. Ohne den Kuss zu unterbrechen, schob sie seine Hand weg, doch Miles bewegte sie wieder nach oben. Unter seinem Kuss lächelte Katie. Miles wusste genau, dass er nichts erreichen würde, aber so eine Nacht verlangte einfach nach einem beherzten Versuch.

»Ich glaube, ich könnte mich sehr leicht in dich verlieben, weißt du das?«, fragte er mit belegter Stimme.

Katie lächelte. »Da sprechen Champagner und Pimm's.«

Und Champagner und Pimm's sagten ihr, dass es tatsächlich sehr angenehm war, mit einem jungen Mann hier zu sein, der sie bewunderte und begehrte und ihr sogar sagte, er könne sich in sie verlieben. So angenehm, dass sie den Verdacht hatte, sie könnte ihm ganz leicht sagen, sie würde es ihm erlauben. Warum die Zeit damit vergeuden, auf jemanden zu warten, den sie niemals haben konnte, wenn hier jemand war, den sie haben konnte und der sie ebenfalls wollte?

Arm in Arm schlenderten sie den Weg zurück, den sie gekommen waren. Die Morgendämmerung färbte den Himmel zart und ließ die Umrisse der Paare erkennen, die am Flussufer lagen und offensichtlich ein bisschen weitergingen, als nur zu küssen. Katie lächelte nachsichtig. In einer so zauberhaften Nacht wie dieser konnte sicher aller möglicher »Unfug« geschehen, um ihn, falls man das wollte, sofort wieder zu vergessen, sobald der nächste Tag den Zauber mit fortnahm.

Es war perfekt, absolut romantisch, durch und durch vergoldete Turmspitzen, güldene Jugend und Oxford, und sie war hier und war Teil davon.

»In einer Nacht wie dieser könnte man fast glauben, wir seien unsterblich«, sagte sie verträumt zu Miles.

»Ich weiß nichts über Unsterblichkeit«, brummte der. »Aber ich weiß, dass ich so langsam einen Bärenhunger kriege. Wann gibt's Frühstück?«

Katie lachte laut auf. Sie konnte nicht anders. Sie spürte einfach, wie die Freude in ihr hochperlte, und als sie lachte, erkannte sie, dass Zoë, wenn sie bei ihnen wäre, keine Minute verstanden hätte, warum es sie amüsierte und freute, dass Miles mit beiden Füßen so fest auf der Erde stand.

Zoë …

»Ich gehe besser und schaue noch mal nach Zoë«, sagte sie.

»Ich weiß nicht, warum du dir dauernd Sorgen um sie machst.« Miles schüttelte den Kopf. »Du bist heute Nacht bestimmt ein Dutzend Mal los, um sie zu suchen. Ist dir noch nicht in den Sinn gekommen, dass sie zur Abwechslung versuchen könnte, uns zu suchen … und sich zu entschuldigen? Du vergeudest nicht noch mehr Zeit mit ihr, Katie«, erklärte er entschieden und nahm ihre Hand. »Du kommst jetzt mit zum Frühstück und amüsierst dich. Zoë kann sich allein um sich kümmern.«

In der sexuell aufgeheizten Atmosphäre des Schlafzimmers mischte sich das raue Stöhnen aus Roberts Kehle mit dem unregelmäßigen Rhythmus ihrer Atemzüge. Er sackte mit dem ganzen Körper kurz auf Charlotte, und sein Herz schlug noch wild gegen seine Rippen, so drängend hatte er dem Orgasmus entgegengefiebert. Er sah das Glitzern in Charlottes Augen, als er sich von ihr löste und sich von der Nachtluft den Schweiß trocknen ließ.

Jedes Mal sagte er sich, dieses wäre das letzte Mal, es würde nie wieder passieren, und jedes Mal führte sein fiebriges Begehren ihn von Neuem zu ihr. Sie war wie eine Krankheit, die von ihm Besitz ergriffen hatte, ein Fieber, das ihn verzehrte, ein Schmerz, der ihn so sehr quälte, dass er sich kaum wiedererkannte.

Zum Beispiel an diesem Abend. Er hatte mit seiner Mutter und seinem Stiefvater zu Abend gegessen. Seine Mutter hatte über die Hochzeit reden wollen, und das war Robert nur recht gewesen. Er hatte gewollt, ja, schier danach verlangt, dass sie Olivias Namen sagte, damit er sich darauf konzentrieren konnte, was die Realität seines Lebens war, statt in diese gefährliche Halbexistenz gezogen zu werden, die kein Leben war.

Nach dem Abendessen war er nach Hause gegangen, um zu arbeiten und Olivia anzurufen. Sie hatte ihm gesagt, wie sehr sie ihn vermisste und wie sehr sie sich auf seinen bevorstehenden Besuch in New York freute. Sie hatten über die Hochzeit und ihre gemeinsame Zukunft gesprochen. Dann hatte er sich an die Pläne für die Umbauarbeiten gemacht, die er an der Wohnung plante, die seine Großmutter ihm im fürstlichen Palast von Lauranto versprochen hatte.

Er hatte bis ein Uhr nachts daran gesessen, wollte arbeiten bis zur Erschöpfung, um, wenn er zu Bett ging, zu schlafen und nicht wach zu liegen und an sein Begehren für Charlotte zu denken. Und dann hatte es angefangen, das nagende, brennende Verlangen nach ihr, das wie ein Fieber durch seine Adern kroch. Wenn er sich dieses Verlangen, das vollkommen von ihm Besitz ergriffen hatte, aus dem Leib hätte reißen können, dann hätte er das getan, doch das ging nicht, und um zwei Uhr hatte er aufgegeben.

Sie hatte beim sechsten Läuten den Hörer abgehoben und ihn auf ihre leicht spöttische Art ausgelacht, die sein Verlangen nur noch mehr anheizte.

Doch wenn er mit ihr zusammen war, schien das sein Begehren nur noch zu steigern, statt es zu befriedigen, fast wie bei einem Dürstenden, der Salzwasser trinkt.

Charlotte beobachtete Robert durch den Schleier ihrer Augenlider. Er war ein überraschend guter Liebhaber, aufmerksam und sinnlich und bereit, sich ihren Bedürfnissen zu widmen. Doch am meisten freute sich Charlotte auf die Befriedigung, die sie empfinden würde, wenn sie ihn über jede Selbstbeherrschung hinaustrieb, wenn er völlig von seinem Verlangen nach ihr besessen sein würde, wenn es ihn überwältigte und ihn kontrollierte und ihn alles dessen, was er war, beraubte, wenn er nichts mehr hatte und nichts mehr war. Dann würde sie die Befriedigung erleben, auf die sie wirklich aus war.

Heute war er diesem Punkt sehr nah gekommen, sie hatte gespürt, dass der Kampf in ihm tobte. Sie teilten nicht nur den Wunsch, sondern das Bedürfnis, die Kontrolle zu behalten. Wenn er endgültig seine Selbstbeherrschung verlor, würde ihn das demütigen und herabsetzen. Und sie würde es genießen.

»Irgendwie glaube ich nicht, dass deine kleine Verlobte begeistert wäre von dem, was du da gerade gemacht hast«, sagte sie mit einem trägen Lächeln und reckte mit sinnlicher Lässigkeit ihren nackten Körper.

Robert erstarrte. Er musste nicht an seine Schuld erinnert werden. Er hatte geschworen, es nie wieder zu tun, und doch war er hier. Das hier fand außerhalb seines wirklichen Lebens statt, versicherte er sich. Es konnte und würde weder seine Beziehung zu Olivia beeinträchtigen noch ihre Heirat. Wie ein Virus war es schlicht etwas, dem man Zeit geben musste, damit es von innen heraus selbst heilte. Abgesehen davon bedeutete es nichts, weder ihm noch Charlotte.

Charlotte war anders als die anderen Frauen, mit denen er eine Affäre gehabt hatte. Sie war nicht auf emotionale Intimität mit ihm aus und schien die Tatsache, dass er mit einer anderen Frau verlobt war, amüsant zu finden, statt sie ihm zu verübeln.

Dieses Mal war das letzte Mal, schwor er sich. Eine innere Stimme warnte ihn, dass er sich das leicht einreden konnte, jetzt, in der Entspannung nach dem sexuellen Höhepunkt. Doch er meinte es ernst, hielt er dagegen. Sie war ein Fehltritt, ein Verlangen, das mit dem Rest von ihm nichts zu tun hatte und dem er schlicht nicht genug Aufmerksamkeit gewidmet hatte, um es zu beherrschen. Doch er konnte es. Schließlich kontrollierte er alle anderen Aspekte seines Lebens, also konnte er auch das hier in den Griff bekommen.

18

Es war kurz vor sechs, die Sonne stieg auf und vertrieb den Dunst über dem Fluss, als Miles Katie zu Fuß nach Hause begleitete.

Ein Briefträger ging an ihnen vorbei, ohne sie eines Blickes zu würdigen, als wäre der Anblick von Menschen in Abendkleidung, die um sechs Uhr am Morgen durch die Stadt schlenderten, etwas völlig Alltägliches, was es, wie Katie aufging, für ihn um diese Zeit des Jahres womöglich sogar war.

Sie freute sich nicht gerade darauf, Zoë zu begegnen, denn wahrscheinlich würde sie wegen des Abends schmollen, nachdem sie sich abgeseilt hatte und nach Hause gegangen war.

Hoch oben über ihnen färbte sich der milchige frühe Morgenhimmel blassblau.

»Ist das nicht perfekt?«, sagte Katie glücklich zu Miles. »Genau so sollte ein früher Morgen sein, sauber und frisch und mit dem Versprechen auf einen wunderschönen Tag.«

Miles lachte noch über sie, als sie um die Ecke bogen und einen Streifenwagen vor dem Haus parken sahen.

Katie stürzte augenblicklich aus intensivem Glück in stechende Angst, und ihr Herz setzte einen Schlag aus. Einen kurzen Augenblick drängte sie sich näher an Miles, um bei ihm Trost und Schutz zu suchen, doch dann löste sie sich von ihm und ging schneller.

»Katie«, rief Miles, doch sie schüttelte den Kopf, und er machte größere Schritte, um mit ihr mitzuhalten.

Sie war in einen Laufschritt gefallen, stolperte halb in ihrem langen Kleid, als sie sah, dass die beiden Polizisten aus dem Auto stiegen und ihr erwartungsvoll entgegenblickten.

Sie war außer Atem, als sie vor ihnen stand, ihr Mund trocken vor Anspannung. »Zoë?«, fragte sie atemlos. »Hat …«

Die Polizisten tauschten einen kurzen Blick.

»Könnten Sie uns bitte Ihren Namen und Ihre Adresse nennen, Miss?«, fragte der ältere der beiden, ein korpulenter, väterlicher Typ.

»Katie … Katherine Pearl Montpelier«, ergänzte sie. »Und ich wohne hier.« Sie zeigte auf das Haus.

»Was ist los, Officer? Was ist passiert?« Das war Miles, der an ihre Seite trat und ihre Hand nahm.

»Und Sie, Sir, wohnen Sie auch hier?«, fragte der Polizist.

Miles schüttelte den Kopf. »Nein, ich habe Katie nur nach Hause begleitet. Wir waren gestern Abend auf dem Commemoration Ball, und …«

»Und Miss Zoë Mallory, war sie bei Ihnen?«

»Ja. Zuerst, aber dann hat sie den Ball verlassen, um nach Hause zu gehen«, antwortete Katie.

»Hat sie Ihnen das gesagt? Dass sie nach Hause wollte?«

Katie sah Miles an. »Nicht ganz.«

»Nicht ganz? Was heißt das?«

»Es heißt … Oh, bitte, wo ist Zoë? Was ist passiert?« Katie war bleich und zitterte vor Angst, sie war den Tränen nahe.

»Haben Sie zufällig die Adresse und die Telefonnummer von Zoës Eltern? Sie lebt doch bei ihren Eltern, wenn sie nicht an der Universität ist, oder?«

»Ja. Aber sie sind im Augenblick in Südfrankreich, und Tom, ihr Bruder, ist in New York.«

»Aber Sie könnten uns ihre Telefonnummern geben?«

»Ich kann Ihnen Toms Nummer geben, aber ich weiß nicht, ob ich die ihrer Eltern habe. Was ist denn mit Zoë? Wo ist sie … Was ist passiert?«

Wieder wurden Blicke ausgetauscht, gefolgt von einem resoluten »Ich glaube, wir gehen besser rein«.

Katies Magen war ein einziger Knoten. Doch sie ging gehorsam zur Haustür und holte den Schlüssel aus ihrer Handtasche. Ihre Hand zitterte so, dass der Polizist ihn nahm und die Tür aufschloss.

Im Flur hing noch der teure Duft, mit dem Zoë und sie sich eingesprüht hatten, bevor sie zum Ball aufgebrochen waren – Joy von Jean Patou, den Zoë sich von ihrer Mutter geborgt hatte, als sie nach Oxford gekommen war. Damals hatte es ihr Spaß gemacht, einen Duft wie Joy zu tragen, während sie ihn jetzt verschmähte und, wie sie Katie spöttisch erklärt hatte, es vorzog, »nach Sex, Männern und Joints zu riechen«.

Bei dieser Erinnerung machte Katies Herz einen doppelten Überschlag. Drogenbesitz war illegal. Was, wenn die Polizei hier war, um das Haus zu durchsuchen, weil Zoë irgendetwas gesagt oder getan hatte? Während ihre Besorgnis ihren Magen immer fester zusammenschnürte, ging Katie auf, dass sie keine Ahnung hatte, ob Zoë irgendwo im Haus irgendetwas versteckt hatte oder nicht.

»Falls Zoë etwas gemacht hat und in Schwierigkeiten steckt«, sagte sie zitternd, »dann hat sie das bestimmt nicht mit Absicht getan.«

Der junge Polizist hinter ihr murmelte etwas, doch so leise, dass Katie es nicht verstand.

»Wenn Sie uns jetzt bitte die Telefonnummern geben würden, Miss, und uns dann berichten, was gestern Abend passiert ist. Wann Miss Mallory Sie verlassen hat. Was davor war. Vermutlich möchten Sie vorher gern eine Tasse Tee oder Kaffee. Constabler Peter hier macht uns allen eine.«

Der jüngere Polizist hatte gerade ein Tablett mit Kaffeetassen hereingebracht, als das Telefon im Flur klingelte. Katie ging ran und drückte den Hörer ans Ohr.

Es war Fran. »Katie, bist du das?«, fragte sie ängstlich. »Hast du's schon gehört? Zoë hat sich im obersten Stock von Axels Haus aus dem Fenster gestürzt.«

»Was! Nein!«

Eine große Hand legte sich über ihre, nahm ihr den Hörer ab, ein Arm in dunkelblauer Uniform geleitete sie zurück ins Wohnzimmer und half ihr, sich zu setzen.

»Es tut mir leid, Miss Montpelier.« Die Stimme des Polizisten war freundlich und ruhig.

»Das ist nicht wahr, oder?«, flehte Katie ihn mit aschfahlem Gesicht und klappernden Zähnen an. »Was Fran über Zoë gesagt hat … es ist doch bestimmt nicht wahr?« Ihre Stimme war laut geworden vor Panik.

Sie hörte, dass Miles fragte, was los sei. Sie hörte, dass der jüngere Polizist ihm antwortete – seltsame Worte, die in ihr Gehirn einschlugen wie Pfeile, die wahllos auf eine Zielscheibe einprasseln, Worte wie »Party«, »Drogen«, »Streit« …

Katie stand auf. »Es geht ihr doch gut, oder? Sie ist doch nicht … sie ist nicht tot, oder?« Als die drei Männer sie ansahen, protestierte sie energisch: »Sie ist nicht tot. Sie kann nicht tot sein. Nicht Zoë. Sie wollte gar nicht sterben. Ich weiß, dass sie das manchmal gesagt hat, weil sie Axel liebte und er sie nicht wollte, aber sie hat es nicht so gemeint.«

Der ältere Polizist hatte sie wohl zurück aufs Sofa geschoben, denn sie hockte wieder dort, und Miles saß neben ihr und hielt ihre Hand.

»Es tut mir leid«, sagte der Polizist. »Ich weiß, dass das sehr schwer für Sie sein muss, aber es ist wichtig, dass wir so viel wie möglich darüber erfahren, was Miss Mallory vorhatte und wie es ihr ging, bevor … bevor sie den Unfall hatte.

Also, Sie beide sind gestern Abend zusammen zum Commem Ball gegangen …«

Miles rief seine Eltern an, und die riefen seine Großeltern an, die sich ihrerseits mit Katies Vater in Verbindung setzten. Er hielt ihre Hand, als die Polizei mit ihnen den vergangenen Abend durchging. Und er bestand darauf, bei ihr zu bleiben, bis ihr Vater da war. So dankbar sie ihm auch war, konnte doch nichts die innere Kälte vertreiben, das Wissen, dass der Begriff Joy und der Duft des Parfüms sie bis zu ihrem letzten Atemzug an diesen Tag und an Zoës Tod erinnern würden. An ihren Selbstmord.

Die Polizisten waren verzweifelt bemüht, es nicht auszusprechen; es sei ihnen noch nicht möglich, genau zu sagen, was passiert sei, und dadurch, dass Zoë vor ihrem Tod so viel Hasch geraucht und so viel getrunken habe, könne man unmöglich wissen, ob sie wirklich die Absicht gehabt habe, sich das Leben zu nehmen, oder ob es ein tragischer Unfall gewesen sei.

Von dem Streit, der angeblich zwischen Zoë und Axel und seiner neuen Freundin stattgefunden hatte, sagten die Polizisten Katie natürlich nichts.

Ihr Vater fuhr mit ihnen, um Zoës Leiche zu identifizieren, obwohl Miles es auch angeboten hatte. Katie wollte es tun und protestierte, es sei ihre Pflicht, und Zoë sei ihre beste Freundin gewesen, doch auf ein kurzes Kopfschütteln des älteren Polizeibeamten hin hatte ihr Vater entschlossen gesagt, er glaube, Zoë wolle, dass Katie sie lebend und fröhlich in Erinnerung behalte, wie sie sich in ihren schönen Kleidern auf den Weg zum Ball gemacht hatten.

Jetzt war sie zu Hause in ihrem Schlafzimmer in Lenchester House in London, und der Arzt der Familie war da gewesen und hatte ihr einige Schlaftabletten gegeben.

Doch Katie wollte nicht schlafen. Zoë schlief, aber Zoë schlief jetzt für immer. Es war ihre Schuld. Sie hatte es nicht verdient zu schlafen. Sie verdiente es zu leiden. Wenigstens lebte sie und konnte leiden. Zoë nicht. Zoë würde nie wieder etwas empfinden. Und das war allein Katies Schuld. Sie hatte zugelassen, dass Zoë den Ball verließ, weil sie sich amüsieren und keine Gedanken darum machen wollte, was mit ihrer Freundin war. Ihretwegen war Zoë tot. Und diese Schuld würde für den Rest ihres Lebens auf ihr lasten.

»Es ist sehr nett und großzügig von euch, uns hier aufzunehmen.«

Amber lächelte Sarah an. »Wir freuen uns über deine Gesellschaft, Sarah, und über die der Jungen.«

Sie schauten aus dem Fenster nach draußen, wo Jay und Harry Alex und Neil das Fahrradfahren beibrachten.

Es war noch keine Woche her, seit sie nach Denham gekommen waren, doch Sarah fühlte sich schon viel besser. Als sie sich einverstanden erklärt hatte herzukommen, war sie zu zermürbt und erschöpft gewesen von dem ständigen Kampf zwischen ihrem Vater und Nick, um sich groß Gedanken darüber zu machen, wie es in Denham sein würde. In den ersten Tagen war sie nervös gewesen und hatte sich Sorgen gemacht, die Jungen wären zu laut oder zu undiszipliniert und Amber und Jay wollten sie überreden, ihre Ehe zu kitten, doch sie und ihre Söhne waren mit so viel Ruhe und Freundlichkeit aufgenommen worden, dass sie sich allmählich entspannt hatte.

»Jay gibt sich so viel Mühe mit den Jungen. Er ist unglaublich geduldig mit ihnen. Mein Vater wird immer sehr zornig, wenn sie nicht tun, was er sagt. Deswegen will er, dass sie aufs Internat gehen. Er sagt, ich hätte sie nicht im Griff.«

»Sie im Griff haben?«, fragte Amber freundlich nach.

Sarah wurde rot. »Daddy legt viel Wert auf Disziplin.«

»Also, es ist wohl wahr, dass Kinder, besonders kleine Kinder, Grenzen brauchen, aber ich persönlich finde, sie sind noch viel zu jung fürs Internat. Sicher, in der Oberschicht ist es gang und gäbe, sie so jung aufs Internat zu schicken. Ich weiß noch, wie ich mit meinem ersten Mann wegen unseres Sohnes darüber gestritten habe. Was denkt Nick?«

Die Frage wurde freundlich eingeschoben, und Ambers weiser Blick vermittelte Sarah, dass sie hier, in ihrer Gegenwart, aussprechen konnte, was sie sich anderswo nicht traute.

»Er ist nicht einer Meinung mit Daddy. Ja, er will überhaupt nicht, dass sie aufs Internat gehen. Er findet, die Schule, auf der er war, sei vollkommen ausreichend.«

»Aber das meinst du nicht?«

»Also, es ist natürlich eine gute Schule, aber … wie Daddy schon sagt, es ist nicht Eton, und Daddy sagt, die richtige

Schulbildung ist heutzutage ungeheuer wichtig. Ich meine, die Jungen werden keine Treuhandfonds oder so haben, und natürlich will ich das Beste für sie.«

»Natürlich«, pflichtete Amber ihr bei, »und eine gute Schulbildung ist zweifelsohne wichtig.«

Sarah sah Amber dankbar an, erleichtert, dass sie das, was sie gesagt hatte, weder hinterfragte noch als belanglos abtat. Sie war so daran gewöhnt, dass ihr Vater und Nick ihr ständig sagten, sie wisse nicht, wovon sie rede, dass es für sie etwas ganz Neues war, dass jemand ihr beipflichtete.

»Mehr als alles andere möchte ich, dass sie glücklich sind«, gestand sie, ermutigt durch Ambers Akzeptanz.

»Also, im Augenblick machen sie mir einen sehr glücklichen Eindruck«, meinte Amber lachend.

»O ja. Sie haben richtig Spaß. Jay ist so geduldig mit ihnen und Harry so nett. Mein Vater würde niemals …« Sarah biss sich auf die Lippe. Sie wollte ihren Vater nicht kritisieren, doch sie konnte nicht umhin, die Art, wie Jay Alex und Neil zuhörte und Zeit mit ihnen verbrachte, damit zu vergleichen, wie ihr Vater sie ständig kritisierte und bestrafte. Vorgestern Abend hatten sie in aufmerksamem Schweigen Schach mit ihm gespielt, und am Vorabend hatten Jay und Harry ihnen gezeigt, wie man Billard spielte. Tagsüber gab es Fahrradfahrstunden und »Hilfe« bei der Arbeit auf dem Gut sowie bei Mrs Leggit in der Küche und Mr Leggit beim Autowaschen. Es hatte keine Tränen und Wutanfälle zur Schlafenszeit gegeben, sie benahmen sich anständig bei Tisch, keine zornig erhobene Männerstimme sagte, sie hätten dieses oder jenes falsch gemacht.

»Aber Nick spielt doch sicher mit ihnen? Sie sind schließlich seine Söhne.«

Ambers Tonfall war so sanft, dass Sarah keine Sekunde das Gefühl hatte, Amber bringe Nick absichtlich ins Gespräch, um sie daran zu erinnern, dass er der Vater der Jungen war und Sarahs Vater nur ihr Großvater.

»Ja, tut er. Also, hat er jedenfalls, aber Daddy hat gesagt, Nick würde sie nicht richtig disziplinieren, und deswegen seien sie so ungezogen. Er hat gesagt, wegen seines familiären Hintergrunds könne man nicht erwarten, dass Nick wüsste, wie er sie richtig erziehen müsste.«

»Und denkst du das auch, Sarah? Dass Nicks Herkunft ihn daran hindert, ein guter Vater zu sein?«

So formuliert, klang es schrecklich.

»Nein, natürlich nicht«, sagte sie sofort. »Ich habe Nick sehr geliebt, als wir geheiratet haben. Er war anders als andere. Mit ihm zusammen zu sein war aufregend …«

»Weil du wusstest, dass dein Vater ihn nicht gutheißen würde?«, vermutete Amber.

Sarah machte große Augen. »Nein! Also, vielleicht ein wenig …«

»Aber jetzt wünschst du dir, Nick wäre nicht anders, oder?«

»Nein … ich weiß nicht. Aber dass Daddy und er nicht miteinander klarkommen und ständig über alles streiten, was der jeweils andere sagt, macht es sehr schwierig. Daddy wollte nicht, dass ich Nick heirate. Er sagt, er wisse nicht, wie man sich richtig benimmt.«

Amber lachte. »Du liebe Zeit. Der arme Nick. Du meinst, er schlürft seine Suppe und isst mit den Fingern?«

Sarah war entsetzt. »Nein, bestimmt nicht, nichts dergleichen. Es ist nur so, dass Daddy …«

»Ein fürchterlicher Snob ist.« Ambers Lächeln nahm ihren Worten die Schärfe. »Meine Großmutter war auch so.«

Sarah sah sie an. »Ehrlich?«

»O ja, und wie. Nur dass der Snobismus meiner Großmutter darauf zurückzuführen war, dass sie *nicht* der Oberschicht entstammte, und nicht, *dass* sie ihr entstammte. Sie war fest entschlossen, dass ich tun sollte, was ihr nicht gelungen war, nämlich einen Titel zu heiraten. Zu meiner Zeit hatten wir keine Wahl, wir mussten unseren Eltern gehorchen. Deine Generation ist sehr viel glücklicher dran, und zugleich auch weniger glücklich.«

»Wie meinst du das?«

»Ich meine, dass meine Generation nicht die Freiheit der Wahl hatte, wenn es also nicht funktionierte, konnten wir immer denen die Schuld geben, die die Wahl für uns getroffen hatten. Deine Generation ist frei, ihre eigene Wahl zu treffen, doch das bedeutet auch, die Last der Verantwortung für diese Wahl zu tragen. Du hast dich entschieden, Nick zu heiraten, aber jetzt wünschst du dir vermutlich, du hättest eine andere Wahl getroffen, denn Nicks Hoffnungen und Erwartungen für eure Söhne unterscheiden sich sehr von den deinen.«

»Aber Nick ist doch derjenige, der sich wünscht, er hätte mich nicht geheiratet.« Sarah brachte es nicht über sich, Amber anzusehen. »Manchmal fühle ich mich so wertlos. Ich kann weder meine Kinder disziplinieren und dafür sorgen, dass sie sich benehmen, noch meinen Vater dazu bringen, mich nicht mehr zu kritisieren.«

»Du bist nicht wertlos, Sarah. So etwas darfst du niemals denken.«

Amber fand, dass sowohl Nick als auch Sarahs Vater hier einiges zu verantworten hatten, doch Sarahs Vater oblag der Großteil der Schuld. Aus Sarahs Erzählungen schloss Amber, dass er ein Snob und ein Tyrann war.

»Hast du mit Nick so darüber gesprochen wie mit mir? Hast du ihm erzählt, wie schwer es dir fällt, mit deinem Vater umzugehen, und ihn um seine Unterstützung gebeten?«

Sarah sah Amber misstrauisch an. »Ich kann mit Nick doch nicht über Daddy reden! Er würde sofort glauben, er hätte gewonnen, und würde noch mehr über ihn herziehen. Außerdem schert er sich nicht darum, wie es mir geht. Ihn interessiert nur, wie er mir das Leben möglichst schwer machen kann.«

»Rose hat mich heute Morgen angerufen. Nick würde gern herkommen und die Kinder sehen, solange sie hier sind.«

»Ich habe gewusst, dass so etwas passieren würde.« Sarah fühlte sich hintergangen. »Vermutlich hat Rose nur seinetwegen dafür gesorgt, dass wir herkommen. Sie hat nur so getan, als wollte sie mir helfen. Sie ist schließlich seine Stiefmutter.«

»Nein, Sarah, dem ist ganz und gar nicht so. Rose hat Nick gesagt, dass er nur herkommen darf, wenn du damit einverstanden bist. Ja, er ist ihr Stiefsohn, und natürlich liegt ihr sehr viel an ihm, aber Rose würde sich niemals aus versteckten Motiven, wie du sie da andeutest, in das Leben anderer Menschen einmischen.« In Ambers Stimme war ein leiser Hauch von Tadel. »Wenn du Nick nicht sehen willst, musst du das nicht. Hier wird dich niemand drängen, etwas zu tun oder dich mit etwas einverstanden zu erklären, was du nicht willst. Darauf hast du mein Wort. Du bist frei, deine eigenen Entscheidungen zu treffen.

Falls Nick herkommt, kann er bei Janey auf Fitton übernachten – es wäre nicht nötig, dich da mit reinzuziehen. Jay könnte mit den Jungen rüberfahren, um ihn zu sehen, oder er könnte herkommen und sie hier sehen, falls dir das lieber wäre, und dann könnte Jay bei ihnen bleiben. Trennung und Scheidung sind nie leicht, und ich weiß, dass du deine Söhne liebst.«

Sarah dachte darüber nach, was Amber vorher gesagt hatte, dass ihre Generation mit der Freiheit, ihre eigenen Entscheidungen zu treffen, auch die Verantwortung dafür trug. Ihr Vater hatte ihr diese Freiheit niemals wirklich gewährt, und deswegen hatte sie rebelliert und Nick geheiratet, eine kindische Reaktion, nicht das Tun einer Erwachsenen. Nick hatte ihr immer vorgeworfen, sie würde ihrem Vater nicht die Stirn bieten, immer klein beigeben, hätte keine eigene Meinung.

Sie war es ihren Söhnen schuldig, sie zu lieben und auch zu beschützen. Sie war es ihnen schuldig, ihre Bedürfnisse über ihre eigenen zu stellen. Sie wusste, dass die beiden Nick vermissten, denn sie fragten oft nach ihm. Sie und Nick mochten sich auseinandergelebt haben, aber wollte sie wirklich, dass ihre

Söhne, ihre gemeinsamen Söhne, aufwuchsen, ohne ihren Vater zu kennen, von ihrem Großvater zum Gehorsam gezwungen? Sie atmete tief durch.

»Wie lange … wie lange möchte er denn bleiben?«

»Nur übers Wochenende.«

Sarah seufzte und nickte dann zögernd. »In Ordnung. Aber ich will ihn nicht sehen.«

»Ich sorge dafür, dass Rose das erfährt und es an ihn weitergibt.«

19

Bis auf das Personal hatte Katie das Haus für sich. Sie saß im kleinen Salon und las den Brief, den Fran ihr geschickt hatte, als Ingham, der Butler – ihre Mutter bestand darauf, einen Butler zu haben –, an die Tür klopfte und erklärte, sie habe Besuch.

Tom! Katie hatte gewusst oder vielmehr gehofft, dass er kommen würde. Niemand wollte mit ihr über Zoë reden, niemand verstand, dass sie über sie reden wollte, dass sie über sie reden musste.

Er wirkte größer und breiter, und gleichzeitig war sein Gesicht doch schmaler – sonnengebräunt, aber schmaler. Es war jetzt das Gesicht eines Mannes, nicht das eines Jungen.

»Oh, Tom …«

»Ich hoffe, du bist zufrieden mit dir. Aber natürlich bist du das. Du lebst schließlich noch. Und Zoë ist tot, Zoë liegt im Sarg, mit kaputten Knochen, und ihr kaputtes Gesicht wurde genäht, damit sie aussieht wie eine Plastikpuppe, du nicht. Nein, dir geht's gut.«

Aschfahl vor Schock tat Katie einen Schritt zurück und klammerte sich verzweifelt an einen Sessel, um sich zu stützen. Sie zitterte unter dem Ansturm von Toms wilden Beschimpfungen.

Stöcke und Stecken können meine Knochen brechen, aber Worte tun mir nicht weh. Das alte Spielplatz-Lied wirbelte schrill durch ihren Kopf. Was für ein Unsinn. Natürlich konnten Worte verletzen. Sie stießen durch die Haut und gruben sich tief in die Seele und in das Herz und vergifteten sie. O ja, Worte konnten verletzten, konnten quälen und foltern, doch nicht so sehr wie ihre Schuldgefühle. Die waren sehr viel schmerzhafter als Toms verbaler Angriff.

Schuldig, ja, sie war schuldig: schuldig falscher Freundschaft, schuldig der Eitelkeit, schuldig, sich nicht genug gekümmert und nicht genug getan zu haben, schuldig, nicht da gewesen zu sein für Zoë, als Zoë sie gebraucht hatte, schuldig, Zoë nicht an erste Stelle gestellt zu haben. Schuldig im Sinne der Anklage, und die Last dieser Schuld würde für den Rest ihres Lebens über ihr schweben, sie würde am Morgen damit aufwachen und am Abend damit schlafen gehen.

»Du wusstest, wie labil sie war, und doch hast du sie gehen lassen. Du hast mit deinen Freunden getanzt, während Zoë gestorben ist.«

»Hör auf!« Katie schlug sich die Hände auf die Ohren. Damit konnte sie zwar Toms zornige Stimme ausblenden, aber nicht ihre innere Qual und Verzweiflung.

»Du hättest sie retten können. Du hättest bei ihr sein können. Du musst gewusst haben, was los war und wie sie gelebt hat … die Drogen, die Tatsache, dass sie zurückgekehrt war zu diesem … zu von Thruber.«

»Nein, das habe ich nicht gewusst«, protestierte Katie.

»Du musst es gewusst haben.«

Die Tür zum Salon flog auf.

»Was ist hier los?«

Katie sah ihren Vater benommen an, während Tom sich abwandte und hinausstürmte. Ihr Vater drehte sich halb um, als wollte er ihm folgen, und widmete sich dann wieder ihr, als sie einen leisen gequälten Schrei ausstieß.

»Katie …«

»Drogo, was um alles in der Welt ist hier los?«, wollte Emerald wissen, die im Türrahmen aufgetaucht war. »Tom Mallory ist gerade in so einer Eile an mir vorbeigerauscht, dass er mich fast umgestoßen hätte. Und kein Wort der Entschuldigung. Katie … *Katie* …«

»Komm, Katie, alles ist gut. Wir sind jetzt hier.«

Ihr Vater hielt sie wie ein kleines Mädchen und wiegte sie in seinen Armen, während ihr Körper von verzweifeltem Schluchzen geschüttelt wurde.

»Es ist meine Schuld, dass Zoë tot ist. Es ist meine Schuld …«

»Nein, Katie, das ist nicht deine Schuld«, beharrte Emerald mit mütterlicher Entschlossenheit.

»Doch. Ich habe gewusst … ich habe alles gewusst. Ich habe sie überredet, mit zu dem Ball zu gehen, wo sie doch eigentlich gar keine Lust hatte, und Tom hat recht. Ich habe mich zu sehr amüsiert, um mir Gedanken über Zoë zu machen. Und jetzt ist sie tot, und es ist meine Schuld.«

»Katie, hör mir zu«, sagte ihr Vater ruhig, aber entschieden. »Natürlich nimmt Zoës Tod dich mit – sie war schließlich deine beste Freundin –, aber die Zoë, an die ich mich erinnere, hat immer selbst entschieden, was sie wollte oder nicht, und hat nie einen Rat angenommen oder auf andere gehört. Glaubst du wirklich, du hättest sie überreden können, zu diesem Ball zu gehen, wenn sie nicht gewollt hätte? Oder sie daran hindern können, ihn zu verlassen, wenn sie gehen wollte? Du trägst keine Verantwortung für Zoës Tod, Katie, und du musst mir versprechen, dass du aufhörst, so etwas zu denken.«

Heathrow war hektisch, und Olivia musste sich am Taxistand in die Schlange stellen. Sie konnte es kaum erwarten, Robert zu sehen. Sie hatte ihn nicht angerufen, um ihm zu sagen, dass sie kam, denn sie wollte ihn überraschen. Sie hatte Sehnsucht nach ihm.

Der Schmerz über den Streit mit ihren Eltern an dem Abend, als sie zum Essen verabredet gewesen waren und zufällig Tait getroffen hatten, war noch nicht ganz verklungen. Sie hatte vorher noch nie den Eindruck gehabt, sie und ihre Eltern stünden in einem Streit auf verschiedenen Seiten, und sie fühlte sich einsam und elend, als mangelte es ihr an Urteilskraft. War dem so? War das der eigentliche Grund, warum sie hergekommen war? Weil der Streit mit ihren Eltern ihr deutlicher vor Augen geführt hatte, in wie vielen kleinen und, wie sie geglaubt hatte, unwichtigen Punkten ihre Gefühle und die von Robert nicht übereinstimmten? Sie hatte doch keine Zweifel an der Heirat mit Robert oder daran, dass sie zusammen das richtige Umfeld schaffen konnten, damit ihre Kinder heranwachsen und reifen und glücklich wurden, so wie sie in der Liebe ihrer Eltern aufgewachsen war?

Sie liebte Robert, protestierte sie innerlich. Solche Zweifel an ihm waren treulos. Und Liebe war wichtiger, als in allem gleicher Meinung zu sein, oder? In allem nicht, aber bei gewissen unverhandelbaren Geisteshaltungen war es doch wichtig, auf einer Wellenlänge zu sein. Als sie ihren Eltern und Tait gegenüber zu Roberts Verteidigung geschritten war, hatte sie sich unwillig eingestehen müssen, dass sie im Grunde eher deren Meinung teilte als Roberts. Das hatte ihr Angst gemacht. Das Letzte, was sie jetzt, wenige Wochen vor ihrer Hochzeit, wollte, war, die Tür zu ernsthaften Zweifeln zu öffnen, ob sie politisch – in ihrer Haltung zum Weltgeschehen und zur Ungleichheit auf der Welt, die bei ihrer hitzigen Diskussion mit ihren Eltern und Tait zur Sprache gekommen war – zusammenpassten. Es war Taits Schuld, dass diese Tür aufgegangen war. Wenn er nicht da gewesen wäre und sich nicht eingemischt hätte, sie nicht gezwungen hätte einzusehen … Sie nicht gezwungen hätte, gar nichts einzusehen. Sie liebte Robert, und allein das zählte. Oder?

Äußerlich war natürlich alles wie immer. Sie traf sich mit

ihrer Mutter zum Mittagessen, um über die Hochzeit zu reden, doch tief im Innern hatte Olivia das Gefühl, ihre Eltern hätten sie im Stich gelassen, indem sie sich gegen sie gestellt und auf Taits Seite geschlagen hatten. Sie fürchtete, von jetzt an würden sie auf den gegenüberliegenden Rändern eines tiefen Abgrunds stehen, und die Hochzeit mit Robert würde sie noch weiter trennen, als es der Atlantik vermochte. Das bedrückte sie. Sie standen sich als Familie sehr nah. Sie liebte ihre Eltern und ihren jüngeren Bruder. Wie würde sie sich fühlen, wenn sie als Roberts Frau ihre Pflicht gegenüber Lauranto vor ihre Liebe zu ihren Eltern stellen musste? Neue Zweifel beschlichen Olivia. Sie musste ihn unbedingt sehen, dann würde sie bestimmt wieder zur Ruhe kommen.

Sie hatte ganz spontan beschlossen, nach London zu fliegen, denn sie musste zu Robert, der sie liebte. Schließlich würde sie den Rest ihres Lebens mit ihm verbringen, nicht mit ihren Eltern.

Es war nach Mitternacht, als das Taxi sie vor dem Haus absetzte, in dem Roberts Wohnung lag.

Während sie mit dem Aufzug nach oben fuhr, stellte Olivia sich vor, wie er sich freuen würde. Er würde sie in die Arme nehmen und halten, sicher und voller Verlangen. Sie benutzte ihren Schlüssel, um die Wohnungstür zu öffnen – schließlich sollte es eine richtige Überraschung werden –, und ein zärtliches Lächeln spielte um ihre Lippen, als sie daran dachte, wie Robert sie einmal überrascht hatte, als er sich in ihr Schlafzimmer geschlichen hatte. Diesmal würde sie ihn überraschen.

Sie schob die Schlafzimmertür auf, und ein Streifen Mondlicht von den vorhanglosen Fenstern fiel auf zwei Menschen auf dem Bett, die ganz offensichtlich Sex miteinander hatten. Zwei Menschen: Robert und die Frau, die unter ihm lag und deren blondes Haar sich über das Kissen ergoss, beide nackt.

Charlotte erblickte sie zuerst und verzog den Mund zu einem spöttischen Lächeln.

»Du hast Besuch, und ich glaube, es ist deine Verlobte«, sagte sie gelassen zu Robert.

Robert schoss zu Olivia herum und fuhr auf: »Livvy, was zum Teufel machst du denn hier?«

Er stieg vom Bett und suchte seine Kleider zusammen. Die ganze Situation war unwirklich, eine finstere Verrücktheit von alptraumhaften Ausmaßen. Doch es war kein Alptraum, sagte Olivia sich. Es war real.

»Ich wollte dich überraschen«, erwiderte sie.

Sie zog ihren Ring vom Finger, warf ihn zu Boden und drehte sich zur Tür um, auch wenn sie wegen der heißen, brennenden Tränen – aus Schock, Scham, Wut und ja, vielleicht auch fast so etwas wie schuldbeladener Erleichterung –, die ihren Blick trübten, kaum etwas sehen konnte.

Stolpernd und tastend fand sie irgendwie den Weg hinunter auf die Straße, wo sie sich heftig übergab. Am liebsten hätte sie sich irgendwo hingelegt, um zu sterben, sich an irgendeinen dunklen Ort verkrochen, wo sie sich nie wieder der Welt stellen musste. Sie war schockiert, ihre Träume und Hoffnungen lagen in Trümmern, und doch war ein Teil von ihr auch irgendwie erleichtert, und dafür fühlte sie sich noch viel miserabler.

Weil Tait recht gehabt hatte? Zur Hölle mit Tait. Warum um alles in der Welt ließ sie ihn jetzt in ihre Gedanken?

Ihr Blick fiel auf ein langsam vorbeifahrendes Taxi, und sie winkte es herbei.

»Wohin, meine Liebe?«, fragte der Taxifahrer.

Wohin? Nicht in die Hölle – dort war sie schon, zumindest in einer Variante der Hölle. Wohin konnte sie jetzt? Sie sehnte sich nach einem tiefen, dunklen Ort, wo sie sich verstecken konnte, um dem öffentlichen Klatsch um das Ende ihrer Verlobung und ihrer Heiratspläne zu entfliehen. Doch es gab kein Entrinnen. Sie war eine erwachsene Frau, kein kleines Mädchen, es gab einiges zu tun, die Hochzeit und alles, was damit zusammenhing, musste abgesagt werden.

»Heathrow, bitte«, sagte sie dem Taxifahrer.

Bis Robert seine Jeans angezogen hatte, um Olivia zu folgen, war die Straße leer. Zorn und Schuldgefühle überfielen ihn. Sein ganzes Leben lang hatte er das Richtige getan, war auf der Seite des Guten und Anständigen geblieben, war nie in Versuchung geraten und hatte auch nie in Versuchung geraten wollen, die Grenze zu überschreiten und zu erfahren, was auf der anderen Seite lag, denn er wusste, was für Konsequenzen es haben konnte. Sein ganzes Leben lang war es ihm das Wichtigste gewesen, die Kontrolle zu haben, und er hatte sich geschworen, diese Kontrolle niemals aufzugeben. Doch jetzt hatte er beides getan. Wie das Kind, das er einst gewesen war, suchte er Zuflucht in tröstlichem Zorn und Schuldzuweisungen.

Was zum Teufel war in Olivia gefahren, einfach so hier aufzutauchen, ohne ihn über ihr Kommen zu informieren? Warum hatte sie nicht innegehalten und überlegt, dass er womöglich gar nicht da sein könnte, dass er fort war, in Lauranto oder ... oder bei Freunden? Oder in Charlottes Bett, wo er seit jenem ersten Mal praktisch jede Nacht gewesen war?

Warum hatte er ausgerechnet heute Abend vorgeschlagen, in seine Wohnung zu gehen? Er kannte die Antwort. Weil er das Gefühl gehabt hatte, in seiner Wohnung, auf vertrautem Terrain, mehr Kontrolle zu haben.

Er hatte sogar vorgehabt, ihr zu sagen, dass es aufhören musste, dass es aus war zwischen ihnen, und sie daran zu erinnern, dass er bald heiraten würde, sagte Robert sich in rechtschaffener Abwehrhaltung.

Wäre Olivia nicht einfach uneingeladen bei ihm hereingeplatzt, wäre die ganze Angelegenheit wahrscheinlich längst vorbei, und sie hätte nie davon erfahren müssen. Viele Männer hatten vor der Heirat eine letzte Affäre, ein letztes Haschen nach dem, was sie, wie sie wussten, bald nicht mehr haben konnten.

Es hatte keinen Sinn, barfuß und nur mit einer Jeans bekleidet, draußen herumzustehen, und so ging Robert wieder hinein. Mit ein wenig Glück – und das hatte er definitiv verdient – konnte er Olivia, sobald sie sich beruhigt hatte und sich mit ihm in Verbindung setzte, davon überzeugen, dass das, was sie gesehen hatte, nichts bedeutete.

In Roberts Schlafzimmer, das zweckmäßig eingerichtet und ganz in Schwarzweiß gehalten war – auch wenn er zum Glück so viel guten Geschmack und guten Menschenverstand besaß, erstklassige Bettwäsche aus ägyptischem Leinen aufzuziehen –, betrachtete Charlotte den Ring, den sie auf der Handfläche balancierte. Sie fand ihn unglaublich hässlich, ein höfischer Ausdruck von Macht, Wohlstand und Status, ohne den geringsten modernen Anspruch auf Schönheit.

Sie betrachtete ihn immer noch lächelnd, als Robert ins Schlafzimmer zurückkehrte.

»Armer Robert«, höhnte sie. »Was für ein Pech. Jetzt hast du deine Verlobte verloren, aber zum Glück nicht deine Kronjuwelen, die dir, das sei dir versichert, mit verlustig gegangen wären, wenn du *mein* Verlobter gewesen wärst.«

Ihr zweideutiger Spott verstärkte Roberts Zorn und Unmut noch.

»Ich kann dir versichern, dass das äußerst unwahrscheinlich wäre, denn mit dir hätte ich mich gar nicht erst verlobt.«

»Und das heißt? Dass ich nicht gut genug bin, um einen Mann wie dich zu heiraten?«

Roberts Gesicht brannte, als er den zynischen Spott in ihrer Stimme hörte.

»Weißt du was?«, fuhr sie gedehnt fort. »Ich glaube, deine kleine Verlobte – tut mir leid, ich meine natürlich, deine Exverlobte – wird mir eines Tages sogar dankbar sein.«

»Olivia wird mich heiraten. Sie liebt mich«, beharrte Robert.

Charlotte sah ihn von der Seite an. »Wenn das stimmt, dann

hat sie mein tiefes Mitgefühl«, sagte sie und reckte ihren nackten Körper wohlig auf den zerknitterten Bettlaken.

»Ich will, dass du gehst«, sagte Robert unwirsch.

»So?«, neckte Charlotte ihn, richtete sich auf und lächelte ihn provozierend an. »Bist du dir sicher?«

»Ja. Verdammt«, versetzte Robert.

Charlotte fing an zu lachen. »Oh, armer Robert.«

»Du hast es darauf angelegt, dass so etwas passiert, nicht wahr?«, fuhr Robert sie zornig an. Er betrachtete den Ring, den sie auf den mattschwarzen Würfel gelegt hatte, der als Nachttisch neben dem Bett stand. »Also, wenn du darauf spekulierst, den da zu kriegen und meine Frau zu werden …«

»Ich dich heiraten?« Jetzt war kein Lachen in Charlottes Worten, nur stahlharte, kalte Grausamkeit. »Ich habe nicht vor, je irgendjemanden zu heiraten, aber wenn, wärst du der letzte Mann auf Erden, den ich heiraten wollte, Robert. O ja, du kannst mich ruhig ansehen, als würdest du mir nicht glauben. Schließlich bist du mit einem Silberlöffel im Mund zur Welt gekommen, und bald wirst du eine goldene Krone tragen, du siehst dich also als einen perfekten Mann, als Ehemann ein Hauptgewinn, und jede Frau wäre eine Närrin, wenn sie sich dir nicht dankbar zu Füßen werfen würde. Das denkst du doch, oder? Gib's zu. Also, ich habe einen kleinen Schock für dich, Robert. So, wie du dich als Mann siehst, sehe ich dich nämlich überhaupt nicht. Ich sehe ein Bild ohne Substanz, eine hohle Strohpuppe, die den ihr teilhaftig gewordenen Putz mit Ignoranz und Eitelkeit trägt. Du hast nichts getan, um zu verdienen, was du hast, nichts, dessen du dich würdig erwiesen hättest oder auf dessen Erreichen du stolz sein könntest. Selbst deine Arbeit als Architekt ist nur eitles Getue, um mit den Gebäuden der wirklich großen Architekten zu spielen, damit ein wenig von ihrem Ruhm auf dich abfärbt. Du bist nichts, Robert. Alles, was du hast, alles, was du bist, wurde dir von anderen gegeben. Du hast nichts von dem, was ein Mann bräuchte, um mich meinen Eid brechen zu lassen, niemals zu heiraten.«

»Du hasst mich.« Robert begriff. »Du wolltest, dass das hier passiert. Du willst mich zerstören. Warum?«

»Willst du es wirklich wissen? Gut, dann komm.« Charlotte griff nach ihren Kleidern.

Wie benommen sah Robert zu, wie sie sich ankleidete, mit ruhigen Bewegungen, fließend und elegant, ganz im Gegensatz zu ihm, der in der angespannten Feindseligkeit seines Schlafzimmers jetzt ebenfalls seine restlichen Sachen anzog.

Eine halbe Stunde später standen sie einander in dem quadratischen Zimmer im Erdgeschoss ihres Hauses gegenüber, das Charlotte als Büro diente.

Sie schloss eine Schublade in dem hübschen antiken Mahagonischreibtisch auf und holte eine Akte heraus.

»Deswegen hasse ich dich, Robert, oder vielmehr, deswegen habe ich dich gehasst. Denn inzwischen weiß ich, was für eine mitleiderregende, lächerliche Kreatur du bist, und ich glaube, dass du meines Hasses gar nicht mehr würdig bist.«

Robert hielt den Blick auf die Akte gerichtet.

»Öffne sie«, wies Charlotte ihn an.

Mit zitternden Händen tat Robert, wie ihm geheißen. In der Akte, einer durchsichtigen Plastikmappe, steckte eine alte, zerknitterte Zeitschrift mit einem Foto seiner Mutter auf dem Titelblatt.

»Erinnerst du dich daran?«, fragte Charlotte.

Robert nickte. »Ja. Die Zeitschrift hat ein Feature über meine Mutter gemacht. Ich musste mich mit ihr fotografieren lassen. Ich weiß noch, wie zuwider mir das war. Es hat Ewigkeiten gedauert. Warum hast du ein Exemplar davon? Woher hast du sie? Das muss weit über zwanzig Jahre her sein.«

»Ja. Wo ich sie herhabe, also, ich habe sie meiner Mutter gestohlen. Sie wollte diese Zeitschrift unbedingt haben und hat ihr Schnapsgeld dafür ausgegeben. Meine Mutter war Alkoholikerin«, erklärte sie ohne jedes Gefühl. »Alkoholikerin, Drogensüchtige, Gelegenheitsnutte, Gelegenheitsmutter, doch vor allem war meine Mutter der Sündenbock. So hat mein Vater sie behandelt, verstehst du, als Sündenbock. Er hat sie mit Alkohol und Drogen vollgepumpt, bis sie ihn von oben bis unten abknutschte, und dann hat er sie rumgeschubst, statt sie zu bumsen. Den Sex hat er sich nämlich für seine anderen Frauen aufgehoben.«

Robert beobachtete sie.

Charlotte hielt kurz inne und sagte die folgenden Worte mit deutlichem Abstand dazwischen. »Seine reichen, verwöhnten, adligen Frauen. Frauen wie deine Mutter, Robert. Ja, deine Mutter war eine von ihnen, und immer wenn sie etwas tat, was ihm gegen den Strich ging, kam er heim und schlug meine Mutter grün und blau.«

Max Preston. Robert wusste nicht, woher er es wusste, aber er wusste es. Sein Herz ruckte langsam und schmerzhaft, als zögerte es zu schlagen, genau wie sein Hirn zögerte, das, was er da hörte, zu verarbeiten.

»Dein Vater war Max Preston.«

Charlotte lächelte freudlos. »Er hat mich gezeugt, ja, aber er war nie das, was man einen Vater nennt. Und anders als deine Mutter, Robert, hat meine die Beziehung zu ihm nicht überlebt. Sie hat nach einer aufregenden Affäre nicht einen Adligen geheiratet, um mich mit einem reichen Stiefvater zu versorgen. Aber meine Mutter war schließlich auch keine Dame, keine Angehörige der feinen Gesellschaft, die sich damit amüsierte, sich einen groben East-End-Kriminellen zum Liebhaber zu nehmen, weil es gerade in Mode war.

Soll ich dir erzählen, wie mein Leben damals ausgesehen hat, als ich diesen Artikel und dich zum ersten Mal sah, Robert? Mein Leben drehte sich einzig und allein darum, meinem Vater aus dem Weg zu gehen, wenn er zu Hause war, und wenn er nicht zu Hause war, dafür zu sorgen, dass meine Mutter nicht die Treppe runterfiel und sich den Hals brach, weil sie zu betrunken war, um aufrecht zu stehen. Mein Leben drehte sich darum, etwas zu essen zu stehlen, weil ich immer Hunger hatte, Lumpen trug und von anderen Kindern mit Steinen beworfen wurde, weil ich immer schmutzig war – eine Außenseiterin, die keiner wollte. Doch dieses Leben war der Himmel im Vergleich zu dem, was ich erlebte, als meine Mutter starb und ich ins Kinderheim kam. Kannst du dir vorstellen, wie es ist, irgendwo zu leben, wo die Menschen, die sich um dich kümmern, dich regelmäßig sexuell missbrauchen, wo man anschaffen lernt, um eine Belohnung zu bekommen – und mit Belohnung meine ich eine einfache Mahlzeit? Nein, das kannst du natürlich nicht. Du wirst Kronprinz von Lauranto, deine Kindheit und Jugend sind Welten von meiner entfernt, aber du und ich sind miteinander verbunden, Robert. Unsere Eltern waren ein Liebespaar. Mein Vater hat deine Mutter gebumst. Denk dir nur, wir könnten einen gemeinsamen Stiefbruder oder eine Stiefschwester haben. Stell dir das nur vor.«

Charlotte lachte, als Robert würgte.

Er war schockiert, entsetzt, zornig und aufgebracht, und auf einer ungewollten tieferen Ebene hatte er sogar das Gefühl, es zu wissen, ihre Gefühle zu teilen, zu wissen, dass sie beide durch das Schicksal miteinander verbunden waren.

Wütend schob er dieses Gefühl beiseite. Er wollte nicht an Max Preston erinnert werden und an die Rolle, die dieser einst im Leben seiner Mutter gespielt hatte, doch vor allem wollte Robert nicht zugeben müssen, dass zwischen Charlotte und ihm eine Verbindung war, die viel tiefer ging, als Charlotte wissen konnte. Er hörte es in ihrer Stimme, wenn sie über ihre Eltern sprach, all diese Gefühle waren ihm so vertraut, und er wusste, dass der Grund für diese Gefühle bei ihnen beiden derselbe war: Sie waren beide zu jung mit der Sexualität Erwachsener konfrontiert worden und hatten dieses Erlebnis in kindlichem Unverständnis zerstörerisch verdreht. Er mochte nur einmal Zeuge der gewalttätigen Sexualität zwischen seiner Mutter und Max Preston geworden sein, doch die Folgen waren ihm für sein ganzes Leben eingebrannt. Und so musste er sich nicht fragen, was für Auswirkungen das, was Charlotte erlebt hatte, wohl auf sie gehabt hatte. Er wusste es.

»Da fällt dir nichts mehr ein, was?«, höhnte sie.

Robert sah sie an. »Ich weiß, warum du das heute Abend gesagt und getan hast, aber es spielt keine Rolle, weißt du.« Er wandte sich von ihr ab und ging zur Tür, blieb mit der Hand am Türknauf stehen und fügte hinzu: »Aber es macht für dich nicht wieder gut, was hier«, er fuhr sich an die Brust und dann an die Stirn, »oder hier nicht stimmt.«

Sie sahen einander schweigend an, und dann öffnete Robert die Tür und ging hinaus.

Vielleicht hieß es nicht umsonst, Rache sei ein Gericht, das man am besten kalt servierte. Denn ihre Rache hatte ihren süßen Geschmack verloren, sinnierte Charlotte, nachdem Robert fort war. Ihre Rache in der wilden Hitze roher Leidenschaft zu verzehren hatte ihr jedenfalls nicht die erhoffte Befriedigung verschafft. Wo Sättigung und Entzücken hätten sein sollen, war nichts als Leere und Schmerz. Sie nahm die Zeitschrift, schob sie zurück in die Mappe und tat diese wieder in die Schublade.

Es war vorbei, und jetzt war es an der Zeit, ein neues Kapitel aufzuschlagen.

Wenn sie konnte.

Wenn sie konnte … Sie musste. Unbedingt.

20

»Du hast deine Verlobung mit Robert gelöst?«

Olivia sah zu, wie ihre Mutter in den Sessel sank und sie anstarrte.

Der Rückflug von London nach New York war lang genug gewesen, um sich vorzubereiten und ihre kleine Ansprache so lange zu üben, bis sie nicht nur textsicher war, sondern auch sicher in Ausdruck, Gefühl und innerem Glauben, um die Auflösung der Verlobung mit Robert und ihre Gründe dafür vorzubringen. Es war schließlich leichter gewesen, sich darauf zu konzentrieren, statt immer wieder die Szene vor ihrem geistigen Auge zu haben, die sie erblickt hatte, als sie die Tür zu Roberts Schlafzimmer geöffnet hatte.

»Ja«, sagte sie zu ihrer Mutter. »Ich bin nach London geflogen, um es ihm persönlich zu sagen, und … und er versteht es und akzeptiert meine Gefühle.« Olivia setzte das kleine schiefe Lächeln auf, das sie einstudiert hatte.

»Wenn ich ehrlich bin, glaube ich, dass er nicht besonders überrascht war, als ich ihm sagte, so sehr ich ihn auch liebe, sei mir doch klargeworden, dass ich mich in der Rolle der Gemahlin des Kronprinzen nie recht wohl fühlen würde. Du und Dad habt mich einfach zu sehr als Amerikanerin erzogen, und das ist gut so.« Noch ein Lächeln. Diesmal breiter und echter. Ehrlicher. »Ich weiß, dass ich die Dinge nicht so weit hätte kommen lassen dürfen, aber ich habe mir so sehr gewünscht, dass es funktioniert, Mom. Ich wollte das ganze Märchen, aber ich wollte nicht den Prinzen heiraten, sondern meine erste große Liebe. Doch Robert ist ein Mann, keine Ausschneidefigur aus Pappe. Er hat Träume und Wünsche für Lauranto und das innere Bedürfnis, sie zu erfüllen – und das kann ich nicht mit ihm teilen.« Und das Bedürfnis nach einer Frau, die nicht sie war, doch das konnte sie ihrer Mutter nicht sagen. Manche Dinge blieben um aller Beteiligten willen besser ein Geheimnis.

»Ich weiß, dass Tante Emerald schrecklich sauer auf mich sein wird, aber Robert und ich waren uns einig, dass es besser ist, wenn wir uns jetzt in aller Freundschaft trennen. Ich habe mich wohl von dem ganzen Märchentamtam mitreißen lassen, aber als es ernst wurde, als ich wirklich darüber nachgedacht habe, was ich aufgeben müsste, um die Frau zu sein, die Robert als Kronprinz braucht, konnte ich es nicht. Ich glaube, den Ausschlag gegeben hat das, was Tait angedeutet hat, von wegen, ich würde meine Ausbildung vergeuden.«

Was für ein Vergnügen, Tait Cabot Forbes die Schuld zuzuschieben – ein freudig begrüßtes Stückchen Süße in der Bitterkeit dessen, was sie zu verdauen hatte.

»Ich hatte vorher gar nicht richtig darüber nachgedacht, ich war zu verliebt. Aber nachdem er es gesagt hatte, bin ich ins Grübeln gekommen. Und dann haben du und Dad das gesagt, von wegen, dass der Atlantik zwischen uns ist, und dann hat Roberts Großmutter hier und da kleine Hinweise über das Hofprotokoll fallen lassen und so weiter. Da habe ich mich gefragt, ob ich mich wirklich an so ein Leben gewöhnen kann. Ich liebe Robert und werde ihn immer lieben, aber das Gewicht dieses Verlobungsrings hat sich allmählich angefühlt wie eine Eisenkugel, die mich an ein Leben kettet, in dem ich mich nie recht wohl fühlen würde.«

»Warum hast du uns … mir nichts gesagt … nicht mit uns darüber geredet, wie es dir geht?«

»Komm schon, Mom, du weißt, dass das nicht gegangen wäre. Es wäre Robert gegenüber nicht fair gewesen.«

Wie leicht ihr die Lügen über die Lippen gingen, so leicht, wie Robert sie betrogen hatte.

»Mom …« Olivia ergriff die Hand ihrer Mutter. Jetzt kam es, das entscheidende Argument, der äußerst wichtige emotionale Nagel durchs Herz, um ihre Behauptungen festzuklopfen.

»Wenn ich Robert genug geliebt hätte, wäre ich bereit gewesen, meine Freiheit aufzugeben. Und wenn er mich genug geliebt hätte, wäre er bereit gewesen, auf den Thron zu verzichten. Darin waren wir uns einig. Als wir unsere Liebe ins grelle Licht der Wirklichkeit gehalten haben, war sie einfach nicht so stark, wie sie hätte sein müssen. Du brauchst dir keine Sorgen zu machen. Zwischen uns ist weder Erbitterung noch Bedauern, abgesehen davon, dass es uns leidtut um den Aufruhr, die Hochzeit abzusagen.«

»Weiß Emerald es schon?«

»Keine Ahnung. Ich nehme an, Robert wird es ihr sagen, obwohl wir nicht darüber gesprochen haben, dass er das übernimmt.«

»Sie wird nicht begeistert sein.«

Olivia verzog ein wenig das Gesicht. »Das ist wohl leicht untertrieben«, meinte sie lachend. »Ich bin wirklich froh, dass der Atlantik zwischen uns ist.«

»Oh, Schatz, ich weiß, dass ich das nicht sagen sollte, aber wenn ich ehrlich bin, dann bin ich froh, dass du Robert nicht heiratest.«

»Ja, das dachte ich mir schon.«

»Aber es ist nicht wegen uns, wegen deinem Vater und mir, und dem, was wir gesagt haben?«

»Nein, natürlich nicht«, versicherte Olivia ihrer Mutter rasch wahrheitsgemäß. »Ich habe die Entscheidung getroffen, weil ich weiß, dass sie für mich die richtige ist.«

Wohl wahr. Es hatte keinen Sinn, einen Mann zu heiraten, den man mit einer anderen im Bett erwischt hatte. Doch besser, verletzt zu werden und die Demütigung und den Schmerz jetzt zu erleiden, als ein Leben lang von einem untreuen Ehemann gedemütigt zu werden. Robert hatte sie nie geliebt. Ausgeschlossen. Sie hatte auf dem Rückflug genug Zeit gehabt, um sich an einige Dinge zu erinnern, die er zu ihr gesagt hatte. Sachen wie: »Du bist perfekt für mich und für Lauranto«,

»Ich weiß, dass du die richtige Frau für mich bist« und ähnliche Bemerkungen waren ihr durch den Kopf gegangen – nicht die süßen, zärtlichen Worte eines Mannes, der sie über alles liebte, sondern die pragmatischen Offenbarungen eines Mannes, der eine Frau suchte, deren Angemessenheit ihm erlauben würde, sich den wichtigeren Dingen im Leben zu widmen.

Jetzt hatte Olivia das Gefühl, getäuscht worden zu sein, weil ein Teil von ihr hatte getäuscht werden wollen. Sie hatte das Lieben für Robert mit übernommen, er hatte nur die richtigen Worte sagen müssen.

Vielleicht war sie ein Feigling, weil sie ihren Eltern nicht die Wahrheit sagte, aber was hätte es für einen Sinn? Sie konnten nichts sagen oder tun, um die Demütigung und den Schmerz zu lindern, die ihren Stolz und ihr Herz versengten. Wenn sie die Wahrheit wüssten, müssten sie sie verteidigen, und das würde Auswirkungen auf das ganze Familiengefüge haben, denn Tante Emerald wäre zweifellos genauso fest entschlossen, Robert zu verteidigen. Das Letzte, was sie wollte, war, Auslöser eines Familienstreits zu sein, bei dem sich die ganze Aufmerksamkeit auf ihre Demütigung richtete und die Tatsache, dass Robert sie in Wirklichkeit gar nicht geliebt hatte.

Nein, die Geschichte, die sie sich ausgedacht hatte, würde ihr nicht nur ihren Stolz bewahren, sie würde auch die Harmonie in der Familie retten. Und was Robert anging – vielleicht musste ein guter Landesfürst pragmatisch sein und die Bedürfnisse seines Landes über menschliche Gefühle stellen. Vielleicht musste er bereit sein, Wahrheit, Ehrlichkeit und Liebe zu opfern, wenn sie nur einer Person galten, damit viele Menschen davon profitieren konnten. Vielleicht war es wichtiger, prächtige Gebäude zu hegen als die Liebe zweier Menschen zueinander. Doch unumstritten war, dass sie mehr Amerikanerin war denn Europäerin und dass ihr die amerikanischen Werte, nach denen ihre Eltern sie erzogen hatten, sehr wichtig waren. Sie war mit einem blauen Auge davongekommen, und von jetzt an würde sie sich auf ihre Karriere konzentrieren und darauf, wie sie anderen mit ihrem Beruf von Nutzen sein konnte. Bevor sie in Heathrow abgeflogen war, hatte sie einen Brief an Robert eingeworfen, und darin hatte sie ihm erklärt, sie werde ihren Eltern erzählen, sie sei nach England geflogen, um ihre Verlobung aufzulösen, weil sie das Gefühl habe, sie könne sich nicht an die Rolle der Gemahlin eines Kronprinzen gewöhnen, und dass ihre Trennung in beiderseitigem Einverständnis erfolge. Irgendwie hatte sie den Verdacht, dass Robert das so sehr viel lieber war, als die Wahrheit zu gestehen.

»Wir fahren dieses Wochenende in die Hamptons, Livvy – warum kommst du nicht mit? Die Abwechslung wird dir gut tun. Wir können vor der Abreise bekannt geben, dass du es dir anders überlegt hast und Robert nicht heiraten wirst, und wenn wir im September in die Stadt zurückkehren, reden die Leute längst über etwas anderes.«

Olivia nickte. Auch die längste Reise beginnt mit einem ersten Schritt, und im Augenblick hatte sie das Gefühl, eine sehr lange Reise vor sich zu haben.

Sarah fand keine Ruhe. Es war der Morgen, an dem Nick kommen würde, um Alex und Neil abzuholen.

Nick ... ihr Herz machte einen Satz, ihr Körper sehnte sich auf eine Art und Weise nach ihm, über die sie einfach nicht hinwegkam. Sie hatte ihn so geliebt. *Hatte* ihn geliebt? War es nicht eher so, dass sie ihn immer noch liebte? Ja, doch sie fühlte sich bei ihm nicht sicher. Sie spürte nicht, dass er sie liebte. Seine Arbeit schien ihm viel mehr zu bedeuten als sie und die Kinder. Die Arbeit und der ständige Kampf mit ihrem Vater. Sie musste an die Jungen denken. Die Streitereien zwischen Nick und ihr waren nicht gut für sie. Jay hatte angeboten, die beiden mit nach Fitton zu nehmen, damit Sarah Nick nicht sehen müsste, doch das Gespräch mit Amber stand ihr noch deutlich in Erinnerung, und Sarah war zu dem Schluss gekommen, für die Jungen sei es besser, wenn sie sahen, dass sie sich für sie freute, wenn sie mit ihrem Vater fortfuhren. Schließlich würde Nick wohl kaum vor seiner eigenen Familie einen Streit mit ihr anzetteln.

Die beiden waren ganz aufgeregt bei dem Gedanken, ihren Vater zu sehen. Nick hatte Anfang der Woche angerufen und mit ihnen gesprochen, und als Sarah sah, wie sehr sie sich freuten, bekam sie noch mehr Schuldgefühle.

Als sie ihnen am Abend zuvor eine Geschichte vorgelesen und sich dann über sie gebeugt hatte, um ihnen einen Gutenachtkuss zu geben, hatte Alex glücklich erklärt: »Mummy, hier ist es viel schöner als in Schottland. Können wir wieder herkommen?«

Nick war um acht Uhr fertig, um nach Denham zu fahren. Sie seien Frühaufsteher, besonders im Sommer, hatte Janey ihm mit einem wehmütigen Lächeln erklärt, damit John und die Männer die langen Tagesstunden und das gute Wetter ausnutzen konnten.

Zuerst war Nick schockiert gewesen, als Rose ihm erzählt hatte, Sarah sei mit den Kindern nach Denham gefahren, doch sein Schock war noch größer gewesen, als Rose hinzugefügt hatte, sie habe das Gefühl, die Feindseligkeiten zwischen ihm und seinem Schwiegervater und die Tatsache, dass er seine Frau vernachlässigte, indem er seine Arbeit immer an erste Stelle stellte, habe Sarah hart an den Rand eines Nervenzusammenbruchs gebracht.

»Ich arbeite doch nur so viel, damit sie und die Jungen alles haben, was sie brauchen. Sie hat mich geheiratet, aber sie lässt zu, dass ihr Vater unser Leben bestimmt«, hatte er zu seiner Verteidigung vorgebracht.

»Sie hat Angst vor ihm, Nick, und ich glaube, sie hat auch Angst vor dir, wenn auch anders. Und was das Versorgen mit dem angeht, was sie brauchen … ich glaube, was Sarah für die

Jungen und für sich wirklich braucht und will, ist deine Unterstützung und deine Liebe.«

»Nein«, hatte Nick dagegengehalten, »wenn, dann … Sie wollte doch, dass ich gehe.« Er hatte sich unterbrochen und Rose dann grimmig gefragt: »Du sagst, sie hat Angst vor mir? Wenn sie dir das gesagt hat …«

»Nein, gesagt hat sie das nicht. Und ich möchte auch nicht andeuten, sie hätte Angst vor körperlicher Gewalt oder so. Ich habe den Verdacht, es ist deine Abneigung gegen ihren Vater und die Bereitwilligkeit, mit der du sie zeigst, wovor sie sich fürchtet. Sie wurde in ihrer Kindheit darauf getrimmt, ihrem Vater zu gehorchen und seine Wutausbrüche zu erdulden. Er ist ein Tyrann, so viel ist offensichtlich, und Sarah hat gelernt, tunlichst alles zu tun, um ihn nicht zu provozieren. Wenn du dich ihm entgegenstellst, lässt er es nicht an dir aus, sondern an Sarah und den Kindern, und dann machst du es noch schlimmer, indem du sie kritisierst, dass sie sich so tyrannisieren lässt. Was sie braucht, ist deine Unterstützung, nicht deine Kritik.«

»Wie zum Teufel soll ich sie nicht kritisieren, wenn sie zulässt, dass ihr Vater meine Söhne so behandelt und behauptet, alles, was ich für sie zu tun versuche, sei ›gewöhnlich‹ und nicht gut genug?«

Rose legte ihm die Hand auf den Arm und sah ihn auf eine bestimmte Art an, die hieß, dass er genau auf das hören sollte, was sie zu sagen hatte.

»Nick, Sarah besitzt nicht das Selbstbewusstsein, das ein Kind normalerweise entwickelt, wenn es liebevoll erzogen wird. Versuch mal, dich in ihre Lage zu versetzen. Versuch mal, dir vorzustellen, wie es sein muss, nicht vor Schlägen Angst zu haben, sondern vor Worten. Sarah ist in dem Glauben aufgewachsen, wenn sie alles tue, um diese Worte nicht zu provozieren, dann werde alles gut. Aber dem ist natürlich nicht so und kann auch nicht so sein. Sie braucht deine Hilfe und deine Unterstützung, um ihre Angst vor ihrem Vater zu überwinden.«

»Wir haben uns getrennt«, hatte Nick seine Stiefmutter erinnert. »Ihre Entscheidung, nicht meine.«

»Ja, aber ihr seid immer noch die Eltern eurer Söhne. Du kannst doch nicht wollen, dass sie älter werden und genauso ängstlich werden wie ihre Mutter. Aber genau das wird passieren.«

»Ich habe es versucht«, hatte Nick beharrt. »Ich habe Sarah immer wieder gesagt, ich lasse nicht zu, dass ihr Vater Alex und Neil vorschreibt, was sie zu tun haben. Ich habe ihr gesagt, dass ich nicht will, dass sie mit ihnen rauf nach Schottland fährt, aber sie hält sich nicht daran und beschäftigt sich lieber damit, auf welches Internat sie nach Meinung ihres Vaters gehen sollen und dass er findet, sie sollten reiten lernen. Was ich sage, ist völlig egal, aber das kann ja auch nicht anders sein, denn mich zu heiraten war der größte Fehler ihres Lebens, denn ich bin nicht gut genug für sie.«

»Du bist und bleibst der Vater ihrer Kinder«, hatte Rose wiederholt. »Und die Jungen brauchen dich, Nick. Du musst ihnen zeigen, was gute Elternschaft bedeutet. Sie müssen lernen, dass du für sie da bist.« Sie hatte sich unterbrochen und dann hinzugefügt: »Weißt du noch, wie es dir ging, als du zu uns kamst? Weißt du noch, wie es ist, wenn man nicht weiß, ob man erwünscht ist und sicher? Ob die Erwachsenen, die sich um einen kümmern sollen, einen genug lieben, um einen zu beschützen?«

Wegen dieses Gesprächs mit seiner Stiefmutter war er jetzt hier, argwöhnisch, misstrauisch, ob er nicht mit Kritik von Amber und Jay rechnen musste, die zweifellos alles über sein Versagen Sarah gegenüber gehört hatten. Er wusste nicht einmal, ob er den ganzen Tag mit seinen Söhnen verbringen konnte, ohne sich zu langweilen oder zu ärgern.

»Ich weiß gar nicht, wie ich sie beschäftigen soll. Und wie ich sie daran hindern soll, dass sie zurück zu ihrer Mutter wollen«, hatte er Janey am Vorabend nach zwei Gläsern von dem

Scotch, den er für John mitgebracht hatte und den John unbedingt aufmachen wollte, gestanden.

»Ich könnte euch ein Picknick vorbereiten«, hatte Janey angeboten.

»Du könntest ihnen zeigen, wie man angelt«, schlug Harry vor. »Weißt du noch, wie du David und mir das Angeln beigebracht hast, Dad?«

»Ich weiß noch, dass eure Gummistiefel, als ihr heimkamt, voll Teichwasser waren«, meinte Janey lachend.

Ihnen das Angeln beibringen! Seine einzige Angelerfahrung bestand darin, ein Stück Schnur mit einem Wurm daran in die Themse zu halten, etwas, worüber Sarahs Vater zweifellos seine aristokratische Nase rümpfen würde.

Halb neun. Wenn er langsam nach Denham fuhr und sich Zeit ließ, war er bestimmt erst kurz vor neun dort.

»Kommt Daddy bald?«, fragte Neil ungeduldig.

Sarah zwang sich zu einem Lächeln. »Ja, vermutlich... Ich weiß nicht, wie Nick den ganzen Tag mit ihnen zurechtkommen will. Er ist es nicht gewohnt, so viel Zeit mit ihnen zu verbringen«, machte sie ihren Sorgen gegenüber Amber Luft.

»Die Jungen finden bestimmt etwas, um sich zu beschäftigen. Ich glaube, sie wollen ihm zeigen, wie gut sie schon Fahrrad fahren können, und Alex hat gesagt, er wolle Nick mit zu Jeff Lloyd nehmen, wenn der seine Hunde trainiert.«

Einer der Pächter von Denham trainierte sehr erfolgreich Hunde für Hüteprüfungen; er arbeitete auf einer kleinen Koppel auf der Home Farm mit ihnen. Jay hatte die Jungen gelegentlich dorthin mitgenommen, weil er wusste, dass es ihnen Spaß machte, den Hunden zuzusehen.

Sarah versuchte, sich vorzustellen, wie der weltmännische, elegante Stadtmensch Nick – so ruhelos, dass er sich niemals hinsetzte, um eine Tasse Kaffee zu trinken – am Zaun lehnte und einem Hund dabei zusah, wie er Schafe zusammentrieb.

»Daddy ist da!«

Neils Stimme, hoch und aufgeregt, riss Sarah aus ihren Gedanken. Sie spürte, wie sie abwechselnd knallrot und kalkweiß wurde.

»Ich will ihn nicht sehen«, sagte sie zu Amber. »Du hast gesagt, ich müsste nicht.«

»Natürlich nicht«, pflichtete Amber ihr bei.

»Ich muss ihn daran erinnern, dass Neil nicht immer früh genug daran denkt, dass er auf die Toilette muss, wenn er aufgeregt ist. Und dass er ihnen keinen Kaugummi geben darf.«

Amber lächelte und unterließ es zu sagen, dass Jay diese Botschaft leicht weitergeben könnte. Stattdessen winkte sie Nick durchs Fenster zu, als Jay nach draußen ging, um ihn zu begrüßen.

Nick hatte Amber und Jay nie als seine Großeltern betrachtet – schließlich waren sie es nicht –, doch Jays herzliches Willkommen machte deutlich, dass Nick in seinen Augen sehr wohl zur Familie gehörte. Die Wärme seiner Umarmung überraschte Nick sehr.

»Danke für alles, was du und Amber für Sarah und die Kinder tut.«

»Du musst dich nicht bedanken«, versicherte Jay ihm.

Sie waren jetzt in der Halle, und die Jungen stürmten zu Nick, warfen sich gegen ihn und umklammerten seine Beine. *Seine* Söhne, sein eigen Fleisch und Blut. Sie drängten sich an ihn, verlangten nach seiner Aufmerksamkeit, sahen zu ihm auf. Eine Welle der Liebe stieg in Nick auf, donnerte durch ihn hindurch wie eine Wasserwand, viel zu mächtig, um sie zu leugnen. Er wollte sie in die Arme nehmen und an sich drücken.

Eine leichte Bewegung erregte seine Aufmerksamkeit, und er blickte auf und sah Sarah neben Amber in der Tür stehen.

»Sie sind gewachsen«, war alles, was ihm einfiel.

»Ja.«

Verlegen sahen sie einander an und wandten dann den Blick ab.

»Wir können jetzt richtig Rad fahren, Daddy«, erklärte Alex ungeduldig.

»Ja, und Granddad Jay will, dass ich die Stützräder an meinem Rad noch behalte, obwohl ich sie eigentlich nicht mehr brauche, jetzt wo ich fünf bin.«

Neils Stimme war ein wenig ängstlich. Als Sarah das hörte, zuckte sie zusammen, denn ihr fiel ein, dass ihr Vater darauf bestanden hatte, die Stützräder an seinem Fahrrad abzumontieren, obwohl der kleine Junge immer wieder umgefallen war, und ihm gesagt hatte, er sei ein Feigling.

Nick kniete sich hin, um seinem Sohn in die Augen sehen zu können. »Ich hatte Stützräder am Fahrrad, bis ich sieben war«, flunkerte er.

Neil machte große Augen. »Ehrlich?« Er drehte sich um und sah Sarah an. »Daddy hatte Stützräder am Fahrrad, bis er sieben war, und er ist kein Feigling«, erklärte er ihr ganz aufgeregt.

Die Erwachsenen schwiegen. Nick brach das Schweigen schließlich, indem er Neil durch die Haare strich und leise sagte: »Wenn man will, dass einem nichts passiert, hat das nichts mit Feigheit zu tun. Es ist nur gesunder Menschenverstand. Also«, verkündete er und stand auf, »was würdet ihr gern machen?«

Die Jungen plapperten gleichzeitig los, um glücklich von all den aufregenden Dingen zu erzählen, die sie gemacht hatten und die sie ihm zeigen wollten.

Eine Mischung aus Reue, Bedauern und Sehnsucht nach dem, was hätte sein können, blühte schmerzhaft in Sarahs Herz auf, als sie die drei beobachtete. Nick schaute auf und begegnete ihrem Blick. Rasch sah sie weg, denn sie dachte an die endlosen quälenden Streitereien, ihre Auseinandersetzungen über Erziehung und Anschauungen und an die Kluft in ihrer Ehe, die nicht mehr zu kitten war. Was sie jetzt sah, wenn sie

Nick und ihre Söhne betrachtete, war die Vorstellung von einer perfekten Familie, die es – für sie – nicht gab und niemals geben konnte.

»Olivia hat eure Verlobung gelöst, aber warum?«

»Ich habe es dir doch erklärt, Mutter. Sie hat das Gefühl, sie könne sich nicht an meine Rolle als Kronprinz gewöhnen.«

Dass er Olivia erlaubte, öffentlich diejenige zu sein, die ihre Verlobung auflöste, besonders da sie diese Begründung vorgebracht und vorgeschlagen hatte, dass sie um der Harmonie in der Familie willen wenigstens nach außen hin Freunde blieben, war ein geringer Preis dafür, dass die Wahrheit nicht ans Licht kam, selbst wenn Robert die endlosen Klagen seiner Mutter allmählich nicht mehr hören konnte.

»Aber sie hat doch gewusst, dass du Kronprinz werden willst. Sie schien deine Pläne voll und ganz zu unterstützen. Bist du dir sicher, dass nicht in letzter Minute einfach nur die Nerven mit ihr durchgegangen sind, Robert? Ich meine, dass sie die Hochzeit zu diesem Zeitpunkt absagt … das wird Gerede geben. Du kannst doch bestimmt mit ihr sprechen, sie überzeugen …«

»Ich habe viel zu großen Respekt vor Olivia, als dass ich versuchen würde, sie unter Druck zu setzen, Mutter.«

Das leise Rascheln der Zeitung war die einzige Reaktion seines Stiefvaters auf seine Bemerkung, doch Emerald hielt sich nicht zurück.

»Respekt! Um Himmels willen, Robert, du sprichst von der jungen Frau, die du liebst und die dich liebt – und Olivia liebt dich.«

»Und ich liebe sie. Zu sehr, um ihr ein Leben aufzuzwingen, das sie nicht will. Es sieht wohl so aus, als müsstest du dich am Ende doch mit einer möglichen Habsburger-Schwiegertochter zufrieden geben.«

Sein müder Versuch, ein Späßchen zu machen, kam bei seiner Mutter überhaupt nicht gut an, doch der Kommentar seines Stiefvaters haute ihn wirklich um.

Drogo ließ die Zeitung sinken und sagte leise: »Weißt du, Robert, es ist nicht zu spät, um dich anders zu entscheiden und nicht die Nachfolge deines verstorbenen Vaters anzutreten. Ich verstehe, dass du das Gefühl hast, du hättest eine Pflicht gegenüber dem Volk, aber du hast auch eine Pflicht dir selbst gegenüber.«

»Drogo hat recht, Robert«, fiel seine Mutter ein. »Du musst nicht Kronprinz von Lauranto werden, um deiner Großmutter gefällig zu sein.«

Robert wusste, dass seine Mutter von Anfang an nicht gewollt hatte, dass er England verließ, doch seine Träume von der Restaurierung der historischen Bausubstanz Laurantos hatten eine zu große Zugkraft.

»Ich könnte auf den Thron verzichten«, stimmte er ihr zu, »aber ich glaube, Olivia und ich sind uns einig, dass das nicht nötig wäre, wenn unsere Liebe stark genug wäre. Ich will ganz bestimmt nicht, dass sie das Gefühl hat, sie müsste mich heiraten, weil ich ein Opfer bringe, das sie nicht von mir verlangt hat. Wir haben uns wahrscheinlich zu eilig in die Sache gestürzt. Wir werden Freunde bleiben – schließlich sind wir Familie. Ich reise morgen nach Lauranto. Meine Großmutter muss natürlich über die Änderung meiner Pläne unterrichtet werden. Außerdem habe ich einige Termine wegen der Gesetzesänderungen, die vorgenommen werden müssen, um in Lauranto neue Bankenkonzessionen zu erteilen und das Fürstentum für ausländische Investoren attraktiv zu machen. Keine Sorge«, sagte er zu seiner Mutter, »es wird alles gut, du wirst sehen.«

Kaum war Robert gegangen, wandte Emerald sich aufgebracht an ihren Mann. »Was um alles in der Welt habe ich getan, dass meine Kinder uns so viele Probleme bereiten? Zuerst lässt Katie sich in Zoës Tod hineinziehen … und der ganze Wirbel um diese Geschichte, Katie weint nur noch, und Zoës Eltern erlauben ihr nicht, an der Beerdigung teilzunehmen! Und jetzt lässt Robert auch noch zu, dass Olivia die Verlobung auflöst, dabei stecke ich mitten in den Hochzeitsvorbereitungen.«

»Sehr rücksichtslos von den beiden«, pflichtete Drogo ihr freundlich bei.

Emerald bedachte ihn mit einem argwöhnischen Blick. »Das ist nicht lustig, Drogo.«

Drogo legte seine *Times* zusammen und stand auf. »Da gebe ich dir recht. Das alles ist nicht auch nur im Entferntesten lustig. Zwei unserer Kinder leiden im Augenblick an unterschiedlichen Graden von Trauer und Verzweiflung – liebende Eltern können nichts anderes als besorgt über so etwas sein und alles versuchen, ihnen aus ihrer verzweifelten Lage zu helfen. Doch manchmal müssen wir unseren Kindern die Gelegenheit geben, ihre eigenen Kämpfe auszufechten, ihre eigenen Fehler zu machen und die Richtung ihres Lebens selbst zu bestimmen.«

Emerald öffnete den Mund, um ihn darauf hinzuweisen, angesichts des Schlamassels, in dem ihre Kinder steckten, sei sie selbst viel besser in der Lage, ihr Leben für sie zu regeln, doch sie schloss ihn wieder, als sie den Ausdruck in Drogos Augen sah. So sah ihr Mann sie nur sehr selten an, und wenn …

»Ich will doch nur ihr Bestes«, erklärte sie.

Drogo ging zu ihr und legte ihr den Arm um die Schulter. »Ich weiß«, sagte er, »aber sie müssen selbst herausfinden, was das Beste für sie ist, und dann müssen wir sie nach Kräften unterstützen, es zu erreichen.«

»Du meinst, ich soll mich nicht einmischen«, fasste Emerald in knappen Worten zusammen.

Drogo schenkte ihr dasselbe süße, zärtliche Lächeln, mit dem er vor vielen Jahren ihren Widerstand gebrochen hatte.

»So was in der Art.«

»Katie.«

»Mhm.«

In dem Raum, der einst die Kinderstube von Lenchester House gewesen war und der den jüngeren Familienmitgliedern jetzt als Wohnzimmer diente, sah Emma, die gerade von einer kurzen Ferienreise zurückgekehrt war, ungeduldig ihre jüngere Schwester an, die sich auf einem der beiden bequemen Sofas zusammengerollt hatte und in die Luft stierte, das Buch, das sie zu lesen vorgab, offen im Schoß. *»Katie«*, wiederholte Emma und zwang Katie, sie anzusehen. »Ich rede mit dir, ich habe dir gerade von Venedig und der Arbeit bei Angelli und den besonderen Farben und Entwürfen erzählt, an denen sie für Großmutters achtzigsten Geburtstag arbeiten, aber du hast kein Wort von dem gehört, was ich gesagt habe.«

»Ich habe an Zoë gedacht. Wenn ich mir doch nur mehr Mühe gegeben hätte, sie zu finden.«

»Oh, um Himmels willen, hör endlich auf, über Zoë zu grübeln. Das war nicht deine Schuld. Wenn du mich fragst, dann war offensichtlich, dass so was passieren würde. Sie war immer so eine Dramaqueen und so … so wild und leichtsinnig.«

Katie schüttelte den Kopf. »Hör auf. Hör auf, so über sie zu reden. Verstehst du nicht, sie ist tot. Sie ist TOT, Emma.«

Emma stemmte die Hände in die Hüften und sah ihre Schwester zornig und empört an. Da stand Katie auf, lief aus dem Zimmer und knallte die Tür hinter sich zu.

In ihrem Schlafzimmer warf Katie sich aufs Bett und drückte das Gesicht ins Kissen. Sie wollte weinen, doch sie konnte nicht. In ihrer Brust war ein harter, stechender Schmerz, doch ihre Augen waren trocken. Nichts schien mehr real zu sein, nichts eine Rolle zu spielen. Sie konnte Zoës Stimme so klar und deutlich in ihrem Kopf hören, dass sie manchmal dachte, sie wäre wirklich da, und sie bräuchte sich nur umzudrehen, um sie zu sehen.

Wenn sie sie doch suchen gegangen wäre, statt sich zu amüsieren, wenn sie Zoë doch nur gefunden hätte, dann würde sie jetzt noch leben. Tom hatte recht mit seinen Vorwürfen. Es war ihre Schuld.

»Katie. Tut mir leid, was ich über Zoë gesagt habe.« Emma stand mit zerknirschter Miene in der Tür zu ihrem Schlafzimmer. »Ich hab's nicht so gemeint. Aber es macht mich wütend zu sehen, dass du dir die Schuld an etwas gibst, woran du keine Schuld hast.«

Emma setzte sich zu ihr aufs Bett, und Katie spürte, wie die Matratze unter ihrem Gewicht nachgab.

»Ich weiß, dass sie deine Freundin war, aber du warst nicht für sie verantwortlich, Katie.«

»Als sie auf dem Ball verschwunden ist, hätte ich sie so lange suchen müssen, bis ich sie gefunden hatte.«

»Aber du hättest sie nicht finden können, denn du wusstest doch nicht, wo sie hin war. Sie hat dich angelogen, Katie. Sie hat dir erzählt, zwischen Axel und ihr wäre es aus.«

»Ich hätte sie suchen können. Ich hätte es versuchen können.«

»Oh, Katie ...« Emma nahm ihre Schwester in die Arme und wiegte sie.

»Also, erzähl mir von der Seide für Grandma.«

Emma hielt sie weiter in den Armen und erzählt leise: »Sie ist wunderschön, die Farben sind perfekt, genau wie auf dem Gemälde *Die Tochter des Seidenhändlers*, aber irgendwie auch modern.« Emma lachte. »Ich glaube, Onkel Rocco ist ein bisschen neidisch, weil Angelli die Stoffe nicht weben wird. Tante Rose ist wirklich clever. Ich war mir nicht sicher, ob ich wirklich in dem Laden in der Walton Street arbeiten wollte, bis ich die neue Kollektion gesehen habe.« Sie verzog ein wenig das Gesicht. »Ich meine, ich liebe unsere Stoffe, aber ich bin nicht wie du ... du kannst dich für die Vergangenheit und die Archivarbeit begeistern. Ich bevorzuge modernere Sachen, und ich habe beschlossen, Tante Rose zu fragen, ob sie mich mit ihr arbeiten lässt, bei ihren privaten Aufträgen. Ihre Ladeneinrichtungen sind unglaublich trendig.«

Katie hörte zu und nickte. Über Seide und das Geschäft zu reden war viel sicherer, als über Zoë und Tom und all das nachzudenken, was sie verloren hatte.

Olivia zog sich tiefer in den Schatten der makellos gestutzten Hecke im Garten der Lawrences in Southampton Village zurück. Für manche Angehörige der privilegierten und einflussreichen weißen Mittelschicht, die den Sommer in den Hamptons verbrachten, waren makellos gestutzte Hecken genauso ein Muss wie Häuser, deren Innenausstattung sich am Look von Sister Parish orientierte. Die Frauen trugen Kleider von Lilly Pulitzer, und die Männer ihre alten Mannschaftstrikots aus Harvard und Yale.

Olivia war zwar vertraut mit dieser Welt, aber doch nicht ganz Teil davon. Ihre Eltern gehörten nicht der alten Elite an, sie waren Mitglieder eines eher neueren Zustroms in die Hamptons.

Scott Fitzgerald hätte sich, wie Olivia vermutete, auf der Cocktailparty an diesem Tag vollkommen zu Hause gefühlt. Southampton Village war einer der renommiertesten Orte in den Hamptons, um den Sommer zu verbringen. Die Familien, die hier ihre Häuser hatten, kamen oft schon seit Generationen Jahr für Jahr in den Ferien hierher. Das Haus und der Garten besaßen die unnachahmliche Patina von Status, Tradition und Geld, die Bände über die sprach, die hier lebten, und auch über die Art, wie sie lebten. Die privilegierte weiße Mittelschicht machte sich für die Hamptons nicht schick, und je höher eine Familie gesellschaftlich stand, desto mehr rühmte sie sich ihrer Familientraditionen. Auf dem sonnenüberfluteten Rasen legten die Damen der feinen Gesellschaft ihre Designerkleider ab, um sich und ihre Töchter in ihre »Lilly's« zu kleiden – Röcke, Kleider und Shorts in den grellen Rosa- und Grüntönen, die typisch waren für die Kleider von Lilly Pulitzer und der perfekte Kontrast zu den sommerblonden Zöpfen und honigfarben gebräunten Armen und Beinen –, und pflegten gesellschaftlichen Umgang mit ihresgleichen. Ihr Akzent wies sie allesamt als protestantische weiße Angelsachsen aus Boston und New York aus. Männer in Leinenhosen und -blazern unterhielten sich mit ernster Miene, Teenager in abgeschnittenen Madrashosen alberten herum und flirteten. Olivia konnte ihre Eltern inmitten einer Gruppe anderer neuer Sommerbesucher in den Hamptons sehen, wohlhabende New Yorker der feinen Gesellschaft, die, wie die protestantischen weißen Angelsachsen vor ihnen, entdeckt hatten, welche Vergnügungen die Inselkette zu bieten hatte, die von New York aus so leicht zu erreichen war und über den Sommer einen erfrischend anderen Lebensstil bot als die Stadt.

Aus dem Augenwinkel erhaschte Olivia einen kurzen Blick auf das typische ausgeblichene Rot einer Nantucket Reds – die Shorts und Hosen, die von Murray's Toggery Shop auf Nantucket Island produziert wurden, waren vor allem bei Segelfans beliebt. Diese Shorts gehörten, wie die muskulösen, gebräunten Beine, die daraus hervorschauten, Tait, und Olivia trat instinktiv tiefer in den Schatten und atmete erleichtert aus, als sie das blasse Rot nicht mehr sehen konnte.

»Dann ist die Verlobung also abgeblasen?«

Olivia ließ beinahe ihr Glas Pimm's fallen, an dem sie kaum genippt hatte. Tait war wohl um die Hecke herumgegangen und hatte sich von der anderen Seite angeschlichen.

»Ja«, antwortete sie knapp.

»Lust, morgen mit zum Segeln zu gehen?«

Olivia wollte schon absagen, als er unbekümmert hinzufügte: »Wir brauchen jemanden für die Lenzpumpe, und Ihr Vater hat zufällig erwähnt, dass Sie eine ziemlich gute Seglerin sind.«

Es war nicht gerade eine glamouröse Einladung, wenn man gebeten wurde, auf einem offenen Segelschiff die Lenzpumpe zu bedienen, aber … so wenig wie sie Tait persönlich leiden konnte, wusste Olivia doch, wie besorgt ihre Eltern um sie waren und wie sorgsam die anderen darauf achteten, die abgesagte Hochzeit nicht zu erwähnen. Unter keinen Umständen wollte sie als Gegenstand des Mitleids behandelt werden, schließlich hatte sie auch ihren Stolz. Wenn sie den Leuten zeigte, dass sie sich amüsierte, konnte sie womöglich die Art von Fiktion erzeugen, die sie eigentlich verachtete. Doch jetzt galt es, die Zähne zusammenzubeißen und die Show ihres Lebens zu liefern.

»War ich mal, ja.«

»Schön. Dann komme ich morgen früh vorbei und hole Sie ab. Ist sieben okay?«

Sie sollte ihm sagen, dass sie keine Lust hatte, segeln zu gehen, doch ihre Gastgeberin war auf sie aufmerksam geworden und kam herüber. Lulu mochte zwar aussehen wie die freundlichste alte Dame, die man sich vorstellen kann, einnehmend und bezaubernd, doch in Wirklichkeit war sie spitzzüngig und scharfsinnig wie ihre vier Söhne, die allesamt Anwälte waren, und Olivia wollte sich von ihr auf keinen Fall mitten in einer Auseinandersetzung mit Tait erwischen lassen.

»Ja«, antwortete sie hilflos, erwiderte Lulus Lächeln und verzog sich, als sie sah, dass ihre Gastgeberin es auf Tait abgesehen hatte.

»Da bist du ja.«

Olivia erwiderte das Lächeln ihrer Mutter, als sie zu ihren Eltern trat.

Sie waren hergekommen, um etwas zu trinken und sich das Polospiel anzusehen, und am Abend wollten sie im *Fresno* in East Hampton zu Abend essen, angeblich eines der besten Restaurants in der ganzen Gegend. Im Gegensatz zu den meisten anderen Frauen trug Olivia kein »Lilly«. Sie fand, die kitschigen Muster und Farben standen ihr nicht, und so hatte sie für den Anlass ein schlichtes schwefelgelbes Hängekleid gewählt, das sie ursprünglich gekauft hatte, weil sie hoffte, Robert in den Flitterwochen damit zu beeindrucken.

Robert. Olivia richtete den Blick auf ihre nackte linke Hand. Sie durfte nicht zulassen, dass es wehtat. Sie würde nicht zulassen, dass es wehtat.

»Hat Tait dich gefunden?«, fragte ihre Mutter. »Er hat sich vorhin erkundigt, wo du bist.«

»Mhm. Er hat mich eingeladen, morgen früh mit zum Segeln zu gehen … sie brauchen jemanden für die Lenzpumpe. Er holt mich um sieben ab. Keine Ahnung, wer noch mitkommt.«

»Jay, ich glaube, Cassandra geht es nicht besonders gut.«

Jay schaute von seiner *Farmers Weekly* auf. Ambers Stirn war in tiefe besorgte Falten gelegt.

»Und diesmal glaube ich nicht, dass sie nur so tut. Sie hat nicht mal was davon gesagt, dass ihr nicht wohl ist, aber sie ist schrecklich dünn geworden, und ich glaube, sie isst nicht anständig. Als ich heute Morgen im Dower House war, ist mir aufgefallen, dass sie zwar so getan hat, als würde sie einen Keks essen, ihn in Wirklichkeit aber nur zerkrümelt hat. Ich dachte, ich rede mal ein Wort mit Janey. Sie sieht Cassandra öfter als ich. Ich will natürlich kein großes Aufheben machen.«

»Ich hätte gedacht, wenn es Cassandra nicht gut ginge, würde sie dafür sorgen, dass John und Janey es erführen.«

»Nun ja, wenn es eine kleine Unpässlichkeit wäre, mit der sie ihnen etwas mehr an Aufmerksamkeit und Zeit abpressen könnte, würde ich dir recht geben, aber ich fürchte, wenn es etwas Ernstes ist, wenn sie sich wirklich Sorgen macht, behält sie es womöglich doch lieber für sich.«

Als Jay nichts weiter dazu sagte, stand Amber auf, ging zu ihm und legte ihm eine Hand auf den Arm. »Ich muss immer denken, wie schrecklich es für Cassandra sein muss, Jay. Sie hat keine Freunde, außer uns keine enge Familie, niemand, an den sie sich wenden kann, der sie liebt, wenn sie wirklich krank ist.«

»Und wessen Schuld ist das? Wenn niemand Cassandra liebt, dann liegt das wohl daran, dass Cassandra niemandem je ihre Liebe geschenkt hat.«

»Ja, ich weiß, aber wenn sie wirklich krank ist, muss sie sich sehr allein und verängstigt fühlen, wenn sie mit niemandem darüber reden kann.«

Jay betrachtete sie wehmütig. »Was schlägst du vor?«

»Sie ist deine Cousine. Ihr seid zusammen aufgewachsen. Ich dachte, wenn du sie besuchst, allein, vertraut sie sich dir vielleicht an.«

»Cassandra und sich mir anvertrauen? Das kann ich mir nicht vorstellen.«

»Jay, ich fürchte wirklich, sie ist schwer krank.« Ambers Stimme war leise und ernst. »Sie ist in kurzer Zeit erschreckend dünn geworden. Vergiss nicht, ihre Mutter ist an Magenkrebs gestorben. Cassandra muss schreckliche Angst haben. Jeder hätte das in so einer Situation.«

»Du hast das zärtlichste Herz, das ich kenne, weißt du das?«, erwiderte Jay.

»Ich rede mal mit Janey. Du könntest mit Dr. Phillips sprechen. Vielleicht kann er Cassandra besuchen, ganz beiläufig, weißt du, um ihr keinen Schreck einzujagen«, schlug Amber vor.

Jay stieß ein kurzes, bellendes Lachen aus. »Du machst dir Sorgen, jemand könnte Cassandra einen Schreck einjagen?«

»Das ist jetzt etwas anderes. Sie ist so allein, Jay. Wir haben einander, und ich weiß, ich kann allem in die Augen sehen, weil ich dich habe und deine Liebe, aber ohne das … Abgesehen davon gehört sie zur Familie.«

»Na gut, ich rede mal ein Wort mit Dr. Phillips.«

»Und ich mit Janey«, sagte Amber und drückte ihm einen Kuss auf den Kopf, bevor sie das Thema wechselte.

»Das Haus kommt einem schrecklich still vor, seit Sarah und die Kinder fort sind, nicht wahr?«

»Ja. Das waren nette kleine Burschen.«

»Sarah schien es bei ihrer Abreise viel besser zu gehen. Ich hoffe, ihr Besuch bei ihren Eltern wirft sie nicht zu sehr zurück. Ihr Vater klingt nach einem schrecklichen Tyrann und einem noch schlimmeren Snob.«

Jay tätschelte Ambers Hand. »Typisch für dich, dass du willst, dass alle glücklich sind, aber manchmal laufen die Dinge nicht so, wie wir es uns wünschen.«

»Ich weiß«, meinte Amber. »Als ich gehört habe, dass Robert und Olivia nun doch nicht heiraten, habe ich mir zuerst schreckliche Sorgen gemacht, es könnte zu Unstimmigkeiten zwischen Ella und Emerald führen, aber Ella sagte neulich, als sie anrief, ihre Entscheidung sei in gegenseitigem Einvernehmen und in Freundschaft getroffen worden. Ich muss sagen, ich kann Livvy gut verstehen, dass sie das Gefühl hat, das Protokoll und die Formalitäten, welche die Ehe mit einem Kronprinzen mit sich bringt, wären ihr einfach zu viel. Es wäre bestimmt kein leichtes Leben geworden. Und da Robert gesagt hat, er möchte sich in Zukunft ganz Lauranto widmen, ist es besser, sie trennen sich jetzt, als dass sie noch unglücklicher werden, wenn sie heiraten und dann feststellen müssen, dass es nicht funktioniert. Ich rufe Janey jetzt an und sage ihr, dass du mal mit Dr. Phillips über Cassandra redest.«

21

Von der Brustwehr des alten befestigten Teils des Schlosses konnte Robert über das wie gemalt daliegende Mittelmeer blicken. Am Abend zuvor hatte er ein Bankett für die Finanziers und die Wirtschaftsjournalisten gegeben, die nach Lauranto gekommen waren, um über seine Pläne zu sprechen, aus dem Fürstentum eine Steueroase – oder eine Sparbüchse für die Krone, wie ein amerikanischer Journalist zynisch bemerkt hatte – zu machen, Pläne, die von seinem Publikum sehr gut aufgenommen worden waren. Mehrere Investoren hatten ihm zugesagt, die Wohltätigkeitsstiftung, die er gründen wollte – die »Gesellschaft zum Schutz von Laurantos öffentlichen Gebäuden« –, zu unterstützen. Und seine Großmutter war entzückt über die Aussicht, ihm, sobald er Zeit gehabt hatte, sich von der Auflösung seiner Verlobung zu erholen, eine fürstliche Braut zu suchen, die sie für würdig befand. Sie war mit ihm einer Meinung gewesen, dass Robert Zeit brauchen würde, sich einzuleben und seine Pläne für das Land umzusetzen, bevor er heiratete.

Alles lief zu seiner Zufriedenheit. Die glänzenden Jachten unten im Hafen trugen nicht nur ihre wohlhabenden Besitzer, sie trugen auch seine erfolgreichen Pläne für die Zukunft.

Eine dieser Jachten hatten die Wineburghers gechartert. Rebecca Wineburgher hatte ihn eigens unter vier Augen aufgesucht, um ihm zu sagen, wie leid es ihr tue, dass seine Verlobung aufgelöst worden war, und um ihm ein wenig intimen Trost anzubieten. Er war versucht gewesen anzunehmen – bis sie zufällig erwähnte, sie habe Charlotte als Gast auf ihre Jacht eingeladen, diese habe aber in letzter Minute abgesagt.

»Da muss ein Mann dahinterstecken«, hatte Rebecca Robert im Vertrauen gesagt, »obwohl sie mir partout nicht sagen will, wer es ist.«

Als er Charlottes Namen hörte, war sein Begehren augenblicklich abgekühlt. Doch in der Nacht hatte dieses Begehren heiß und ungewohnt in ihm gebrannt, und er war aufgewacht und hatte sich nach Charlotte verzehrt. Sein Körper wollte einfach nicht auf die Befehle seines Geistes hören, er solle aufhören, sie zu begehren. Doch eines Tages würde er sie nicht mehr begehren. Eines Tages.

Er richtete den Blick doch besser auf den geerbten architektonischen Schatz und auf die vor ihm liegende Zukunft, als zuzugeben, dass das, was er für Charlotte empfand, weit über rein sexuelles Begehren hinausging. Wie es passiert war, wusste er nicht, doch es war passiert. Sie hatte seine Sinne gefesselt und seine Gedanken und Gefühle in Beschlag genommen wie keine Frau je zuvor – und wie es keiner Frau zukünftig je gelingen sollte. Schlicht gesagt, sie hatte sein Herz in der Hand, und er konnte es nicht zurückfordern, also musste er lernen, ohne es zu leben. Seine Großmutter würde Charlotte niemals als seine Gemahlin anerkennen, und Charlotte würde niemals akzeptieren, die Rolle der heimlichen Geliebten zu spielen, während eine andere Frau die öffentliche Rolle an seiner Seite einnahm. Und das wollte er auch nicht. Hier ging es um alles oder nichts, und er hatte sich für nichts entschieden. Er hatte so lange auf seine Chance gewartet, sich als würdig zu erweisen, als rechtmäßiger Erbe seines Vaters anerkannt zu werden. Er konnte in Lauranto so vieles bewirken, nicht nur, um zu zeigen, dass er seines Erbes würdig war, sondern um das Land aus der Krise zu führen und ein funkelndes Juwel historischer Schönheit und finanziellen Erfolgs daraus zu machen. Er wusste, dass er diese Ziele erreichen konnte. Tief im Innern spürte er, dass es sein Schicksal war, diese Ziele zu erreichen. Doch er konnte dieses Schicksal nicht erfüllen, wenn er gleichzeitig das andere Schicksal annahm, das ihm bestimmt war: mit Charlotte zusammen zu sein, ihre Wunden zu heilen, während sie die seinen heilte, um den Kreis zu schließen, zu dessen Vollendung sie auf die Welt gekommen waren. Er musste wählen. Er hatte gewählt. Er hatte seine Wahl getroffen, lange bevor er Charlotte begegnet war oder überhaupt von ihrer Existenz gewusst hatte. Wäre diese Wahl anders ausgefallen, wenn er sie zuerst kennengelernt hätte? Er wusste es nicht.

Taits Freunde Ogden und Natalie Adams besaßen ein Haus in Sag Harbor. Ogden hatte mit Tait zusammen die Schule und das College besucht, und bei Natalie fühlte Olivia sich gleich wohl, besonders als sich herausstellte, dass sie Verbindungsschwestern waren. Sie waren zwar im Abstand von drei

Jahren auf Vassar gewesen, aber Mitglieder derselben Studentinnenverbindung.

Sie segelten fast den ganzen Tag mit dem alten Segelboot, mit dem Natalies Großvater in seiner Jugend an Regatten teilgenommen hatte, und aßen das Picknick, das Natalie vorbereitet hatte. Die Atmosphäre war entspannt und freundlich, und Olivia spürte fast, wie ihre abwehrend hochgestellten Stacheln sich legten. Als die drei Freunde ihr in dieser Situation das Du anboten, konnte sie nicht ausschlagen. Jetzt waren sie wieder an Land, und Taits Hand stützte Olivia, als sie vom Boot auf den Landungssteg sprang, und strich dann über ihre sonnengebleichte abgeschnittene Jeans. Sie erstarrte und sah ihn fragend an, was er mit einem Grinsen beantwortete.

»Sieht aus, als hättest du auf einem Sandwich gesessen«, erklärte er ihr.

»Achte gar nicht auf ihn, Livvy«, meinte Natalie. »Er beäugt schon den ganzen Tag deinen Po, ich schwöre es, und jetzt hat er endlich getan, wonach es ihn seit Stunden in den Fingern juckt. Männer! Nichts mögen sie lieber als ein hübsches Hinterteil in einer gut sitzenden Jeans.«

Selbst Olivia musste lachen, obwohl sie stark bezweifelte, dass Taits Geste auf den Wunsch, sie zu berühren, zurückzuführen war.

»Toller Tag, Leute«, lautete Ogdens Urteil, als sie über den Plankenweg gingen, die Männer mit dem leeren Picknickkorb zwischen sich. Die Brise vom Meer roch nach Salz und der herrannahenden Abendkühle, die Sonne neigte sich allmählich dem Horizont zu.

»Wir planen für Samstag ein großes Picknick am Strand«, sagte Natalie zu Olivia. »Du bist herzlich eingeladen.«

Akzeptanz und eine freundschaftlich dargebotene Hand. Es wäre dumm, wenn sie beides ablehnen würde.

»Sehr gern«, antwortete sie und wurde damit belohnt, dass Natalie sich bei ihr unterhakte und ihr vertraulich zuflüsterte:

»Die letzte junge Frau, die Tait uns vorgestellt hat, war schrecklich. Eine richtige Stadt-Tussi, weißt du.« Sie zog die Nase kraus. »Kam im weißen Leinenkleid und mit Hochhackigen zum Segeln, und dann wurde sie auch noch seekrank. Ogden hat gemeint, Tait hätte sie absichtlich mitgeschleppt, um sie loszuwerden.«

Bis Tait Ogden und Natalie zu Hause abgesetzt hatte, war die Abenddämmerung hereingebrochen, und am Himmel wurde blasses Blau von Zitronengelb und dann von tiefem Rosa abgelöst. Vom Meer rollte ein Küstennebel herein. Sie schwiegen, bis Tait seinen Jeep vor dem Haus ihrer Eltern zum Stehen gebracht hatte, und dann sagten sie nur »Gute Nacht«, und Olivia bedankte sich für den Ausflug.

Als Olivia am Abend im Bett lag und den Tag Revue passieren ließ, öffnete sie die Schublade ihres Nachttischchens und holte die Tiffanyschachtel mit dem Diamantanhänger heraus, Roberts Geschenk zum Valentinstag. Sie ließ die Kette an einem Finger baumeln und sah zu, wie der Diamant in dem Mondlicht, das durchs Fenster fiel, funkelte. Tränen traten ihr in die Augen, doch nicht die bitteren, einsamen Tränen einer betrogenen Frau, die eine andere nackt in den Armen des Mannes gesehen hatte, den sie liebte. Nein, dies waren reinigende Tränen, die zwar brannten, aber auch heilten.

Sie tat den Diamant in die Schachtel zurück und verstaute diese wieder in der Schublade. Sie musste ihn an Robert zurückschicken und ihm alles Gute für die Zukunft wünschen. Wenn Anfang September Labor Day kam und das Ende des Sommers anzeigte, würde sie nach New York zurückkehren, bereit, die nächste Phase ihres Lebens anzugehen, bereit, sich ganz auf ihre Karriere zu konzentrieren. Auch bereit, ihre Antipathie gegen Tait aufzugeben?

Heute hatte sie viel Spaß gehabt, doch das lag allein daran, dass sie Tait beweisen wollte, dass sie nicht untröstlich war wegen Robert, mehr nicht. *Mehr nicht.*

Cassandra hatte Krebs und würde sterben. Die Ärzte hatten es offiziell bestätigt, und jetzt ruhte sie zu Hause im Dower House, nachdem sie sich im Krankenhaus mehreren Untersuchungen unterzogen hatte.

Die Krankheit war weit fortgeschritten und nicht mehr aufzuhalten. Cassandra hatte man es noch nicht gesagt, man hielt die Fiktion aufrecht, es handle sich um eine Magenverstimmung, wegen der sie ruhen müsse. Die Familie hatte eine Krankenschwester eingestellt, um dafür zu sorgen, dass sie tatsächlich ruhte und dass sie die Medikamente einnahm, die man ihr im Krankenhaus verordnet hatte. Dr. Phillips hatte ihnen versichert, mit privater Pflege sei es Cassandra möglich, zu Hause im eigenen Bett zu sterben.

Cassandra hatte nichts gesagt und auch keinen Hinweis darauf gegeben, ob sie wusste, wie es tatsächlich um sie stand. Der Vikar war zum regelmäßigen Besucher geworden, doch Janey hatte Amber erklärt, Cassandra wende den Kopf ab und ignoriere ihn, sooft er sich zu ihr setzte.

»Glaubst du, Cassandra weiß es?«, fragte Amber Jay, als sie zusammen im Garten saßen und die Wärme der späten Augustsonne genossen. »Ich glaube schon«, beantwortete sie ihre eigene Frage, »wo wir sie fast jeden Tag besuchen und der Arzt fast genauso oft reinschaut. Aber sie sagt nie was, Jay. Ja, sie spricht so gut wie überhaupt nichts. Schwester Jenkins sagt dasselbe. Sie hat Janey erzählt, sie habe noch nie jemanden gepflegt, der so entschlossen nicht mit ihr kommuniziere. Sie hasst mich«, sagte Amber. »Ich sehe es in ihren Augen, wenn sie mich anschaut. Die arme Cassandra, es muss schrecklich sein, so viel Hass und Zorn in sich eingeschlossen zu haben... Hast du Sarahs Brief gelesen?« Sie hatten am Morgen Post von Sarah bekommen.

Jay nickte. »Es scheint, als folgte sie deinem Rat und böte ihrem Vater die Stirn, zumindest was die Jungen betrifft.«

»Ja«, pflichtete Amber ihm bei. »Und das fällt ihr bestimmt nicht leicht. Sie hat mir gesagt, sie zögere, mit ihnen rauf nach

Schottland zu fahren, aber sie hätte auch Schuldgefühle, wenn sie es nicht täte, weil ihre Eltern so viele Pläne gemacht haben, Leute einzuladen, wenn sie dort sind. Rose meint, Nick sei überzeugt, Sarahs Vater versuche, einen neuen passenden Partner für sie zu finden, bevor Nick und Sarah überhaupt die Scheidung eingereicht haben, und ich fürchte, Nick hat recht. Schade, dass die beiden es nicht hingekriegt haben. Der Gedanke, dass die Jungen zwischen ihren Eltern hin und her gerissen werden, behagt mir nicht.«

»Es gibt keinen Grund, warum sie sich nicht in Freundschaft trennen sollten«, entgegnete Jay. »Sie können es hinkriegen.«

»Ja, ich weiß. Aber Sarah hat das Gefühl, sie und Nick haben so unterschiedliche Wertvorstellungen und Erwartungen für die Jungen, dass ich fürchte, sie lernen, bei ihrer Mutter das eine Gesicht zu zeigen und bei ihrem Vater ein anderes«, bemerkte Amber traurig.

Janey stand in der Morgenkühle ihrer Küche, umklammerte ihre erste kostbare frühmorgendliche Tasse Tee und blickte aus dem Fenster. Die Sonne ging auf und vertrieb den Nebel, der über den Teichen von Fitton lag. Ihre Gedanken waren bei Cassandra, deren Leben zu Ende ging, deren Körper zu einer ausgetrockneten Hülle wurde, weil der Krebs ihn zerfraß.

Die Krankenschwester hatte Janey am Vortag gesagt, sie werde den Arzt bitten müssen, Cassandras Morphin-Dosis zu erhöhen; das Ende könne nicht mehr weit sein.

Janey hoffte es. Das Sterben und das lange Warten darauf hatten eine zerstörerische Wirkung auf die menschliche Würde. Oder lag es daran, dass sie insgeheim schon an die Zukunft dachte und wie es sein würde, frei zu sein von Cassandras Forderungen und Ansprüchen? Bei solchen Gedanken war ihr nicht wohl zumute. Sie kam sich vor wie ein Geier, der über dem Sterbenden schwebt und nur darauf wartet, sich an dem Kadaver gütlich zu tun.

John kam in die Küche. Er wirkte abgehärmt. Gewiss dachte er wie sie insgeheim schon voraus, freute sich darauf, frei zu sein von Cassandras ständigen finanziellen Forderungen, obwohl Janey wusste, dass er es nie sagen würde, weil er es falsch fand, so zu sprechen.

Doch es war nun einmal so, dass sie finanziell sehr viel besser dastehen würden, wenn sie nicht mehr jeden Monat Cassandras großzügig bemessene Vermögenszuwendung zahlen mussten. Rückwärts und vorwärts schossen Janeys Gedanken, derweil sie frischen Tee für John aufgoss, Weißbrot in den Toaster steckte und an den anstehenden Tag dachte, während er einige Frühstücksflocken in eine Schüssel schüttete.

Wie lange würde es noch dauern? Der Arzt hatte gesagt, nur wenige Wochen, vielleicht einen Monat. Die Krankenschwester konnte ihr gewiss mehr sagen, wenn sie am Vormittag hinüber ins Dower House ging.

Mrs Jenkins, die Krankenschwester, erwartete Janey bereits, als sie zum Dower House kam. Sie war nicht gefahren, sondern zu Fuß gegangen, um die morgendliche Spätsommerwärme zu genießen und um es noch ein wenig hinauszuzögern, bei Cassandra zu sitzen, denn sie wusste, dass sie für Johns Stiefmutter nicht so empfand, wie man für eine Sterbende empfinden sollte.

Das Dower House verströmte jetzt einen klinischen, unangenehmen Krankenhausgeruch, und darunter mischte sich noch etwas, was die Botschaft des nahenden Todes mit sich trug, bei dem sich einem leicht der Magen hob.

»Sie hat nach Ihrem Mann gefragt«, sagte Mrs Jenkins ohne Umschweife zu Janey.

John fühlte sich, wie viele Männer, in der Gegenwart von Kranken nicht wohl. Er hasste Krankenhäuser, und Janey wusste, dass er sich kaum etwas Schlimmeres vorstellen konnte, als bei seiner sterbenden Stiefmutter zu sitzen.

»Er ist bei der Ernte«, erklärte Janey. »Ich kann es ihm sagen, wenn er heute Abend nach Hause kommt.«

Die Schwester schüttelte den Kopf »Dann ist es womöglich zu spät«, erwiderte sie bedeutungsschwer.

Janey wusste nicht recht, was sie machen sollte. John würde es ihr nicht danken, wenn sie nach ihm schickte, damit er bei Cassandras letztem Atemzug bei ihr war, doch Mrs Jenkins war fest entschlossen, dass er kommen solle.

»Es ist ihr letzter Wunsch, mit ihm zu sprechen«, beharrte sie. Das hatte Janey sich schon gedacht. »Er sollte bei ihr sein, und glauben Sie mir, sie kämpft so lange, bis er hier ist. Das habe ich schon öfter erlebt.«

»Na gut«, sagte Janey zögernd. »Ich muss rüber zur Home Farm fahren, um es ihm zu sagen. Es kann eine Stunde dauern, bis wir wieder da sind.«

John nahm die Nachricht der Krankenschwester genauso auf, wie Janey vermutet hatte – stocksteif, am ganzen Körper angespannt, hin und her gerissen zwischen Pflichtbewusstsein und persönlichen Gefühlen, während die Männer weiterarbeiteten.

Harry, der auf Urlaub von seiner Arbeit in Norfolk zu Hause war, um seinem Vater zu helfen, brach das unbehagliche Schweigen, indem er ruhig erklärte: »Ich komme mit dir, und Mum auch, Dad«, und ihn auf die Rückbank des Range Rover schob. Als Janey bemerkte, wie langsam und schwerfällig John sich bewegte, konnte sie nicht umhin, seine steifen, müden Bewegungen mit denen ihres Sohnes zu vergleichen. Die körperliche Arbeit setzte ihm ordentlich zu, und wenn man dann noch die seelische Belastung hinzuzählte, unter der er wegen ihrer finanziellen Situation seit vielen Jahren stand, war es kein Wunder, dass seine Schultern so gebeugt und sein Kopf so gesenkt war. Sie wollte seine Hand nehmen und sie halten, doch sie fürchtete, diese Geste sei unwillkommen. Sie lebten sich immer mehr auseinander, konnten so wenig miteinander reden, und das tat ihr weh. Sie hatte John so sehr geliebt – sie liebte ihn immer noch –, doch manchmal wäre es gut, wenn er ihr zeigen würde, dass sie ihm auch etwas bedeutete.

Sie wusste, dass es nicht richtig war, sich auf Cassandras Tod zu freuen, und sie konnte ihre Gedanken auf keinen Fall gegenüber John äußern, der schockiert wäre, doch es war eben so, dass ihr Leben um einiges leichter sein würde, wenn Cassandra nicht mehr da war. Manchmal hatte Janey das Gefühl, Cassandra stehe mit ihrem ständigen Beharren darauf, wie viel Fitton John bedeutete, mindestens genauso zwischen ihnen wie das Gut selbst und zwinge sie, Janey, in Johns Leben einen noch untergeordneteren Platz einzunehmen.

Im Dower House begrüßte Mrs Jenkins sie mit einem professionellen Neigen des Kopfes und fiel in Johns Schritt ein, sodass Janey sich ausgeschlossen fühlte. Damit ich nicht mit ihm ins Sterbezimmer gehe oder damit er es sich nicht noch einmal anders überlegt und sich weigert hineinzugehen?, überlegte Janey, die automatisch zurückfiel, um mit Harry zu warten.

»Wir müssen Granny und Gramps Bescheid sagen«, erinnerte er sie.

»Ja, natürlich.«

Ihr Vater war schließlich Cassandras Cousin und stand ihr somit verwandtschaftlich näher als John.

Die Krankenschwester kam zu ihnen zurück – allein.

»Was glauben Sie, wie lange sie noch hat?«, fragte Janey unbehaglich. »Mein Vater will gewiss hier sein. Er ist ihr Cousin, und sie und meine Stiefmutter sind als Kinder zusammen aufgewachsen.«

»Wahrscheinlich im Laufe des Abends, obwohl es schwer zu sagen ist. Ich habe den Arzt angerufen, er kommt vorbei, wenn er heute Nachmittag Hausbesuche macht.«

Janey blickte die Treppe hinauf. Der arme John. Er würde es hassen, in dem nach Krankenhaus riechenden Zimmer zu sitzen, Cassandra in dem Bett mit den auf Klinikart akkurat eingeschlagenen Laken, ihr Körper so dünn, dass er die Decken kaum bauschte, das Gesicht eingesunken und gelb.

22

Das Licht am Augusthimmel verblasste. Sie waren alle im Dower House versammelt, Janey, John und Harry, Amber und Jay sowie der Vikar und die Krankenschwester. Es war inzwischen mehrere Stunden her, seit John leise aus Cassandras Zimmer gekommen war und die Tür hinter sich geschlossen hatte, das Gesicht grau und erstarrt.

Er hatte nicht darüber gesprochen, was zwischen ihm und Cassandra gesagt worden war, und Janey spürte, dass er nicht danach gefragt werden wollte. Sie konnte nur hoffen, dass seine Stiefmutter in ihrer letzten Stunde begriffen und anerkannt hatte, wie freundlich John all die Jahre zu ihr gewesen war, und sich bei ihm bedankt hatte. Sie wäre gern zu ihm gegangen, um ihn in die Arme zu nehmen und von ihm gehalten zu werden, doch sie hatte nach wie vor das Gefühl, dass Cassandra zwischen ihnen stand und sie daran hinderte. Und außerdem glaubte sie auch, nicht das Recht zu haben, ihn zu fragen, worüber Cassandra mit ihm gesprochen hatte. John war immer schon ein sehr verschlossener Mensch gewesen, doch wie war es so weit gekommen, dass er sie in seinem Bedürfnis nach Privatheit gänzlich von seinen Gedanken ausschloss? Hatte Cassandra recht damit gehabt, als sie angedeutet hatte, Janeys Gewichtszunahme mache sie weniger begehrenswert? War das der Grund, warum sich John ihr in der Intimität ihres Ehebettes nicht mehr zuwandte? Das waren Fragen, die sie ihm nicht stellen, und Schamgefühle, über die sie mit niemandem reden konnte.

Die Standuhr in der Halle tickte unverwandt. Janey schaute

darauf, sooft sie auf dem Weg die Treppe hinauf oder hinunter daran vorbeikam, um denjenigen abzulösen, der gerade bei Cassandra saß, um dann ihrerseits wieder abgelöst zu werden.

Cassandra war ins Koma gefallen, und auch wenn sie noch lebte, so nahm sie ihre Umgebung doch nicht mehr wahr. Ihr Atem ging in rasselnden Zügen, während ihr starkes Herz gegen das Morphium kämpfte, das man ihr gegeben hatte, um ihre Schmerzen zu lindern und ihr die Reise zu erleichtern.

»Gegen zwei Uhr morgens wird es so weit sein«, sagte Mrs Jenkins. »Sie werden sehen. Nicht umsonst nennt man die auch die Todesstunde.«

Amber sah auf die Uhr auf dem Kaminsims. Es war noch keine zehn Uhr am Abend. Noch vier Stunden sitzen und warten. Das klang schrecklich, und sie hatte kein Recht, sich ein schnelleres Ende für Cassandra herbeizuwünschen, doch diese Versammlung derer, die sie hätte lieben sollen und von denen sie hätte geliebt werden sollen, die jedoch nur aus Pflichtgefühl hier waren, war eine jämmerliche, traurige Angelegenheit.

Sie und Jay waren sofort hergefahren, sobald man sie informiert hatte. Mrs Leggit hatte einen Korb mit belegten Broten und kaltem Braten herübergeschickt, aus dem sich bis jetzt nur Harry, die Krankenschwester und der Vikar bedient hatten.

Amber sah Jay an. Cassandra war schließlich seine Cousine. Als spürte er, wie besorgt sie um ihn war, schenkte er ihr ein beruhigendes Lächeln.

Janey, die gerade hinaufgegangen war, um Ambers Stelle an Cassandras Bett einzunehmen, war blass und angespannt gewesen, und John war ganz in sich gekehrt, der Arme. Amber hoffte, dass Cassandra Frieden mit ihm geschlossen hatte, um ihrer beider willen. Als Amber aus dem Fenster auf den dunklen Himmel schaute, kam ihr plötzlich ein Gedanke. Rasch stand sie auf.

»Was ist?«, fragte Jay.

»Das Fenster«, sagte sie drängend. »Wir müssen es öffnen, damit ihre Seele davonfliegen kann.«

Die Krankenschwester schürzte die Lippen und runzelte die Stirn. Sie tauschte einen Blick mit dem Vikar, der bedeutete, dass sie solche heidnischen Landbräuche nicht gutheißen konnte, doch Harry hatte sich ebenfalls erhoben.

»Ich gehe hoch und mache es auf.«

Amber bedachte den Vikar und Mrs Jenkins mit einem entschuldigenden Blick. »Das wirkt gewiss abergläubisch, aber ich ertrage den Gedanken nicht … nun, man weiß nie, oder?«

»Es liegt große Freundlichkeit in dem Gedanken, der Seele auf ihrem Weg nach Hause zu helfen«, erwiderte der Vikar freundlich.

»Also, ich finde es überhaupt nicht gut, einen Menschen in den letzten Stunden seines Lebens einem kalten Luftzug auszusetzen«, erklärte die Schwester, stand auf und erstarrte, als sie hörten, dass Janey von oben rief.

»Mrs Jenkins, Herr Vikar, ich glaube, Sie sollten kommen.«

Amber blickte Jay an. »Ich denke, wir sollten bei ihr sein«, sagte sie, und sie folgten den anderen die Treppe hinauf.

So viele waren im Laufe der Jahre gestorben, dachte Amber still bei sich: ihr erster Mann Robert und ihr geliebter Sohn Luc, ihr Cousin Greg, Jays erste Frau, ihre Großmutter Blanche und andere, doch kein Tod hatte sie mit solcher Traurigkeit erfüllt wie dieser – die Traurigkeit eines Lebens, das nicht so gelebt worden war, wie es hätte gelebt werden sollen, die Traurigkeit eines Herzens, das nie geliebt hatte, wie es hätte lieben können, eines Menschen, um dessen Tod niemand wirklich trauerte.

Janey war vom Bett zurückgetreten, als die Schwester hereingekommen war. Cassandra versuchte jetzt, den Kopf vom Kissen zu heben, fuhr sich mit der Hand an die Kehle und sank dann wieder ins Kissen, ihre Atmung abgerissen und laut. Der Anblick war so schockierend, dass Janey leicht zitterte und froh war über die frische Brise, die durch das Fenster hereinkam, kaum dass Harry es geöffnet hatte.

Im Raum war es bis auf Cassandras quälende Atemzüge still. Kämpfte sie um das Leben oder kämpfte sie um den Tod?, überlegte Amber, als der Vikar Cassandras fleischlose Hände nahm und das Vaterunser betete. Nach und nach fielen sie alle mit ein, und Amber sah, dass Jay zusammenzuckte, weil der Vikar die Stimme hob, als Cassandras letzter Atemzug zornig durch ihre Kehle rasselte.

»O nein!« Olivia fluchte leise, weil sie gerade Tait aus dem Foyer des Wohnblocks kommen sah, in dem die Wohnung ihrer Eltern lag. Sie hatte eben die Fifth Avenue überquert, um hineinzugehen. Sie und ihre Eltern waren vorzeitig aus den Hamptons nach New York zurückgekehrt, als sie von Cassandras Tod erfahren hatten, um früh am nächsten Morgen nach Manchester zu fliegen und an der Beerdigung teilzunehmen. Olivia wollte die Nacht bei ihren Eltern verbringen statt in ihrer eigenen Wohnung.

Es war zu spät, um sich zu verstecken, denn Tait hatte sie gesehen und kam mit energischen Schritten auf sie zu.

»Ich war gerade bei deinen Eltern«, erklärte er. »Es tut mir leid, von dem Verlust in der Familie zu hören.«

Olivia seufzte und war versucht, ihm zu sagen, dass sehr wenige Familienmitglieder Cassandras Tod tatsächlich als Verlust empfinden würden.

»Ich bin froh, dass ich dich getroffen habe.« Er war an den Rand des Bürgersteigs getreten und hatte dabei irgendwie Besitz von ihrem Arm ergriffen und sie mit sich gezogen, sodass sie jetzt im Schatten des Gebäudes standen. »Es ist wahrscheinlich nicht der allerbeste Zeitpunkt, aber ich würde gern etwas mit dir besprechen.«

»Und das wäre?«, wollte Olivia misstrauisch wissen.

»Ich brauche Hilfe bei den Recherchearbeiten für einen Artikel, und ich hätte dich gern als meine Assistentin.«

Wirre Gedanken schossen Olivia durch den Kopf. Als junge,

noch nicht etablierte Journalistin die Chance zu bekommen, mit jemandem wie Tait zu arbeiten, war, als bekäme man den Schlüssel zu einer Goldmine überreicht, und wenn sie bei Verstand war, dann sagte sie sofort zu, aber …

Warum sollte Tait ihr so einen prestigeträchtigen Job anbieten? Warum sollte er, und warum tat er es?

Olivia blickte zu den Fenstern der Wohnung ihrer Eltern hinauf. Sie wusste, wie sehr sie sie liebten, wie erleichtert sie waren, dass sie Robert nicht heiratete, und wie engagiert sie sie ermutigten, sich auf ihre Karriere zu konzentrieren. Sie würden gewiss all ihren Einfluss geltend machen, um sie, wie sie es nennen würden, dabei zu unterstützen.

»Verstehe«, versetzte sie wütend. »Meine Eltern haben dich darum gebeten, nicht wahr? Sie haben dich gebeten, dir einen Assistentenjob auszudenken und mir anzubieten, und du hast dich bereit erklärt, weil du das Gefühl hast, ihnen wegen des Artikels über sie etwas schuldig zu sein. Du willst mich nicht als Assistentin, du willst dich nur von deiner Schuld freikaufen. Also, ich brauche deine Wohltätigkeit nicht. Es ist nicht nötig, dass du oder irgendjemand Mitleid mit mir hat, nur weil ich meinen Verlobten mit einer anderen im Bett erwischt habe.« Als ihr bewusst wurde, was sie da gerade gesagt hatte, riss Olivia die Augen weit auf.

Eine Minute lang sahen sie einander schweigend an, dann sagte Tait: »Das tut mir leid.«

»Also, mir nicht«, versetzte Olivia wütend, überrascht, als ihr aufging, dass es ihr tatsächlich nicht leidtat. »Es tut mir überhaupt nicht leid. Nein, ich bin froh. Meine Verliebtheit war doch nur ein dummer Traum aus Teenagerzeiten. Ich brauche dein Mitleid nicht, Tait, ich will nicht, dass du mir einen fiktiven Job anbietest, und vor allem will ich mir nicht deine Lügen anhören müssen, denn ich weiß verdammt genau, dass du ein verstecktes Motiv für das hast, was du tust.«

Während sie ihm die Worte um die Ohren schleuderte,

machte Olivia ihren Arm frei und hielt blind auf den Rand des Gehwegs zu, um die Straße zu überqueren. Sie achtete nicht auf das sich nähernde Taxi, bis sie das Quietschen der Reifen hörte und Tait sie zurück auf den Bürgersteig riss.

»Ja, ich habe ein verstecktes Motiv dafür, dir einen Job anzubieten«, gestand er.

Er atmete schwer, genau wie sie. Ihr Herz pochte wie wild, als ihr dämmerte, dass sie beinahe unter die Räder des gelben Taxis geraten wäre.

»Aber mein Motiv ist nicht, dass ich deinem Vater einen Gefallen tun will, sondern das hier.«

»Das hier« waren seine Finger, die sich durch den Stoff ihres Seidenblazers in ihren Oberarm gruben, und seine Lippen, die sich fest auf ihren Mund drückten, in einem Kuss, der zornig war und hungrig und Welten entfernt von den distanzierten Liebkosungen Roberts. Dies war der Kuss eines Mannes mit echten Gefühlen, echtem Zorn, echtem Begehren, echtem Verlagen nach ihr, und etwas in ihr frohlockte, während sie ihn zuerst von sich wegschob und dann nachgab.

Dieser Kuss war ganz anders als der, den Robert ihr in seinem Auto auf der Fahrt nach Denham gegeben hatte, doch etwas hatte er mit ihm gemein: Olivia wurde bewusst, dass auch er den Beginn von etwas Neuem markierte. Ihre Feindseligkeit, die nur ein Deckmantel dafür gewesen war, dass sie Tait attraktiv fand, hatte einen Namen bekommen, und dieser Name lautete »vielleicht«.

»Wir können es langsam angehen«, sagte Tait jetzt und bedachte sie mit dem Lächeln, das sie zuvor als zu selbstbewusst, zu privilegiert, zu weiß, zu sehr Mittelschicht und zu männlich abgeurteilt hatte. »Na ja, meine Mutter ruft mich zwar jede Woche an, um mich zu fragen, ob ich endlich die junge Frau kennengelernt habe, die die Mutter ihrer Enkelkinder werden soll, aber ich verspreche dir, ihr noch nichts von dir zu erzählen. Also, jedenfalls nicht viel, und du musst die Einladungen, die sie dir schicken wird, auch nicht annehmen.« Er lächelte wieder. »Also, wie sieht's aus: Willst du den Job?«

»Den Job?«, fragte sie. »Oder dich?«

»Du kannst das eine oder das andere haben oder beides«, meinte Tait erwartungsvoll. »Wenn du willst, kannst du auch jetzt gleich mit mir nach Hause kommen und die angebotenen Waren ausprobieren.«

Olivia musste lachen, und sie lachte aus vollem Herzen, wie sie schon lange nicht mehr gelacht hatte. Etwas Befreites und Ungehindertes entfaltete sich in ihr, ein Glücksgefühl, dass sie nichts anderes und niemand anders sein musste als sie selbst.

»Ich fliege morgen nach Manchester zur Beerdigung von Tante Cassandra«, sagte sie.

»Du weißt ja, wo du mich findest, wenn du zurückkommst … wenn du willst«, erwiderte Tait.

Olivia lächelte.

Oh, sie würde wollen, und sie wusste, dass ihr Lächeln ihm genau das sagte.

»Katie!«

»Tom!« Was machte er hier in der Bibliothek ihres Vaters in Lenchester House? Katie wich rückwärts zur Tür. Als ihr Vater gesagt hatte, jemand wolle sie sehen, hatte sie keinen einzigen Augenblick am Tom gedacht. Wie konnte ihr Vater ihr das nur antun, nachdem Tom so grausame Dinge zu ihr gesagt hatte?

»Katie, nein, bitte, geh nicht. Ich muss mit dir reden.«

Sie hatte jetzt die Tür erreicht und lehnte sich rücklings daran, die Hände hinter dem Rücken an der Klinke, sodass sie, falls es nötig war, rasch entkommen konnte.

Toms Gesicht war gebräunt, seine Haare ein wenig länger als zuletzt. New York stand ihm, wie sie fand, gut zu Gesicht, er wirkte irgendwie eleganter und weltgewandter als die alte Londoner Version. Katie bemerkte diese Dinge, doch sie zu bemerken war schlicht eine Möglichkeit, das in Schach zu halten, was sie wirklich empfand – die Angst, dass er hier war, um ihr erneut wehzutun.

»Es tut mir leid, Katie, was ich über dich und Zoë gesagt habe.« Er sprach so leise, dass sie sich vorbeugen musste, um ihn zu verstehen. »Mich so gegen dich zu wenden war falsch von mir, grausam und feige und absolut unverzeihlich.«

»Und warum hast du es dann getan?«

»Aus Schuldgefühlen, Wut, Angst – all das zusammen und wahrscheinlich noch mehr. Schuldgefühle, weil ich Zoë nicht helfen konnte. Schuldgefühle auch, weil ich so getan habe, als würde ich es nicht sehen. Genauso wie ich so getan habe, als würde ich ihr glauben, als sie dir die Schuld an den Schnitten an ihren Armen in die Schuhe geschoben hat. Darin waren wir beide sehr gut – dir die Schuld zu geben für unsere Fehler und Schwächen.«

Sie sah, wie sich seine Brust hob und senkte, als er innehielt, um Luft zu holen, bevor er düster fortfuhr: »Wut auf mich selbst, weil ich Zoë im Stich gelassen habe. Wut, die ich gegen dich gerichtet habe, statt zu akzeptieren, dass ich sie gegen mich hätte richten sollen. Doch vor allem Angst, Katie. Angst vor dem, was es für mich als Bruder bedeutete, mir eventuell eingestehen zu müssen, dass Zoës emotionale Probleme so tief in ihr verwurzelt waren, dass es vielleicht unmöglich war, sie zu heilen. Angst, mir den Rest meines Lebens Vorwürfe zu machen, weil ich nicht für sie da war, als ich für sie hätte da sein sollen. Angst vor dem Unbeschreiblichen, das ihr Selbstmord über ihre Angst und ihre Einsamkeit sagte, und über mein Unvermögen, es zu erkennen und ihr zu helfen. Statt all das zu akzeptieren und mich damit auseinanderzusetzen, habe ich mich gegen dich gewandt und dir die Schuld für meine Fehler und mein Versagen gegeben. Ich wusste ganz genau, dass keine Macht auf Erden Zoë an etwas hindern konnte, wenn sie es sich in den Kopf gesetzt hatte. Du warst ihre Freundin, nicht ihre Aufpasserin. Du hattest keine Schuld an dem, was passiert ist, Katie. Ich schon.«

Einen Augenblick herrschte Schweigen, und Katie versuchte das Gesagte zu verarbeiten, bevor er fortfuhr: »Ich habe nicht das Recht, dich um Verzeihung zu bitten, aber ich kann dich wenigstens von der Schuld befreien, die rechtmäßig meine ist. Ich hätte ihr niemals erlauben dürfen, nach Oxford zurückzukehren.« Seine Stimme war belegt vor Schmerz und Reue.

»Es hätte keinen Unterschied gemacht«, fühlte Katie sich verpflichtet zu sagen. Tom sah sie an. Sie holte tief Luft und fuhr fort: »Wir haben darüber gesprochen, wie es ihr ging. Sie hat gesagt, sie würde Axel nicht mehr treffen. Sie wollte nicht, aber in ihr war irgendetwas … etwas, was sie nicht kontrollieren konnte, gegen das sie sich, wenn es sie packte, nicht wehren konnte. Es hat sie verändert, hat Besitz von ihr ergriffen, das hat sie selbst gesagt. Sie hat gesagt, Axel wäre ihr Seelengefährte, und ich denke, das hat sie wirklich geglaubt. Sie hat gesagt, sie würde lieber sterben, als ohne ihn zu leben.«

Sie sahen einander an.

»Es tut mir leid, dass ich dir nicht glauben wollte, als du gesagt hast, Zoë hätte mir Lügen über dich erzählt. Ich glaube, in Wirklichkeit wusste ich die ganze Zeit, dass du die Wahrheit gesagt hast.«

»Zoë hat mir irgendwann gestanden, dass sie mir Lügen über dich erzählt hat«, sagte Katie. »Sie hat gesagt, du hättest nicht für mich angerufen, obwohl du das in Wirklichkeit sehr wohl getan hattest.« Sie unterbrach sich. »Sie hat behauptet, du hättest sie gebeten, mir auszurichten, ich hätte das, was du zu mir gesagt hast, als wir zusammen zu Mittag gegessen haben, hoffentlich nicht zu ernst genommen.«

Er sah sie immer noch an, und obwohl keiner von beiden sich vom Fleck gerührt hatte, war die Distanz zwischen ihnen doch kleiner geworden.

»Ich habe sie nie gebeten, dir dergleichen auszurichten.«

»Ich habe Axel nie ermutigt … noch hatte ich je den Wunsch dazu.«

»Warum hat sie so etwas getan?«

»Ich glaube, sie hatte Angst«, sagte Katie schlicht. »Sie dachte, ich würde dir erzählen, dass sie sich immer noch mit Axel traf.«

»Vielleicht hatte sie auch Angst, sie könnte dich an mich verlieren. Du warst ihr Fels in der Brandung, Katie. Du warst ihre Brücke zur Wirklichkeit. Du warst das Beste, was ihr je passiert ist, eine wahre Freundin. Es tut mir schrecklich leid, dass ich so falsch über dich geurteilt habe. Eifersucht kann sehr zerstörerisch sein. Ich konnte den Gedanken nicht ertragen, dass du meine Liebe nicht wolltest, dass …«

»Du hast mich geliebt?«

Sie waren sich näher. So nah, dass sie seine dunklen langen Wimpern sehen und die Wärme seines Atems auf der Haut spüren konnte.

Tom schüttelte den Kopf, seine Lippen formulierten das Wort »nein«, sein Leugnen erfüllte ihr Herz, von dem sie geglaubt hatte, es heile allmählich, mit frischem, brennendem Schmerz.

Sie wollte sich von ihm abwenden, doch er nahm ihre Hand, schlang seine Finger um ihre und sagte mit belegter Stimme: »Nein, nicht, ›ich habe dich geliebt‹ in der Vergangenheit, Katie, sondern ›ich liebe dich‹ im Hier und Jetzt und in Zukunft. Ich habe nie aufgehört zu denken, zwischen uns könnte etwas ganz Besonderes sein.«

»Ich auch nicht.« Nicht nur ihre Stimme zitterte, sie zitterte am ganzen Körper. Doch das Zittern, das sie durchfuhr, als Tom sie in die Arme nahm und küsste, war von ganz anderer Qualität.

Sie brauchte nur einen Herzschlag, um zu wissen, was sie wollte. Dann schlang sie ihm die Arme um den Hals und erwiderte seinen Kuss.

»Zoë wird immer Teil von uns sein«, sagte er, als sie sich schließlich voneinander lösten, »aber wir sorgen dafür, dass sie in unseren Erinnerungen einen geliebten und geschätzten

Platz einnimmt und dass es gute Erinnerungen sind, die uns verbinden. Ich glaube, das würde ihr gefallen.«

»Ja«, pflichtete Katie ihm bei.

»Ich gehe besser. Dein Vater hat mir fünfzehn Minuten gegeben. Zuerst wollte er mich gar nicht zu dir lassen, bis ich ihm erklärt habe, warum ich gekommen bin«, gestand Tom. Er lächelte sie an und öffnete die Tür. Katie sah, dass ihr Vater in der Halle wartete, besorgt und verständnisvoll. Sie hatte großes Glück, so einen Vater zu haben.

Tom ging auf ihren Vater zu. Katie atmete rasch aus und lief hinter ihm her. Tom blieb stehen und wartete auf sie, streckte ihr die Hand entgegen. Katie nahm sie, und Toms Finger schlossen sich warm und lebendig um die ihren.

Alles würde gut werden. Mehr als gut.

23

Cassandras Beerdigung fand in der kleinen Kirche statt, in der die Mitglieder der Familien Fitton Legh und de Vries seit Generationen beteten. Ihr Leichnam wurde in der Familiengruft der Fitton Legh beigesetzt, während die Strahlen der Septembersonne die alten, verwitterten Grabsteine wärmten.

Die Familie war vollständig erschienen, um ihr die letzte Ehre zu erweisen. Danach versammelten sich alle im Salon von Denham House, und Amber ließ den Blick über die schweifen, die sie liebte, und dachte darüber nach, dass Cassandra den meisten von ihnen das Leben recht schwer gemacht hatte.

Wie Wellen eines Steins, der in einen ruhigen Teich geworfen wird, kann die kleinste Handlung eines Menschen weitreichende Folgen haben.

»Ich weiß, dass ich das nicht sagen sollte, aber für uns ist es eine Erleichterung, dass sie tot ist«, gestand Janey ihrer Schwester Ella, als die beiden zusammensaßen. »Ich weiß, dass sie mit

Mutter befreundet war … Was ist?«, fragte sie, als Ella so heftig zusammenfuhr, dass sie fast ihren Tee in die Untertasse aus zartem Porzellan verschüttete.

»Nichts«, log Ella. Cassandra und ihre Mutter waren tot, und es hatte keinen Sinn, Janey nach all den Jahren zu erzählen, dass ihre Mutter und Cassandra Geliebte gewesen waren. Jetzt, wo Cassandra tot war, konnte sie versuchen, das schreckliche Bild der beiden zusammen im Bett zu vergessen, das sie bei jeder großen Familienzusammenkunft gequält hatte. Sie hatte Cassandra nie ansehen können, ohne es vor Augen zu haben.

Rose, die bei Josh stand, schenkte Amber ein Lächeln.

Amber lächelte zurück und sann darüber nach, dass Cassandras Bosheit, Lord Fitton Legh von Gregs Affäre mit seiner Frau zu erzählen, dazu geführt hatte, dass ihr Cousin in die Verbannung nach Hongkong geschickt worden war, wo er Roses Mutter kennengelernt hatte.

Selbst sie und Jay wären womöglich nie ein Paar geworden, wenn Cassandra Jays arme erste Frau in ihrem labilen Geisteszustand nicht so schrecklich gequält hätte, dass es zu dem Unfall gekommen war, der sie das Leben gekostet hatte.

Die arme Cassandra, immer verbittert und manipulativ. Amber hoffte, dass sie endlich Frieden gefunden hatte.

Olivia schenkte Robert ein warmes Lächeln. Er war ihr nicht unbedingt aus dem Weg gegangen, aber natürlich hatte zwischen ihrer und seiner Mutter eine gewisse zurückhaltende Kühle geherrscht. Doch ihr Glück machte sie großzügig, und so ging sie jetzt zu ihm hinüber und sagte leise: »Es ist in Ordnung, Robert. Ich glaube, wir wissen beide, dass das mit uns nicht funktioniert hätte. Ich bin mehr Amerikanerin, als mir klar war, und früher oder später hätte mich das strenge Hofprotokoll verdrossen, und ich wäre auf Dauer ganz und gar nicht die passende Gemahlin für dich gewesen.«

»Danke, dass du so anständig mit der Sache umgegangen bist«, erwiderte Robert. »Ich wollte nicht, dass passiert, was du mit angesehen hast. Du sollst nicht denken, ich wäre so ein Scheißkerl, der es in Ordnung findet, sich öffentlich zu einer Frau zu bekennen und mit einer anderen ins Bett zu gehen. Aber ich konnte nicht anders.« Er hätte sich nie vorgestellt, je so ein Geständnis abzulegen.

»Sie bedeutet dir offensichtlich sehr viel«, sagte Olivia.

»Nein!« Roberts Leugnen kam ebenso augenblicklich wie defensiv.

»Na, wie auch immer«, sagte Olivia leise, »es ist nun mal so, dass wir beide idealisierte Vorstellungen unseres perfekten Partners hatten und sie aufeinander projiziert haben.«

Jetzt da sie Robert deutlich sehen konnte, ging ihr auf, dass er zwar ein Mann war, mit dem sie Kindheitserinnerungen verbanden und den sie sehr mochte, aber keiner, mit dem sie ihr Leben verbringen wollte. Robert wirkte steif und formell und recht borniert in Erwartung der Rolle, die er gewählt hatte, so britisch im Vergleich zu Tait, der durch und durch amerikanisch war und dessen Einstellung zum Leben ihrer eigenen viel mehr entsprach.

»Freunde?«, fragte sie.

»Freunde«, stimmte Robert ihr lächelnd zu.

Auf gegenüberliegenden Seiten des Raums seufzten zwei Mütter, die sorgsam so taten, als würden sie die beiden nicht beobachten, erleichtert auf. Jede ging natürlich davon aus, dass ihrem eigenen Sprössling für die erwiesene Großmut zu applaudieren sei.

Die meisten Familienmitglieder verbrachten die Nacht in Denham, doch Robert fuhr zurück nach London. Er hatte noch mehrere Termine wegen seiner Pläne für Lauranto, bevor er dorthin zurückkehrte.

Die Stadt lag staubig und müde in der nachlassenden Hitze des Sommers. Er parkte sein Auto und ging hinauf in seine Wohnung, zog sich aus und nahm eine Dusche. Er hatte sich nicht gerade darauf gefreut, Olivia zu sehen, hatte halb mit Tränen und Vorwürfen gerechnet, und war erleichtert, dass es dazu nicht gekommen war. Er war überrascht gewesen, wie amerikanisch sie ihm erschienen war, das war ihm vorher gar nicht so sehr aufgefallen. Eine amerikanisch gesinnte Frau. Er verzog das Gesicht. Das hätte ihm überhaupt nicht gepasst. Aus dem Nichts stieg plötzlich Charlottes Bild vor ihm auf, begleitet von dem Echo von Olivias Bemerkung, sie bedeute ihm wohl sehr viel. Charlotte war ganz und gar nicht amerikanisch. Wenn er etwas über Charlotte sagen müsste, würde er sie als europäisch, weltgewandt, sinnlich und unaufdringlich bezeichnen.

Charlotte. Er hatte den ganzen Tag an sie gedacht, beziehungsweise versucht, nicht an sie zu denken. Und nicht nur den ganzen Tag. Sie war dauernd in seinem Kopf. Im Kopf und im Herzen. Er verzehrte sich nach ihr und vermisste sie, ihren Körper und ihre Seele.

Er warf das Handtuch zu Boden, mit dem er sich abgetrocknet hatte. Sein Herz pochte schwer und schnell, das Gefühl in der Brust und im Kopf war ähnlich dem, das er empfunden hatte, als er zum ersten Mal kühn an einer schwarzen Skipiste gestanden hatte. Ein Teil von ihm hatte sich der Herausforderung stellen wollen, ein anderer, vorsichtigerer Teil hatte Angst vor der Gefahr und dem Risiko gehabt. Dann hatte er die Luft angehalten und den Sprung ins Unbekannte gemacht, und das Hochgefühl, die Aufregung und das deutliche Bewusstsein dessen, das Leben bis zum Letzten auszukosten und der eigenen Verletzlichkeit zu trotzen, hatten ihn mit so intensiver Freude erfüllt, dass er es nie vergessen hatte.

Er dachte an die historischen Gebäude von Lauranto und seine Pläne, sie zu restaurieren, bis sie wieder in ihrem ursprünglichen Glanz erstrahlten, ohne dass sich jemand einmischte, weil sie ihm gehören würden. Steine und Mörtel konnte man berühren und festhalten, da wusste man, woran man war – im Gegensatz zu Gefühlen. Gefühle waren gefährlich, trügerisch. Sie hatten die Macht, einen zu beherrschen und durch einen selbst andere zu zerstören. Charlotte würde das verstehen. Die Affäre ihrer Eltern hatte ihnen beiden Schaden zugefügt, wenn auch auf unterschiedliche Art und Weise. Charlotte …

Er konnte mit ihr an seiner Seite nicht Kronprinz sein. Und ohne sie konnte er nicht er selbst sein. Sobald er sich das einmal eingestanden hatte, war es unmöglich, es zu ignorieren, genauso unmöglich, wie sich zu sagen, es sei sinnlos, alles aufs Spiel zu setzen für eine Frau, die ihn wahrscheinlich gar nicht wollte. Einige Skisprünge mussten gewagt werden. Einige Risiken musste man eingehen.

Charlotte war gerade erst nach Hause gekommen, als Robert an der Haustür klopfte. Sie war noch mit Nat verabredet, also öffnete sie die Tür, ohne zu schauen, wer draußen stand, und war tiefer beeindruckt, als sie zugeben wollte, als sie entdeckte, dass es Robert war. Sie runzelte die Stirn, als er in den Flur trat, ohne um Erlaubnis zu bitten. Er war – für Roberts Verhältnisse – lässig in Jeans und ein offenes Hemd gekleidet, die Haare zerzaust und feucht. Und er strahlte eine ganz und gar untypische Intensität und Entschlossenheit aus.

»Ich möchte dir gern etwas sagen«, erklärte er.

Charlotte hob spöttisch fragend die Augenbrauen. »Ja?«

»Ich liebe dich. Ich liebe dich«, wiederholte Robert, »und ich will mit dir zusammen sein, als Paar.« Er hielt kurz inne und sagte dann heiser: »Als Mann und Frau.«

»Du willst mich heiraten?«

Vor langer Zeit hatte ein kleines Mädchen in schäbigen Kleidern auf dem Gehsteig gesessen, die Füße im Rinnstein, und sich von ganzem Herzen gewünscht, sie könnte zu einer schönen Prinzessin heranwachsen und einen charmanten Prinzen heiraten – wie die Frau in der Zeitschrift, die ihre

Mutter gekauft hatte –, und dieses kleine Mädchen hatte bittere Tränen des Zorns und der Enttäuschung geweint, denn schon damals hatte sie gewusst, dass es für eine wie sie keinen stattlichen Prinzen gab, der nur darauf wartete, sie ins Land des Glücklich-bis-an-ihr-Lebensende zu entführen. Damals hatte sie sich geschworen, sich niemals zu verlieben, besonders nicht in jemanden, der aussah wie der Junge, der sie aus der Zeitschrift anstarrte.

»Warum?«

Robert schüttelte den Kopf.

»Ich weiß es ehrlich nicht. Ich weiß nur, dass ich mich ohne dich unvollständig fühle. Du bist meine andere Hälfte, Charlotte. Du kennst mich, du weißt, was ich bin und was mich geformt hat. Du kennst meine Vergangenheit, bei dir kann ich ich sein. Ich brauche dich, um ich selbst zu sein.«

Er sollte sich nicht einbilden, dass sie es ihm leicht machen würde. Sie kannte ihn, und sie wusste, dass Robert das Gefühl haben musste, sich um das zu bemühen, was er wollte.

»Ich liebe meine Freiheit zu tun, was mir beliebt, Robert. Was ist, wenn ich nicht nach den Regeln leben möchte, nach denen die Gemahlin eines Kronprinzen leben muss?«

»Das ist egal. Du heiratest keinen Kronprinzen, du heiratest mich. Meine Großmutter sucht schon nach einer passenden Braut für mich, einer Braut, die mich in ihren Augen gut genug macht, um die Nachfolge meines Vaters anzutreten. Ich habe mir so gewünscht, endlich von ihr als Sohn meines Vaters und rechtmäßiger Erbe akzeptiert zu werden.« Robert unterbrach sich. »Aber dich will ich mehr. Dich liebe ich mehr.«

Charlottes Herz setzte einen Schlag aus. »Du würdest für mich auf Lauranto verzichten?«

»Ja.«

Ein kleines Wort, aber es bedeutete so viel. Es hatte mehr Wert und mehr Gewicht als hundert fürstliche Verlobungsringe.

Da Charlotte ihn so gut kannte, verstand sie, was für eine schwere Entscheidung das für ihn gewesen war. Eine ungewohnte Zärtlichkeit erfüllte sie.

»Dir ist aber schon klar, dass alle missbilligen werden, was du da tust – deine Eltern, deine Großmutter –, und dass es sehr viel Widerstand gegen unsere Heirat geben wird, oder?«

»Das ist mir egal«, erwiderte Robert nur, und Charlotte sah, dass es wahr war und dass er es ernst meinte.

Liebe, süß und zärtlich und ganz, erfüllte sie. »Ich glaube«, sagte sie mit Bedacht, »dass diese Angelegenheit weiterer Erörterung bedarf, und der beste Ort dafür ist wohl mein Schlafzimmer.« Sie hielt inne. »Lauranto zu regieren bedeutet dir sehr viel, nicht wahr?«

»Ja«, gestand Robert. »Aber du bedeutest mir mehr.«

»Deine Großmutter wird sich mit unserer Heirat abfinden.«

Robert schüttelte den Kopf. »Nein. Du kennst sie nicht.«

»Ich muss sie nicht kennen«, erklärte Charlotte ihm barsch. »Ich kenne mich, und ich weiß, wenn du Kronprinz von Lauranto werden willst, dann finde ich einen Weg, dafür zu sorgen, dass du es wirst. Es gibt immer einen Weg, Robert, immer, und deine Großmutter braucht dich und die Söhne, die wir beide bekommen werden, viel mehr, als wir sie brauchen.«

Jetzt erinnerte sie Robert sehr an seine Mutter. Die beiden würden einander ständig herausfordern und, wie er vermutete, ein starkes Band knüpfen, das nichts zerstören konnte.

»Lauranto ist mir egal«, erklärte er. »Ich kann leben, ohne Kronprinz zu sein, aber ich kann nicht ohne dich leben und habe es auch nicht vor.«

Charlotte lächelte wie eine Frau, die liebte und geliebt wurde, eine mächtige, starke Frau, die sich für ihren Mann und ihre Kinder über jedes nur erdenkliche Tabu hinwegsetzen würde. Robert würde Lauranto regieren, und sie würde natürlich ihn regieren.

»John, da bist du ja. Ich habe …« Janey brach mitten im Satz ab, denn als ihre Augen sich an die Düsternis des Verwalterbüros mit den geschlossenen Läden gewöhnt hatten, sah sie, dass John, weit davon entfernt, ihr zuzuhören, mit seiner Schrotflinte in der Hand dasaß und vor sich hinstarrte. Ihr Herz hämmerte wild gegen ihre Rippen, ihr Blick wie magisch angezogen von der Waffe. »John«, flehte sie und atmete erleichtert auf, als er sich ihr schließlich zuwandte. Doch die Erleichterung war nur von kurzer Dauer.

»Ich muss«, erklärte er ihr. »Siehst du, ich bin kein echter Fitton Legh. Cassandra hat mir alles erzählt. Ihre Beichte auf dem Sterbebett.« Ein Muskel zuckte in seinem Gesicht.

»Red keinen Unsinn, natürlich bist du ein Fitton Legh«, protestierte Janey. Harry war in der Küche, doch sie wagte es nicht, nach ihm zu rufen. Johns Finger war um den Abzug der Schrotflinte gekrümmt, während der Doppellauf auf seine Brust gerichtet war.

»Das war seine Waffe, weißt du. Eigens für ihn angefertigt.«

»Die Schrotflinte deines Vaters … ja, ich weiß.«

»Nein, nicht meines Vaters. Greg Pickford war mein Vater.«

Janey hörte Harry den mit Steinplatten ausgelegten Flur herunterkommen. John wandte den Kopf Richtung Fenster.

»Ich war nie ein Fitton Legh.«

Janey schaute in den Flur und bedeutete Harry mit einer Geste, leise näher zu kommen. Sie sah den Schock auf seinem Gesicht, als er ins Zimmer kam.

»Das kann nicht sein, John. Cassandra war nur boshaft oder … oder verwirrt.«

»Nein. Sie hat gesagt, es sei wahr. Sie sagte, Mutter habe meinem … Lord Fitton Legh die Wahrheit gestanden, als ich schon auf der Welt war und er mich offiziell als seinen Erben anerkannt hatte.«

Harry war näher an den Tisch getreten, während sein Vater sprach und blicklos Richtung Fenster starrte.

»Ich habe kein Recht auf den Namen Fitton Legh, genauso wenig wie auf das Gut. Niemand von uns hat ein Anrecht darauf.« Sein Finger krümmte sich weiter um den Abzug, und Harry stürzte sich auf ihn, um ihm die Waffe zu entreißen.

Von dem Knall klingelten Janey die Ohren. Die Scherben der Fensterscheibe waren überall verstreut. An Harrys Händen war Blut, wo er sich an kleinen Flugscherben geschnitten hatte.

»Du hättest mich nicht daran hindern sollen, Harry. Siehst du nicht, dass es das einzig Ehrenhafte ist, was mir noch bleibt? Ich kann ohne Fitton nicht leben«, erklärte er den beiden, »und ich kann auch nicht mit der Schande leben.«

Harry hatte vorsichtshalber die beiden Waffenschränke sowie die Tür zum Verwalterbüro abgeschlossen und die Schlüssel bei sich behalten. John war zum Glück oben im Bett und schlief, nachdem Janey ihn überredet hatte, eine Tasse Tee zu trinken, in die sie zwei Schlaftabletten gerührt hatte.

»Glaubst du, das stimmt?«, fragte Harry seine Mutter. »Ist Dad wirklich kein Fitton Legh?«

Janey überlegte, was sie Tröstliches sagen konnte, um seine Frage zu beantworten, und gestand dann: »Ich weiß es nicht. Aber ich weiß, dass Lord Fitton Legh deinen Vater als seinen Erben großgezogen hat. Wir sind alle zusammen aufgewachsen, und es war immer klar, dass dein Vater Fitton erben würde. Daran bestand nie auch nur der leiseste Zweifel.«

»Aber warum hat Cassandra dann so etwas behauptet? Sie muss doch davon überzeugt gewesen sein. Ich meine, so etwas sage ich doch nicht, wenn es nicht wahr ist, oder? Nicht auf dem Sterbebett.«

»Nein, Harry. Du würdest so etwas nicht sagen«, pflichtete Janey ihm bei.

»Was passiert jetzt?«

Janey sah ihren Sohn an. »Ich weiß nicht. Aber ich werde deinen Großvater anrufen. Er weiß bestimmt Rat.«

»Glaubst du, Dad hätte die Schrotflinte wirklich gegen sich selbst gerichtet, wenn wir ihn nicht daran gehindert hätten?«

»Ja, Harry. Da ich weiß, was Fitton ihm bedeutet, halte ich es für sehr wahrscheinlich. Es bedeutet ihm unendlich viel, ein Fitton Legh auf Fitton zu sein. Es bedeutet ihm alles. Fitton ist sein Leben.«

24

Jay und Amber sahen einander an. Es war keine Stunde her, seit Janey angerufen hatte. Sie war so aufgelöst gewesen, dass sie Jay zunächst kaum zusammenhängend berichten konnte, was passiert war. Jay hatte sein Bestes getan, um sie zu beruhigen, doch er und Amber wussten, dass er das, was sie wirklich hören wollte, nicht wahrheitsgemäß bestätigen konnte.

»Wie konnte Cassandra ihm das antun?«, fragte Amber. »Ausgerechnet John, der nie die Kraft hatte, ihr die Stirn zu bieten. Sie muss doch gewusst haben, wie viel Fitton ihm bedeutet – und nicht nur Fitton, sondern auch sein Vater, also Lord Fitton Legh. Schon als Kind hat John sich verzweifelt um seine Anerkennung bemüht. Ich habe Lord Fitton Legh nie für einen besonders guten Vater gehalten, doch er hat nie auch nur im Entferntesten angedeutet, er betrachte John nicht als seinen rechtmäßigen Sohn oder wolle ihn enterben.«

»Ich glaube das auch keine Minute. Insgeheim mag er vermutet haben, was er wollte, aber John war sein Erbe, und als solchen hat er ihn erzogen. Das Teuflische ist nur, dass wir das noch so energisch zu John sagen können, er wird sich dennoch weigern, es ohne einen Beweis zu akzeptieren. Ein verdammter Schlamassel, den Cassandra da angerichtet hat.«

»Ein grausamer, sehr grausamer Schlamassel«, pflichtete Amber ihm bei.

Nach einem Augenblick des Schweigens sagte sie: »Ich denke, wir sind uns einig darüber, dass Lord Fitton Legh wollte, dass John seine Nachfolge antritt.«

»Ja.«

»Niemand kennt die Wahrheit«, fuhr sie fort, »nichts ist je bewiesen worden, und nichts kann je bewiesen werden. Oh, ich weiß, dass es DNA-Tests gibt, aber dafür bräuchte man doch sicher Proben von Greg und von Lord Fitton Legh, und die sind beide tot.«

»Ich weiß nicht genau, wie so etwas funktioniert«, meinte Jay, »aber ich weiß, dass es lange dauert. Angesichts von Johns gegenwärtigem Zustand und da beide Männer, wie du gesagt hast, tot sind, halte ich das nicht für praktikabel. Nein, ich fürchte, wenn John davon überzeugt ist, er sei nicht Lord Fitton Leghs Sohn …«

»Du meinst, wenn Cassandra ihm eingeredet hat, er wäre nicht Lord Fitton Leghs Sohn«, unterbrach Amber ihn. »Wenn sie das getan hat, dann muss es doch möglich sein, dass jemand anders ihn davon überzeugt, dass sie sich getäuscht hat.«

Jay sah sie an. »Wir haben keinen Beweis dafür, dass Lord Fitton Legh sein leiblicher Vater war.«

»Genauso wenig wie wir einen Beweis dafür haben, dass er es *nicht* war«, sagte Amber, nahm seine Hand und hielt sie fest. »Ich weiß, was Greg gesagt hat, Jay, aber er hat nur eine Vermutung geäußert. Vielleicht hat Caroline ihm erzählt, John sei sein Sohn. Aber konnte sie wirklich wissen, wer von beiden Männern der leibliche Vater war – ihr Mann oder Greg, ihr Geliebter? Es kann auch gut sein, dass sie Greg nur quälen wollte. Die arme Frau, sie war selbst so verzweifelt. Und nicht allein John wird durch Cassandras Boshaftigkeit leiden – das weißt du so gut wie ich. Da sind auch noch Janey und die Jungen. Es gab in dieser Familie so viele Geheimnisse, die zu Skandalen geführt hätten, wenn sie öffentlich gemacht worden wären, vielleicht ist es an der Zeit, dass eines dieser Geheimnisse gelüftet wird, um einen Skandal zu verhindern. Ich muss John sagen, was Greg mir erzählt hat.«

»Was Greg dir erzählt hat oder was John glauben soll, was er dir erzählt hat?«

»Es muss sein, Jay. Wir haben keine Wahl. Meine Großmutter hätte es getan, und dein Großvater auch.«

»Das ist nicht unbedingt eine Empfehlung.«

»Das mag ja sein, aber wir können – ich kann – nicht zulassen, dass der arme John leidet und mit ihm Janey und die Jungen. Und wozu auch? Es wäre etwas anderes, wenn es einen weiteren potenziellen Erben gäbe, aber den gibt es nicht. Und ja, ich weiß, dass wir Fitton Hall kaufen und es Janey und John schenken könnten, aber du weißt so gut wie ich, dass wir John damit nur noch mehr demütigen würden, zumindest in seinen Augen. Er war immer so stolz darauf, ein Fitton Legh zu sein. Schon als junger Mann hat er oft davon gesprochen, würdig zu sein, in die Fußstapfen seines Vaters zu treten, wenn die Zeit käme. Ich weiß, dass du davon überzeugt bist, dass er sich viel besser um das Erbe gekümmert hat als Lord Fitton Legh jemals, aber darum geht es nicht. John verehrt seinen Vater, er hat ihm ein Denkmal gebaut, und Cassandra hat das gewusst. Sie konnte genauso wenig wie alle anderen wissen, wer Johns leiblicher Vater war, nicht einmal Caroline selbst wusste es mit absoluter Sicherheit. Ich gehe morgen früh rüber nach Fitton und rede mit John. Rufst du Janey an und sagst ihr Bescheid?«

Hinter ihren Worten lag, wie Jay wusste, unausgesprochen die Frage, ob er sie in ihrer Entscheidung unterstützte.

»Einige Geheimnisse, die einmal gelüftet wurden, vergisst man besser für immer«, erklärte Amber ihm. »Im Laufe der Geschichte hat es so manchen Sohn gegeben, der einem Vater nachfolgte, der gar nicht sein leiblicher Vater war, und der sich trotzdem als guter und loyaler Erbe seiner Dynastie erwiesen hat. John hat sich mit Herz und Seele dem Gut verschrieben. Fitton braucht John mindestens genauso sehr wie John Fitton.«

»In Ordnung«, stimmte Jay ihr zu. »Ich gehe und rufe Janey an und warne sie, dass du morgen früh vorbeikommst.«

»Es ist sehr nett von dir, dass du mit John sprechen willst, aber ich muss dich warnen: Er ist nicht er selbst«, sagte Janey zu Amber, als sie sie zur Bibliothek führte. Ihre Stieftochter ging augenscheinlich nicht davon aus, dass Amber etwas zu John sagen könnte, was die Situation verbessern könnte.

»Daddy hat gesagt, ich soll den Anwalt nicht anrufen, bevor du mit John gesprochen hast, aber du wirst ihn auch nicht umstimmen können. Er besteht darauf, dass wir kein Recht haben, hier auf Fitton zu sein, und dass wir fortmüssen. Ich glaube, er wünscht sich, Harry und ich hätten ihm die Flinte nicht abgenommen.«

Amber tätschelte Janey mitfühlend den Arm, und dann klopfte sie kurz an die Bibliothekstür und öffnete sie, ohne auf eine Antwort zu warten.

John saß in dem Ledersessel, in dem früher immer Lord Fitton Legh gesessen hatte. Mehrere Schriftstücke lagen auf dem Tisch, darunter Geburts- und Heiratsurkunden.

Er erhob sich, als er Amber sah, und setzte sich wieder, als Amber ihn dazu aufforderte. Er wirkte schrecklich abgehärmt und geschlagen. Ein Mann, der alles verloren hatte, woran ihm etwas lag, dachte Amber traurig. Es war nicht an ihr, ihn darauf hinzuweisen, dass seine Frau und seine Söhne ihm mehr bedeuten müssten als das Landgut. Sie wusste, dass das sinnlos war. John war von einem stolzen und oft harschen Mann erzogen worden, der ihm von Geburt an eingetrichtert hatte, wie wichtig der Stammbaum und das Gut waren. Nichts konnte einem Fitton Legh mehr bedeuten als Gut Fitton.

»Ich kann mich noch gut an meinen ersten Besuch auf Fitton erinnern«, begann Amber im Plauderton. »Mein Cousin Greg hat mich hergebracht.«

Sie sah, dass John zusammenzuckte, ging aber über seine Reaktion hinweg, indem sie fortfuhr: »Ich war erst siebzehn. Ich weiß noch, wie schön deine Mutter war. Dein Vater war unglaublich stolz auf sie und auf dich.«

John wirkte jetzt angespannt, doch Amber ignorierte es genauso, wie sie sein Zusammenzucken ignoriert hatte.

»Der arme Greg war schrecklich verliebt in deine Mutter – das konnte niemandem verborgen bleiben –, aber sie war natürlich eine verheiratete Frau, standesmäßig weit über ihm und die Gemahlin eines Mannes, den er sehr bewunderte.«

Amber hielt kurz inne. Dann sagte sie leise: »Ich weiß, was Cassandra dir erzählt hat, John, aber sie hat sich getäuscht.«

»Das kannst du leicht behaupten, aber ich weiß, dass es nicht stimmt. Sie hat gesagt, meine eigene Mutter habe es ihr anvertraut.« In seiner Stimme lag der Schmerzensschrei eines verlorenen Kindes.

Amber atmete tief durch, und dann streckte sie die Hand aus, trat hinter ihn und legte ihm die Hand auf die Schulter, wie eine Mutter bei einem kleinen Kind.

»John, ich werde ganz ehrlich mit dir sein und dir etwas erzählen, was ich dir lieber nicht erzählen würde, denn ich habe mir geschworen, es niemals jemandem zu erzählen oder jemals mit jemand anderem darüber zu sprechen als mit Jay. Es betrifft Cassandra und, leider, deine Mutter.«

John hob den Blick und sah sie an.

Amber betete um Kraft, um das zu sagen, was gesagt werden musste.

»In ihrer Jugend war Cassandra eine Frau, die, um es unverblümt auszusprechen, ihr eigenes Geschlecht mehr begehrte als das männliche, auch wenn sie später deinen Vater geheiratet hat. Und sie hat sich – genau wie Greg – in deine Mutter verliebt.«

Sie sah, dass er schockiert war und um Worte rang.

»Es ist gut«, sagte sie leise. »Es versteht sich von selbst, dass Cassandras Gefühle unerwünscht waren und nicht erwidert wurden. Deine Mutter war, wie ich schon gesagt habe, eine junge Frau und Mutter. Sie hatte sich mit Cassandra angefreundet, weil sie der Familie ihres Mannes angehörte, und sie ein wenig unter ihre Fittiche genommen. Statt Carolines freundliche Zurückweisung zu akzeptieren, hat Cassandra sich, fürchte ich, gegen sie gewandt. Gekränkt und verbittert, wuchs in ihr das Bedürfnis, deiner Mutter wehzutun. Leider war Cassandra als junge Frau Opfer intensiver Gefühle und Leidenschaften, die sie nicht immer unter Kontrolle hatte. Und ich bin fest davon überzeugt, dass ihre Behauptung, du seiest Gregs leiblicher Sohn, in dieser Bitterkeit und diesen Leidenschaften gründet.«

Johns Blick war jetzt unverwandt auf Amber gerichtet.

»Ich kann dir nicht sagen, welche grausamen und rachsüchtigen Gedanken Cassandra in den letzten Stunden ihres Lebens durch den Kopf gingen. Doch ich weiß, dass sie sehr erbost war über deine Geburt, weil sie ihr deutlich vor Augen führte, dass Carolines ganze Liebe dir – ihrem Kind – und ihrem Mann galt. Deine Mutter und Lord Fitton Legh waren stolz auf dich, ihren Erstgeborenen, ihren Erben. Carolines Tod war eine schreckliche Tragödie, der dich einer liebevollen Mutter und deinen Vater seiner Gemahlin und eines zweiten Kindes beraubt hat.«

»Cassandra hat mir erzählt, Greg sei wegen der Affäre mit meiner Mutter weggeschickt worden, und Lord Fitton Legh habe vorgehabt, meine Mutter in Schande fortzuschicken, als sie ertrank«, versetzte John knapp mit rauer Stimme.

»Ja, das stimmt«, pflichtete Amber ihm bei, »aber genauso wahr ist es, dass Cassandra diejenige war, die Lord Fitton Legh eingeflüstert hat, deine Mutter wäre ihm untreu gewesen. Öffentlich hat sie die Rolle der guten Freundin deiner Mutter gespielt, aber insgeheim war sie fest entschlossen, sich an ihr zu rächen, weil sie sie abgewiesen hatte. Meine Großmutter hat das gewusst. Sie hat es mir erzählt, genau wie Cassandra Jay gestanden hat, dass sie die arme Caroline aus Boshaftigkeit und Eifersucht drangsaliert hat.

Niemand hat je bestritten, dass mein Cousin deine Mutter bewunderte und verehrte, John, doch Cassandras Gerede, zwischen ihnen sei mehr gewesen als verehrende Bewunderung auf Gregs Seite und die Freundlichkeit einer glücklich verheirateten Frau gegenüber einem jungen, schwärmerischen Mann auf Seiten deiner Mutter, war nicht mehr als das ... Gerede. Es gab und gibt keinen Anhaltspunkt dafür, dass sie sich der Untreue schuldig gemacht haben.«

»Cassandra zufolge bin ich das.«

»Dafür gibt es keinen Beweis.«

John wandte den Blick ab.

»Ich bin der festen Überzeugung, dass Cassandra das nur zu dir gesagt hat, um dir wehzutun – wegen deiner Mutter. Cassandra war verbittert und voller Groll – ja, ihre ganze Persönlichkeit war davon vergiftet –, weil die Zurückweisung deiner Mutter sie in ihrem Stolz verletzt hat. Sie war getrieben von dem Wunsch zu zerstören, was deine Mutter geschaffen hatte, und das schloss dich ein.«

»Deine feste Überzeugung? Wieso sollte ich dir glauben? Wie kann ich je wissen, ob ich ein Fitton Legh bin oder nicht? Und wenn ich das nicht ohne Zweifel wissen kann, kann ich nicht hierbleiben.«

Dies war jetzt der Scheideweg, an den sie, wie sie gewusst hatte, kommen würde. Hatte sie den Mut, dem dunkleren Pfad zu folgen? Sie spürte beinahe die Gegenwart ihrer Großmutter und glaubte, ihr höhnisches Schnauben zu hören. Wenn die Vollkommenheit der Seide gestört ist, muss der Weber dies korrigieren, damit das Muster erhalten bleibt, genau wie der Maler die Authentizität von Gesichtszügen und Ausdruck opfern muss, um das Bild zu malen, das er vor seinem inneren Auge sieht, um dem übergeordneten Plan zu folgen. Um des größeren Ganzen willen war es unumgänglich.

Amber atmete tief durch. »Ich kann dich nicht zwingen, mir zu glauben, John«, pflichtete sie ihm bei, »aber ich kann dir erzählen, dass mein Cousin auf dem Sterbebett, als er um Vergebung der Fehler seines Lebens bat, mir das Versprechen abgenommen hat, dem energisch entgegenzutreten, falls Cassandra je Lügen über die Beziehung zwischen deiner Mutter und ihm in die Welt setzen sollte. Dies ist das erste Mal, dass ich aufgefordert bin, dieses Versprechen einzulösen.

Überleg doch, John«, drängte sie. »Glaubst du wirklich auch nur eine Minute, Lord Fitton Legh hätte dich als Sohn und Erben großgezogen, wenn er bezüglich seiner Vaterschaft den geringsten Zweifel gehegt hätte? Er war ein sehr stolzer Mann, ein Mann von Ehre, für den das Gut alles war, genau wie für dich. Meinst du, er hätte Fitton in die Hände eines anderen als eines Fitton Legh übergeben?«

Jetzt endlich konnte sie sehen, dass sich in Johns Miene etwas regte – das zögerliche Anerkennen der Wahrheit dessen, was sie gesagt hatte.

»Willst du wegen der boshaften Worte einer verbitterten Frau nicht nur für dich, sondern auch für deine Söhne und Enkel wirklich alles zerstören, wofür Lord Fitton Legh gearbeitet hat? Ich wage zu behaupten, dass Cassandra darauf gehofft hatte, mit deinem Vater einen Sohn zu bekommen, und ich glaube, dass die Tatsache, dass ihr das nicht gelang, ihre Verbitterung und ihre Eifersucht noch verstärkt hat. Aber du warst immer der einzige Sohn und Erbe, den dein Vater wollte, John. Sieh dir doch nur an, wie er dich auf deine Rolle vorbereitet hat, wie entschlossen er war, dass du dich ihrer würdig erweisen solltest, wie stolz er auf dich war, als er erkannte, dass du es bist?«

John hielt den Kopf gesenkt. »Ich hatte nie das Gefühl, dass er wirklich mit mir zufrieden war.«

Amber hatte großes Mitgefühl mit ihm. »Das war nur seine Art. Jays Großvater Barrant war so ziemlich vom selben Schlag. Du hast deinen Vater mit Stolz erfüllt, John. Er hat Fitton deiner Fürsorge übergeben, oder? Glaubst du wirklich, das hätte er getan, wenn er kein Vertrauen in dich gehabt hätte und wenn es nicht sein Wunsch gewesen wäre?«, wiederholte sie. »Glaubst du nicht, wenn er irgendwelche Zweifel gehabt hätte, hätte er den Vorwand genutzt, den Cassandra ihm auf dem Silbertablett servierte, um an dir und deinem Recht, seine Nachfolge anzutreten, zu zweifeln?

Du hast deinen Vater gekannt, John. Glaubst du nicht, er wäre durchaus in der Lage gewesen, dir zu sagen, du wärst nicht sein Sohn, wenn er das gedacht hätte? Glaubst du, er möchte, dass du alles, was er dir gegeben hat, wegwirfst, nur wegen der gehässigen Worte einer Frau? Ist es das, was er von dir erwartet hätte, John, oder hätte er erwartet, dass du erhobenen Hauptes dastehst und dich an das Versprechen erinnerst, das du ihm gegeben hast, als du die Verantwortung zu treuen Händen für zukünftige Generationen von ihm übernommen hast? Lord Fitton Legh hätte nicht erlaubt, dass du ihn beerbst, wenn er nicht davon überzeugt gewesen wäre, dass du sein rechtmäßiger Sohn und Erbe bist. Davon musst du dich leiten lassen und nicht von Cassandras boshaften Behauptungen.«

Amber hielt die Luft an. Sie wusste, wie hart Lord Fitton Legh zu John gewesen war, und sie betete zu Gott, wie sie noch nie gebetet hatte, dass John jetzt an dieser Wegscheide den aufwärtsführenden, breiteren Pfad ins Licht nehmen würde und nicht die Abzweigung nach unten in die Finsternis.

»Du hast recht. Er …«, die Stimme versagte ihm, und dann gewann sie wieder an Kraft, als er fortfuhr, »… mein Vater hätte mir niemals erlaubt, ihn zu beerben, wenn er in Bezug auf mich irgendwelche Zweifel gehegt hätte.«

Dann vergrub er den Kopf in den Händen, und sein ganzer Körper bebte unter gewaltigem Schluchzen.

Amber strich ihm über den gesenkten Kopf, als wäre er ein kleiner Junge. »Du musst jetzt tun, was dein Vater getan hätte, John, und das alles hinter dir lassen. Du darfst nicht mehr daran denken, denn das ist nicht nötig. Stattdessen musst du tun, was dein Vater von dir erwarten würde. Du hast eine Frau und zwei Söhne, die deine ganze Kraft brauchen, genau wie Fitton. Du darfst sie nicht enttäuschen.«

Ihre Worte mochten hart klingen, doch Amber wusste, dass

für John die Lehren von Lord Fitton Legh darin widerhallten, und deswegen war er dafür empfänglich.

»Das mache ich.« John hob den Kopf. In seinen Augen war neuer Glanz. »Du tust recht daran, mich an meine Pflicht gegenüber Fitton und meiner Familie zu erinnern.« Er richtete sich auf, drückte die Schultern durch und wirkte gleich um einiges resoluter und entschlossener.

Amber entspannte sich ein wenig. Sie fühlte sich unglaublich schwach und zittrig. Ihre Großmutter wäre alles andere als stolz auf sie.

»Du hast sicher recht damit, dass meine Stiefmutter eine Bitterkeit gegen meine Mutter gehegt hat und dass das der Grund für ihre Lügen war. Mein Vater hat wohl nicht gewusst, wie es in ihr aussah.«

»Nein, davon bin ich überzeugt«, pflichtete Amber ihm bei, erleichtert, irgendetwas sagen zu können, was annähernd der Wahrheit entsprach.

»Wenn er es geahnt hätte, hätte er sie niemals geheiratet«, fuhr John entschieden fort. »Cassandra hat ihn hintergangen, so wie sie ihn davon zu überzeugen versucht hat, meine Mutter hätte ihn hintergangen.« Johns Stimme klang überzeugt. Plötzlich wirkte er zehn Jahre jünger, sein ganzes Betragen war forsch und entschlossen. Er hatte sich wieder gefangen. Jetzt war alles gut.

Amber ging zur Tür. Ihre Glieder waren steif vom Stehen, ihre Brust war eng, weil sie so lange die Luft angehalten hatte, und das Gewissen plagte sie wegen dem, was sie getan hatte. Als sie die Bibliothekstür öffnete, glaubte sie, einen Hauch eines einst vertrauten Duftes zu erhaschen – Blanches Duft – und das vertraute aufgebrachte Seufzen ihrer Großmutter zu hören.

Du hast ja recht, pflichtete sie ihr innerlich bei, ein schlechtes Gewissen ist eine vollkommen überflüssige Nachgiebigkeit gegen sich selbst.

Müde ging sie in die Küche, wo Janey und Jay auf sie warteten.

Im selben Moment, da Janeys Blick auf John fiel, wusste sie, dass alles gut werden würde. Automatisch ging sie zu ihm, doch dann hielt sie inne, sodass es John war, der die unsichtbare Grenze zwischen ihnen überschritt, sie in die Arme nahm, um sie zu halten und sie in einer ungewohnten Zurschaustellung von Gefühlen fest zu umarmen. Zärtlich und voller Dankbarkeit erwiderte Janey seine Umarmung. Dies war ein Neuanfang für sie, schwor sie sich, ein Neuanfang voller Liebe und Dankbarkeit für alles, was sie zusammen hatten.

Ein Elternteil, das sein Kind liebte, würde alles für das Glück und den Seelenfrieden dieses Kindes opfern, auch das Recht, dieses Kind sein oder ihr eigen zu nennen. Das hatte ihre Großmutter Amber gelehrt, und falls sie diese Entscheidung für ihren Cousin getroffen hatte, dann hatte sie es in dem Wissen getan, dass auch Greg dieses Opfer für John gebracht hätte, falls er sein Vater war.

Die Vergangenheit ließ man am besten ruhen. Man konnte sie nicht verändern, und das Leben fand in der Gegenwart und in der Zukunft statt, nicht in den Geheimnissen und Skandalen derer, die längst tot waren.

25

Sarah lächelte pflichtbewusst, als Charles seinen Wagen vor dem Haus ihrer Eltern zum Stehen brachte. Es wäre ihr weitaus lieber gewesen, ihr Vater hätte sie nicht so demonstrativ mit Charles McKenzie, dem Neffen eines Nachbarn, zusammengebracht, aber es wäre unhöflich gewesen, Charles' Einladung zum Abendessen nicht anzunehmen, auch wenn sie sich, und mochte er noch so nett sein, niemals für ihn als Mann interessieren würde.

Sie war teils nach Schottland gekommen, um ihrem Vater einen Gefallen zu tun, und teils, um sich selbst zu beweisen, dass sie, wenn es um die Jungen ging, ihrem Vater die Stirn bieten konnte, doch ihr Besuch war nicht so gut gelaufen, wie sie gehofft hatte. Und so war sie froh, dass sie in ein paar Tagen nach London zurückkehren würden. Freute sie sich auch darüber, dass Nick sie am Zug abholen würde?

Sarah runzelte gedankenverloren die Stirn, als Charles auf der Fahrerseite ausstieg und um den Wagen herumging, um ihr die Beifahrertür zu öffnen.

Natürlich war es gut, dass sie und Nick wieder miteinander redeten, wenn auch nur um der Kinder willen. Dafür war ihr Besuch in Denham verantwortlich. Als sie Nick mit ihren Söhnen zugesehen hatte, war ihr klargeworden, wie viel sie ihm bedeuteten und wie sehr sie an ihrem Vater hingen. Und deswegen war sie fest entschlossen, die Dinge zwischen ihnen so freundschaftlich wie möglich zu gestalten.

Die Halle von Broderick Castle, dem Heim ihrer Eltern, war immer kalt und ein wenig feucht. Die Wände waren mit den Geweihen diverser Hirsche geschmückt, die ihr Vater und ihr Großvater geschossen hatten, und ihr Vater stand bereit, um sie zu begrüßen und Charles noch einen Schlummertrunk anzubieten.

Gezwungen, sich zu den Männern mit ihren großzügigen Whisky-Gläsern zu gesellen, während ihr Vater ihr ein kleines Glas viel zu süßen Sherry einschenkte, sinnierte Sarah darüber, dass sie zwar noch keine rechte Vorstellung davon hatte, wie ihre Zukunft aussehen sollte, dass sie jedoch sehr wohl wusste, dass sie kein Leben führen wollte wie ihre Mutter – das Leben, das ihr Vater mit Charles für sie plante. Mochte ja sein, dass sie es mit Nick nicht hingekriegt hatte, doch jemanden wie Charles zu heiraten war für sie auch nicht das Richtige. Das Problem war, dass es keine Schublade gab, in die sie hübsch hineinpasste. Durch die Heirat mit Nick hatte sie gegen ihre

Erziehung rebelliert, doch dann hatte sie festgestellt, dass sie nicht in seine Welt passte. Sie war aber zu weit gekommen und hatte sich zu sehr verändert, um den Schritt zurückzugehen und noch in die Welt ihrer Eltern zu passen.

Sie unterdrückte ein Gähnen – der Langeweile, nicht der Müdigkeit. Sie wäre gern nach oben gegangen, um nach den Jungen zu sehen und sich dann schlafen zu legen, doch ihr Vater würde jeden Versuch, den Raum zu verlassen, bevor Charles Gute Nacht gesagt hatte, als Zeichen schlechter Manieren werten und sich tagelang darüber auslassen.

Zum Glück trank Charles endlich sein Glas leer und stand auf. Pflichtbewusst begleitete Sarah ihn und ihren Vater zur Tür.

Endlich hatte Charles sich verabschiedet, und sie konnte ins Bett gehen. Nachdem sie ihrem Vater kurz Gute Nacht gesagt hatte, lief Sarah die Treppe hinauf und eilte den Flur hinunter, an dessen Ende das Schlafzimmer lag, das die Jungen sich teilten. Leise öffnete sie die Tür und trat ein, um die Lippen schon ein zärtliches Lächeln mütterlicher Liebe, als sie zu den beiden Betten schaute.

Den beiden leeren Betten, wie sie im Schein der Nachttischlampe sah, die Neil immer brennen haben wollte.

Sie brauchte einige Sekunden, um zu begreifen, dass die Kinder wirklich nicht da waren, und noch ein paar mehr, um im Bad nachzusehen, während ihre Gedanken sich überschlugen und ihr Herz wild pochte und die schreckliche Angst in ihr wuchs und wuchs, bis sie sie fest im Griff hatte und schüttelte. Sie sah sogar unter den Betten nach und zog die Bettdecken zurück, falls die Jungen ihr einen Streich spielten, auch wenn sie wusste, dass dem nicht so war. Da sah sie die sorgfältig geschriebene Nachricht in kindlich unregelmäßigen Buchstaben unter Alex' Kissen, wie ein Zahn, der für die Zahnfee dort hinterlegt worden war. Mit zitternden Händen strich Sarah sie glatt und las: »Liebe Mummy, Opa mag uns nich und häut Abent hat er mich zum weinen gebracht, weil ich mein Abentessn nich essn wollte. Wir fahrn mit dem Zug nach Denham, weil es uns da besser gefellt. Alles Liebe, Alex und Neil.«

Nein! Nein. Nein. Sie musste sich die Hand vor den Mund halten, um nicht hysterisch zu schreien, während ihre Gedanken mit Höchstgeschwindigkeit durch ihren Kopf rasten. Ihre Söhne, ihre kostbaren kleinen Jungen, waren hier so eingeschüchtert worden, dass sie weggelaufen waren, und sie war nicht da gewesen, um sie zu beschützen und zu beruhigen. Sie war nicht hier gewesen für sie, weil sie mit einem Mann ausgegangen war, mit dem sie gar nicht ausgehen wollte, nur um ihrem Vater einen Gefallen zu tun, weil sie – genau wie ihre Söhne – Angst vor ihm hatte. O Gott, was hatte sie nur getan?

Im ganzen Haus gab es nur einen Telefonanschluss, und der stand in der Halle. Hektisch lief sie den Flur hinunter und stieß beinahe mit ihrem Vater zusammen, der auf dem Weg nach oben war.

»Was zum Teufel …?«, fuhr er auf, doch sie achtete nicht auf ihn, ihre Sorge um ihre Söhne war so groß, dass sie die Angst vor einer Konfrontation mit ihrem Vater weit in den Schatten stellte.

»Ich muss die Polizei anrufen, und dann rufe ich Nick an. Die Kinder sind verschwunden.«

Sie hörte, dass ihr Vater Einwände erhob, sie reagiere viel zu heftig, und die Jungen würden ihr einen Streich spielen und sich wahrscheinlich irgendwo verstecken und hätten einen Heidenspaß bei dem ganzen Theater, das Sarah um sie machte, doch Sarah achtete nicht auf ihn und wählte mit zitternden Fingern die Nummer der Polizei.

Die Polizei war wunderbar. Man versicherte ihr, man werde sofort jemanden vorbeischicken, und das beruhigte Sarah so weit, dass sie Nick anrufen konnte.

Sie war viel zu aufgebracht, um Angst zu haben. Das würde später kommen, wenn sie getan hatte, was sie tun musste, was ihr Vater hätte tun sollen, was nicht notwendig gewesen wäre, wenn sie nicht ausgegangen wäre und sie alleingelassen hätte. O Gott, wenn ihnen irgendetwas zustieß … oder gar schon zugestoßen war. Sarah dachte an die kurvenreiche, unbeleuchtete Straße, die von der Burg in die kleine Stadt mit dem Bahnhof führte. Sie durfte nicht weinen. Nicht jetzt. Sie musste stark sein.

Und sie war stark, bis sie Nicks Stimme hörte, warm vom Schlaf, sodass sie sich vorstellen konnte, wie er im Bett lag – nackt, denn so schlief er immer. Sie hoffte, er war allein. Und dann erzählte sie ihm unter verzweifeltem Schluchzen, was passiert war und was sie getan hatte.

»Sie haben eine Nachricht hinterlassen, dass sie zu Jay und Amber fahren. Die Polizei ist auf dem Weg hierher. Sie überprüfen natürlich die Züge, aber Nick, es sind fünf Meilen bis zum Bahnhof, und dann müssten sie in Glasgow umsteigen und noch einmal in Manchester.«

Sie hörte ihn fluchen, und dann sagte er: »Ich komme rauf zu dir. Ich rufe in Denham und in Fitton an und sage Bescheid, was passiert ist, und Dad und Rose auch, nur für den Fall.«

Als sie den Hörer auflegte, war die Polizei eingetroffen.

Sarah machte sofort deutlich, dass sie mit ihr zu sprechen hatten und nicht mit ihrem Vater. Sie trat zu den Polizisten, schluckte die Tränen hinunter und nahm die Sache in die Hand, denn schließlich waren es ihre Söhne – ihre und Nicks –, und bis Nick hier war, war es ihre Aufgabe, zu tun, was getan werden musste, und nicht die ihres Vaters, der bereits unter Beweis gestellt hatte, dass man ihm nicht vertrauen konnte.

Die Polizisten erklärten ihr freundlich, aber bestimmt, dass die Jungen noch nicht weit gekommen sein konnten. Sie fragten natürlich nach den Einzelheiten, was passiert war, bevor die beiden weggelaufen waren, und Sarah sah, dass der Polizeikommissar ihren Vater mit zusammengekniffenen Lippen ansah, nachdem sie ihm erzählt hatte, was am Abend vorgefallen war.

Sarah wäre gern mit ihnen gekommen, doch sie erklärten ihr, es sei besser, wenn sie bliebe, wo sie war. Nachdem sie aufgebrochen waren, um sich auf die Suche zu machen, versuchte ihr Vater sie auf bewährte Art einzuschüchtern, indem er sie beschimpfte, sie solle sich augenblicklich für ihre Hysterie entschuldigen und dafür, dass sie der Polizei einen völlig falschen Eindruck vermittelt habe. Doch sie ignorierte ihn. Sie war zu besorgt um ihre Kinder, als dass sie irgendetwas empfand. Endlich schwieg er und brummte kurz darauf, er werde jetzt zu Bett gehen. Ihre Mutter begleitete ihn widerstandslos. Arme Mummy, dachte Sarah, was für ein elendes Leben.

Bis auf das gewohnte Knarren und Ächzen des alten Hauses, rheumatisch und mürrisch vom Alter, war es still.

Sarah öffnete die schwere Haustür. Am klaren Himmel stand der Neumond. Die Nacht hier oben im Norden war ganz anders als der Nachthimmel über London. Die Sterne schienen viel näher zu sein. Und heller, als wäre der Abstand zwischen Erde und Himmel hier nicht so groß. Eine Eule flog still vorbei und stieß herab, gefolgt vom schrillen Schrei ihres Opfers. Sarah schauderte. Hinter den Grundstücksgrenzen lagen die kostbaren Moore ihres Vaters mit dem Heidekraut und den Moorhühnern und gewiss auch ihren Kindern. Wenn sie bis zum Bahnhof gekommen waren, hatte sie bestimmt irgendjemand gesehen. Wenigstens war erst September, und die Nächte waren noch relativ warm. Aber was war, wenn sie nicht sicher im Heidekraut lagen und schliefen? Was, wenn das Undenkbare, das Unerträgliche passiert war und jemand hatte sie gesehen und angehalten und mitgenommen? Der Drang, nach ihnen zu suchen, jetzt gleich, in dieser Minute noch, sofort, ohne auf die Dunkelheit zu achten, ohne auf etwas anderes zu achten als ihren Wunsch, ihre Söhne zu finden und sie in Sicherheit zu bringen, brach mit Macht in ihr auf. Sarah lief los, doch nach wenigen Schritten hielt sie abrupt inne. Sie durfte nicht in Panik geraten. Sie durfte auf keinen Fall in Panik geraten – um der Jungen willen.

Sie ging wieder ins Haus, stieg die Treppe hinauf und ging in das Schlafzimmer der beiden, wo sie sich auf eines der schmalen Betten legte. Nicht weil sie müde war, und gewiss nicht, weil sie sich einbildete, sie könnte schlafen – das war unmöglich –, sondern weil der Geruch ihrer Kinder noch an den Kissen und der Bettdecke haftete und Sarah diesen Geruch festhalten wollte, solange sie konnte. Der schreckliche Gedanke, das könnte alles sein, was ihr von ihren Söhnen blieb, lag dicht unter der Oberfläche ihrer Selbstbeherrschung wie ein zerklüftetes Riff direkt unter den Wellen. Sie durfte diesen Gedanken nicht zulassen. Sie musste ihn von sich weisen und sich vielmehr darauf konzentrieren, das Schicksal zu bitten, für die Sicherheit ihrer Kinder zu sorgen. Sie mochte Strafe verdient haben, weil sie keine gute Mutter war, doch die beiden hatten es nicht verdient, bestraft zu werden.

Die Morgendämmerung brach allmählich an, als Nick kam, die Räder seines Autos knirschten über den Kies, das Licht seiner Scheinwerfer fiel durch die dünnen Vorhänge im Zimmer der Jungen, und Sarah stand auf und lief die Treppe hinunter, um ihm die schwere Tür zu öffnen.

Irgendwie war es das Natürlichste der Welt, zu ihm zu laufen und sich von ihm halten zu lassen, als sich seine Arme um sie schlossen.

»Es tut mir leid. Es tut mir leid, es ist meine Schuld. Es ist alles meine Schuld.« Ihre Stimme war gedämpft vom Stoff seines Hemds, als er sie an seiner Brust wiegte.

»Nein, meine«, erklärte er. »Du bist meine Frau, und sie sind meine Söhne. Es ist meine Aufgabe, euch zu beschützen, aber ich war zu sehr mit meinen Kränkungen beschäftigt, um das zu begreifen. Ich habe mich zu sehr in meinem dämlichen Selbstmitleid gesuhlt, anstatt euch drei an die erste Stelle zu setzen.«

Hastig wurden diese Geständnisse gesprochen, in den ehrwürdigen Kürzeln zweier Menschen, die eine Einheit bilden, die automatisch wissen, was der andere meint, beide vereint in der Angst um ihre Kinder und der Liebe zu ihnen.

»Ich dachte, ich könnte meinem Vater die Stirn bieten. Ich dachte, ich wäre stark genug.«

»Du bist stark, aber dein Vater hat keinen Respekt vor Frauen.«

»Ich hätte nicht mit den Jungen herkommen sollen. Ich wusste, dass sie nicht wollten. Sie hatten so eine tolle Zeit in Denham. Es war so schön zu sehen, wie sie mit Amber und Jay umgingen, besonders mit Jay, und sie mit dir zu sehen … Du bist ihr Vater, Nick, und sie lieben dich, und … oh, Nick.« Jetzt weinte sie, klammerte sich an ihn, erzählte ihm, wie groß ihre Angst war, genauso groß wie ihre Schuldgefühle.

Es war das erste Mal, dass sie sich tatsächlich trostsuchend an ihn wandte, das erste Mal, dass sie mit offenem Visier mit ihm über ihren Vater sprach, ohne sofort zu seiner Rechtfertigung zu schreiten – das erste Mal, dass er das Gefühl hatte, sie waren als Paar vereint gegen ihren Vater –, und Nick spürte, wie er emotional auf ihre Not reagierte.

»Komm, lass uns reingehen. Es wird alles gut«, sagte er mit einer Überzeugung, die er bei weitem nicht empfand. Doch er wusste, dass er jetzt stark sein musste.

Wenige Minuten nachdem Nick gekommen war, kehrte die Polizei zurück. Die Polizisten verneinten, als Sarah fragte, ob sie die Kinder gefunden hatten. Ihre Hoffnung schlug in neue Angst um, als man sie um Kleidungsstücke bat, die die Jungen vor kurzem getragen hatten.

»Wir holen die Polizeihunde, die den Geruch aufnehmen sollen«, erklärte der verantwortliche Kommissar. »Sie können nicht weit gekommen sein, und im Hellen wird die Suche um einiges leichter als in der Dunkelheit.«

»Zu Fuß nicht«, pflichtete Sarah ihm bei. »Aber was ist, wenn …«

»Sag's nicht«, unterbrach Nick sie energisch, »und denk es auch nicht.«

Die Polizeihundeführer waren mit zwei Suchhunden gekommen, und ein halbes Dutzend Mitglieder eines Bergrettungsteams schloss sich der Suche an. Sobald die Sonne den tiefliegenden Nebel vom Moor vertrieben hatte, würde laut dem Polizeikommissar, der die Operation leitete, vom Militärflugplatz Kinross ein Hubschrauber »raufgehen, um sich mal umzusehen«.

Mehr um sich zu beschäftigen als alles andere, war Sarah in die fast mittelalterlich anmutende Küche gegangen, um Speck zu braten und den Männern Sandwiches zu machen – was sie auf gewisse Weise an die Zeit erinnerte, als sie als Studentin als Hausmädchen gearbeitet hatte.

Während sie Brot schnitt und mit Butter bestrich, beobachtete sie aus dem Augenwinkel Nick, der dem Kommissar zuhörte, während dieser ihm die geplante Suche erläuterte. Nick hatte die Rolle des Alphamännchens der Familie übernommen, während Sarahs Vater am Tisch saß und etwas von potenziellen Schäden für das Moor knurrte, ohne viel Beachtung zu finden.

Nicks besorgte, aber höfliche Bereitschaft, dem zuzuhören, was die Polizisten zu sagen hatten, nahm sie für ihn ein, das sah Sarah deutlich, und sie war nicht überrascht, als sie ihn ankündigen hörte, er werde sich den Männern anschließen, die beidseits der Straße nach den Jungen suchen wollten.

»Das ist nicht nötig«, kritisierte ihr Vater Nick. »Du weißt überhaupt nichts über das Land. Du bist den Leuten nur im Weg. Es ist viel besser, wenn du hierbleibst.«

Der Kommissar hörte Sarahs Vater zu, wandte sich dann von ihm ab und sagte zu Nick: »Ganz im Gegenteil, Sir. Ihre Anwesenheit könnte von großem Vorteil sein. Kinder, die glauben, in Schwierigkeiten zu stecken, haben oft Angst, wenn die Polizei nach ihnen sucht, denn dann meinen sie, sie würden in noch größere Schwierigkeiten geraten, verstehen Sie? Wenn die Jungen ihren Vater sehen oder hören, dass er nach ihnen ruft, dann besteht viel eher die Chance, dass sie aus ihrem Versteck kommen.«

»Sentimentaler Blödsinn«, hörte Sarah ihren Vater schnauben. »Sieh dich doch an, Mann, so gekleidet kannst du unmöglich ins Moor gehen.«

Alle drehten sich zu Nick um, der ein T-Shirt trug, Jeans und Turnschuhe.

Sarah atmete tief durch. Hier ging es schließlich um die Sicherheit ihrer Söhne, und das war im Augenblick wichtiger als der Stolz ihres Vaters und sein Bedürfnis, das letzte Wort zu haben.

»Red keinen Unsinn, Daddy«, sagte sie resolut. »Nick ist vollkommen vernünftig gekleidet.«

Sie wandte sich ihrem Mann zu und fügte laut und deutlich hinzu: »Bitte, geh mit ihnen, Nick. Wenn ich weiß, dass du da draußen dabei bist, habe ich ein viel besseres Gefühl. Wenn die Jungen sich verstecken und sehen, dass du nach ihnen suchst, wissen sie, dass es okay ist rauszukommen.«

Das Gesicht ihres Vaters war puterrot geworden, ein sicheres Zeichen dafür, dass er zornig war, und normalerweise hätte das ausgereicht, damit ihr übel geworden wäre vor Angst vor dem, was als Nächstes drohte, doch jetzt bedeutete das Lächeln, das Nick ihr schenkte, Sarah viel mehr als der Zorn ihres Vaters. Zudem wollte sie alles dafür tun, dass ihre Söhne rasch gefunden wurden.

Die Männer hatten ihre Speck-Sandwiches gegessen und ihren starken Tee getrunken, den Sarahs Mutter aufgegossen hatte. Draußen hob sich der Nebel, und es versprach, ein klarer, heller Tag zu werden.

Die Suchtrupps verließen die Küche, draußen warteten die Hunde. Sarahs Herz zitterte, als sie sah, wie die Hundeführer die T-Shirts der Jungen aus den Plastiktüten holten und sie den Hunden hinhielten, damit diese den Geruch ihrer Söhne aufnehmen konnten.

Versunken in den inneren Kampf zwischen Hoffnung und Angst, war sie ganz überrascht, als Nick zu ihr trat und ihr die Hände auf die Schultern legte – in einer tröstlichen Geste oder um ihrem Vater gegenüber seine Besitzansprüche zu behaupten? Sarah war es egal. Die Wärme seiner Hände war tröstlich, genau wie das Versprechen, das er ihr gab, als er sagte: »Ich komme erst zurück, wenn wir sie gefunden haben.« Dann neigte er kurz den Kopf und gab ihr einen Kuss – einen leicht besorgten, alltäglichen Kuss eines Ehemannes, wie er zwischen Paaren in langjährigen Beziehungen jeden Tag ausgetauscht wurde. Doch in diesem Augenblick bedeutete dieser Kuss Sarah viel mehr, denn er bewies, dass sie nicht allein war, sondern dass sie vereint waren in der Sorge um die Sicherheit ihrer Söhne.

Es waren mehr als zwei Stunden vergangen, seit die Männer in schweren Wanderstiefeln, die auf dem Kies knirschten, aufgebrochen waren, allen voran Nick und der Kommissar. Sarah hörte, dass ihr Vater immer noch herummaulte. Zuerst schimpfte er über die Jungen, weil sie so ungehorsam waren, dann schimpfte er über Sarah, weil sie sie verwöhnt hatte und schuld war an diesem Ungehorsam, und zu guter Letzt schimpfte er über Nick.

Die ganze Zeit, während er herumschimpfte, half Sarah ihrer Mutter bei der Vorbereitung des Mittagessens, obwohl sie sich kaum vorstellen konnte, auch nur einen Bissen herunterzuwürgen. Doch in dem Augenblick, da ihr Vater anfing gegen Nick zu wettern, legte Sarah das Besteck, das sie in der Hand gehalten hatte, behutsam auf den Tisch und drehte sich zu ihrem Vater um.

»Ich bin froh, dass die Dinge sich verändert haben, seit du ein Junge warst, Daddy, und natürlich hattest du selbst keine Söhne und hast also auch keine Erfahrung damit, sie zu erziehen. Aber Nick und ich haben diese Erfahrung, und Nick ist ein ausgezeichneter Vater. Die Jungen lieben ihn, und er liebt sie, und es ist einfach nicht recht, dass du in ihrer Gegenwart über Nick herziehst. Es hat die Jungen aufgewühlt, und es wühlt mich auf. Ich bin mir sicher, dass das nicht in deiner Absicht liegt, aber so ist es. Was deinen Vorwurf angeht, ich würde die Kinder nicht genug disziplinieren – Jungen sind anders als Mädchen, von Natur aus. Du bezeichnest es als Ungehorsam, doch in Wirklichkeit wollen sie nur ihre Grenzen erproben. Vergiss nicht, Daddy, eines Tages werden sie Männer sein. Es ist meine Schuld, dass die zwei verschwunden sind, aber nicht, weil ich sie nicht genug diszipliniere, wie du behauptest, sondern weil ich sie überhaupt hierhergebracht habe, obwohl ich wusste, wie herzlos du zu ihnen sein kannst. Nick ist ein Heiliger, dass er mir das nicht zum Vorwurf macht. Ich bezweifle, dass ich an seiner Stelle so großzügig wäre. Das zeichnet einen Gentleman aus, Daddy, Freundlichkeit und Rücksicht gegen andere zu zeigen, nicht sie zu schikanieren und kleine Kinder so zu verschrecken, dass sie weglaufen.«

Sarah hörte ihre Mutter hinter sich den Atem anhalten. Ihr Vater war immer noch puterrot im Gesicht und öffnete den Mund, um etwas zu sagen, doch dann überlegte er es sich offensichtlich noch einmal, schloss ihn wieder und bedachte sie nur mit einem aufgebrachten Blick.

Schließlich sagte er bitter: »Dann hat er's also geschafft, was? Am Ende ist es ihm gelungen, dass du dich gegen deine Familie stellst, dein eigen Fleisch und Blut. Na, was bist du doch für ein Dummkopf. Und du brauchst auch nicht hier bei mir und deiner Mutter angekrochen zu kommen, wenn er dich verlässt wegen einer aus seiner eigenen Schicht. Hier ist für dich kein Platz mehr. Ich habe dich immer gewarnt, dass er nicht gut genug ist für dich.«

Hinter ihr wehte ein Luftzug vorbei, und Sarah vermutete, dass es ihre Mutter war, die sich gerührt hatte.

»Von wegen, nicht gut genug für mich. Ich bin diejenige, die nicht gut genug für ihn war – nicht gut genug und nicht klug genug, um zu erkennen, was für ein Glück ich hatte, ihm begegnet zu sein und von ihm geliebt zu werden. Und ob ich je hierher zurückkehre? Es gibt nur einen Ort, an dem ich sein möchte, und das ist bei Nick und unseren Söhnen, und wenn das bedeutet, dich niemals wiederzusehen, wenn du mich vor diese Wahl stellst, dann habe ich mich bereits entschieden – für Nick.« Ein berauschendes, unvertrautes Gefühl hatte Besitz von ihr ergriffen, und das lag, wie Sarah erkannte, daran, dass sie den Geruch der Freiheit geschnuppert hatte – Freiheit und die Gelegenheit, endlich sie selbst zu sein, zu ihren Bedingungen.

»Eigentlich hat es hier für mich nie einen Platz gegeben, Daddy. Nicht für mich, sondern nur für die Person, die ich deiner Meinung nach sein sollte.«

»Er lässt sich von dir scheiden.«

»Ja«, musste Sarah zugeben. »Aber meine Loyalität und meine Liebe gelten immer noch ihm.« Es war die Wahrheit, auch wenn sie bis zu diesem Moment gebraucht hatte, um es zu erkennen.

»Sarah.«

Beim Klang von Nicks Stimme wirbelte sie herum. Wie lange stand er schon dort? Wie viel von dem, was sie gesagt hatte, hatte er gehört? Doch als sie ihm in die Augen sah, traten alle Gedanken an ihren Vater und Nick in den Hintergrund.

»Die Jungen?«, flüsterte sie.

»Die Hunde haben ihre Fährte aufgenommen und sind ihr bis zum Fluss gefolgt. Dort haben sie sie verloren. Der Fluss führt nach dem schweren Regen letzte Woche noch sehr viel Wasser, und Kommissar McIntyre hat Polizeitaucher angefordert.«

»Nein! Nein!«

Nick fing sie auf, als sie vor Kummer zusammenbrach. Die durchdringende Trauerklage, die in ihr aufstieg wie die Totenklage eines einsamen Dudelsackspielers, durchbrach das bittere Schweigen in der Küche.

Einer der Suchhunde fand die Kinder schließlich. Er war herumgestromert und hatte zwischen dem Schiefergestein am Flussufer geschnüffelt, und plötzlich war er, die Nase dicht am Boden, losgestürmt in Richtung der Felsen, wo das Land anstieg und der Fluss tief hinabstürzte in ein Becken, das die Taucher absuchen wollten. Niemand achtete auf ihn, bis der Hund Laut gab und an einem Felsbrocken herumscharrte und sein Hundeführer ihn zu sich rief. Doch aus einem Instinkt heraus – oder aus schierer Verzweiflung, wie Nick später sagte –, folgte er dem Hund und kletterte den steilen Hang hinauf, bis er einen schmalen Durchgang zwischen den Felsbrocken fand, an denen der Hund kratzte. Die Spalte war jedoch so eng, dass sicher kein Kind hindurchklettern konnte. Doch der Hund ließ sich nicht beirren und musste weggezerrt werden. Dann hörten sie leise etwas, was ein weinendes Kind sein konnte, aber auch ein Tier, das von dem Hund aufgeschreckt worden war.

»Jungs, ich bin's, Daddy«, rief Nick mit dem Mund dicht an dem Spalt. »Seid ihr da drin?«

Kein Laut. Nichts.

Und dann sagte eine leise Stimme unsicher: »Daddy, es ist dunkel hier drin, und wir wissen nicht, wie wir rauskommen sollen.«

Sie brauchten vier Stunden, um sie zu befreien, und Nick und Sarah, die man herbeigeholt hatte, redeten die ganze Zeit mit ihnen, während die Rettungsmannschaft damit beschäftigt war, den Spalt zu erweitern. Sarah beschwor sich, nicht darüber nachzudenken, was passiert wäre, wenn der schmale Spalt, in den sie hineingekrochen waren, ganz eingebrochen wäre und sich mit Erde und Steinen gefüllt hätte.

Die Jungen erzählten, sie hätten Angst gehabt und wären müde gewesen vom Gehen auf der Straße, und da sie auch Durst gehabt hatten, waren sie zum Fluss gegangen, um etwas zu trinken. Sie waren die Felsen hinaufgeklettert und hatten die Höhle gefunden, wie sie sie nannten. Hineinzukriechen war ein Abenteuer gewesen – ein Ort, wo sie schlafen und sich über Nacht verstecken konnten. Doch als sie am Morgen aufgewacht waren, hatten sie feststellen müssen, dass die Wände ihrer Höhle bröckelten, wenn sie versuchten zur Öffnung hinaufzuklettern, um hinauszugelangen.

Sarah weinte, während sie ihnen zuhörte, und erkannte, wie groß ihre Angst gewesen sein musste, als »Großpapa« böse auf sie gewesen war und ihnen Strafen angedroht hatte. Da hatten sie beschlossen, nach Denham zu gehen, zu Jay und Amber. Nick legte ihr den Arm um die Schulter und sagte, es sei nicht ihre Schuld, doch sie wusste es besser. Und sie sah auch die Gefühle, die sich in seinen Augen spiegelten, als die Jungen sagten, sie wünschten sich, die Eltern wären noch zusammen.

»Vielleicht ist das ein Wunsch, den wir ihnen erfüllen können?«, flüsterte Nick Sarah ins Ohr, und sie nickte und vergoss noch ein paar Tränen, als Nick sie fester in die Arme nahm.

Doch das war nichts gegen die Gefühle, die sie überwältigten, als Alex schließlich aus der Höhle, die zu einem Gefängnis geworden war, befreit und ihr übergeben wurde. Es war fast, als würde er ein zweites Mal zur Welt kommen, und sie würde noch einmal das Wunder erleben, ein neues Leben in den Armen zu halten, ein warmes, lebendiges, zappelndes Kind, das zu Boden wollte und sich mehr für den Suchhund interessierte als für seine Eltern. Als Neil herausgeholt wurde und die Männer ihn ihr übergeben wollten, schüttelte Sarah den Kopf und sah zu Nick, und der nahm ihn. Der Blick, den er ihr schenkte, verriet ihr, dass er die Symbolik der Geste verstand – dass es ihre Art war, ihm zu sagen, dass sie ihm wieder vertraute, als Mann und als Vater.

Epilog

21. November 1992

»Und jetzt haben wir eine ganz besondere Geburtstagsüberraschung für dich, Mummy.«

Amber blickte von Emeralds ungewohnt aufgeregter Miene zu Jay, doch in seinem Gesicht fand sie nicht den geringsten Hinweis darauf, was das für eine Überraschung sein könnte.

Es war ein wunderbarer Tag – ja, eine wunderbare Woche – gewesen. Die Familie war zusammengekommen, um ihren achtzigsten Geburtstag zu feiern, und nichts konnte ihr mehr bedeuten als das Geschenk, das sie ihr schon gemacht hatten, indem sie alle gekommen waren.

Den Blick jetzt durch den Salon von Denham schweifen zu lassen erfüllte sie mit großer Freude. Liebe überschwemmte ihr Herz.

Emerald wirkte in ihrer Aufregung geradezu mädchenhaft, und Drogo beobachtete sie wie immer mit Zärtlichkeit, Verständnis und Liebe. So ziemlich dieselben Gefühle, die sie auch in Roberts Blick sehen konnte, wenn er auf Charlotte ruhte. Robert hatte sie alle überrascht, als er erklärte, er werde auf den Thron von Lauranto verzichten, um Charlotte zu heiraten. Doch irgendwie war Amber davon überzeugt, dass Charlotte und Emerald einen Weg finden würden, um dafür zu sorgen, dass Robert die Frau bekam, die er so offensichtlich liebte, und Lauranto obendrein.

Und Olivia, die Robert ursprünglich hatte heiraten wollen, stand stolz da, und ihr charmanter und überaus gut aussehender amerikanischer Verlobter hatte den Arm um sie gelegt. Amber verstand, warum Ella und Oliver sich über die Verbindung freuten, denn es war offensichtlich, wie sehr Olivia und Tait einander liebten.

Janey und John, die nebeneinanderstanden, tauschten ein Lächeln. Es war eine wahre Freude, die beiden so glücklich und zufrieden zu sehen. Janey hatte in den schrecklichen Monaten von Cassandras schwerer Krankheit stark abgenommen und sah um Jahre jünger aus. Ihre ganze Erscheinung war wie belebt, und das Strahlen, das sie verloren gehabt hatte, war wieder da. So, wie sie jetzt aussah, erinnerte sie Amber – und gewiss auch John – an jene Janey, in die er sich einst verliebt hatte.

Ein besonderes Lächeln hatte Amber für Nick und Sarah und in ihrem Herzen einen besonderen Platz. Sie freute sich sehr, dass sie ihrer Ehe eine zweite Chance geben wollten.

»Bist du bereit, Mummy?«, wollte Emerald wissen.

Amber nickte und wandte den Blick auf die Doppeltür des Salons. Emerald klatschte in die Hände, worauf Jay und Drogo jeweils einen Türflügel öffneten, um Cathy, Polly, Rose, Emma und am Ende Katie einzulassen, alle in schlichten schwarzen Kleidern und, wie es aussah, mit einem kleinen Ballen Seide in den Händen.

Amber spürte ihr Herz schneller schlagen.

»Das ist unser Geschenk für dich, Mummy«, erklärte Emerald, ging zu dem ausgezogenen Tisch, von dem Amber angenommen hatte, er sei schon für einen besonders festlichen Nachmittagstee vorbereitet, wenngleich noch nicht gedeckt worden. Emerald öffnete eine Schublade am Tisch und … Amber machte große Augen, als sie den Seidenstoff erkannte, den ihre Tochter auf dem Tisch ausbreitete. Es war jene Seide, mit der Jean-Philippe sie als *Die Tochter des Seidenhändlers* gemalt hatte, jene Seide, die Emerald wegen dem, wofür sie stand, immer verabscheut hatte und nie hatte anfassen wollen.

Unsicher, was sie erwartete, sah Amber Jay an. Sein Lächeln war liebevoll und beruhigend, es sagte ihr, dass sie nichts zu fürchten hatte.

Ihre jüngeren Töchter, ihre Nichte und ihre Enkeltöchter standen in einer Reihe vor Emerald.

Diese nahm den ersten Stoffballen von Cathy, der Ersten in der Reihe, und warf ihn mit einer erfahrenen und dramatischen Bewegung aus. Die Seide ergoss sich in reichen Wellen leuchtender Meeresfarben über den alten Stoff. Die Zuschauer schnappten ehrfürchtig nach Luft, und Emerald erklärte: »Das, Mummy, ist ›Emerald‹.«

Polly, die Nächste in der Reihe, trat vor und hielt Emerald ihren Ballen hin, und diese wiederholte die schwungvolle Geste. Diesmal war die Seide, die sich über den Tisch ergoss, in Rosé- und Pinktönen gehalten, und Amber war nicht überrascht, als Emerald erklärte: »Das ist ›Rose‹.«

Allmählich begriffen alle, was für eine Idee dahintersteckte, und in der allgemeinen Aufregung trat die ganze Familie näher, als Rose mit dem dritten Ballen vortrat.

Diesmal mischten sich auf dem Tisch Grau- und Lilatöne, und Amber sagte leise den Namen ihrer Großmutter, bevor Emerald feststellte: »Das ist ›Blanche‹.«

Wie perfekt die Farben meine Großmutter repräsentieren, dachte Amber voller Gefühl. Wie viel Liebe war in dieses besondere Geschenk für sie geflossen, für sie gewebt von ihrer Familie, wie Ambers Liebe zu ihnen sie zusammenwebte und an Amber band.

Jetzt war Emma an der Reihe, und Amber sah den Blick, den Rose und Emerald tauschten, bevor Emerald den Stoff von ihrer älteren Tochter entgegennahm.

Als die satten Gold- und Bernsteintöne sich über den Tisch ergossen, herrschte einen Augenblick vollkommene Stille, und dann sagte Emerald: »Das ist natürlich ›Amber‹.«

Die anderen Familienmitglieder fingen an zu klatschen, doch Emerald schüttelte den Kopf, um sie zum Schweigen zu bringen.

Katie, der Enkeltochter, die ihr am nächsten stand, kam als

Letzte die Ehre zu, und Amber bemerkte, dass Katie ihren Freund Tom mit einem raschen Blick stumm um Bestätigung bat, bevor sie vor ihre Mutter trat. Er sah sie voller Liebe und Stolz an.

»Diesen Stoff, Mummy«, sagte Emerald und umarmte die Seide fast, statt sie aufzuwerfen, »haben wir ›Leben‹ genannt.«

Damit ließ Emerald den letzten Ballen behutsam auseinanderfallen, und Ambers Herz überschlug sich schier, als sie ihr eigenes Profil und das ihrer Großmutter, ihrer Mutter und der weiblichen Nachkommen in filigranen Linien auf dem elegant gestreiften Seidenstoff erkannte.

»Die Entwürfe stammen von Rose«, erklärte Emerald, »und Angelli hat die Farben und Musterstücke hergestellt. Wir haben alle etwas beigetragen, um dir dieses Geschenk der Liebe zu machen, Mummy.«

Ja, sie hatten alle etwas dazu beigetragen, doch Emerald hatte ihr etwas so Kostbares geschenkt, dass Amber mit den Tränen kämpfte: Sie hatte den Seidenstoff, den Amber von ihrem Liebhaber – Emeralds leiblichem Vater – geschenkt bekommen hatte, endlich akzeptiert, nachdem sie ihn so lange Zeit abgelehnt und verschmäht hatte.

Champagnerkorken knallten, und die Männer der Familie taten, was Männer gut konnten: Sie schenkten ein und reichten Gläser herum, während Mrs Leggit einen Teewagen mit einem riesigen Kuchen hereinrollte.

»Amber … Mummy … Großmutter.« So viele Stimmen voller Liebe erhoben sich, um auf ihren Geburtstag anzustoßen, alle kostbar und von Amber sehr geliebt, doch keine mehr als die, die in ihrem Herzen am schönsten tönte, die Stimme ihres Mannes Jay.

Die Seide lag noch auf dem Tisch ausgebreitet, und später würde sie darüberstreichen und sie anfassen und die vertraute Ehrfurcht und Freude empfinden, die Seide ihr stets abnötigte. Dann würde sie an ihre Eltern denken und an ihre Großmutter, an ihren Cousin Greg, an ihren Geliebten und an Robert, ihren ersten Mann, und Luc, den verlorenen Sohn, der immer in ihren Gedanken war. Sie war vom Glück gesegnet, dieses Leben gehabt und so viel Liebe erfahren und gegeben zu haben.

Sie hob ihr Glas und sagte leise: »Auf Seide.«